Julia Fürbaß

Aller guten Dinge

Psychothriller

Julia Fürbaß wurde 1992 in Bruck an der Mur geboren, erlernte einen Beruf in der Metallindustrie und veröffentlichte im Jahr 2019 ihren ersten Psychothriller „Negatio“ im Eigenverlag. Seitdem ist sie dem Schreiben verfallen und widmet einen Großteil ihrer Freizeit dieser Leidenschaft. Sie lebt mit ihrem Lebensgefährten in Sankt Lorenzen im Mürztal.

Erfahren Sie mehr über Julia Fürbaß auf
https://www.facebook.com/JuliaFuerbass
https://www.instagram.com/juliafuerbass
https://www.juliafuerbass.at

Von Julia Fürbaß bereits erschienene Bücher
Negatio

Das Buch

David träumt davon, Künstler zu werden, doch er steht sich mit seiner Unsicherheit selbst im Weg. Seine Tochter Lena macht ihm das Leben zusätzlich schwer und gibt ihm die Schuld am Zerbrechen seiner Ehe. Eines Tages tritt eine Veränderung ein, die er nie für möglich gehalten hätte.

Jola gerät durch ihren Freundeskreis immer wieder in Schwierigkeiten. Als sie sich dazu entscheidet, ihrem alten Ich den Rücken zu kehren, trifft sie die große Liebe – mit verheerenden Folgen. Schließlich stirbt jemand, der ihr nahegestanden hat und Jola stellt fest, dass es nicht nur Schwarz und Weiß gibt. Oft sind es die Grautöne dazwischen, die einen Menschen ausmachen.

Julia Fürbaß

Aller guten Dinge

Psychothriller

Impressum

© 2020 Julia Fürbaß

Texte:	© by Julia Fürbaß
Umschlag:	© by Renee Rott, Dream Design – Cover and Art
Bild(er):	© Shutterstock, Adobe Stock
Lektorat:	Sabine Dammann
Satz:	Evelyn Zimmermann
Verlag:	Neopubli GmbH Köpenicker Straße 154a 10997 Berlin
Druck:	epubli ist ein Service der neopubli GmbH Berlin

„Der Zufall ist der einzig legitime Herrscher des Universums.“

Napoleon (1769-1821)

„Sind Sie wirklich nur deswegen gekommen?"

„Ja?"

Ihre Antwort klang wie eine Frage. Nun wirkte sie misstrauisch. Der Kommissar fuhr fort: „Lassen Sie uns nochmal über den Tatabend sprechen. Ich glaube nämlich, Sie haben uns bei den letzten beiden Malen nicht alles erzählt ..."

„Wie meinen Sie das?"

„Kann es vielleicht sein, dass Sie etwas vergessen haben, zu erwähnen? Oder dass Sie uns etwas verschwiegen haben?"

Ihre großen Augen wurden zu schmalen Schlitzen. „Was wollen Sie damit andeuten?"

„Ich kaufe Ihnen Ihre Version nicht ganz ab."

„Wollen Sie mich etwa verhaften, Officer?"

Officer ... Wie aus einer US-Serie. Sie wollte wohl witzig rüberkommen, aber ihre Nervosität war nicht zu übersehen. Wurde sie etwa ungeduldig? Hatte sie doch mit dem Mord zu tun? Obwohl sie nicht gerade eine weiße Weste hatte, traute er ihr so etwas nicht zu. Er versuchte, sie auf eine andere Art aus der Reserve zu locken: „Kann ich mal Ihren linken Unterarm sehen, bitte?"

Stille.

„Warum?"

„Warum nicht?"

„Weil es da nichts zu sehen gibt."

„Dann können Sie ihn mir doch zeigen."

Er ahnte, dass sie etwas zu verbergen hatte. Sie verstummte und machte keine Anstalten, den Ärmel ihres schwarzen Oberteils nach oben zu schieben. Jola Kaufmann saß nur da und ließ ihn das erste Mal seit ihrer heutigen Begegnung aus den Augen und starrte nach unten auf den Fußboden. Wie ein kleines Kind. Als würde sie dort einen ihrer flapsigen Sprüche, die ihr momentan nicht einfallen wollten, finden. Aus ihrer Akte hatte er vorab entnommen, dass sie kein unbeschriebenes Blatt war. In der Vergangenheit war sie immer mal wieder in kleinere Schlägereien verwickelt gewesen – seit etwa anderthalb Jahren war Schluss damit. Zumindest laut den Aufzeichnungen.

Es dauerte ein paar Sekunden, bevor sie ihn wieder ansah. Er glaubte, Tränen in ihren Augen zu sehen.

„Da … Da ist nichts", erwiderte sie und ließ ihren Unterarm los, um sich mit der Hand durch ihre kurzen dunklen Haare zu fahren. Überzeugend klang das nicht. Dem Kommissar kam ein Verdacht und er tastete sich vorsichtig vor: „Hat er …"

„Nein!"

Das kam für seinen Geschmack etwas zu schnell. Er fuhr unbeirrt fort: „Sie müssen ihn nicht schützen."

Plötzlich sah sie nicht nur mehr nervös, sondern regelrecht verängstigt aus. Ihre Augen weiteten sich und starrten ihn durch einen schimmernden Film aus Tränenflüssigkeit an. Er würde die Frau auf keinen Fall gehen lassen. Eine einzelne Träne bahnte sich den Weg aus ihrem Augenwinkel und lief über ihre Wange. Wortlos reichte der Kommissar ihr ein Taschentuch.

„Wissen Sie, es ist eigentlich gar nicht so schlimm", begann sie, während sie es annahm. „Es ist in letzter Zeit alles nur ziemlich viel geworden. Sie wissen schon …"

„Natürlich."

„Jeder hat seine Probleme. Keine Beziehung ist perfekt, verstehen Sie?"

„Ich weiß schon, was Sie meinen. Trotzdem ist Ihre Aussage von großer Bedeutung. Frau Kaufmann, Sie würden uns sehr weiterhelfen, wenn …"

Er beendete den Satz nicht und zeigte stattdessen auf ihre Arme. Sie brauchte eine Weile, gehorchte dann aber doch. Langsam und mit zittrigen Bewegungen streifte sie den Ärmel nach oben und entblößte ihren linken Unterarm …

Nun gab es kein Halten mehr: Sie heulte wie ein Schlosshund in das Taschentuch hinein. „Er wollte das nicht. Er hat es nicht mit Absicht gemacht!"

„Haben Sie Angst vor ihm?"

„Das Leben ist doch verdammt nochmal das schönste Geschenk, das es gibt.“

David

3

Samstag, 03. Februar 2018

David

„Hörst du mir überhaupt zu?“

Genervt hob er den Kopf und legte die Speisekarte zur Seite. „Ja, natürlich höre ich dir zu“, erwiderte David mit monotoner Stimmlage.

Das reichte Katja als Antwort aber anscheinend nicht: „Es sieht nämlich nicht danach aus.“

„Wie ich schon sagte, …“

„Herrgott, es geht um unsere Tochter, David!“

Er war perplex. Dass sie auf einmal ihre Stimme erhob, überraschte ihn. Sie tat ja schon fast so, als hätte Lena Schwierigkeiten, dabei war sie einfach eine ganz normale Achtzehnjährige. Sie selbst waren nicht besser gewesen. Das traf besonders auf David zu …

Er versuchte, sein Gegenüber zu beruhigen: „Hör zu, Katja. Ich sehe keinen Grund, jetzt ein Theater deswegen zu machen …“

„Das tue ich doch gar nicht. Warum unterstellst du mir sowas?“ Tränen traten in ihre Augen.

Nein, bitte nicht … Nicht jetzt … Und vor allem: nicht hier …

Das konnte er gar nicht gebrauchen. In ihrem ehemaligen Stammlokal eine Szene gemacht zu bekommen, stand nicht auf seiner Wunschliste. Er beschloss, nicht auf ihre Frage einzugehen und studierte stattdessen wieder die Speisekarte. Um die angespannte Situation, die vor wenigen Minuten entstanden war, als Katja *das* Thema angesprochen hatte, aufzulockern, fragte er sie beiläufig: „Weißt du schon, was du essen möchtest?"

„Was ist denn das für eine Frage?", gab sie zurück und kicherte. David hatte sie lange nicht mehr lächeln sehen. Viel zu lange. Dieses Lächeln war einer von zahlreichen Gründen gewesen, warum er sich vor neunzehn Jahren in sie verliebt hatte.

Na gut, anfangs war da keine Verliebtheit gewesen. Die beiden hatten sich über Freunde kennengelernt und waren eines Nachts sturzbetrunken in seinem Auto übereinander hergefallen. Dass das Kondom, das sie benutzt hatten, einen Riss hatte, war ihnen damals nicht aufgefallen. Sie hatten einmal miteinander geschlafen und sich danach monatelang nicht wiedergesehen. Beide hatten ihren Spaß gehabt und damit hatte es sich für sie erledigt. Dass aus dem Spaß im Nachhinein bitterer Ernst wurde, erkannte David, als Katja eines Tages an der Tür seines Elternwohnhauses in Bruck an der Mur läutete.

Zunächst hatte er nicht gewusst, was sie von ihm wollte, geschweige denn, wer sie überhaupt war. Umso erstaunter war er gewesen, dass das Mädchen, das vor ihm stand, seinen Namen kannte: „David, ich … ich … Es ist was passiert …"

Daraufhin begann sie unaufhörlich zu weinen und versetzte David damit in eine Art Schockzustand. Wer war dieses Mädchen? Er hatte keine Ahnung. Es war helllichter Tag und vor seiner Tür heulte eine ihm fremde Person so drauf los, dass sogar Passanten zu ihnen herüberblickten.

Um nicht noch mehr Aufmerksamkeit zu erregen, legte er eine Hand um ihre Schultern und zog sie ins Haus. Während sein Vater im Wohnzimmer unverständliches Zeug dahinmurmelte, rief seine Mutter nach ihm: „Hast du Besuch, Junge?"

Oh Gott, was sollte er darauf sagen? Er konnte seinen Eltern doch kein Mädchen vorstellen, das ihm völlig unbekannt war. Aber da sie nicht aufhörte zu weinen, konnte er auch nicht abstreiten, dass jemand ins Haus gekommen war.

„Ich muss nur schnell was abklären!", rief er seinen Eltern zu. Was Besseres fiel ihm im Moment nicht ein. Er schloss die Haustür und ließ seine Hand von der Schulter des blonden Mädchens gleiten.

„Was ist los?", fragte er sie. Eigentlich hätte er sie fragen sollen, wer sie war, aber da sie seinen Namen (und seine Adresse!) gewusst hatte, wollte er sich nicht blamieren und hoffte, durch ihre Antwort schlauer zu werden.

„Wir … Wir hätten besser aufpassen sollen", sagte das Mädchen mit tränenerstickter Stimme.

„Okay?"

„Ja. Fuck, David, das ist alles echt beschissen …"

„Was ist los, zur Hölle?"

„Ich …"

Wieder rannen ihr Tränen über die Wangen.

„Nein, nein, nein", begann David aufgeregt. „Nicht rumheulen. Reden."

„Ich bin schwanger."

Ihn traf fast der Schlag. Jetzt konnte er sich wieder erinnern. Wie lange war es her gewesen? Fünf Monate? Sie waren betrunken in seinem Auto gewesen. David war danach zu Fuß nach Hause gegangen, um nicht erneut einen Fehler zu begehen … Und sie hatte diese ultradünne Bluse angehabt, die beinahe schon durchsichtig gewesen war. Sie hatte absolut umwerfend darin ausgesehen. Im Gegensatz zu jetzt. Na gut, sie war nach wie vor hübsch, aber ihre tränenverschmierte Mascara ließ sie ein bisschen wie Alice Cooper aussehen. Wie war nochmal ihr Name? Kathrin? Kathi? K… irgendwas mit K.

Katja! Genau! Oh, Mann.

Katja … Ein heißer unbedeutender Fick und nun stand sie da. Schwanger. David war es peinlich, dass ihm erst jetzt eingefallen war, wer sie war.

Das Erste, das er darauf sagte, war nicht gerade feinfühlig. Es war einfach nur unverschämt, aber die Worte hatten schon seinen Mund verlassen, bevor er überhaupt darüber nachdenken konnte: „Bist du dir sicher, dass es von mir ist?“

Mit der anschließenden Ohrfeige hatte er nicht gerechnet, obwohl er sie verdient hatte. Katja sah wütend aus, als sie ihn anfuhr: „Ich bin doch keine Hure! Und glaub ja nicht, dass du mich mit diesem Scheiß alleine lassen kannst. Dazu gehören immer zwei.“

Da hatte sie recht. Seine Eltern schienen den Zwischenfall mitbekommen zu haben und seine Mutter rief erneut nach ihrem Sohn: „David, ist alles in Ordnung?“

„Ja! Keine Sorge!“

Einen Moment lang überlegte er, ob er sie seinen Eltern vorstellen sollte. Aber das wäre jetzt vermutlich der ungünstigste Zeitpunkt dafür. Seine nächste Frage klang zwar ebenfalls nicht sensibel, aber da er keine Beziehung zu Katja hatte, war ihm irgendwie egal, ob er *nett* war oder nicht. Sie kannten sich ja kaum. „Willst du es behalten?“

Katja schwieg für einen Moment. Sie sah unsicher aus, als sie antwortete: „Weiß nicht. Schätze schon.“

David wusste nicht, bis wann man eine Schwangerschaft abbrechen konnte, aber da sie nicht felsenfest davon überzeugt war, es abzutreiben, war das irrelevant. Ein Kind passte ihm so gar nicht in den Kram, er war doch gerade mal achtzehn! Und er stand am Beginn seiner Polizeiausbildung, er hatte also genug andere Dinge, um die er sich kümmern musste. Aber Katja hatte hierbei das letzte Wort und wenn sie das Kind bekommen wollte, musste er wohl oder übel damit klarkommen. Er blickte verstohlen auf ihren flachen Bauch und meinte: „Das sieht man dir gar nicht an.“

Er glaubte, ein Grinsen um ihre Mundwinkel erkennen zu können, als sie sagte: „Wenn ich nackt bin, kann man schon ein bisschen was sehen. Anfangs dachte ich, ich habe einfach nur zugenommen, weil ich keinerlei Beschwerden hatte.“

„Echt?“, fragte David fasziniert. Er hatte sich noch niemals zuvor mit einer Schwangeren unterhalten. Und nun redete er mit einer, die von ihm ein Kind erwartete.

„Ja. Das kann schon mal vorkommen. Aber da das Bäuchlein trotz Training nicht weggegangen ist, bin ich mal zum Arzt gegangen und der hat es mir dann bestätigt. Ich bin bereits in der einundzwanzigsten Woche."

„Wow."

Wow. Na toll. Etwas Reiferes hätte ihm nicht einfallen können. Katja schien seine Überforderung nicht zu stören und nahm stattdessen seine Hand, um sie sich auf den Bauch zu legen. „Fühl mal."

„Wow."

Es nutzte alles nichts. Ihm fiel *wirklich* nichts Besseres ein.

„Kannst du es spüren?"

„Mhm."

Konnte er nicht. Aber er wollte sie nicht enttäuschen. David zog seine Hand zurück und meinte: „Ich schätze mal, jetzt werden wir uns öfter sehen."

„Das glaube ich auch."

„Ich gebe dir mal die Nummer von unserem Festnetzanschluss."

Er kramte einen Kugelschreiber aus der Kommodenschublade im Vorzimmer und schrieb die Zahlen auf ihren Unterarm. Wie erwachsen!

Sie lächelte und in ihren braunen Augen schimmerten schon wieder Tränen. Aber es sah nicht so aus, als wäre sie weiterhin traurig. Im Gegenteil. Sie flüsterte: „Danke."

„Danke wofür?"

„Dafür, dass du so lieb bist."

„Ach, das ist doch …"

„Nein, ernsthaft. Andere Jungs hätten nicht so erwachsen reagiert wie du."

„Oh …" Da fehlten ihm die Worte. Anscheinend hatte er sich doch nicht so blöd angestellt. Aber gut, sie war vermutlich genauso alt wie er, was wusste sie schon?

Sie sprach leise weiter: „Ich hatte schon Schiss, dass du durchdrehst."

„Nein, warum sollte ich? Das war doch nicht deine … Schuld. Zumindest nicht … Du weißt schon."

„Ja, aber das verstehen nur die Wenigsten. Ich weiß, das klingt jetzt vielleicht blöd, weil wir uns ja eigentlich gar nicht kennen, aber … Ich bin froh, dass du der Vater meines Kindes bist und nicht irgend so ein blöder Wichser."

„Das ist nett von dir."

In der Tat fand er es nett von ihr, auch wenn der Satz mit einem Schimpfwort endete. Sie hatte ja nicht ihn damit gemeint. Irgendwie fand er sie sympathisch. Und er glaubte, dass sie ihn auch mochte.

„Vielleicht stelle ich dich das nächste Mal meinen Eltern vor", rutschte es ihm plötzlich heraus. War er zu weit gegangen? Doch seine Sorge verflüchtigte sich, als sie ihn anstrahlte und sagte: „Das wäre schön."

David öffnete Katja die Tür und sie gab ihm einen zärtlichen Kuss auf die Wange, bevor sie das Haus verließ. Es war ein komisches Gefühl.

Dieser Tag veränderte alles. War er bereit für ein Kind? Bereit für ein Kind mit einer … einer *Fremden?* Natürlich war er das nicht, aber er hatte sich die Suppe selbst eingebrockt, also würde er sie auch auslöffeln, denn in seinen Augen war das Leben das verdammt nochmal schönste Geschenk, das es gab. Warum hätte ein kleines unschuldiges Wesen seines hergeben sollen? Nur, weil sie nicht *aufgepasst* hatten? Er würde schon alles unter einen Hut bekommen.

In den Wochen darauf trafen sie sich des Öfteren und David wurde bewusst, dass er Katja immer mehr mochte. Sie hatten trotz ihrer schwierigen Situation viel Spaß zusammen. Beinahe alle Sorgen waren vergessen, als er ihr ein Eis spendierte und ihrem Bauch auch eines anbieten wollte. Sie fand ihn lustig. Er fand sie erwachsen. Sie mochten sich. Er besuchte sogar die

Geburtsvorbereitungskurse mit ihr. Dort war ihr Verhältnis immer zum Zerreißen gespannt, wenn sie gemeinsam verschiedene Übungen durchgehen mussten und er gezwungen war, sie anzufassen. Er fürchtete sich davor, weil sie ihm so verletzlich vorkam. Ihr Bauch war um einiges gewachsen und er hatte Angst, ihr oder dem Kind wehzutun.

Als er sie schließlich anfasste, fühlte es sich toll an. Sobald er Katja mit seinen Händen berührte, spürte er eine tiefe Verbundenheit. Während sie so die Übungen durchgingen, fragte er sie ständig, ob alles in Ordnung sei und ob sie Schmerzen habe. Hatte sie nicht. Also war er in der Lage, sich um die Mutter seines Kindes zu kümmern. Das motivierte ihn, sie mehr zu unterstützen.

Die Abstände zwischen ihren Treffen wurden immer kürzer und aus dem Winken als Begrüßung wurden Umarmungen. Aus den Umarmungen wurden Wangenküsse und aus denen wiederum wurden innige, lang andauernde Küsse, bei denen sie minutenlang vor Katjas Tür standen und eng umschlungen rumknutschten.

David wusste gar nicht, wann der Zeitpunkt gekommen war, an dem sie ein Paar wurden. Es passierte einfach. Sie mochten sich immer mehr und konnten sich eines Tages nicht mehr zurückhalten. Sie hatte ihn mit auf ihr Zimmer genommen und innerhalb weniger Minuten waren sie beide splitterfasernackt. David machte es nichts aus, dass Katja einen Babybauch hatte, denn er mochte sie so wie sie war. Sehr sogar. Der darauffolgende Sex mit ihr war nicht übermäßig gut, aber das hatte er auch nicht erwartet. Sie hatten wegen ihrer Kugel gewisse Verrenkungen machen müssen, die keiner von ihnen zuvor ausprobiert hatte. Katja schien aber anschließend traurig zu sein und sagte, dass sie sich schämte, weil sie nicht mehr sexy war. David legte schützend die Arme um sie und flüsterte ihr zu, dass sie für ihn die schönste Frau der Welt sei und er sie liebe.

Das überraschte nicht nur sie, sondern auch ihn selbst. Er hatte sich bisher gar keine Gedanken über seine Gefühle für Katja gemacht. Zumindest nicht darüber, ob es wahre Liebe war. Aber er hatte es gesagt und es gab kein Zurück mehr. Für sie schienen es die richtigen Worte gewesen zu sein, denn daraufhin übersäte sie seinen Körper mit unzähligen Küssen.

Ihre Eltern waren nicht gerade froh darüber, dass die beiden ein Kind erwarteten, aber was hätten sie denn tun sollen? Also machte jeder das Beste daraus und Katja durfte so oft zu David kommen, wie sie wollte und umgekehrt. Da beide noch bei ihren Eltern wohnten, bekamen sie genügend Hilfe und Unterstützung, wofür sie sehr dankbar waren.

Als ihre Tochter zur Welt kam, war David ganz aus dem Häuschen. Er nahm sie in die Arme und wollte sie gar nicht mehr hergeben. Nie im Leben hätte er gedacht, jemals so etwas Schönes erleben zu dürfen. Es war alles vollkommen: Er hatte eine atemberaubende Freundin und eine wunderschöne Tochter – und beide waren gesund! Für ihn stand fest, dass der One-Night-Stand im alkoholisierten Zustand damals das Beste war, was ihm jemals widerfahren war.

Nach Lenas Geburt lief ein halbes Jahr alles gut, dann fingen die Streitereien zwischen Katja und David an. Die Pendelei zwischen beiden Elternhäusern und der ungewohnte neue Alltag wirkten sich negativ auf ihre Beziehung aus. Sie konnten sich nicht mehr ertragen. Sie schrie ihn an – er beschimpfte sie. So ging es Tag ein Tag aus – bis Katja David schließlich nicht mehr besuchte. Sie meldete sich einfach nicht mehr bei ihm und er sich nicht mehr bei ihr.

Es dauerte ein paar Monate, bis David eine neue Freundin hatte. Er wollte Katja nicht nachheulen und er sah nicht ein, warum er derjenige sein sollte, der sich meldete. Das Glück mit seiner neuen Flamme hielt nicht lange an, dazu vermisste er seine kleine Tochter viel zu sehr. Das sagte er seiner Freundin auch, die ernsthaft von ihm verlangte, sich zwischen ihr und Lena zu entscheiden. Also beendete er die Sache nach ein paar Monaten wieder, traute sich dann jedoch nicht, Katja anzurufen. Er hätte sie gerne gefragt, wie es ihr ginge … und ob er Lena sehen dürfe. Zu diesem Anruf kam es aber nicht.

Die Trennung von Katja lag neun Monate zurück, als er sie eines Tages mit dem Buggy auf der anderen Straßenseite sah. Ohne darüber nachzudenken lief er auf sie zu. Zwei Meter vor ihr blieb er stehen und starrte sie an. Sie starrte zurück. Keiner der beiden brachte einen Ton hervor.

„Was will *der* denn?“, hörte David eine männliche Stimme fragen. Erst jetzt fiel ihm auf, dass neben ihr ein junger durchtrainierter Mann stand, der vermutlich um die zwanzig Jahre war, also etwa in ihrem Alter. Katja sah nur erschrocken zwischen den beiden Männern hin und her und wendete schließlich den Buggy, um mit ihrem Begleiter davonzugehen. Das brach David das Herz. Warum tat sie so etwas? Und wer war der Kerl?

Die Tage vergingen, in denen David diese Begegnung nicht mehr aus dem Kopf ging. Seine Eltern redeten andauernd auf ihn ein, dass er endlich seinen Arsch hochkriegen sollte, um sich bei Katja zu melden. Eines Abends hatte er schließlich den Mut dazu. Er wählte die Nummer von Katjas Festnetzanschluss und verlangte nach ihr, ohne sich überhaupt mit Namen zu melden, nachdem ihre Mutter rangegangen war. Er wusste nicht, ob sie ihn aufgrund seiner Stimme erkannt hatte, aber es dauerte nur ein paar Sekunden, bis Katja das Gespräch entgegennahm: „Ja, hallo?“

„Ich bin’s.“

Sie brauchte nicht nachzufragen. Dass sie ihn auf der Stelle erkannt hatte, wusste er. Da sie daraufhin nichts sagte, nahm er an, dass sie wütend war. David beschloss, nicht um den heißen Brei herumzureden und fragte sie: „Wer war der Clown?“

„Clown? Meinst du vorige Woche?“

„Nein, ich meine den in Stephen Kings Verfilmung! Natürlich den von letzter Woche, verdammt!“

„Das war Tom. Und rede nicht in so einem Ton mit mir.“

„Ist er dein Freund?“

„Was geht’s dich an?“

„Ich bin der Vater deiner Tochter, also geht es mich sehr wohl was an.“

„Also eines kann ich dir sagen: Deine Tochter hat zurzeit keinen festen Freund!“

Nun wurde auch David wütend: „Schläfst du mit ihm?“

„Wie bitte?“

„Also nein.“

„Was? Was ist nur los mit dir?“

„Wie ist es so für deine Tochter, zwei Väter zu haben, hm? Tust du so, als wäre der Clown jetzt ihr Vater?“

„Das ist nicht fair.“ Katja klang so, als würde sie jeden Moment zu weinen beginnen.

Doch David war zu aufgebracht, um einen sanfteren Ton anzuschlagen: „Das weiß ich, verdammte Scheiße, aber daran bin ich nicht alleine schuld.“

„Willst du mir jetzt etwa erzählen, dass du dich nicht mit anderen Mädchen triffst?“

„Das tut nichts zur Sache.“

„Ach so! *Du* darfst so etwas also!“

„Darum geht es nicht.“

„Worum geht es dann, David?“

„Ich …“

So hatte er sich den Verlauf des Gesprächs nicht vorgestellt. Wie sollte er jetzt die Wahrheit sagen, ohne dass es aufgesetzt klang? Er vermisste nicht nur Lena, sondern auch sie. Als er sie mit diesem Kerl gesehen hatte, hätte er ihn am liebsten zur Seite geschubst und seine Katja mit ihrer gemeinsamen Tochter auf Händen davongetragen. Aber mit diesem Tom legte er sich besser nicht an, der war das reinste Muskelpaket. David war aufgrund seiner Ausbildung zum Polizisten zwar körperlich fit und durchtrainiert, aber sein Kontrahent bestand nur aus Anabolika- und Fleischmassen.

David konnte ihr nicht die ganze Wahrheit sagen, also offenbarte er nur die Hälfte davon: „Ich würde Lena gerne wiedersehen."

„David … Ich weiß nicht …"

„Was? Sie ist doch auch mein Kind!"

„Ja, aber … Ich weiß nicht, ob das eine gute Idee ist, wenn ich dich mit ihr alleine lasse."

„Musst du nicht. Wie wäre es, wenn ich dich mal besuche? Dann kannst du daneben sitzen."

„Hmmm …"

„Bitte, Katja."

„Na gut. Aber nur für einen Nachmittag. Und dann sehen wir, wie's läuft."

„Danke. Eine Bitte hätte ich noch …"

Katja sagte darauf nichts, also redete er weiter: „Halt mir diesen Fleischberg Tom vom Leib."

Er glaubte, sie am anderen Ende der Leitung kichern zu hören, ehe sie wortlos auflegte. David stellte sich vor, wie Katja gerade lächelte. Lächelte, weil sie ihn witzig fand und immer noch Gefühle für ihn hatte.

In der darauffolgenden Woche besuchte er sie und war erleichtert, weil dieser Tom tatsächlich nicht bei ihr war. Ihre Eltern waren nicht zu Hause, was ihm nur recht sein konnte. Sonst hätte er sich bei ihnen rechtfertigen müssen, weil er sich fast ein Jahr nicht hatte blicken lassen.

Als er Lena sah, war er erstaunt. *Das* sollte seine Tochter sein? Sie war *riesig* im Vergleich zum letzten Mal. Vorige Woche hatte er sie zwar aus zwei Metern Entfernung im Buggy gesehen, aber da war es ihm nicht so aufgefallen. Er freute sich trotzdem tierisch und war gleich wieder in seiner fürsorglichen Vaterrolle. Als er mit Lena auf dem Teppich herumalberte, konnte er im

Rücken Katjas Blicke spüren. Sie saß auf dem Sofa hinter ihm und er wusste, dass sie ihn anstarrte. Langsam drehte er sich um und sah in ihr Gesicht, das zufrieden aussah.

„Was?", fragte er sie mit unschuldiger Stimme. Er glaubte, zu sehen, wie sie eine Träne wegblinzelte. „Du bist so wunderbar zu ihr."

„Danke. Ist Tom denn nicht …"

„Sprich nicht von ihm, bitte."

Dieser Satz erfüllte sein Ego mit Stolz. David presste die Lippen aufeinander, um ein breites Grinsen zu unterdrücken. Anscheinend war dieser Tom ein Tölpel. So wie der aussah, konnte sich David gut vorstellen, dass er nicht wusste, wie man mit Kindern umging.

Während das Stoffhäschen in seiner Hand seine Tochter mit Küsschen übersäte, fragte er Katja: „Was meinst du? Kann ich wiederkommen?"

„Natürlich."

Dass sie bei dieser Antwort keine Sekunde zum Nachdenken gebraucht hatte, freute ihn.

„Du bist einfach perfekt", sagte sie plötzlich hinter ihm und noch ehe er sich fragen konnte, ob sie nun ihn oder Lena gemeint hatte, war sie schon neben ihm und legte ihre Hand auf seinen Oberschenkel.

Ein warmer Schauer durchströmte seinen Körper und er lächelte ihr zu. „*Wir* sind perfekt", flüsterte er, um der kitschigen Situation noch das i-Tüpfelchen zu verleihen. Als Zeichen ihrer Zustimmung lehnte Katja ihren Kopf gegen seine Schulter. Dieses Treffen lief besser, als er es sich vorgestellt hatte. Gemeinsam und friedlich spielten sie nun mit ihrer Tochter und von außen betrachtet mussten sie aussehen wie eine Bilderbuchfamilie. *Vielleicht sind wir das ja auch*, dachte er sich.

Es kam, wie es kommen musste: Schon nach kurzer Zeit landeten Katja und David wieder miteinander in der Kiste. Dieses Mal mit einem sicheren Kondom. Tom war schneller von der Bildfläche verschwunden als erwartet und sie wagten einen Neustart. David beschloss, dieses Mal alles richtig zu machen und gab gleich Vollgas, indem er Katja fragte, ob sie mit ihm zusammenziehen wollte. Diese Frage überrumpelte sie und sie wünschte sich Bedenkzeit. Nach ein paar Tagen willigte sie schließlich ein. Es dauerte gar nicht lange, bis sie die passende Wohnung gefunden hatten, die zum Großteil von ihren Eltern finanziert wurde, da David mitten in der Polizeiausbildung steckte und Katja Vollzeitmama war. Das Apartment war zwar winzig, aber es machte ihm nichts aus, auf engstem Raum mit seinen zwei Lieblingsmenschen zu wohnen – im Gegenteil.

David half zu Hause mit, so gut er konnte und Katja unterstützte ihn während seiner Ausbildung, sowie sie ihn in allem unterstützte. Er wusste, dass sie die Frau war, die er eines Tages heiraten würde.

Und nun saßen sie hier. Knapp zwei Jahrzehnte später. In ihrem ehemaligen Stammlokal in Kapfenberg. Im *Schicker*. Es war fast so, als wären sie noch ein Paar.

„Einen griechischen Salat. Natürlich“, gab David lächelnd zurück, worauf Katja ihm zunickte.

4

Samstag, 03. Februar 2018

Jola

Nachdem sie zweimal gerammelt hatten wie die Wilden, fiel Jola in einen kurzen, aber tiefen Schlaf. Sie wusste nicht, ob sie von dem Lärm, der aus der Küche kam, munter wurde oder von dem lauten Knurren, das ihr Magen von sich gab.

Sie blinzelte ein paar Mal, ehe sie sich im Bett aufsetzte. Schon wieder war sie alleine. Aber da ein Höllenkrach aus der Küche kam, nahm sie mal an, dass Lennon versuchte, etwas Genießbares zuzubereiten. Mit langsamen Bewegungen, um ihre Schulter zu schonen, kroch sie aus dem Bett und zog sich etwas über. Im Schlafzimmer herrschten weiterhin eisige Temperaturen, also durchwühlte sie ihren Rucksack, bis sie auf einen dicken flauschigen Pullover stieß. Diesen zog sie sich über ihr T-Shirt und ging anschließend in die Küche, um zu sehen, was Lennon dort veranstaltete.

In der Tat war er gerade dabei, alle möglichen Zutaten auf einem Brett zu zerkleinern, wobei er etwas überfordert aussah. Die zusammengepressten Lippen sowie sein ständiges Kopfschütteln machten das sehr deutlich. Alle paar Sekunden entkam ihm zudem ein ungeduldiges Schnaufen. Jola musste ein Kichern unterdrücken, sie fand den Anblick amüsant, vor allem, weil Lennons Brille schief auf seiner Nase saß. Erschrocken fuhr er hoch und meinte: „Du schleichst dich vielleicht an! Hast du gut geschlafen?“

„Hm, war ganz okay. Sag mal, geht die Heizung im Schlafzimmer nicht oder was?“

„Keine Ahnung, vermutlich nicht.“

„Es ist saukalt da drin. Willst du, dass ich erfriere?“

„Natürlich will ich das nicht. Ich hatte bis jetzt nur keine Zeit, dass ich die Vermieterin mal anrufe.“

„Warum die Vermieterin? Die würde nicht mal dann in die Gänge kommen, wenn das ganze Haus abbrennen würde. Ruf doch einfach bei der Heizungsfirma an.“

„Mach ich am Montag.“

Sie stellte sich mit verschränkten Armen zu ihm und fragte: „Was machst du denn da Gutes?“

„Gutes? Erhoff dir mal nicht zu viel. Sollte so eine Kichererbsen-Pfanne werden. Mit Chili und Paprika.“

Obwohl sie schon über zwei Jahre zusammen waren, hatte sich Jola immer noch nicht daran gewöhnt, dass ihr Freund Veganer war. Sie hatte zwar nichts dagegen, aber an Tagen, an denen sie so verkatert war wie heute, wollte sie einfach nur eine heiße Leberkäsesemmel. Doch Lennon zuliebe verzichtete sie darauf, so war es für alle Beteiligten unkomplizierter, auch wenn er alles andere als ein guter Koch war. Es wurde gegessen, was auf den Tisch kam und somit war die Sache erledigt. Eigentlich aß sie nur noch tierische Produkte, wenn ihr Freund nicht dabei war. Ihre Fressattacken bekam sie dann meistens in der Arbeit.

„Soll ich dir helfen?“, fragte sie ihn. Nicht nur, weil er so überfordert aussah, sondern auch, damit sie wenigstens den Hauch einer Chance auf ein schmackhaftes Gericht hatten. Lennon begann unsicher zu lachen und schielte auf den Saustall, den er auf der Arbeitsfläche angerichtet hatte, was sie als Ja auffasste.

Etwa dreißig Minuten später saßen sie an dem winzigen Küchentisch und aßen gemeinsam die Kichererbsen-Pfanne. Es schmeckte gar nicht mal so übel, fand Jola, aber es gab Besseres.

Nachdem sie alles aufgegessen hatten, knurrte ihr Magen immer noch. Das lag nicht nur daran, dass es für Frühstück schon ziemlich spät war – nämlich knapp 17 Uhr. Von so einem Gemüsehaufen wurde sie einfach nicht satt, also suchte sie im Kühlschrank nach irgendetwas, das sie noch essen könnte. Tofu – nein danke! Quinoa-Laibchen – geht's noch? Ein Sack Karotten – okay, aber kein Muss. Sojamilch – fast so schlimm wie Tofu! Schließlich entdeckte sie im obersten Regal eine Viererpackung mit veganem Pudding. Den fand sie ganz in Ordnung, also nahm sie sich gleich zwei Stück davon.

Als sie sich wieder an den Tisch setzte und den ersten öffnete, beobachtete Lennon jede ihrer Bewegungen. Wortlos gab sie ihm den zweiten Becher und holte einen Löffel für ihn. Lennon verschlang den Pudding ratzeputz und fragte: „Was machen wir heute noch?“

„Heute? Ich hatte eigentlich nur ans Bett gedacht.“

Und um ehrlich zu sein, an ihr eigenes. So sehr sie Lennon auch mochte, ihr eigenes Bett war ihr lieber … Ihre eigene Wohnung war ihr lieber als *das* hier. Wenn sie verkatert war, wollte sie in einer gemütlichen Umgebung sein – und vor allem in einem Schlafzimmer, in dem Plusgrade herrschten.

„Ans Bett? Da waren wir doch fast den ganzen Tag“, erwiderte Lennon überrascht. „Lass uns was unternehmen. Soll ich ein paar Leute anrufen?“

„Ich weiß nicht, ich bin ziemlich erledigt von gestern.“

„Ach, komm schon. Heute ist Samstag!“

„Na und?“

„Was *Na und?* Da gehen die Leute aus und haben Spaß!“

„Davon hatten wir gestern reichlich genug, denke ich.“

„Wenn du meinst. Ich frag dann mal Rainer, ob er was unternehmen will.“

Soll er doch. Wenn er unbedingt unter Leute wollte. Rainer war ein guter Kumpel von ihnen, sie hatte nichts dagegen, wenn Lennon sich ohne sie mit ihm traf.

Jola stand auf, um den Abwasch zu machen – Lennon besaß keinen Geschirrspüler – und ging anschließend ins Badezimmer.

Nachdem sie geduscht hatte, wickelte sie sich ein Handtuch um und stieg aus der Kabine. In dem Moment platzte Lennon zur Tür herein und sorgte dafür, dass sie beinahe einen Herzanfall erlitt.

„Sorry, Babe. Ich wollte dich nicht erschrecken."

„Ist … schon gut", sagte Jola, ganz außer Atem. Ihr Herz hämmerte gegen die Brust. Lennon redete weiter: „Rainer meinte, er wartet um 19 Uhr im *Illusion*."

Das *Illusion* war eine Bar im benachbarten Ort Kapfenberg, wo sie des Öfteren unterwegs waren.

„Ich würde mich dann bald auf den Weg machen."

„In Ordnung."

„Willst du mitkommen?"

Wollte sie nicht. Hatte sie nie gewollt. Zu sehr schmerzten die Erinnerungen an die Sache, die sich in der Nähe dieser Bar und der Mittelschule ereignet hatte. Aber sie kam jedes Mal aufs Neue mit. Weil sie nicht ewig trauern konnte. Und eine ganze Stadt deswegen zu ignorieren, war auch keine Lösung.

„Ich weiß nicht."

„Nur auf einen Drink, bitte!"

„Okay."

„Du bist die Beste." Er kam auf sie zu und drückte ihr einen dicken Kuss auf den Mund. Wie einfach es doch war, sie zu überreden. Wie einfach es für Lennon war.

Als er das Badezimmer verlassen hatte, betrachtete sie sich im Spiegel. Erst jetzt sah sie den blauen Fleck auf ihrem Jochbein. Sie drehte sich um, um ihre Schulter sehen zu können. Es war nichts zu erkennen, also konnte es nicht so schlimm sein. Keine hektischen Bewegungen machen, dann würde sich das Problem von selbst erledigen. Der dunkle Fleck unter ihrem Auge aber bereitete ihr Sorgen. Sie müsste sich nun schminken, wenn sie vor die Tür ging. Hoffentlich bekam sie das so hin, dass es nicht allzu auffällig wirkte. Was sollte sie sonst auf der Arbeit sagen? *Tut mir leid, Helga, keine Ahnung, woher ich das habe.* Das klang nicht glaubwürdig und vor allem würde es die Kunden abschrecken. Also her mit dem Make-up!

Lange brauchte sie trotzdem nicht, um sich fertigzumachen. Während sie sich schminkte und anzog, trockneten ihre kurzen Haare fast zur Gänze von selbst. Sie musste sie abschließend kurz durchfönen und zurechtzupfen, dann war sie startklar. Zumindest äußerlich. Innerlich war sie hundemüde und wäre am liebsten in ein warmes kuscheliges Bett gefallen.

Kurz vor 19 Uhr betrat sie mit Lennon die Bar, in der er sich mit Rainer verabredet hatte. Rainer war im Gegensatz zu ihrem Freund groß gewachsen und pummelig, ein richtiger Rainer eben. Zumindest konnte Jola sich diesen Vornamen nicht bei einem kleinen dürren Kerl vorstellen. Er hatte zwei Kinder – oder waren es drei? – und lebte alleine. Die Beziehungen mit seiner Exfreundin waren stets von kurzer Dauer gewesen, aber es hatte jedes Mal ausgereicht, um sie zu schwängern. Von Verhütung schienen die beiden nichts zu halten. Jola hatte seine Exfreundin niemals kennengelernt, wahrscheinlich trafen sie sich nur zum Vögeln. Diese Woche hatte er seine Kinder donnerstags und freitags, die kommende Woche samstags und sonntags.

Innerhalb weniger Sekunden hatte Lennon seinen Kumpel an der Bar entdeckt. Er steuerte direkt auf ihn zu und Jola folgte ihm. Sie begrüßten sich und Lennon bestellte gleich zwei Vodka-Tonic, was Jola gar nicht passte. Ein Bier hätte heute schon genügt, um sie auszuknocken.

„Du magst doch Vodka-Tonic, oder?“, fragte Lennon sie, als hätte er ihre Gedanken gelesen. Da sie nicht zickig klingen wollte, antwortete sie: „Aber nur einen!“

„Das ist mein Mädchen.“ Er zog sie zu sich heran und küsste sie. Sie konnte ihm einfach nicht böse sein!

Aus dem einen Vodka-Tonic wurden ein Vodka-Tonic, ein Gin-Tonic und sechs Fläschchen Jägermeister – Rainer hatte an dem Abend die Jägermeister-Spendierhose an. Jola musste sich zusammenreißen, um nicht umzukippen. Sie lehnte sich an Lennons Schulter und nuschelte: „Ich glaube, ich gehe jetzt."

„Was? Jetzt schon? Es ist gerade mal 20 Uhr vorbei!"

„Ich gehe."

„Okay. Warte, ich begleite dich."

Er wollte sie begleiten? Das überraschte sie, da er sich im Moment so gut mit Rainer unterhielt. Aber sie war froh darüber, nicht alleine mit dem Bus zu Lennon nach Hause fahren zu müssen. Zu sehr fürchtete sie sich vor einer unangenehmen Begegnung.

„Du bist sooo süß, Lennon", schmachtete sie ihren Freund an und begann zu kichern wie eine Bekloppte. Was die beiden Männer neben ihr sagten, verstand sie nicht mehr, doch plötzlich griffen sie ihr unter die Arme und gingen mit ihr in die eisige Kälte hinaus. Sie musste aussehen wie eine Pennerin, nicht mal mehr alleine gehen konnte sie. Das Einzige, das sie noch konnte, war lachen. Sie kicherte vor sich hin und entschuldigte sich nicht einmal, als sie auf der Straße aus Versehen ein entgegenkommendes Paar anrempelten.

5

Samstag, 03. Februar 2018

David

Das Essen verlief beinahe schweigend. David hatte sich ein Steak bestellt, Katja den griechischen Salat. Beide dasselbe wie immer.

Als sie aufgegessen hatten, meinte Katja: „Sie macht mich so wütend, David. Verstehst du?"

„Ist es wirklich so schlimm?"

„Egal, was ich sage. In ihren Augen ist es anscheinend immer das Falsche."

„Sie ist achtzehn, was erwartest du von ihr?"

„Sie ist mittlerweile eine erwachsene Frau! Als ich in ihrem Alter war, …"

„… hast du dich von einem nahezu Fremden schwängern lassen", sagte David und zwinkerte ihr zu. Es überraschte ihn, dass sie daraufhin schmunzelte und ihm nicht ihr Weinglas über den Kopf zog.

„Was ich meine … Als ich in ihrem Alter war, hatte ich bereits ein Kind. Ich *musste* mich erwachsen verhalten. Ich hatte gar keine Wahl."

„Und du hast es fabelhaft gemeistert."

„Meinst du? Oft, wenn ich Lena ansehe, … dann … dann sehe ich nur Vorwürfe in ihrem Blick. Ich weiß einfach nicht, was ich falsch mache. Sie redet ja kaum noch mit mir."

„Du machst nichts falsch."

„Ja, sag das deiner ach so dankbaren Tochter."

Mit dem Zipfel ihrer Stoffserviette wischte sich Katja eine Träne aus dem rechten Augenwinkel, ehe sie einen großen Schluck von ihrem Wein nahm. „Ich komme einfach nicht an sie ran."

„Soll ich mal mit ihr reden?"

„Ja. Ja, ich glaube, das solltest du."

„Ich könnte sie kommenden Freitag von der Arbeit abholen, wenn du willst. Dann gehe ich mit ihr was essen."

„Soll ich ihr den Vorschlag machen oder rufst du sie selber an?"

In Katjas Stimme schwang ein Ton mit, der sich vorwurfsvoll anhörte.

David verstand. Er meldete sich zu selten bei Lena, was ihm aufrichtig leidtat. Als Antwort bekam Katja darauf nur ein schuldbewusstes Kopfnicken – was so viel heißen sollte, wie: Ich werde sie anrufen, versprochen!

Gut, das hätten wir geklärt, dachte sich David. *Und jetzt?*

Zu seinem Glück kam im nächsten Augenblick Karl an ihren Tisch, um die leeren Teller abzuräumen. So wie jeder andere Angestellte in dem Lokal kannte auch dieser Kellner die beiden beim Namen.

Die angespannte Stille verschwand, indem er fragte: „Darf es noch ein Dessert sein, Frau und Herr Ilmbrandt?"

„Nein, danke, Karl. Die Rechnung bitte", antwortete Katja, ohne ihren Exmann eines Blickes zu würdigen. David hatte zwar keine Lust auf ein Dessert, aber auf seine Reaktion zu warten, hätte sie nicht umgebracht.

Karl setzte sein breitestes Lächeln auf und verschwand, um die Rechnung zu holen.

Die Tatsache, dass Katja trotz ihrer Scheidung nicht wieder ihren Mädchennamen angenommen hatte, irritierte David nach wie vor. Jedes Mal hatte er aufs Neue das Gefühl, noch mit ihr verheiratet zu sein, schon alleine deswegen, weil sie immer so angesprochen wurden als wären sie noch ein Paar. Obwohl sie das eindeutig nicht mehr waren und das seit mittlerweile fünf Jahren.

„Das übernehme ich", meinte David und holte seine Geldbörse hervor. Kurz darauf kam der Kellner zurück und bedankte sich wie immer überfreundlich für das großzügige Trinkgeld.

David half seiner Exfrau in ihren Mantel und sie traten vor die Tür. Ein eisiger Wind peitschte ihnen ins Gesicht, als sie sich auf den Weg zu seinem Auto machten.

„Oh Gott", murmelte Katja plötzlich. Das war das Erste, das sie seit dem knappen Wortwechsel mit Karl wieder von sich gab. Sie rückte näher zu David heran. Anscheinend hatte sie Angst vor den lachenden Personen, die auf sie zuwankten. Katja kam ihm schließlich so nahe, dass sich bereits ihre Oberarme berührten.

„Vor denen brauchst du keine Angst zu haben", meinte David, als er sah, wie sich die drei Leute verhielten. „Das sind nur Besoffene, die nicht mehr wissen, wo oben und unten ist."

„Trotzdem."

Trotzdem. Diese Antwort war für Katja stets Grund genug, um ihre Meinung zu vertreten. David stieß einen leisen Seufzer aus und legte seinen Arm um ihre Schultern, um sie enger an sich zu drücken.

„Danke", murmelte Katja verlegen. Die drei wankenden Personen kamen näher. David sah, dass es sich dabei um zwei Männer und eine Frau handelte. Er nahm an, dass alle ungefähr in Katjas und seinem Alter waren – oder vielleicht etwas jünger. Die Frau in der Mitte schaffte es kaum, sich auf den Beinen zu halten. Zum Glück wurde sie von beiden Seiten gestützt – obwohl der Zustand ihrer zwei Kumpanen auch nicht viel besser war.

David schaute geradeaus, damit er nicht angepöbelt wurde. Aber die Frau hatte wieder seine ganze Aufmerksamkeit, als sie lauthals lachte und wirres Zeug schwafelte: „Ins Bett! Meine Beine! Ihr müsst mich halten! Achtung, nicht so schnell!"

„Du bist so besoffen, Jo! Weißt du, was du bist? Mit Abstand die krasseste Freundin, die Lennon je hatte!", grölte einer der beiden Männer neben ihr.

Jo …

Lennon …

Während David darüber nachdachte, woher er diese Leute kannte, passierte das Unvermeidliche: Als sie auf selber Höhe mit den drei Wackeldackeln waren, kamen diese komplett aus dem Gleichgewicht und rempelten Katja und David so wild an, dass sie beinahe umkippten. Daraufhin lachten die Besoffenen noch mehr.

„He!“, rief David ihnen nach, doch sie reagierten nicht.

Er drehte sich um und löste sich von Katja, als diese sagte: „Lass das, bitte.“

„Sie sollten sich wenigstens entschuldigen!“

„Schon gut, ist ja nichts passiert.“

„Ist alles in Ordnung mit dir?“

„Ja. Ich wusste doch, dass das Asoziale sind.“

„Solche Bekloppten.“ David regte die Situation mächtig auf, Katja hingegen sah noch immer verängstigt aus. „Darf ich mich bei dir unterhaken, bis wir beim Auto sind?“, fragte sie. David bot ihr seinen Arm an und ließ sie gewähren. Sie sagte: „Ich hasse solche Leute. *So* haben wir uns nie aufgeführt.“

„Das stimmt allerdings. Wir hatten immer noch die Manieren, uns zu entschuldigen.“

„Und hast du die Frau gesehen?“ Katja senkte die Stimme, so als könnten die drei von vorhin sie noch hören. „Also wenigstens als Frau sollte man wissen, wie man sich verhält.“

„Da gebe ich dir recht.“

„Aber die hat sowieso ausgesehen wie ein Kerl, also ist bei ihr sowieso schon Hopfen und Malz verloren.“

Katjas Aussage entlockte David einen Lacher. *Ich liebe es, wenn sie über andere Leute herzieht*, dachte er sich. Im nächsten Augenblick verfluchte er sich für diesen Gedanken. Er *liebte* es?

Um Gottes willen, David, ermahnte er sich selbst. *Sie wird dich niemals zurücknehmen, das Thema hattet ihr schon.*

Diese wundervolle Frau loszulassen, war ihm damals extrem schwergefallen. Aber sie wollte die Scheidung und das von heute auf morgen. *Es passte einfach nicht mehr, schon lange nicht mehr.* Das war ihre Begründung gewesen. David verstand es nicht. Er wollte wissen, wie sie zu dem Entschluss gekommen war und sie hatte ihm alles Mögliche aufgezählt. Katja hatte alle Phrasen runtergeleiert, die ihn dazu bringen sollten, zu verschwinden.

Er hatte ihr unzählige Vorschläge gemacht, wie sie an ihrer Ehe arbeiten könnten, aber sie hatte total abgeblockt. Irgendwann war sie so wütend geworden, dass sie ihn mit Tränen in den Augen anschrie: „Ich liebe dich einfach nicht mehr, David! Hast du das verstanden?“

Und somit hatte er keine andere Wahl mehr gehabt: Er musste sie loslassen.

Genau wie in diesem Augenblick, als sie sich von ihm löste und auf die Beifahrerseite des Wagens zuging. Im Hintergrund glaubte David, die betrunkenen Personen von eben erneut zu hören.

6

Samstag, 03. Februar 2018

Jola

Jola ließ sich auf die durchgelegene Matratze in Lennons Bett fallen und atmete erleichtert auf. Sie glaubte noch, mitzubekommen, wie ihr Freund ihr einen Kuss auf die Stirn gab, ehe er sich mit Rainer wieder aus dem Staub machte.

Dass die beiden den ganzen Weg bis nach Sankt Lorenzen im Bus auf sie aufgepasst hatten, rührte sie auf der einen Seite sehr – auf der anderen war es ihr peinlich. Sie vertrug aber auch wirklich nichts mehr!

Ihr war es unangenehm, dass sie sich so wenig unter Kontrolle hatte und dass sie das Paar vor dem *Illusion* auf der Straße angerempelt hatten. Obwohl es mit höchster Wahrscheinlichkeit Spießer waren, dem Aussehen nach zu urteilen. Eigentlich konnte Jola solche Leute nicht leiden, aber eine Entschuldigung hätte sie, Lennon oder Rainer nicht umgebracht. Wenn sie nicht so betrunken gewesen wären, wäre das alles nicht passiert. Sie waren sogar zu Beginn in die falsche Richtung gegangen. Nachdem sie das Spießerpaar angerempelt hatten, war ihnen aufgefallen, dass sie zur falschen Bushaltestelle unterwegs waren. Lachend hatten sie umgedreht – wobei sich Jola wie in einem Karussell vorgekommen war – und die richtige Richtung eingeschlagen.

Langsam wurden ihre Augenlider schwer, sie überlegte, ob sie noch ins Bad gehen sollte, um sich abzuschminken, dann schlief sie ein. Und Jola begann zu träumen …

Es war der 11. Dezember 1998, sie saß in ihrem Kinderzimmer und wartete. Mit den Händen fuhr sie über die schmerzenden Stellen an ihren Beinen – letzte Woche hatte sie einige Schläge beim Krampuslauf abbekommen. Obwohl sie versucht hatte, vor den maskierten Männern im Ziegenfell davonzulaufen, hatte sie die Ruten zu spüren bekommen. Da hatten nicht mal die zwei Leggings unter der Jeanshose geholfen. Eigentlich hatte sie sich nur ein paar Süßigkeiten vom Nikolaus holen wollen, aber seine teuflischen Gefährten hatten ihr den Weg bis dorthin nicht leicht gemacht.

Sie war elf Jahre alt und ihre Eltern waren in die Schule zum Elternsprechtag gegangen. Dass sie heute erst einen Geografie-Test zurückbekommen hatte, der vor Fehlern nur so strotzte, hatte sie ihnen noch nicht erzählt. Das sollte ihr Lehrer für sie übernehmen. Zu Jola hatte er nach dem Unterricht gesagt, dass sie diesen Test wiederholen müsse, da sie mit Abstand am schlechtesten abgeschnitten hatte.

Es war ja nicht so, dass sie dumm war. Aber für Geografie wollte sie schlicht und einfach nicht lernen, es kotzte sie regelrecht an. Die Fächer, die sie eher interessierten, waren Sprachen und Biologie. Aber die Lehrer meinten, sie müsse für jedes Fach lernen.

Jola rechnete damit, dass ihre Eltern vor dem Abendessen wieder zurück sein würden. Wie lange konnte so ein Gespräch mit dem Lehrer schon dauern? Als sie jeden Moment mit der Rückkehr ihrer Eltern rechnete, setzte sie sich aufrecht auf die Kante ihres schmalen Bettes und wartete auf ihre Hinrichtung. Sie wusste, dass es mächtig Ärger geben würde wegen dieses blöden Geografie-Tests. Von Minute zu Minute wurde ihre Anspannung größer und sie wagte sich nicht zu bewegen. Also warten und das Schlimmste befürchten, somit konnte man nur positiv überrascht werden.

Jola wurde in der Tat überrascht, jedoch nicht positiv.

Sie hatte nur das Schlimmste befürchtet: Einen Wutanfall ihrer Mama (den sie noch nie hatte), eine Ohrfeige ihres

Vaters (die er ihr noch nie gegeben hatte) und mindestens eine Woche Hausarrest (den ersten ihres Lebens). Aber mit dem Allerschlimmsten hatte sie nicht gerechnet.

Sie wartete und wartete, aber ihre Eltern kamen nicht. Ihr Lehrer musste ihnen ganz schön viel zu erzählen haben, vermutete sie.

Nach einer gefühlten Ewigkeit klingelte es an der Tür. Sie wirkte wie erstarrt. Warum sollten ihre Eltern beim eigenen Haus klingeln? Nach dem dritten Läuten stand sie langsam auf und ging zur Tür. Als sie sie öffnete, standen zwei uniformierte Polizisten unter dem Vordach. Mit ernsten Gesichtern blickten die beiden auf sie herab.

„Hallo, Liebes. Wohnst du hier?", hörte sie einen der großen Männer fragen. Vorsichtig nickte sie mit dem Kopf.

Daraufhin stürzte sie in ein tiefes dunkles Loch, aus dem sie es bis heute nicht herausgeschafft hatte. Sie würde den Menschen finden, der ihr das angetan hatte.

7

Samstag, 03. Februar 2018

David

„Gut, da wären wir."

Etwas Besseres fiel David in dem Augenblick nicht ein, als er den Wagen in einer Siedlung in Bruck an der Mur parkte. Katja rührte sich nicht. Beide starrten auf die Außenbeleuchtung, die oberhalb der Haustür des Wohnobjektes hing. Sie war an, somit musste jemand kurz zuvor das Haus betreten oder verlassen haben.

Lena?

Es schien eine Ewigkeit zu vergehen, bis sich Katja zu ihm drehte und sich für den Abend bedankte.

„Und vergiss nicht, deine Tochter anzurufen", sagte sie, bevor sie sich abschnallte und die Autotür für Davids Geschmack etwas zu fest zuschlug. Sie ließ ihm nicht einmal Zeit, sich nach der eben erwähnten Tochter zu erkundigen. Dafür hatte er in den letzten Stunden mehr als genug Möglichkeiten gehabt, zumal es bei dem Treffen mit seiner Exfrau in erster Linie um Lena ging. *Was bin ich nur für ein Idiot!*

Katja war die ersten paar Stufen bis zur Haustür raufgegangen, hatte diese aber noch nicht geöffnet.

Tu es, bevor es zu spät ist!

David stellte den Motor ab und sprang aus dem Auto. „Wie wäre es, wenn ich noch für einen Moment mit nach oben komme?", rief er Katja zu. Das musste sich ja anhören, als wollte er mehr, als nur seine Tochter sehen. So als wollte er sich mit seiner Exfrau *versöhnen*.

Aber Katja verstand ihn schon richtig, sie kannten sich nach all den Jahren beinahe in- und auswendig: „Du meinst wegen Lena?"

„Ja. Außer du hast etwas dagegen."

Auf Katjas Gesicht zeigte sich ein Schmunzeln. „Du bist doch echt unglaublich." Dann schüttelte sie den Kopf.

Für David hatte sich das eben nicht wie ein Kompliment angehört, sondern eher wie eine sarkastische Bemerkung einer enttäuschten Exfrau. Was war denn so verkehrt daran, noch mithochzukommen, um ein kurzes Gespräch mit der gemeinsamen Tochter zu führen?

„Natürlich hätte ich nichts dagegen, du bist schließlich ihr Vater, David ..." So, wie sie seinen Namen betonte, konnte das nichts Gutes heißen. Das Lächeln verschwand aus ihrem Gesicht und sie fuhr fort: „... Aber ich habe dir vorhin bereits erzählt, dass sie heute mit Freunden ausgegangen ist. Wenn du dich wirklich für sie interessieren würdest, hättest du diese Frage eben nicht gestellt."

Mit diesen Worten verschwand sie im Haus. David war wie vor den Kopf gestoßen. Hatte sie ihm das wirklich erzählt? Oh Mann, natürlich! Im Restaurant, ganz zu Beginn. Noch bevor Karl die Bestellung aufgenommen hatte.

Das Licht oberhalb der Haustür war bereits ausgegangen, doch David rührte sich nicht vom Fleck. Er wartete. In der Wohnung seiner Exfrau und seiner Tochter blieb es dunkel. Sollte er sich Sorgen machen? War etwas passiert? War Katja im Treppenhaus gestürzt? Obwohl sie schon längere Zeit getrennt waren, hatte David noch immer das Gefühl, seine Exfrau beschützen zu müssen. Er atmete erleichtert auf, als in der Wohnung das Licht anging und stieg wieder in den Wagen.

Zu Hause angekommen, wurde er schnurrend von Lord Schlotterhose begrüßt. Der schwarze Kater, der für Davids

Geschmack ein paar Haare zu viel verlor, schmiegte sich an sein linkes Hosenbein und hielt ihm liebevoll seinen Allerwertesten ins Gesicht, als er dabei war, seine Schnürsenkel zu öffnen.

„Jaja doch, ich weiß", nuschelte David, während er versuchte, dem Schwanz des zuneigungsbedürftigen Tieres auszuweichen. Den Namen hatte der Kater übrigens Lena zu verdanken, da es laut den Erzählungen seiner Tochter in ihrer Klasse damals einen Jungen gegeben hatte, den einige Kinder so nannten, da er stets Hosen trug, die ihm um mindestens zwei Nummern zu groß gewesen waren. Diesen Spitznamen hatte sie so lustig gefunden, dass das Haustier selbstverständlich auch die Ehre erhielt, so genannt zu werden. Außerdem hatte es an den Beinen so lange Haare, dass man meinen könnte, es trüge tatsächlich eine Hose.

Katja und David waren mit der Namensgebung alles andere als einverstanden, sie hatten sich etwas Normaleres für den schwarzen Kater vorgestellt, wie zum Beispiel Blacky. Aber Lena hatte sich bereits entschlossen. Na gut, dann sollte das Tier eben so heißen, es hielt sich ja sowieso nur in der Wohnung auf. So lief man nicht Gefahr, schief angeschaut zu werden, wenn man in der Öffentlichkeit danach rief.

Als David sich seiner Schuhe entledigt hatte, ging er in die Küche, um Lord Schlotterhose eine Dose Katzenfutter zu öffnen. Das Tier folgte ihm, ohne ihn aus den Augen zu lassen.

Während der Kater schmatzend bei seinem Futternapf saß, ging David ins Wohnzimmer zu der rustikalen Holzkommode, die vor einem Fenster stand. Darauf lag es. Das Schreiben. Er konnte in der Fensterscheibe sein Spiegelbild ausmachen und kam sich plötzlich von draußen beobachtet vor. Aber er war Polizist und schob es auf seinen Beruf zurück. Sich beobachtet zu fühlen, gehörte dazu! Vor allem, wenn es draußen dunkel war und die Wohnung im Erdgeschoss lag. Er zog die Vorhänge zu, bevor er den Zettel an sich nahm und ihn studierte, als würde dieses Mal etwas anderes darauf stehen.

8

Montag, 05. Februar 2018

Jola

Um 6 Uhr morgens klingelte ihr Wecker. Lennon fluchte leise neben ihr, als sie mit einem Klopfen auf ihr Smartphone dafür sorgte, dass das nervige Geklimper aufhörte.

„Um diese Uhrzeit", hörte sie ihren Freund nuscheln. Jola richtete sich langsam im Bett auf, sogleich meldete sich ihre schmerzende Schulter. Sie unterdrückte ein gequältes Zischen. Vorsichtig kramte sie mithilfe der Smartphone-Beleuchtung ihre Sachen zusammen und verschwand damit ins Badezimmer.

Erst als sie die Tür hinter sich schloss, knipste sie das Licht an. Sie erschrak bei dem Anblick, der sich ihr beim Betrachten ihres Spiegelbildes bot. Der Fleck neben ihrem rechten Auge war zwar nicht mehr blau, aber weiterhin sichtbar. Sie hatte schlicht und einfach nicht mehr an ihn gedacht, umso verärgerter war sie nun, weil sie den mittlerweile gelblich-braunen Fleck versuchen musste, mit Make-up unsichtbar zu machen. Denn *so* wollte sie ganz bestimmt nicht in der Trafik auftauchen. Mit Sicherheit würde ihr Aussehen die Kunden verschrecken, die sie im Tabakwarenladen bediente.

Es war kurz vor 6.30 Uhr, als sie mit einer Banane – ihrem Frühstück auf dem Weg zur Arbeit – die Wohnung verließ. Im Treppenhaus war es wie immer eiskalt. Jola betätigte den Schalter, der dafür sorgte, dass der Raum im nächsten Moment in ein zuckendes kaltweißes Licht getaucht wurde. Nach etwa drei Sekunden beruhigte sich das Flackern. Sie sperrte gerade die Tür zu Lennons Wohnung ab, als sie Schritte hinter sich hörte. Ruckartig drehte sie sich um und erkannte seine Beine. Verdrehte, wackelige Beine, auf denen er die Treppen vom oberen Stockwerk herunterkam. Er machte einen zappelnden Schritt nach vorne, nun war sein zuckender Körper bis zur Brustmitte zu sehen.

Jolas Herz machte einen Sprung und sie hastete in die untere Etage. Sie wollte weder sein Gesicht sehen noch in ein Gespräch verwickelt werden, denn sie fürchtete sich vor ihm. Im Erdgeschoss angekommen, eilte sie durch die Haustür und ließ sie hinter sich so laut zufallen, dass sie selbst kurz bei dem darauffolgenden Lärm zusammenzuckte. Ihr Schritttempo verlangsamte sich etwas, als sie im Innenhof auf ihr Auto zuging. Nie im Leben könnte er sie jetzt noch einholen!

Kurz darauf ließ sie sich in den Fahrersitz ihres alten VW Polos fallen und betätigte wie immer sofort die Zentralverriegelung. Auch wenn ihr Auto alt war, es hatte immerhin elektrische Fensterheber, eine Klimaanlage und eine Zentralverriegelung, über Letztere war sie heilfroh, gerade in Situationen wie diesen. Normalerweise aß Jola ihr Frühstück während der Fahrt zur Arbeit, aber der Schreck saß noch so tief, dass ihr der Appetit vergangen war, also legte sie die Banane auf den Beifahrersitz neben ihre Tasche. Sie würde sie essen, wenn sie nachher die Trafik aufsperren würde.

Jola schnallte sich an und startete den Motor des alten Benziners, der knatternd ansprang – ein mittlerweile vertrautes Geräusch. Sie legte den Rückwärtsgang ein, um auszuparken. Lennon hatte schon öfter gemeint, sie sollte sich doch mal ein neueres Auto zulegen, eines mit *Piepsern*, wie er die Einparkhilfe nannte. Der hatte leicht reden! Im Gegensatz zu ihr besaß der werte Herr Kobatz nicht mal ein Auto. Er hatte zwar den Führerschein, aber kein Geld für einen eigenen Wagen. Ihn störte das nicht, denn er brauchte ja nicht zwingend einen, zur Arbeit kam er auch zu

Fuß oder er ließ sich kutschieren. Trotzdem war er der Meinung, seine Freundin würde ein Auto mit *Piepsern* brauchen, damit sie leichter ein- und ausparken könnte. Für Jola war das Quatsch. Sie war zwar nicht die beste Fahrerin der Welt, aber sie kam ganz gut zurecht, auch ohne Einparkhilfe.

Tock.

Was war das?

Erschrocken drehte Jola sich um, konnte jedoch nichts erkennen. Der Innenhof lag leer hinter ihrer Heckscheibe. War sie irgendwo gegengefahren? Das konnte nicht sein, denn bis zur nächsten Wand waren es schätzungsweise zehn Meter. Womöglich war ihr eine Katze hinter den Wagen gelaufen. Sollte sie aussteigen und nachsehen? Jola erstarrte. Sie wollte sich gerade abschnallen und den Motor abstellen, als sie eine Bewegung im Rückspiegel wahrnahm. Auf ihrer Heckscheibe konnte sie eine Hand erkennen, die sich darauf abstützte. *Um Gottes willen, ich habe einen Menschen angefahren!*

Ihre Hände lösten nicht den Gurt, sondern legten sich auf Jolas Mund, um einen Aufschrei zu ersticken. *Steig aus, du kannst doch jetzt nicht einfach so dasitzen und nichts tun!,* ermahnte sie eine Stimme in ihrem Kopf.

„Okay, okay! Ich werde jetzt aussteigen“, sagte sie zu sich selbst und schnallte sich ab. „Keine Panik, Jola. Die Person hat sich eben noch bewegt, also kann es nicht so schlimm sein.“

Ein immer größer werdender Schatten im Rückspiegel hinderte sie daran, den Motor abzustellen. Jola sah, dass sich die Person nun langsam aufgerichtet hatte. Und es war … *Nein!*

Eigentlich hätte sie aussteigen und sich nach seinem Befinden erkundigen, oder sich wenigstens bei ihm entschuldigen müssen – womöglich hätte er sogar ins Krankenhaus gemusst! Aber sie konnte es nicht. Weil sie ihm nicht über den Weg traute. Weil er sie womöglich verletzen würde.

Im trüben Schein der Innenhofbeleuchtung konnte sie sein verzerrtes Grinsen und seine wild winkende Hand im

Rückspiegel sehen, als sie den ersten Gang einlegte und das Gaspedal durchtrat, noch ehe sie sich wieder angeschnallt hatte.

Nach ungefähr zwanzig Minuten kam sie bei der Trafik an. Ihr Herz raste. Hatte sie einen Fehler gemacht? Natürlich hatte sie das! Was für eine blöde Frage! Sie hätte zu ihm gehen, ihm helfen müssen. Schuldgefühle ließen Jola lauthals weinen, nachdem sie ihren Polo in der Nähe der Trafik geparkt hatte.

„*Ich* bin das Monster, nicht er!", schluchzte sie in ihre Hände. Aber andererseits war er ohne ihre Hilfe aufgestanden. Und er hatte sie angegrinst und ihr noch zugewunken! So schlecht konnte es ihm doch gar nicht gehen! Ihre Gedanken überschlugen sich.

Sollte sie Selbstanzeige erstatten? Die Stimme in ihrem Kopf schrie: *Ja, du dumme Kuh! Wie willst du sonst dein Gewissen erleichtern?*

Aber Jola schüttelte den Kopf, nahm die Banane und ihre Tasche vom Beifahrersitz und stieg aus dem Wagen.

„Er ist von selbst wieder aufgestanden", murmelte sie in ihren Schal. „Es geht ihm gut. Was soll schon passieren?"

Als sie sich dem Eingang der noch verschlossenen Trafik näherte, konnte sie davor zwei Personen mit Mützen sehen. Anscheinend warteten sie darauf, dass jemand den Tabakwarenladen öffnete. Jola warf einen Blick auf ihr Smartphone. 6.53 Uhr, sie war sogar etwas zu früh dran. Plötzlich lachte eine der beiden Personen auf, als Jola auf sie zuging. Nun fühlte sie sich noch unwohler. Dem Lacher und dem anschließenden Getuschel der beiden nach zu urteilen waren es Männer. Wer waren diese Typen? Kannten sie Jola? Lachte man sie aus?

Als sie sahen, dass Jola einen Schlüsselbund aus ihrer Jacke zog, wurden sie still und traten ein Stück zur Seite.

„Danke", murmelte Jola und sperrte auf. Sie beschloss, das „Geschlossen"-Schild gleich runterzunehmen, denn die beiden Typen noch sieben Minuten in der Kälte warten zu lassen, käme ihr dämlich vor. Sie knipste das Licht an und streckte ihren Kopf darauf zur Tür hinaus.

„Ihr könnt schon reinkommen“, sagte sie zu den zwei Männern, die sich nun verunsichert ansahen. Ihre Mantelkrägen verdeckten ihre halben Gesichter und ihre Mützen saßen ziemlich tief und doch glaubte sie, in ihren Augen so etwas wie Irritation zu erkennen. Aber sie wollte sich jetzt nicht über solche Belanglosigkeiten den Kopf zerbrechen, also verschwand sie wieder im Inneren der Trafik und schaltete das Radio ein.

Die ersten Kunden kamen etwa eine viertel Stunde später. In der Zwischenzeit aß Jola ihr mitgebrachtes Frühstück. Der Unfall von vorhin machte ihr noch immer zu schaffen, aber sie wusste, dass sie sich nur selbst schadete, wenn sie jetzt nichts aß. Die Banane schmeckte genau so, wie Jola sich fühlte: grauenhaft.

Die beiden Männer vor der Trafik waren verschwunden, kurz nachdem sie das Radio eingeschaltet hatte.

9

Montag, 05. Februar 2018
David

Parallel zum gewöhnlichen Freizeichenton erklang im Hintergrund *The less I know the better* von *Tame Impala*. Warum seine Tochter Geld für so einen Schwachsinn ausgab, konnte sich David nicht erklären.

Es war 18 Uhr und sein freier Tag, er hatte es sich auf der Couch bequem gemacht und spielte mit dem Gedanken, auch den Rest der Woche nicht mehr zur Arbeit zu gehen. Vielleicht sogar nie wieder. Das hatte er schon oft gesagt und noch öfter gedacht, aber im Endeffekt arbeitete er weiterhin bei der Polizei, obwohl es ihm schon lange keine Freude mehr bereitete. Am liebsten würde er einfach nur abhauen, sich irgendwo ein kleines Haus kaufen und …

Er schrak hoch, als Lord Schlotterhose auf seinen Schoß sprang. Er hielt weiter sein Smartphone ans Ohr und das Schreiben in der anderen Hand. Warum er es seit Tagen in der Wohnung mit sich rumtrug und anstarrte, konnte er sich selbst nicht erklären.

„Ja?“ Mehr hatte seine achtzehnjährige Tochter wohl nicht zu sagen, als sie das Gespräch entgegennahm.

„Hallo, Liebes, wie geht es dir?“, fragte David.

Ein Schnauben war zu hören, ehe er eine Antwort darauf bekam: „Ja, ganz gut. Und dir?“

Es hörte sich nicht so an, als würde sie das wirklich interessieren, aber David war dankbar, dass sie trotzdem danach fragte. Sowie er für jedes Wort seiner Tochter dankbar war. Denn dass sie redete, war nicht selbstverständlich. Als Katja und er sich hatten scheiden lassen, redete sie plötzlich nicht mehr. Mit beiden nicht. Eine sehr lange Zeit nicht.

David antwortete: „Mir geht es auch gut, danke. Hat deine Mutter schon mit dir gesprochen?“

„Sie spricht jeden Tag mit mir, falls du das meinst.“

Ja, natürlich. Er beschloss, expliziter zu werden: „Ich meine, wegen Freitag.“

„Was ist am Freitag?“

„Ich habe mir gedacht, ich könnte dich von der Arbeit abholen. Wir könnten einen schönen Tag zusammen verbringen.“

„Hat Mama dich beauftragt?“

Beauftragt. Welch ein schönes Wort für eine Vater-Tochter-Beziehung. Aber ganz unrecht hatte Lena damit nicht. Wenn Katja nicht ihr Herz bei ihrem Exmann ausgeschüttet hätte, wäre er wohl nicht von selbst auf die Idee gekommen, sich ein Treffen mit seiner Tochter auszumachen.

„Hat sie oder hat sie nicht?“ Lenas wütende Stimme riss ihn aus seinen Gedanken.

„Hör zu, Liebes, …“

„Nenn mich nicht so!“

„Tut mir leid.“

„Warum meldest du dich nur, wenn sich Mama bei dir über mich beschwert?“

„Wie kommst du denn auf so etwas?“

„Wie ich … Wie ich darauf komme? Warum rufst du denn sonst an? Ich weiß, dass ihr samstags zusammen essen wart, ich bin doch nicht blöd!“

„Und was soll sie mir deiner Meinung nach erzählt haben?“

„Was weiß ich! Dass ich eine furchtbare Tochter bin!“

„Das hat sie nicht gesagt und das weißt du.“

Das Gespräch entwickelte sich nicht so, wie David es sich erhofft hatte.

„Hör zu, Lena", begann er dieses Mal. „... Ich wollte einfach mal wieder einen netten Tag mit dir verbringen, warum ist das denn so schwer zu verstehen?"

„Na, weil du dich sonst nie meldest. Komischerweise rufst du nur an, nachdem du dich mit Mama getroffen hast. Oder wenn ich Geburtstag habe."

„Und weißt du auch, warum?" Nun wurde David laut. Er konnte es sich nicht mehr anhören. „Weil du mir das Gefühl gibst, ein Haufen Scheiße zu sein!"

Lena sagte kein Wort. Das nutzte er aus, um seinen Standpunkt zu erläutern: „Lena, ich bin dein Vater. Auch wenn ich nicht mehr mit deiner Mutter zusammen bin. Und ja, *sie* hat *mich* verlassen, damit du das mal ja nicht vergisst, Fräulein! Wenn es nach mir gegangen wäre, hätten wir uns nie scheiden lassen und ich würde noch bei euch wohnen. Aber anscheinend bin ja *ich* der Bösewicht! Und dass ich mich selten melde, weiß ich und es tut mir leid! Aber ich will das ändern, wirklich! Du hingegen scheinst das nicht zu wollen. Du bist eine erwachsene Frau, also verhalte dich auch bitte so."

„Ich ... Ich ..."

Es war lange her, dass David in so einem Ton mit seiner Tochter gesprochen hatte. Aber anscheinend war das nötig, denn nun hatte er das Gefühl, dass sie etwas bekam, was sie schon sehr lange nicht mehr gezeigt hatte: Respekt vor ihm.

„Ich hole dich am Freitag nach der Arbeit ab."

„Okay ... Ach ja, und Papa?"

„Ja?"

„Hast du die Flohschleuder noch?"

David lachte und sagte: „Ich werde sehen, dass ich ihn loswerde."

Nach dem Telefonat war er überrascht, dass Lena dem Treffen zugesagt hatte. Lord Schlotterhose saß auf seinem Schoß und schaute ihn erwartungsvoll an.

„Dein Fressen steht in der Küche. Wenn dir das nicht schmeckt, ist das dein Problem“, sagte David zu ihm.

Vor etwa zehn Jahren bekam Lena Lord Schlotterhose von ihrer Tante väterlicherseits zu Weihnachten geschenkt. Katja und David waren anfangs dagegen gewesen, denn ein Haustier bedeutete in ihren Augen Verantwortung und Fürsorge. Ob ein Lebewesen für ihre achtjährige Tochter das Richtige war, bezweifelten sie ehrlich gesagt ein wenig, denn dass Lena mehrmals *aus Versehen* Dinge kaputt machte, war kein Geheimnis. Im Endeffekt ließen sie sich von Davids Schwester überreden: „Jetzt stellt euch mal nicht so an! Sie ist acht Jahre alt und wünscht sich von ganzem Herzen ein Kätzchen! Ich wäre bereit, ihr eines zu kaufen – mit allem, was dazugehört. Ihr müsstet euch nur ums Futter kümmern.“

Sie willigten ein, obwohl sie genau wussten, dass sie sich nicht *nur ums Futter* kümmern mussten. Das Tier gehörte geimpft, gechippt, kastriert und weiß Gott was noch alles. Aber sie taten es für ihre Tochter. Lenas Freude über das Kätzchen war riesig und dauerte sogar vier Jahre an. Vor sechs Jahren entschied sich ihr Körper zur Traurigkeit aller für eine Katzenhaarallergie. Das Tier musste weg. Lena wollte es zuerst nicht einsehen, aber ihre Atemnot und die juckenden Augen gaben ihr zu verstehen, dass es keinen anderen Ausweg gab. So kam Lord Schlotterhose schließlich zu Davids Schwester. Als sie im Jahr darauf von der Scheidung ihres Bruders erfahren hatte, machte sie ihm den Vorschlag, er solle Lord Schlotterhose doch zurückzunehmen. Als hätte man sich eben mal einen Staubsauger ausgeliehen! Das war ein Lebewesen, das konnte man doch nicht einfach hin- und herschieben wie es einem gerade passte! Aber Davids Schwester war nicht die Einzige, die ihm diese Möglichkeit ans Herz legte. Plötzlich fing Katja ebenfalls mit dem Schwachsinn an: „Das würde dir guttun. Dann wärst du nicht so alleine. Es würde jemand auf dich warten, wenn du abends nach Hause kämst.“

Für diese Aussage hätte er seiner Exfrau am liebsten eine geklebt. Eine Katze? Ausgerechnet eine Katze sollte sehnsüchtig auf ihn warten und sich freuen, wenn er nach Hause käme? Das glaubte sie wohl selbst nicht.

Letztendlich ließ er sich doch dazu überreden und ja, er war froh, Lord Schlotterhose um sich zu haben, obwohl es selten den Anschein machte, als würde er auf David warten. Ab und zu kam er auf ihn zugelaufen, wenn er nach Hause kam und auch jetzt wollte er gestreichelt werden, aber David bezeichnete es eher als Nebeneinander-Herleben und nicht als tiefe Zuneigung. Und nun musste er ihn loswerden. Zumindest am Freitag. Vielleicht würde ihn ja wieder seine Schwester nehmen, oder einer der Nachbarn. David müsste die Wohnung sauber machen, ehe er seine Tochter abholte, denn diese Katzenhaare verteilten sich überall. Langsam streichelte er Lord Schlotterhoses Kopf, was dem Tier ein Schnurren entlockte.

David sah auf den Zettel in seiner linken Hand und wusste nicht, ob das, was darauf geschrieben stand, jemals wahr werden würde. Dann legte er ihn zur Seite.

Einen Traum zu haben, war die eine Sache. Ihn sich zu erfüllen, eine andere. David stand auf und ging zu seiner Staffelei, die er in einer Ecke des Wohnzimmers aufgestellt hatte. Nach der Scheidung von Katja hatte er zu malen begonnen. Es gehörte zu den wenigen schönen Dingen in seinem Leben. Mit einem Lächeln auf den Lippen öffnete er die schwarze Acrylfarbe und ließ sich von seinen Gefühlen leiten. Er brauchte kein Modell, um etwas auf die Leinwand zu bringen. Seine Vorstellungskraft reichte vollkommen aus.

Das waren jene kostbaren Momente, in denen er ganz und gar in einer Traumwelt versinken konnte.

10

Montag, 05. Februar 2018

Jola

Der Sonnenschein auf dem Nachhauseweg hatte getäuscht. Nachdem Jola um 12 Uhr die Trafik verlassen hatte, wurde sie von der beißenden Februarkälte überrascht. Bei der Heimfahrt schien die Sonne durch das Seitenfenster auf ihre Haut, das spürte sie aber kaum, denn selbst im Auto herrschten so eisige Temperaturen, dass man den eigenen Atem sehen konnte.

Als sie ihre Wohnung betrat, musste sie an das kalte Treppenhaus von heute Morgen denken. Und an ... ihre Begegnung. Sie beschloss, sich mit Aufräumen und Putzen abzulenken.

Es war bereits 18 Uhr und Jola ging nervös in ihrer Wohnung auf und ab. Sie lag etwa fünfzehn Kilometer von Lennons entfernt. Er war bestimmt noch nicht zu Hause, also würde sie warten, bis er sie anrief. Lennon arbeitete als Tischler in einem Möbelhaus und es war keine Seltenheit, dass er Aufträge zugeteilt bekam, die erst am späten Nachmittag begannen. Jola konnte sich ihren Freund nicht beim Aufbau von teuren Designermöbeln vorstellen, da seine Wohnung ironischerweise mit alten, teilweise kaputten Gebrauchtmöbeln eingerichtet war. Letzte Woche erst erzählte er ihr wieder eines Abends: „Stell dir vor, heute mussten wir bei so einem Opa einen Esstisch für zwölf Personen aufbauen. Damit er Platz für seine Kinder und die Enkel hat, meinte er. Grässliches Teil. Aber ja, der alte Freak sah auch schon so aus, als wüsste er nicht, wohin mit dem Geld. Der blöde Tisch hatte mehr Schnickschnack als meine gesamte Küche!"

Vermutlich war er auch mehr wert.

Jola musste schmunzeln, als sie an Lennons Geschichte dachte. Das ließ sie für einen kurzen Moment den furchtbaren Zwischenfall von heute Morgen vergessen.

Sie schrak hoch, als ihr Smartphone klingelte. Lennon. Sie hob ab. „Hey. Alles klar?"

„Natürlich doch, du wilde Maus." Er hatte stets die ausgefallensten Kosenamen für sie. „Ich bin gerade nach Hause gekommen."

„Hattest du einen anstrengenden Tag?"

„Es war in Ordnung. Zuletzt mussten wir noch ein Badezimmer aufbauen. Hat über 3.000 Euro gekostet. Die Leute spinnen ja!"

Jola konnte sich ein Grinsen nicht verkneifen, obwohl ihr gar nicht nach Lachen zumute war. Lennon fragte: „Und wie war dein Tag? Ist was Spannendes passiert?"

Sollte sie es ihm sagen? Sie wusste es nicht. Sie könnte ihn fragen, ob er zu ihr kommen würde, so musste sie es wenigstens nicht am Telefon beichten.

„Ganz normal." Mehr brachte sie jedoch nicht heraus.

„Okay. Keine verrückten Kunden?"

Ihr fielen die beiden Männer vor der Trafik ein. „Nun ja, gleich morgens waren da so komische Typen. Sie standen vor der Trafik. Als ich dann auf sie zuging, fing einer zu lachen an und dann tuschelten sie miteinander."

„Hast du sie gekannt?"

„Nein, glaube nicht. Ihre Gesichter waren von Schals und Mützen verdeckt. Dann sperrte ich auf und sie hauten ab."

„Hm, komisch."

„Sagte ich doch. Einfach nur komische Typen."

Von den unbekannten Männern hatte sie ihm nun erzählt. Zeit, um über das eigentliche Thema zu sprechen: „Kannst du heute noch zu mir kommen?"

„Ich zu dir? Wieso denn das?"

Eine berechtigte Frage und doch hatte sie gehofft, sie nicht gestellt zu bekommen. In der Regel war es so, dass sie unter der Woche entweder getrennt oder bei Lennon schliefen, weil er kein Auto hatte. Es war für ihn umständlich, von Jolas Wohnung zur Arbeit zu gelangen. An den Wochenenden war es dann unterschiedlich. Aber sie wollte nicht zu Lennon, hatte Angst, *ihm* zu begegnen. Was sollte sie zu ihm sagen, nachdem sie ihn angefahren und danach einfach abgehauen war?

„Ich könnte dich abholen", sagte sie anstelle einer Begründung.

„Aha." Lennons Tonfall klang skeptisch. „Und morgen? Wie soll ich zur Arbeit kommen?"

„Warte, ich schaue schnell nach, ob ein Bus um diese Uhrzeit fährt …"

„Hör auf mit dem Schwachsinn. Was ist los?"

„Was soll los sein? Ich möchte einfach, dass du bei mir bist."

„Hast du überhaupt etwas zu essen für mich?"

Jola schluckte. Da er unter der Woche nie bei ihr war, kaufte sie auch nicht extra für ihn ein. Aber Gemüse hatte sie immer zu Hause, damit würde er sich bestimmt zufriedengeben. „Ich habe noch Salat und …"

„Ach, komm schon! Salat? Du weißt doch, dass ich Hülsenfrüchte brauche, wegen der Proteine!"

„Dann schau ich eben nach, was ich noch habe."

Am anderen Ende der Leitung war ein Schnauben zu hören. Lennons Reaktion war gerechtfertigt.

„Komm zu mir, bevor wir alles verkomplizieren. So ist es am einfachsten."

„Ich will aber nicht immer die einfachste Lösung nehmen."

Das war ihr eben rausgerutscht. „Entschuldige, ich meine …"

„Weißt du was? Ruf mich einfach noch mal an, wenn du dich beruhigt hast und nicht mehr so zickig bist."

Und da hatte Lennon aufgelegt. Einfach so. Jola starrte ihr Smartphone an. Sie wollte ihm ja die Wahrheit erzählen, nur nicht übers Telefon. Und noch weniger wollte sie zu ihm fahren, da *er* wahrscheinlich wieder im Innenhof oder im Treppenhaus herumlungerte. Seine Mutter hatte ihn offenbar nicht unter Kontrolle, aber der war ihr Sohn vermutlich egal.

Einmal hatte sie sie gesehen. Sie war alt – viel älter, als Jola gedacht hätte. Ihr Sohn war einundzwanzig, das hatte Lennon mal erwähnt – sah aber jünger aus. Bei seiner Mutter hingegen könnte man meinen, sie wäre nicht mehr weit von der Achtzig entfernt. Eine unsympathische Frau. Als Jola an einem Nachmittag Einkäufe in Lennons Wohnung schleppte, begegnete sie ihr und ihrem Sohn im Innenhof. Sie bemühte sich, nicht hinzusehen – was sie vermutlich auffällig unauffällig machte. Seine Mutter hatte das bemerkt und rief ihr zu: „Was glotzt du denn so?"

Dabei hatte sie gar nicht geglotzt, nicht einmal gespäht hatte sie! Sie hatte eingeschüchtert auf den Boden gesehen, aber das war vermutlich das falsche Verhalten. Jola schaute auf und entschuldigte sich kleinlaut.

„Hast du das gesehen? Hast du gesehen, wie die geguckt hat? Gabriel! Ich rede mit dir, Sohnemann! He! Bleib stehen, wenn ich mit dir rede!", rief die Alte ihrem Jungen nach, der einige Meter vor ihr lief.

„Sch-sch-schuligung, Ma." Mehr gab er nicht von sich. Jolas Schritte wurden schneller und sie atmete erleichtert auf, als sie Lennons Wohnung betrat und die Tür geräuschvoll hinter sich schloss.

Die Erinnerungen an diesen Augenblick bereiteten Jola Bauchschmerzen und so legte sie sich im Wohnzimmer auf das Sofa und deckte sich mit ihrer Kuscheldecke zu – in der Hoffnung, dass die Schmerzen dadurch verschwinden würden. Das taten sie dann überraschenderweise auch – und schließlich brach die Müdigkeit über sie herein.

11

Dienstag, 06. Februar 2018

David

Die Haare der Frau schimmerten im Scheinwerferlicht, das der alte Toyota auf sie warf. Lächelte sie ihn an? Ihm kam es zumindest so vor. *Sieh nur, was du gemacht hast*, schienen ihre Augen zu sagen. Er wollte nicht, aber sie zwang ihn dazu – mit ihrem Blick.

Seine Sicht wurde verschwommen, als er zu ihr schielte … Der Mann war ganz in Schwarz gekleidet – so als wollte er gar nicht erst gesehen werden. An ihre Gesichter konnte er sich kaum erinnern.

Sieh her, verdammt! Die Augen der Frau schrien verzweifelt nach Aufmerksamkeit. Dann hörte er die Worte seines Kumpels: „He, Mann! Bist du …"

Das Läuten des Weckers riss David aus seinem Traum. Blind griff er nach seinem Smartphone auf dem Nachttisch, um das nervtötende Tröten zum Verstummen zu bringen. Dann setzte er sich im Bett auf. Er hatte geschwitzt – und das nicht wenig. Langsam schlurfte er in seinen Boxershorts ins kleine Badezimmer – wobei *klein* für die Größe dieses Raumes noch mehr als großzügig ausgedrückt war. Aber für ihn alleine reichte es, solange er nicht vorhatte, eine Tanzeinlage neben der Duschkabine aufzuführen.

David sah seinem Spiegelbild in die Augen, unter denen sich

dunkle Schatten abzeichneten. *Du siehst scheiße aus*, dachte er sich. Er entledigte sich seiner Unterwäsche und stieg in die Duschkabine. Während das Wasser seine Haut kitzelte, kam ihm wieder sein Traum in den Sinn. Er hatte ihn schon oft geträumt. Um genau zu sein, sechsundachtzig Mal. Ohne dem einen Mal von vorhin, das müsste er sich noch notieren. Also siebenundachtzig. Es gab Zeiten, da träumte er ihn selten, und dann hatte er wieder einen *starken* Monat dabei, wo er ihn beinahe jede Woche heimsuchte. Meistens zu einer Zeit, in der sich eine Veränderung in Davids Leben ankündigte. Und er hatte das Gefühl, dass er demnächst noch eine erleben würde.

Nachdem er fertig geduscht hatte, machte er einen senkrechten Strich an den Rand des Zeitungsausschnittes, den er aus seinem Nachtkästchen nahm. Strich Nummer siebenundachtzig. Bald würde das Blatt Papier voll sein. Und dann? Sollte er auf der Rückseite weitermachen, wenn der Traum sich nicht verabschieden würde? Über der Mail-Adresse, die er sich notiert hatte? David wollte im Moment nicht darüber nachdenken, immerhin hatte er ja noch ein paar leere Stellen über dem Bericht. Stattdessen wandte er sich Lord Schlotterhose zu, um ihn zu streicheln. Danach ging er in die Küche, füllte den Napf des Katers mit etwas Futter und gab ihm frisches Wasser. Dabei überlegte er, ob er heute zur Arbeit fahren sollte oder nicht. Er sah, wie Lord Schlotterhose misstrauisch die eben befüllten Schüsselchen musterte. Als David wieder hochsah, entdeckte er auf dem Sofa den gefalteten Zettel.

Und in diesem Moment beschloss er, zur Arbeit zu fahren. Am Mittwoch würde er wieder einen Lottoschein kaufen, vielleicht hatte er ja dieses Mal Glück.

12

Dienstag, 06. Februar 2018

Jola

Ihr Arbeitstag war heute erstaunlich ruhig verlaufen. Sie hatte keinerlei Begegnungen mit furchteinflößenden Personen, immerhin etwas. Auch die gruseligen Typen von gestern waren nicht wieder aufgetaucht.

Dennoch hatte sie den ganzen Tag über ein mulmiges Gefühl, denn sie musste mit Lennon über den Zwischenfall reden. Sie *wollte* nicht, sie *musste.*

Seit gestern überlegte sie fieberhaft, ob sie nicht doch zur Polizei gehen sollte.

Lennon hatte sich den ganzen Tag über nicht gemeldet. Ihr letztes Telefonat lief ja nicht gerade toll. Deshalb rief sie ihn am Abend an, nachdem sie zwei belegte Brote gegessen hatte. Nach dem dritten Freizeichenton nahm er ab. „Ja, hallo?"

„Hi. Wie … Wie geht es dir?"

„Ganz gut, auf der Arbeit war heute nicht viel los …"

Er fragte sie nicht nach ihrem Wohlbefinden. Nun gut, es gab Schlimmeres. Anscheinend war er noch etwas mies drauf wegen des letzten Telefonats, also beschloss Jola, sich erwachsen zu verhalten und sagte: „Ich hoffe, du bist mir wegen gestern nicht mehr böse … Glaubst du, könnten wir uns heute noch sehen?"

„Ich bin zu Hause, du kannst gern zu mir kommen."

Ob er ihr nun böse war oder nicht, konnte sie aus dieser Aussage nicht wirklich heraushören. Immerhin lud er sie ein, zu ihm zu kommen – nur, was, wenn sie *ihm* wieder begegnen würde? Oder seiner Mutter? Das Risiko musste sie eingehen.

„Okay. Ich bin in einer Stunde da“, war Jolas Reaktion auf Lennons Vorschlag.

„Gut“, antwortete er.

Gut ist was anderes, dachte sie sich, nachdem sie das Gespräch beendet hatten.

Sie ließ sich Zeit, als sie ihre Sachen packte. Dabei fiel ihr auf, dass Lennon sie gar nicht eingeladen hatte, über Nacht zu bleiben. Aber sie waren immerhin ein Paar, sollte sie es also als Selbstverständlichkeit ansehen? Oder war er ihr etwa doch noch böse? Nur wegen einer kleinen Meinungsverschiedenheit? Das konnte nicht sein Ernst sein. Oder war es wegen etwas anderem? Hatte er womöglich genau zu dem Zeitpunkt, als Jola den Nachbarsjungen mit dem Auto angefahren hatte, aus dem Fenster geschaut? Wusste er von dem Zwischenfall? Eines stand auf jeden Fall fest: Sie würde es ihm heute sagen. Wenn sie sich ihm nicht anvertrauen konnte, wem dann? Etwa ihren Eltern? Nein, das würde sie nicht tun. Die beiden konnten ihr gestohlen bleiben. Reflexartig glitt ihre Hand auf ihre Wange, die schon so viele Schläge abbekommen hatte. Eine Träne löste sich aus Jolas Augenwinkel, als sie vorsichtig über ihre glatte Haut fuhr.

Ihr Herz klopfte bis zum Hals, als sie ihren alten Polo im Innenhof parkte. Mit schnellen Schritten war sie vor Lennons Wohnungstür – sie hatte unterwegs keine unschönen Begegnungen, zum Glück. Sie sperrte auf und als sie ihre Schuhe ausgezogen und den Wohnraum betreten hatte, wurde sie von ihrem Freund mit einer Umarmung begrüßt. Er roch nach Gras, was sie etwas verwunderte. Sie hatte nicht gewusst, dass er auch unter der Woche rauchte. Aber sie fand es nicht weiter schlimm, deshalb sprach sie es nicht an.

„Alles klar? Willst du was essen?“, fragte Lennon.

„Nein, danke. Ich hatte schon was."

Nun standen sie da. Jola wusste nicht, wie sie mit der Nervosität umgehen sollte. Sie kaute auf ihrer Unterlippe herum, ehe sie aussprach, was schon längst fällig war: „Ich … Ich muss dir was sagen."

Der erste Schritt war geschafft. Sie gingen ins Wohnzimmer. Als sie auf dem Sofa Platz nahmen, fragte Lennon: „Willst du mir endlich mal erklären, weshalb du gestern so komisch warst?

„Ja."

„Dann schieß los."

„Ich habe dir doch von den zwei Typen erzählt."

„Ja?"

Warum tat sie das? Warum redete sie sich nun auf die zwei Männer vor der Trafik raus? Das hatte sie Lennon bereits erzählt.

„Haben sie dir gedroht?", fragte er.

„Was? Nein! Nein! Also …"

„Haben sie oder haben sie nicht?"

Okay, das Gespräch ging in die völlig falsche Richtung. *Schluss mit dem Theater,* befahl sich Jola in Gedanken.

„Mit denen war nichts. Tut mir leid, ich weiß auch nicht, warum ich jetzt von denen zu reden begonnen habe."

„Ich schon."

„Was …"

„Weil du vom eigentlichen Thema ablenken wolltest."

Erwischt. Also raus damit.

„Du hast recht", seufzte Jola, selbst genervt von ihrem Zaudern. „Es ist was vorgefallen. Gestern. Noch bevor ich auf der Arbeit war."

Lennon unterbrach sie nicht, also musste sie weiterreden: „Ich habe Gabriel gesehen."

„Er wohnt hier, was ist daran also außergewöhnlich?"

„Ist es auch nicht …"

„Hör zu. Ich weiß, dass du ihm nicht traust. Aber glaub mir, er ist nicht so gefährlich wie du denkst."

Oh, wenn er nur wüsste, *was* sie über diesen Mann dachte. Sie hatte gute Gründe, um sich vor ihm zu fürchten. Einmal musste die Polizei kommen, um ihn ruhig zu stellen, denn er hatte im Innenhof zwei gleichaltrige Männer geschlagen – richtig zusammengeschlagen. Er wusste nicht, wann es an der Zeit war, aufzuhören. Seine Mutter bekam erst was davon mit, als die Polizei eintraf und sie zur Rede stellte. Gabriel hatte lachend gesagt: „Ma, die zwei ha-haben mich wütend gemacht. Ich musste s-sie hi-hinlegen."

Das waren seine Worte dafür gewesen. Er musste sie *hinlegen*, so einfach war das für ihn. Jola hatte Angst vor so einer Unzurechnungsfähigkeit und sie war sich sicher, dass er viele schlimme Dinge tat, von denen seine Ma und die Polizei nichts wussten.

Lennon fand das alles halb so schlimm. „Meine Güte, dann ist er eben mal ausgerastet, das kann jedem passieren", hatte er damals gesagt, als er davon erfahren hatte. In diesem Punkt waren Jola und er also nicht einer Meinung.

„Ich habe ihn im Treppenhaus gesehen. Er hat mir so einen Schrecken eingejagt", erzählte sie weiter, ohne auf Lennons vorherige Aussage einzugehen. „Dann bin ich zum Auto und wollte losfahren."

„Und dann?"

„Dann bin ich irgendwo gegengefahren."

„Das war ja klar. Was sage ich immer? Du brauchst ein Auto mit Piepsern!"

„Nein, ich brauche keine Einparkhilfe."

„Damit wärst du bestimmt nicht gegen die Hauswand gefahren."

„Es war nicht die Hauswand."

„Nicht? Wo bist du sonst gegengefahren?"

„Ich …"

„Jetzt sag schon."

„Gabriel."

Für einen Moment schwiegen sich die beiden nur an.

„Du hast *was?!*", schoss es dann aus Lennon heraus. „Sag mal, bist du verrückt?"

„Ich weiß, ich weiß, ich bin furchtbar. Er war plötzlich da und …"

„Hast du ihn verletzt?"

„Ich … Ich weiß nicht."

„*Was?* Warum weißt du das nicht?!"

„Ich … Ich bin …"

„*Was?* Sag mir nicht, dass du weggefahren bist!"

„Doch."

„Jo! Bist du bescheuert oder was? Sowas nennt man Fahrerflucht!"

„Ich weiß, wie man sowas nennt, ich bin schließlich kein Idiot!"

„Doch, das bist du. Denn genau sowas machen Idioten in so einer Situation: abhauen."

„Ich habe gesehen, wie er wieder aufgestanden ist, ich dachte mir, …"

„Du dachtest gar nicht, Jo, *gar nicht!*", brüllte Lennon und stand auf. Er schüttelte den Kopf, während er vor dem Wohnzimmertisch auf- und abging.

Diese Worte verletzten sie zutiefst. Sie versuchte krampfhaft, die Tränen zurückzuhalten und die Situation zu retten, indem sie sagte: „Er hat mir zugewunken. So schlimm kann es gar nicht gewesen sein."

„Hast du dich bei ihm entschuldigt?"

Darauf konnte Jola nichts sagen, obwohl die Frage nicht unerwartet kam. Stattdessen begann sie zu weinen. Lennons Augen weiteten sich. „Was ist nur los mit dir? Was stimmt nicht mit dir?"

„Es tut mir …"

„Kein Wort! Ich will kein Wort hören! Bei *mir* brauchst du dich nicht zu entschuldigen!"

„Es sah nicht so aus, als hätte er Schmerzen."

14

Mittwoch, 07. Februar 2018

Jola

Am nächsten Morgen stand sie trotz immer wiederkehrender Übelkeit in der Trafik. Sie hatte es gestern nicht geschafft, sich bei Gabriel zu entschuldigen. Und obwohl sie wusste, dass es die falsche Entscheidung gewesen war, war sie wieder nach Hause gefahren. Lennon hatte ihr noch etwas nachgerufen, was sie aber nicht mehr verstanden hatte, weil in dem Moment die Haustür hinter ihr ins Schloss gefallen war.

Aber heute würde sie zur Polizei gehen. Blöderweise fehlten ihr dazu noch die passenden Worte.

„Guten Tag. Ich habe vor zwei Tagen einen Menschen mit meinem Auto angefahren und danach panisch die Flucht ergriffen. Jetzt hat mich das schlechte Gewissen gepackt und ich wollte Selbstanzeige erstatten. Also, hier bin ich! Wo sind die Handschellen?" – Keine gute Idee.

Ihr Handy in der Thekenlade vibrierte. Lennon. Sie öffnete die Nachricht, die er ihr eben per WhatsApp geschickt hatte: „Ich hoffe, du bereust dein beschissenes Verhalten."

Was sollte sie darauf antworten? Sie entschied sich kurzerhand für: „Ich gehe heute noch zur Polizei."

Jola atmete aus und ehe sie ihr Smartphone wieder in die Schublade schmiss, vibrierte es erneut. „Lass das erstmal."

Sie wollte gerade fragen, was er damit meinte, aber dann kam schon die nächste Nachricht: „Ich habe seiner Mutter gesagt, dass du heute nach der Arbeit vorbeikommst und ihr und ihrem Sohn was zu sagen hast."

WAS?, hätte sie fast laut gerufen. *Warum tut er so etwas?* Ihre Knie zitterten. In diesem Moment kam ein Kunde zur Tür herein und sie warf ihr Smartphone in die Schublade, die sie daraufhin laut zuknallen ließ.

„Tut mir leid, ich wollte Sie nicht erschrecken", sagte der Mann grinsend, der ihr bekannt vorkam.

„Haben Sie nicht", erwiderte sie verlegen und musterte ihn dabei. Dunkelblondes wirres Haar, groß, Drei-Tage-Bart, breite Schultern, dunkelgrüne wachsame Augen. Als ihr bewusst wurde, dass sie ihn etwas zu lange begutachtete, räusperte sie sich und fragte: „Was kann ich für Sie tun?"

Ihr Gegenüber brauchte einen Moment, um zu antworten. Auch er musterte sie, schließlich sagte er: „Ich hätte bitte gerne einen Lottoschein."

„Wie viele Tipps?"

„Fünf, bitte. Mit Joker."

„Alles klar."

Jola druckte den Schein aus und kassierte das Geld dafür. Der Mann nahm das Stück Papier an und bedankte sich. Als er die Tür der Trafik öffnete, drehte er sich noch einmal zu ihr um und meinte etwas zögernd: „Sagen Sie, kann es sein, dass wir uns schon mal begegnet sind?"

Jola konnte sich beim besten Willen nicht erinnern, wo sie ihn zuvor getroffen haben sollte. In der Trafik war er ihr nie zuvor aufgefallen. Sie zuckte schließlich mit den Schultern und sagte: „Vielleicht. Aber ich wüsste nicht, wo."

„Geht mir genauso."

Er lächelte und verließ das Geschäft.

Ihr Smartphone vibrierte wieder und zeigte eine neue Nachricht auf WhatsApp an:

„Ich fasse das als Zustimmung auf."

Um 12 Uhr sperrte Jola die Trafik ab. Über die Mittagszeit hatte das Geschäft geschlossen, Helgas Dienst begann erst in zwei Stunden. Als sie den Schlüssel herumdrehte, kam ihre Vorgesetzte auf sie zu.

„Hallo“, sagte Jola. „Du bist zwei Stunden zu früh. So arbeitswütig?“

„Grüß dich! Ach, nein. Bin gerade auf dem Weg zum Mittagessen mit meiner Tochter und meinen Enkeln ... Sag mal ...“ Helga kam ein Stück näher. „... was ist dir *da* denn passiert?“

Sie zeigte mit der Hand auf Jolas rechtes Auge. War ihr Make-up verwischt? Konnte man den ehemals blauen Fleck sehen? Falls ja, war es dem Mann mit dem Lottoschein aufgefallen?

„Schlägt dich dein Freund etwa?“, fragte Helga. Sie hatte noch nie um den heißen Brei herumgeredet, warum hätte sie ausgerechnet jetzt damit anfangen sollen?

„Nein“, erwiderte Jola schnell. „Das war eine blöde ...“

Ja, wie sollte sie das beschreiben? Sie würde ihrer Chefin mit Sicherheit nichts von den Raufereien im Vollrausch erzählen.

„Halb so schlimm“, sagte sie stattdessen, sie wollte sich jetzt keine Geschichte ausdenken müssen.

„Wartet er zu Hause auf dich?“

„Nein, wirklich nicht“, versuchte sie, ihre Vorgesetzte zu beruhigen. „Lennon würde mir niemals etwas antun. Dafür lege ich meine Hand ins Feuer. Mach dir keine Sorgen.“

Eilig verabschiedete sie sich, damit sie nicht weiter in Erklärungsnot kam. Eben hatte sie Helga nur die halbe Wahrheit gesagt. Lennon war durchaus imstande, ihr etwas anzutun – auch wenn es nur psychisch war. Sie wollte gar nicht daran denken, dass sie heute noch mit Gabriel und seiner Mutter reden musste.

Als sie zu ihrem Auto ging, fielen ihr daneben zwei Männer auf. Sie unterhielten sich und rauchten Gras, was Jola anhand des Geruches sofort erkannte. Die Gesichter der beiden waren durch die Kapuzen ihrer Jacken fast zur Gänze verdeckt.

Als Jola bei ihrem Auto ankam, verstummten sie und starrten sie an. Sie sperrte den Wagen auf und öffnete die Fahrertür des Polos, ohne die beiden anzusehen. Dann lachte einer der Kapuzenmänner auf, gleichzeitig rief der andere ihr zu: „He, du Fotze!"

Mit dem Zuschlagen der Autotür verstummte ihr saublödes Gelächter und Jola fuhr schneller zu Lennon, als sie es eigentlich vorgehabt hatte.

Im Innenhof angekommen, parkte sie neben der Hausmauer und ging rauf in Lennons Wohnung, während sich ihre Gedanken im Kopf überschlugen. Wer war der Mann in der Trafik gewesen? Warum hatten diese komischen Kapuzenmänner bei ihrem Auto gestanden? Und hatte sie sie vor zwei Tagen nicht schon vor dem Tabakwarenladen gesehen?

Sie betrat den Vorraum und wurde von ihrem Freund nur mit einem Kopfnicken begrüßt. Mehr hatte sie anscheinend nicht verdient.

„Warst du schon bei Gabriel?", fragte er sie. Bei dem Gedanken an die bevorstehende Unterhaltung schnürte es ihr die Kehle zu. Sie würde nicht drum herumkommen. Jola schüttelte nur den Kopf und als Lennon nichts darauf sagte, drehte sie sich wortlos wieder um und verschwand aus der Wohnung. Sie ging ein Stockwerk nach oben. Mittlerweile war sie sich nicht einmal mehr sicher, ob sie das alles nicht nur Lennon zuliebe tat.

Als sie auf die Klingel drückte, dauerte es lange, bis die Tür geöffnet wurde. Viel zu lange. Nach einer gefühlten Ewigkeit erschien Gabriels Mutter in der Tür. Sie sagte nichts. Anscheinend war es während Jolas Arbeitstages zum Trend geworden, die Leute nicht mehr zu grüßen.

„Guten Tag", begann sie. „Ich hoffe, ich störe Sie nicht."

„Du bist doch die Glotzerin, oder?", fragte die alte unsympathische Schachtel. Einen Moment lang wusste Jola nicht, was sie damit meinte, dann kam ihr ihre erste Begegnung wieder in den Sinn: „Ich habe letztens nicht geglotzt, ich …"

„Ja, ja, ja! Nur, weil er das Down-Syndrom hat? Hast du ihn deshalb so angeglotzt? Lass meinen Jungen in Frieden, verstanden?“

Dass ihr Sohn an Trisomie 21 litt, war Jola bewusst. Auffällig an Gabriel waren seine Gesichtszüge, seine verdrehten Beine und seine Aussprache. Die körperliche Kraft, über die der junge Mann dennoch verfügte, war nicht zu unterschätzen, auch wenn seine geistige Entwicklung verzögert war. Deshalb fühlte sie sich so unwohl in seiner Nähe. Gabriels Stärke reichte aus, um jemanden zu verprügeln – oder, um selbstständig wieder aufzustehen, nachdem man ihn mit dem Auto angefahren hatte.

„Tut mir leid, aber Sie verstehen das völlig falsch, ich …“

„Sonst noch was? Ich verpasse sonst meine Serie auf ATV.“

„Ist Ihr Sohn zu Hause?“, fragte Jola, um endlich auf den Punkt zu kommen.

„Ich kann dir ein Foto von ihm geben, falls du wieder was zu glotzen brauchst“, erwiderte seine Mutter schnippisch.

„Was dauert denn hier so lange?“, hörte man plötzlich von unten. Lennon. Gott sei Dank. Jola konnte jede Hilfe gebrauchen. Im nächsten Augenblick erschien er auch schon und stellte sich neben sie.

„Ah, der Herr Kobatz. Was wollen Sie?“

Auch jetzt klang ihr Tonfall nicht viel freundlicher. Lennon legte seinen Arm um Jolas Schultern und antwortete: „Würden Sie bitte Gabriel an die Tür holen?“

Misstrauisch musterte die Alte die beiden. „Meinetwegen“, sagte sie mit grimmiger Miene und verschwand in der Wohnung. Kurz darauf ertönte ihre kratzige Stimme: „Sohnemann! Komm raus, da will dich jemand sehen!“

Sie bekam keine Antwort.

„He!“, rief sie, dann hörte Jola ein lautes Klopfen. Kurz darauf wurde anscheinend eine Tür geöffnet und die Stimme der Alten wurde noch lauter: „Was … Was machst du da? Lass deine dreckigen Griffel davon und komm mit. Du wirst erwartet! Und wisch dich ab, du Ferkel!"

Jola und Lennon sahen sich an. *Mein Gott, was müssen das für Zustände sein*, dachte sie sich. Bestimmt ging ihrem Freund gerade dasselbe durch den Kopf. Gabriels Lachen ertönte, kurz bevor er zur Tür kam.

„Hier ist er", raunte seine Mutter und stellte sich neben ihren Sohn.

„Hallo", sagten Jola und Lennon wie aus einem Munde. Außer einem tiefen Lacher war von Gabriel nichts zu hören.

Jola begann langsam zu reden: „Vielleicht erinnerst du dich noch an das, was vor zwei Tagen früh am Morgen passiert ist. Im … Im Innenhof."

„Du bi-bis hübsch", stotterte Gabriel. „Du has mich fas hi-hi-hingelegt."

„Was hast du?", rief seine Mutter dazwischen. „Hast du meinem Jungen etwas angetan?"

„Es war ein Versehen", sagte Jola schnell. „Es tut mir leid, ich habe ihn mit dem Auto angefahren, aber er ist gleich wieder aufgestanden und hat mir zugewunken. Ich will mich dafür entschuldigen. Es tut mir leid, Gabriel, okay? Ich hoffe, ich habe dir nicht wehgetan."

„Ha-hat nich wehgetan. Aber du nich gewunken."

„Ich weiß. Tut mir leid. Ich hoffe, zwischen uns ist alles in Ordnung."

„Alles in Ordnu-ung."

Seine Mutter schien das anders zu sehen: „Verhaften sollten wir dich, du Göre! Nach zwei Tagen kommst du darauf, dass es dir leidtut? Ich werde die Polizei rufen!"

„Bitte nicht", schaltete sich Lennon ein. „Jola hat sich doch entschuldigt und Ihr Sohn meinte, ihm fehlt nichts. Könnten wir das bitte einfach vergessen? Es wird auch nicht mehr vorkommen."

„Das will ich auch stark hoffen!"

„I-is schon gut, Ma“, meinte Gabriel. Lennon atmete erleichtert auf und fragte: „Wie können wir das wiedergutmachen?“

„Jo-Jola hübsche Frau. I-is sie deine F-Freundin?“, stotterte der Nachbarsjunge und wurde dann von seiner Mutter unterbrochen: „Was hast du nur für Gedanken? Schämen solltest du dich!“

„Sch-sch-schuldigung, Ma.“

„Ich schlage vor, ihr gebt euch die Hände, dann sind wir quitt.“

Gabriel grinste und streckte Jola seine Hand entgegen. Als sich ihre Hände berührten, konnte sie eine eingetrocknete klebrige Substanz fühlen. Schnell befreite sie sich von seinem Griff und verließ mit ihrem Freund das Stockwerk.

In Lennons Wohnung ging sie schnurstracks ins Badezimmer und wusch sich die Hände, doch das half nichts, denn kurz darauf übergab sie sich ins Waschbecken.

15

Freitag, 09. Februar 2018

David

Noch immer siebenundachtzig.

Es war kein Strich auf dem Zeitungsausschnitt dazugekommen und er hatte keine Mail verschickt.

Er war zur Arbeit gefahren, hatte aber nicht geschafft, zu sagen, was Sache ist. Einerseits hatte er sich über sich selbst deswegen geärgert, andererseits konnte er froh sein, auf dem Revier an den Schreibtisch gefesselt zu sein. Vielleicht würde ja auch damit bald Schluss sein …

David saß in seinem silbernen Ford und war gerade dabei, seine Tochter von der Arbeit abzuholen. Lena hatte bereits den Führerschein und auch schon ein eigenes Auto in Aussicht. Zumindest hatte ihm Katja davon erzählt. Es konnte sich nur noch um Tage handeln, bis seine Tochter ihren eigenen Wagen fuhr. Das Geld dafür hatte sie sich als Verkäuferin im Einzelhandel hart erarbeitet.

Er grinste sie an, als sie auf sein Auto zukam und kurz darauf neben ihm auf dem Beifahrersitz Platz nahm. Zuvor schnaubte sie noch genervt und stellte Davids Arbeitstasche in den Fußraum.

„Hoch die Hände, Wochenende!“, meinte David scherzhaft als Begrüßung. Er war sich sicher, dass Leute in Lenas Alter solche Sachen an einem Freitag riefen und daraufhin in Gelächter ausbrachen.

Seine Tochter nicht. Sie zog ihre rechte Augenbraue hoch und fragte: „Ernsthaft?"

David glaubte, sie so etwas wie *Oh Gott* murmeln zu hören, während sie die Autotür zuschlug und sich angurtete. Die Auszeichnung „Uncoolster Vater bis in alle Ewigkeit" war soeben an ihn überreicht worden. Der Ford verließ die Parklücke und nach einer Minute peinlichen Schweigens fragte Lena: „Und? Wo fahren wir hin?"

„Wo willst du denn hin?"

„Keine Ahnung."

Sie schien sich nicht viele Gedanken über diesen Tag gemacht zu haben. David versuchte trotzdem, das Beste aus der Situation zu machen, indem er ihr etwas vorschlug: „Willst du zu *McDonalds*?"

Daraufhin erntete er einen Blick seiner Tochter, der ihm verriet, dass sie anscheinend *alles* wollte, nur das nicht: „Und was soll ich dort essen? Willst du mir ein Happy Meal kaufen?"

„Nein, natürlich nicht", sagte David tonlos. „Du bist achtzehn, du kannst dir selbst eines kaufen."

Nun begann Lena leise zu kichern, dann grinste sie ihn an und stellte etwas fest: „Du bist albern."

Das Kichern, das keine fünf Sekunden andauerte und die drei Worte danach erfüllten Davids Herz mit Wärme. Wie wenig es doch brauchte, um ihn zufrieden zu stellen. Dann war überraschenderweise Lena diejenige, die einen Vorschlag machte: „Wir könnten doch ins *Papa Joe's*. Ich hätte jetzt richtig Lust auf Enchiladas und so, du weißt schon."

Er wusste es. „Also dann auf ins *Papa Joe's*."

Kurze Zeit später saßen sie in Lenas auserwähltem Restaurant, das bunt eingerichtet war und sich auf karibische Küche spezialisiert hatte. Und im Notfall gab es sogar Wiener Schnitzel. Während seine Tochter das Menü studierte, musterte David sie. Wie gerne würde er ihr doch sagen, was er dachte.

„Es tut mir leid."

Schon geschehen. Eigentlich hatte er dieses Thema langsam angehen wollen, aber die großen hellgrünen Kulleraugen seiner Tochter, die eine Spur heller waren als seine und über die Zeilen flogen, verleiteten ihn dazu. Lena schaute ihn erwartungsvoll an und als David zum Reden ansetzen wollte, kam eine Kellnerin an ihren Tisch, um die Bestellung aufzunehmen. Lena bestellte Chicken Enchiladas und eine Cola, er selbst ein Combo Special – da war von fast allem etwas dabei – und ein Corona.

„Was tut dir leid?", fragte Lena, sobald die Kellnerin wieder davoneilte.

„Alles. Einfach alles."

„Du meinst auch die Trennung von Mama?"

Nicht dieses Thema, bitte.

Er presste die Lippen aufeinander und antwortete: „Das habe ich nicht gewollt und das weißt du."

„Ja, aber Mama hat gesagt, …"

„Mir ist egal, was sie gesagt hat. Fakt ist, *sie* hat *mich* rausgeworfen, obwohl ich immer nur das Beste für euch wollte. Du bist erwachsen, Lena. Du sollst wissen, dass ich deine Mutter niemals betrogen oder verletzt habe. Ich war nur viel mit meiner Arbeit beschäftigt und … Ich weiß auch nicht. Sie liebt mich einfach nicht mehr."

„Liebst du sie denn noch?"

David hatte plötzlich einen Kloß im Hals. Was sollte er darauf sagen? Er schluckte einmal, aber das half nichts, er bräuchte Flüssigkeit, um ihn zu lockern. Auch ein Räuspern machte es nicht besser. Zum Glück wurden im nächsten Moment die Getränke serviert. David nahm sofort ein paar gierige Schlucke von seinem Bier und atmete tief durch. Dann sagte er etwas, das seinem Gefühlsleben ziemlich nahekam: „Deine Mutter wird mir immer etwas bedeuten, das weißt du."

„Ja, schon klar. Aber ich rede von *Liebe*, Papa. Wenn man

jemanden liebt, dann …" Lenas Augen begannen zu leuchten, als sie ihrem Vater *erklären* wollte, was denn Liebe sei.

„Ich weiß, was Liebe ist", unterbrach David sie genervt.

„Tut mir leid", sagte dieses Mal Lena. Diese Worte hatte er von ihr schon sehr lange nicht mehr gehört – und sie klangen ehrlich. „Ich wollte dich nicht aufregen …"

„Ist schon gut. Wie kommt ihr beide eigentlich miteinander aus?"

„Das klingt so, als wäre es nur eine beiläufige Frage."

„Ist es."

„Nein, ist es nicht. Ich weiß, dass Mama was gesagt hat, ich bin doch nicht blöd."

„Na gut, vielleicht hat sie was gesagt. Aber ich würde auch gerne deine Meinung hören."

„Worüber?"

„Über euch. Über alles einfach."

Eine Weile herrschte Schweigen, dann murmelte sie: „Ich find's blöd, dass sie dich als Vermittler angeheuert hat."

„Liebes, sie hat mich nicht *angeheuert.*"

Lena starrte ein paar Sekunden auf die geflieste Tischplatte und begann schließlich zu erzählen: „Sie nervt mich manchmal … Weißt du … Es kommt mir oft so vor, als würde sie eine Lücke schließen wollen, oder … oder Schuldgefühle haben oder so."

„Was meinst du damit? Welche Lücke?"

„Die, die du hinterlassen hast."

In Davids Herz schmerzte es. Daran hatte er noch nie gedacht – zumindest nicht auf die Art. Als er vor fünf Jahren ausgezogen war, fühlte er sich einsam, anfangs kam er nicht gut zurecht. Das lag nicht daran, dass er selbst kochen und Wäsche waschen musste, sondern daran, dass er mit sich selbst überfordert war. Er hatte nur noch sich – und Lord Schlotterhose. Seine alleinige menschliche Anwesenheit in seiner Wohnung trieb ihn manchmal fast in den Wahnsinn. Auch der Traum, den er mittlerweile schon siebenundachtzig Mal geträumt hatte, wurde seit der Scheidung intensiver. Nicht häufiger, nur realer, näher, greifbarer. Er musste mit seinem neuen Leben zurechtkommen und das war ihm anfangs sehr schwergefallen. Was er jedoch entdeckte, war seine Leidenschaft für die Kunst. Diese half ihm, nach der Scheidung nicht völlig in Trauer zu versinken.

Seine Exfrau und sein Kind kamen mit der Situation besser klar – das hatte er zumindest angenommen. Dass er so etwas wie eine Lücke hinterlassen hatte, war ihm nie in den Sinn gekommen. Er war der Meinung gewesen, dass durch sein Verschwinden eine Last von Katja abgefallen war. Aber damit, dass sie seitdem versuchte, Lücken zu füllen oder Schuldgefühle hatte, hatte er nun wirklich nicht gerechnet.

Lena sagte: „Sie ist oft so aufdringlich. Ständig will sie Sachen unternehmen und fragt mich, wie es mir geht und so weiter. Dabei hätte ich einfach mal gerne meine Ruhe. Manchmal habe ich so das Gefühl, dass sie …" Mitten im Satz hörte sie auf einmal auf zu reden. „Nicht so wichtig", meinte sie dann.

„Dass sie *was?*", fragte David etwas lauter als beabsichtigt. Das Pärchen vom Nebentisch schielte unauffällig zu ihnen rüber. Lena schien die Situation plötzlich sehr unangenehm zu sein, doch das war ihm egal. „Lena, sag mir, was los ist."

„Nichts. Ach, ich weiß auch nicht."

„Sprich den vorigen Satz zu Ende." David bemühte sich um einen normalen Tonfall, was ihm – den Gesichtszügen des Paares von nebenan nach zu schließen – nicht gelang. Aber es war ihm in diesem Moment nichts so wichtig, wie die Wahrheit zu erfahren. Die Wahrheit über die Gefühle seiner Exfrau, die sie ihm selbst nie verraten würde.

„Als wir am Montag telefoniert haben, …", begann seine Tochter, „… da hast du gesagt, dass du noch bei uns wohnen würdest, wenn es nach dir ginge. Und Mama ist oft so … Ich weiß nicht, wie ich es nennen soll. Überfürsorglich und gleichzeitig unzufrieden. Weißt du, was ich meine?"

„Lena, das, was ich da am Telefon gesagt habe, kann man nicht auf die jetzige Situation beziehen. Aber als deine Mutter mich rausschmiss, wollte ich bei euch bleiben, das kannst du mir glauben."

„Ich glaube, sie will, dass du wieder zurückkommst."

In Davids Kopf ertönte ein Klicken. War das seine Möglichkeit auf eine zweite Chance? Genau genommen hatte er diese schon einmal bekommen – damals, als Katja kurzzeitig mit diesem Clown Tom zusammen gewesen war. Die Gefühle zwischen ihr und David waren aber stärker gewesen und so hatten sie wieder zueinandergefunden. Wenn er jetzt noch einmal eine Chance bekommen würde, würde er sich ins Zeug legen. Er würde beim dritten Anlauf alles richtig machen. *Aller guten Dinge sind drei*, hörte er die Stimme seiner früheren Lehrerin in seinem Kopf sagen. Aber *wollte* er das überhaupt? *Wollte* er es wirklich?

David hegte zweifelsohne noch Gefühle für Katja. Aber ein erneuter Beziehungsstart könnte wie ein miserabler Versuch, einen Riss in der Windschutzscheibe zum dritten Mal zu kleben, enden. Und eines Tages müsste man die Scheibe ein für alle Mal wegwerfen und sie durch eine neue ersetzen. Möglicherweise durch einen Clown namens Tom. *Wollte* er das riskieren?

David fehlten noch immer die Worte, Lena hingegen sagte eilig: „Versprich mir, dass du Mama nichts von diesem Gespräch erzählst."

Das Essen wurde serviert und sie nahm einen großen Bissen von den Enchiladas.

David löste sich aus seiner Erstarrung und sagte leise: „He, langsam, langsam. Lena, sieh mich an."

Sie schaute von ihrem Teller auf.

„Hat deine Mutter das jemals gesagt?"

„Nein, aber ... sie benimmt sich so, als würde sie dich um sich haben wollen. Sie sieht oft so hilflos aus ..."

„Das muss noch nichts heißen. Hör mir zu. Das, was wir hier besprechen, bleibt natürlich unter uns. Aber du weißt, dass das eine große Sache ist, die du da eben angesprochen hast, oder?“

„Ja … Aber ich dachte mir, vielleicht …“

„Nein, Lena. Hör auf. Das, was du beschreibst, ist einfach eine Mutter, die sich Sorgen um ihr Kind macht.“

„Ich dachte mir nur, es könnte ja möglich sein.“

„Deine Mutter ist vielleicht einsam, ja. Aber sie hat mich damals verlassen und gesagt, dass sie mich nicht mehr liebt. Und wenn sie nicht klipp und klar das Gegenteil behauptet, wird sich an ihren Gefühlen auch nichts geändert haben. Also mach mir keine falschen Hoffnungen.“

„Du liebst sie also noch.“

Das war keine Frage, sondern eine Feststellung. Vielleicht hatte sie damit gar nicht mal so unrecht, aber David wusste, dass diese Scheibe zum Brechen verurteilt war.

„Wechseln wir das Thema“, antwortete er kopfschüttelnd und spießte einige Kartoffelspalten mit seiner Gabel auf. „Was gibt es sonst Neues?“

„Ja, also. Da ist etwas, das habe ich Mama noch nicht erzählt.“

„Erzählst du es mir?“

Sie grinste. Plötzlich konnte David etwas fühlen, was schon lange verloren geglaubt war: Das Gefühl, mit ihr verbunden zu sein – einen Draht zu ihr zu haben. Dass sie sich ihm anvertrauen wollte, war für ihn von großer Bedeutung.

„Ich habe einen Freund.“

Der nächste Schlag in die Weichteile. David hätte sich fast an seinem Knoblauchbrot verschluckt, von dem er eben abgebissen hatte. Das war im wahrsten Sinne des Wortes eine schwer verdauliche Kost.

Sie sah ihm anscheinend an, dass das nicht die Nachricht war, die sich ihr Vater erwünscht hatte, daher fragte sie: „So schlimm?“

„Nein, überhaupt nicht.“

„Lüg nicht", sagte sie kichernd. „Dein Gesichtsausdruck schreit förmlich *Neiiin!*"

„Nein, wirklich nicht. Ich … Ich freue mich für dich. Du bist schließlich volljährig. Aber warum erzählst du es nicht deiner Mutter?"

„Du wirst doch nicht etwa petzen?"

„Nein, aber wenn es etwas Ernstes ist, würde ich es ihr an deiner Stelle schon sagen. So etwas verheimlicht man doch nicht."

„Ich weiß. Ich habe auch vor, es ihr zu sagen. Aber ich befürchte, dass sie dann noch nerviger wird. Und dass sie glaubt, plötzlich Aufklärungsunterricht und so weiter machen zu müssen."

David konnte sich ein Grinsen nicht verkneifen. „Na, los. Erzähl was über ihn."

Lena setzte sich ganz aufrecht hin, nahm einen großen Schluck von ihrer Cola und sagte: „Ja, also: Er heißt Jens. Ich habe ihn beim Ausgehen kennengelernt."

„Okay. Wie alt ist er? Was ist er von Beruf?"

Die zwei wichtigsten Fragen für einen Vater:

Ist er ein alter notgeiler perverser Typ?

Ist er ein Penner?

Lena schien Davids Sorge nicht zu bemerken und antwortete: „Er ist zwanzig und … er … bildet sich weiter."

Also arbeitslos.

„Wie bildet er sich denn weiter?", wollte David wissen.

„Er macht einen Kurs."

„Du hast gesagt, er ist zwanzig. Hat er denn einen Beruf erlernt?"

„Ja. Aber das war nicht so sein Ding. Er wollte nicht mehr so schwer schuften und jetzt macht er übers Berufsförderungsinstitut einen Kurs für Betriebswirtschaftslehre. Spaß macht es ihm aber nicht gerade."

Na toll. Seine Tochter hatte einen arbeitslosen Freund, der nicht schwer *schuften* wollte. Jetzt fehlte nur noch, dass er ein Junkie war. Aber David versuchte zu lächeln, als er eines seiner

Chicken Wings nahm und sie in die Joghurtsauce tunkte. Lena sah ihm dabei zu und fragte mit verunsicherter Stimme: „Du kannst ihn jetzt schon nicht leiden, oder?"

Er schnaufte und nahm einen Bissen vom Hühnerflügel. Eigentlich hielt er ja nichts von Vorurteilen, aber seine Tochter hatte ihren Freund nicht gerade so beschrieben, wie David ihn sich gewünscht hätte. Obwohl es genau genommen gar keine Wunschvorstellung gab. Schon alleine der Gedanke, dass Lena einen Freund hatte, reichte aus, um ihm Magenschmerzen zu bereiten.

Dennoch lächelte er sie an und sagte: „Ich glaube, ich kann das besser beurteilen, wenn ich ihn selbst kennenlerne."

„Du willst ihn kennenlernen?" Lena begann plötzlich zu strahlen. Warum sie so verwundert reagierte, konnte er sich nicht erklären. Er nickte ihr mit bemühtem Lächeln zu.

„Wow, Papa, das ist …"

Sie stand auf und ging um den kleinen Tisch herum, um ihren Vater zu umarmen. David genoss diesen kurzen Moment der Verbundenheit. Er erinnerte sich gar nicht daran, wann sie ihn das letzte Mal freiwillig und von sich aus umarmt hatte.

Als sie sich wieder hinsetzte, meinte sie: „Ich hoffe, du erkennst seine guten Seiten."

„Davon bin ich überzeugt. Der Mann hat Geschmack, so viel kann ich schon mal sagen. Nicht jeder hat so eine hübsche und kluge Freundin wie dich."

Die beiden grinsten sich an und David war überglücklich, dass das Eis zwischen ihnen nun endlich nach fünf Jahren gebrochen war. Sie konnten wieder Vater und Tochter sein. Sie aßen und plauderten über alles Mögliche: Über die Arbeit, über die Geschehnisse der letzten Wochen und über Lord Schlotterhose. Eigentlich redete fast ausschließlich Lena und David hörte die meiste Zeit über nur zu. Aber er genoss es. Er genoss es bis zu dem Augenblick, in dem seine innere Stimme ihn warnte.

Plötzlich begann er zu schwitzen und versuchte, das ungute Gefühl, das ihn beschlich, zu verdrängen und konzentrierte sich wieder auf die Worte seiner Tochter. Doch es gelang ihm nicht. Sein Bauchgefühl versuchte, ihm etwas mitzuteilen.

David entschuldigte sich bei Lena und verschwand für einen Moment auf die Toilette. Dort klatschte er sich kaltes Wasser ins Gesicht und atmete tief durch.

Es würde eine große Veränderung auf ihn zukommen, und diese hatte nicht nur mit seiner Tochter zu tun.

16

Dienstag, 27. Februar 2018
Jola

Seit beinahe drei Wochen waren sie schon getrennt. Nachdem sie sich ins Waschbecken übergeben hatte, hatte sie sich mit Lennon gestritten. Er war mit der Gesamtsituation unzufrieden, hatte er gemeint. *Er war mit der Gesamtsituation unzufrieden?*

Zuerst hatte sie geglaubt, sich verhört zu haben, aber nein, *er* war derjenige, dem es schlecht ging! Dass sich Jola wenige Minuten zuvor bedrängt gefühlt und sich vermutlich fremde Körperflüssigkeiten von den Händen gewaschen hatte, war anscheinend zweitrangig. Lennon verstand nicht, wieso sie sich nicht gleich bei Gabriel entschuldigt hatte. *Jetzt geht das wieder los*, hatte sie sich in dem Moment gedacht.

Sie diskutierten über alles Mögliche und der Abend schien nicht enden zu wollen. Jola schlief noch bei Lennon, aber sie hatten sich beim Zu-Bett-Gehen nicht einmal eine gute Nacht gewünscht. Das Einzige, was sie an diesem Abend noch verband, war ein Joint. Leider fühlte sich Jola dadurch nicht entspannter, was sonst immer der Fall war. In ihr kamen nur all die unangenehmen Ereignisse der letzten Tage wieder hoch. Und da war nicht nur die Sache mit Gabriel gewesen. Sie dachte auch wieder an die zwei Kapuzengestalten, die sie *Fotze* genannt hatten.

In den Tagen darauf hatten sie sich nicht mehr viel zu sagen gehabt. Nach und nach verschwanden die Sachen des jeweils anderen aus den Wohnungen.

Seitdem herrschte eine Leere in Jola, die sie selbst kaum beschreiben konnte. Sie fühlte keine Trauer, keine Wut, sie fühlte … nichts. Sie wusste nicht einmal, ob sie Lennon vermisste. Das war das Schlimmste an allem. Ob es jemals wahre Liebe gewesen war, bezweifelte sie. Lennon war einfach da gewesen, als sie ihn gebraucht hatte. Nachdem sie von zu Hause ausgezogen war, hatte er sie in allem unterstützt. Irgendwann hatten sie sich aus den Augen verloren, doch eines Abends waren sie sich zufällig wieder begegnet. Als Lennon ihr das erste Mal seine Gefühle offenbart hatte, hatte Jola nichts gegen eine Beziehung einzuwenden gehabt. *Ein Versuch ist es wert*, war ihr damaliger Gedanke gewesen. Und der Versuch war gescheitert.

Seit ihrer Trennung war sie in keine Schlägerei mehr verwickelt gewesen, immerhin etwas Positives. Sie hatte es nicht mehr nötig, blaue Flecken im Gesicht zu überschminken. Nur die Sache mit dem Gras machte ihr ein wenig zu schaffen. Sie war nicht abhängig, aber … ab und zu konnte ein Joint nicht schaden. Jola war verwundert, dass Lennon das Gras, das er in ihrer Wohnung in einer Kommode gebunkert hatte, nicht mitgenommen hatte, aber sie hatte ihn auch nicht darauf angesprochen – sonst wäre sie ohne dagestanden. Und sie hatte keine Kontakte für solche Dinge. Genau gesagt hatte sie sie schon, aber diese Leute waren alles Kumpels von Lennon und sie wollte nicht zu den Dealern ihres Exfreundes gehen, das kam ihr armselig vor. Also hatte sie beschlossen, das restliche Gras genüsslich zu verbrauchen und dann … ja, und dann? Dann würde sie ohne auskommen müssen. Oder sie hielt Ausschau nach neuen Dealern. Aber bis dahin war noch ein bisschen Zeit, sie kam bestimmt noch zwei Monate damit aus, denn sie rauchte ja nur einen in der Woche. Und Lennon hatte den Vorrat luft- und lichtgeschützt verstaut, da hatte sie keine Bedenken.

Den Joint für diese Woche hatte sie sich heute bereits genehmigt. Sie hatte sich Urlaub genommen, denn es war Faschingsdienstag und sie liebte es, sich zu verkleiden – zumindest zu Anlässen wie diesen. Aus ihrem Kleiderschrank hatte sie ein Katzenkostüm gekramt – es bestand aus einem gemusterten knielangen Rock, einem dazu passenden Oberteil und einem Haarreif mit Katzenohren. Eine schwarze Strumpfhose zog sie sich zusätzlich an, denn sie wollte nicht zu aufreizend aussehen. Wer weiß, wo die Kapuzen-*Fotze*-Typen das nächste Mal auf sie lauerten. Nachdem sie sich die Schnurrbarthaare ins Gesicht gemalt hatte, stand sie vorm Spiegel und betrachtete sich. Das Oberteil war hochgeknöpft, der Rock nicht zu kurz, dazu die schwarze Strumpfhose, kein Grund zur Sorge.

Eine kurze Welle der Traurigkeit überkam sie, als sie ihr Smartphone in die Tasche warf, das keinen Ton von sich gab – und das den ganzen Tag schon nicht. Normalerweise wäre sie heute mit Lennon in die Stadt gegangen, vermutlich wären auch Rainer und ein paar andere Kumpels dabei gewesen. Dass ihre Freunde gleichzeitig auch die Freunde ihres Exfreundes waren, war nicht gerade vorteilhaft. Sie hatte sie erst durch Lennon kennengelernt, sie wollte sich bei keinem von ihnen melden, da sie mit Sicherheit mit ihm unterwegs waren.

In der Hoffnung, in der Stadt doch noch zufällig auf alte Bekannte zu treffen, die nicht mit ihrem Exfreund abhingen, verließ sie ihre Wohnung und machte sich zu Fuß auf den Weg zum Brucker Hauptplatz. Hier fand alljährlich die große Faschingsparty in einem Festzelt statt und auch die umliegenden Lokale profitierten davon. Normalerweise würde sie mit dem Auto fahren, aber da sie sowieso schon ein bisschen beduselt vom Cannabis war und noch dazu vorhatte, Alkohol in nicht zu geringen Mengen zu konsumieren, würde sie sich morgen wahrscheinlich nur ärgern, wenn sie erneut in die Innenstadt gehen müsste, um ihr Auto zu holen.

Am Hauptplatz angekommen, beschloss sie, ins Zelt zu gehen, da sie befürchtete, in einer Bar Lennon oder Rainer zu begegnen. Im Zelt war die Menschenansammlung so groß, dass sie mit

Glück sogar in der Menge untergehen würde. Jola ging auf eine Bar zu und musste den Mann dahinter zweimal anbrüllen, bis er ihre Bestellung verstand.

Als sie kurz darauf ihre Bacardi-Cola bekam und den ersten Schluck ihres Getränkes nahm, erschien plötzlich neben ihr wie aus dem Nichts eine rothaarige Frau und schrie dem Barkeeper eine Gin-Tonic-Bestellung zu. Jola trat zwei Schritte zur Seite und sah sich im Zelt um, so als würde sie Ausschau nach ihren nicht vorhandenen Freunden halten.

„Ganz schön was los heute, nicht?“, hörte sie die schrille Stimme neben sich sagen. Jola reagierte nicht darauf, sie nahm an, dass sich die unkostümierte Rothaarige mit dem Mann hinter der Bar unterhielt.

„Okay, keine Antwort ist auch eine Antwort.“

Nun begriff Jola, dass sie damit gemeint war. Sie sah die Frau an, die neben ihr stand und etwas jünger als sie selbst zu sein schien. „Entschuldigung, ich wusste nicht, dass du mit mir geredet hast. Ja, ganz schön was los heute.“

„Hast du deine Leute verloren?“

Jola zögerte einen Moment, antwortete dann mit einem Satz, der gar nicht mal so weit entfernt von der Wahrheit war: „Kann man so sagen. Und du?“

„Ich bin alleine unterwegs. In der letzten Zeit habe ich mich zurückgezogen, aber jetzt ist Schluss damit.“

Ob sie darauf eingehen sollte, wusste sie nicht. Für sie sah die Frau so aus, als wäre sie bereits betrunken. Und vermutlich wollte sie nicht alleine sein. Aber bevor sie sich entschieden hatte, stellte sich die Rothaarige schon vor: „Ich bin Jenni. Jenni mit I.“

„Jola.“

„Freut mich, Jola. Stößt du mit mir an?“

Die beiden Frauen lächelten sich an und nachdem sie mit ihren Plastikbechern angestoßen hatten, meinte Jenni mit I: „Auf all die Typen, die uns heute hoffentlich vom Hals bleiben!“

Jola lachte und fragte: „Wieso? Willst du nicht angebaggert werden?“

„Nein, ich habe die Schnauze voll von Arschlöchern. Hier.“

Jenni schlüpfte aus ihrem Jackenärmel und Jola erschrak. Auf ihrem linken Oberarm war eine Narbe zu sehen, die verdächtig nach einer Schnittverletzung aus der Vergangenheit aussah.

„Was …“, begann Jola, doch Jenni redete schon weiter: „Das habe ich von meinem Exfreund, dem größten Arschloch, das du dir vorstellen kannst.“

„Das … Das tut mir leid.“

„Muss es nicht. Ich war selbst schuld. War total vernarrt in den Kerl. Als ich ihn endlich an der Angel hatte, war es auch schon zu spät.“

„Ist er einfach auf dich losgegangen?“

„Kann man so sagen. Ein richtiger Psychopath.“

„Hast du ihn angezeigt?“ Plötzlich war Jola selbst von ihrer Neugierde überrascht. Sie wollte die Rothaarige nicht ausfragen, aber sie störte es anscheinend in keiner Weise. Jenni machte eine abwehrende Handbewegung und antwortete: „Nah, das war zum Glück nicht nötig. Ich wurde sozusagen *gerettet* und man hat den Freak weggesperrt.“

„Da bist du nochmal davongekommen.“

„Das kannst du laut sagen! Er wollte mir auch die Kehle durchschneiden.“

„*Was?*“

„Ja, nicht zu fassen, oder? Aber dazu kam er nicht mehr, zum Glück. Sonst könnte ich heute hier nicht mit dir abhängen.“

Als *abhängen* würde Jola es nicht unbedingt bezeichnen, aber die Anwesenheit der Rothaarigen störte sie auch nicht, also erwiderte sie darauf nichts.

„Ich bin vor etwa anderthalb Jahren hierher gezogen“, erzählte Jenni. „Davor habe ich in Graz gewohnt, aber ich kam nicht mehr mit meinem Leben klar. Ich wusste, dass dieser Scheißkerl weggesperrt war, aber ich spürte trotzdem noch eine Nähe zu ihm, die mich fertigmachte. Also musste ich weg. Dabei hätte ich in Graz so viele Möglichkeiten gehabt! Ich besuchte Kurse für Schauspielunterricht und das erfolgreich. Aber tja, so spielt das Leben nun mal. Meine Cousine war alles andere als begeistert, als ich ihr sagte, dass ich wegziehe. Sie hat sich große Sorgen um mich gemacht. Aber jetzt geht es mir schon besser."

Jola beschloss, nicht zu fragen, warum ausgerechnet ihre Cousine eine Rolle dabei spielte. Das ging sie nun wirklich nichts an, obwohl Jenni es ihr wahrscheinlich so oder so gleich erzählen würde. Diese Person war ihr vor fünf Minuten noch völlig fremd gewesen und innerhalb kürzester Zeit hatte sie Jola ihre halbe Lebensgeschichte offenbart.

„He, Jo!"

Auf einmal wurde sie von hinten umarmt und schrak zusammen. Als sie sich umdrehte, erblickte sie Rainer in Matrosenverkleidung.

„Hey." Mehr sagte sie gar nicht.

Jenni ergriff das Wort: „Oh, ihr kennt euch. Ich lass euch mal lieber alleine. Hat mich gefreut, Jola. Vielleicht sieht man sich wieder mal."

Die Rothaarige verschwand in der Menge, ehe Jola etwas sagen konnte.

„Wie geht's dir?", hörte sie Rainers tiefe Stimme fragen.

„Ganz gut, danke."

„Hübsch siehst du aus."

„Danke."

Ihr war das alles unangenehm. Rainer hatte ihr noch nie ein Kompliment gemacht. Und nun, da sie nicht mehr mit Lennon zusammen war, wurde sie anscheinend als Frau gesehen und nicht als die Freundin des besten Freundes. Jola interessierte es eigentlich nicht, aber sie stellte die Frage trotzdem, um zu verhindern, noch mehr Komplimente von Rainer zu bekommen: „Wo ist Lennon?"

„Warum interessiert dich das?" Rainer grinste sie unverschämt an und kam ihr so nahe, dass sie seine Bierfahne riechen konnte. Sie wich zurück und meinte: „Ich dachte mir, dass ihr gemeinsam hier seid."

„Nein! Also ja. Er hat gesagt, er kommt etwas später." Er schaute auf seine Armbanduhr und lachte. „Aber dieses *später* ist auch schon eine Weile her. Mit wem bist du hier? Mit der Rothaarigen von eben?"

„Ja", antwortete sie, in der Hoffnung, ihn bald wieder los zu sein. „Hat mich gefreut, dich wieder zu sehen. Ich muss dann mal zu Jenni."

„Ach, komm schon, Jo. Trink eins mit mir. Auf die guten alten Zeiten."

„Ich habe bereits ein Getränk. Aber danke trotzdem. Bis dann."

Sie wandte sich zum Gehen und wurde plötzlich von Rainer am Oberarm zurückgezogen. „Jo, warte!"

„Was ist denn noch?"

„Lennon ist ein Arschloch, weil er dich gehen ließ. Du bist so eine tolle Frau, Jo, echt. Du hast was Besseres verdient."

Oh, nein. Auf so eine Unterhaltung hatte sie keine Lust. „Danke, Rainer. Jetzt lass mich bitte los."

Zu ihrer Überraschung zog er sofort seine Hand weg. „Tut mir leid, ich wollte dir nicht wehtun."

„Hast du nicht. Aber ich will nicht über Lennon reden."

„Müssen wir nicht! Lass uns das Thema wechseln."

„Tschüss, Rainer."

Sie entfernte sich vom Freund ihres Exfreundes. Den letzten Schluck ihres Getränkes nahm sie, bevor sie das Zelt verließ und klapperte dann noch einige Bars ab. Jenni, Rainer und Lennon sah sie an dem Tag nicht mehr.

Draußen war es bereits dunkel, als sie sich auf den Heimweg machte. Dafür, dass sie mit keinem verabredet gewesen war, war der Tag gar nicht so öde verlaufen. In jedem Lokal quatschte sie mit wildfremden Leuten, die alle sehr gesprächig und freundlich waren. Zugegebenermaßen war Jenni von allen Bekanntschaften heute die sympathischste gewesen.

Eine Gänsehaut überkam Jola, als sie den gepflasterten Weg Richtung Kirche entlangging und an die Geschichte mit Jennis Exfreund denken musste. Der Typ musste wirklich krank gewesen sein. Egal, was zwischen zwei Menschen vorgefallen war – mit einem Messer auf jemanden loszugehen, zeugte von einem gewaltigen Sprung in der Schüssel. Ihre Blicke streiften die Wände der Gasse, durch die sie schritt, auf denen jemand versucht hatte, sich künstlerisch zu verewigen. Die mit Lackfarbe gesprühten Worte sowie eine Abbildung des männlichen Genitals ließen daraus schließen, dass seine wahre Begabung wohl in anderen Fachgebieten lag.

Sie passierte die Kirche und obwohl sie nicht weit vom Hauptplatz und der großen Faschingsparty entfernt war, war sie die einzige Person hier um diese Uhrzeit. Zumindest dachte sie das.

Jola blieb abrupt stehen, hinter sich hörte sie Schritte und ein Rascheln. Der Gedanke an Jennis psychopathischen Exfreund kam ihr wieder in den Sinn. Was, wenn …?

Plötzlich wurde ihr eine Hand auf den Mund gepresst. Innerhalb weniger Sekunden wurde sie hinter einen nahegelegenen Busch gezerrt. Jola wollte um Hilfe rufen, aber kaum ein Laut verließ ihren Mund. Panisch schlug sie um sich, aber es half nichts. Sie wurde von hinten auf den Boden gedrückt. Der Versuch, zuzubeißen, scheiterte kläglich.

„Mmmpphph!“ Mehr konnte sie nicht von sich geben und auch dieser Laut erstickte hinter ihren geschlossenen Lippen. Jola zappelte, schaffte es aber nicht, sich umzudrehen. Sie konnte nicht einmal sagen, ob es eine oder mehrere Personen waren, die sie da festhielten, aber sie vermutete mindestens zwei.

Dann geschah das, wovor sie sich am meisten fürchtete: Ihr wurde mit Gewalt die Strumpfhose runtergezogen. *Nein, nein!*

Bitte nicht! Jola wollte nach den Gestalten treten, aber ihre Beine wurden auf den Boden gedrückt.

„Mmmmpppppph!" Tränen traten aus Jolas Augen.

Als ihr das Höschen runtergezogen wurde, spürte sie eine Panik und Kraft in sich hochkommen, die sie zuvor noch nie erlebt hatte. Sie schlug noch wilder um sich und glaubte, einen der Peiniger getroffen zu haben. Aus dem Griff des anderen hatte sie sich ebenso befreit und kroch auf allen vieren davon. Dabei scheuerte sie sich die Knie am Asphalt auf. Gierig sog sie die kalte Luft ein und schrie um Hilfe. Mit einer Hand griff sie nach ihrem Höschen und als sie es hochziehen wollte, bekam sie einen Schlag gegen die Schläfe und ihr Kopf prallte unsanft auf dem harten Untergrund auf. Das Einzige, das sie mitbekam, war, dass sie jemand grob an den Oberschenkeln packte und zurückzog. In dem Moment musste sie an ihre Eltern denken. Jola glaubte, sich selbst noch das Wort *Mama* murmeln zu hören, ehe ihre Sicht verschwommen wurde und sie gar nichts mehr wahrnahm.

Die großen Flammen

So nehm ich denn die Finsternis
Und balle sie zusammen
Und werfe sie, so weit ich kann,
bis in die großen Flammen,
die ich noch nicht gesehen habe
Und die doch da sind – irgendwo
Lichterloh …

Paul Scheerbart (1863-1915)

17

Dienstag, 27. Februar 2018

Jola

Wie lange sie das Bewusstsein verloren hatte, konnte sie nicht sagen. Zehn Sekunden oder zehn Minuten? Sie wusste es nicht. Ihre Knie, Handflächen und ihr Kopf schmerzten. Dass sie im Unterleib nichts spürte, erleichterte sie, denn das musste heißen, dass man sie nicht vergewaltigt hatte. Und es war still. Beinahe zu still. Dumpf konnte sie die Musik und das Gejohle vom Hauptplatz hören. War der Angreifer abgehauen?

Jola wollte sich gerade aufrichten, als sich eine fremde Hand auf ihren Fußknöchel legte. Ein ungleichmäßiges Schnaufen erklang. Von Panik erfüllt drehte sie sich um und sah ihrem Peiniger ins Gesicht.

„Hilfe!" Sie kannte die Person, die ihr das angetan hatte. Der Mann war als Clown verkleidet, aber sie erkannte ihn. Es war Gabriel, Lennons Nachbar. Er kniete auf dem Boden neben ihr. Seine Hand berührte den Slip, der an ihrem Fußknöchel hing. Panisch verpasste sie ihm einen Tritt ins Gesicht, worauf er von ihr abließ. Dabei flog seine rote Clownsnase davon.

„Lass mich in Ruhe, du krankes Schwein!"

Sie krabbelte von ihm weg. Panisch blickte sie nach hinten und sah, dass Gabriel sich mit einer Hand die Nase hielt. Er kroch auf sie zu und nuschelte unverständliches Zeug.

„Hiiilfe!", schrie sie aus vollem Leib. Jola schaffte es schließlich, aufzustehen.

Eine Frau und ein Mann tauchten auf und kamen auf sie zugerannt. Die beiden waren unmaskiert. Der Mann hielt Gabriel fest, der sich nur halbherzig wehrte, während die Frau einen Arm um Jola legte. Sie zitterte am ganzen Leib und nun begannen die Tränen unkontrolliert aus ihr herauszuströmen. Ihre Strumpfhose und ihr Slip hingen noch an ihren Knöcheln, als die Frau ihr Smartphone zückte und die Polizei rief.

18

Dienstag, 27. Februar 2018

David

Lena hatte sich seit ihrem letzten Treffen nur mehr dürftig gemeldet. Dabei war der Tag doch so gut verlaufen! David konnte es sich nicht erklären. Das Einzige, was sie ihn seitdem hatte wissen lassen, war die Tatsache, dass sie jetzt ein eigenes Auto hatte und superverliebt war. Ja, sie hatte wortwörtlich *superverliebt* gesagt. Dafür, dass sie ihm eigentlich ihren neuen Freund, diesen Jens, vorstellen wollte, ließ sie sich ganz schön lange Zeit.

Über zwei Wochen war dieses Treffen nun her. Und jedes Mal, wenn er seine Tochter anrief und fragte, wann sie sich wiedersehen könnten, meinte sie, dass sie sich melden werde. Er wurde einfach nicht schlau aus ihr. Aber er ließ ihr die Zeit, die sie glaubte, zu benötigen. Und eines Tages würde sie ihm Jens schon vorstellen. Hoffentlich nicht erst dann, wenn sie bereits schwanger war von diesem … diesem *Kursbesucher*.

Als sie an dem besagten Freitag im *Papa Joe's* gewesen waren, hatte sich David plötzlich unwohl gefühlt. Er hatte einen Moment gebraucht, bis sich die innere Unruhe wieder gelegt hatte. Kurz hatte er sich gefragt, ob diese etwas mit seinen Träumen zu tun hatte, hatte den Gedanken aber gleich wieder verworfen. Als er sich beruhigt hatte, beschloss er, mit Lena in seine Wohnung zu fahren, da er Lord Schlotterhose an diesem Tag aus seinem Zuhause verbannt und sich beim Saubermachen der Wohnung große Mühe gegeben hatte. Dort hatten sich die beiden dann noch besser verstanden, am Abend hatten sie sogar gemeinsam eine Pasta gekocht. Ab und zu musste sich Lena die Nase putzen, aber sie war von Asthmaanfällen verschont geblieben.

Nach dem Abendessen setzte sie sich auf das Sofa und griff nach dem Schreiben, das David vergessen hatte, wegzuräumen. Noch bevor Lena es auseinanderfalten konnte, hatte er es ihr aus der Hand gerissen und gesagt: „Das ist nur eine Nachzahlung für die Heizung. Die willst du nicht sehen, sonst trifft dich der Schlag."

Die Wahrheit wollte er ihr nicht sagen, sonst hätte er sich womöglich anhören können, dass er diese Entscheidung ein paar Jahre zu spät getroffen habe.

Hatte diese Situation dazu geführt, dass Lena sich wieder von ihm distanzierte? Er befürchtete, nur abwarten zu können, bis sie von sich aus wieder Interesse zeigte.

Heute konnte er die Zweisamkeit mit seinem Schreibtisch nicht genießen. Am Faschingsdienstag konnte man sich nicht einfach so vor der Arbeit drücken. Es war kurz vor 22 Uhr, als er eine Befragung mit einem Gewaltopfer durchführen musste.

Nachdem man die Frau in sein Büro gebracht hatte, fragte er sich, ob er sie schon mal gesehen hatte. Er konnte es schwer sagen, denn sie war verkleidet. In ihrem Gesicht erkannte er einige Kratzer und ihre Handflächen waren aufgeschürft.

„Ist er weg?", fragte sie ängstlich Davids Kollegen, der sie hereingebracht hatte, als sie am anderen Ende des Tisches Platz nahm.

„Sie brauchen keine Angst mehr zu haben", antwortete dieser. „Wir kümmern uns um ihn. Sie sind bei Herrn Ilmbrandt in besten Händen." Daraufhin verließ er das Büro.

Unsicher sah die Frau nun zu ihm. David deutete ein Lächeln an und versuchte so, vertrauensvoll auszusehen. Das gelang ihm anscheinend, denn sie lächelte zögerlich zurück. Dabei fiel ihm auf, wie schön diese Frau war. Ihre kurzen dunklen Haare schmeichelten ihrem schmalen Gesicht und ihre braunen Augen waren am Rand leicht nach oben gebogen.

Als David die Daten des Opfers aufnahm, klingelte es in seinem Kopf. Sein Blick war auf den Computerbildschirm gerichtet, er schielte etwas zur Seite und musterte die Frau unauffällig.

„Frau Kaufmann", begann er. „So sieht man sich also wieder."

Nun schien auch sein Gegenüber zu verstehen und senkte den Kopf. David hatte Jola Kaufmann diesen Winter schon zweimal bei Einsätzen befragt. Die Einunddreißigjährige – die in seiner Erinnerung eher das Verhalten einer Sechzehnjährigen aufwies – und ein paar andere Leute waren beide Male in Schlägereien verwickelt gewesen, bei der die Polizei zum Glück immer eintraf, bevor jemand krankenhausreif geprügelt wurde. Bei Jola Kaufmann stellte sich aber heraus, dass ihre Hiebe und Tritte stets Notwehr gewesen waren. So stand es zumindest in den Protokollen. Und nun war sie wieder hier. Beim Betrachten ihrer Daten fiel ihm auf, dass ihr Dienstgeber die Trafik in der Herzog-Ernst-Gasse war. Deshalb war ihm die hübsche Dunkelhaarige, bei der er letztens einen Lottoschein gekauft hatte, so bekannt vorgekommen. Er wandte sich ihr zu und bat mit ruhiger Stimme, zu schildern, was heute vorgefallen war.

„Was für ein beschissener Zufall", krächzte sie und wischte sich eine Träne aus dem Augenwinkel. David reichte ihr ein Taschentuch, das sie zögerlich annahm. „Entschuldigen Sie die Kraftausdrücke."

„Soweit ich mich erinnere, sind die bei Ihnen nichts Neues", antwortete David, was ihr ein Schmunzeln entlockte.

Sie begann zu erzählen: „Ich war heute bei der Faschingsparty am Hauptplatz."

„Waren Sie dort alleine?"

„Ja. Ich habe ein paar Leute getroffen."

„Wer waren diese Leute? Kannten Sie sie?"

„Rainer kannte ich."

„Wie heißt dieser Rainer mit Nachnamen?"

„Flober."

David notierte sich den Namen auf seinem Block.

„Als ich die Party verlassen hatte, ging ich heimwärts. Dann kam ich bei der Kirche vorbei und … und …"

„Bei der Stadtpfarrkirche?"

„Ja."

„Wann war das ungefähr?"

„Vor einer Stunde würde ich sagen. Dann hörte ich plötzlich ein Geräusch hinter mir. Es war ein Rascheln oder so etwas in der Art. Und dann … dann wurde ich auch schon zu Boden gerissen. Ich konnte mich kurzzeitig befreien, nachdem man mir …" Jola Kaufmanns Stimme versagte und sie schnäuzte ins Taschentuch. „Nachdem man mir … die Strumpfhose und den … den Slip runtergezogen hatte."

David schaute auf die Schreibtischplatte, um sie nicht mit Blicken zu verunsichern. Er konnte sich vorstellen, dass es der Frau unangenehm war, ausgerechnet mit einem Mann darüber zu sprechen. Gerade wollte er ihr anbieten, dass er eine Kollegin holen könnte, damit diese sie weiter befragen würde. Doch sie erzählte weiter: „Dann bekam ich einen Schlag auf den Kopf und war für einen Moment weggetreten. Ich weiß nicht, was er in der Zwischenzeit mit mir gemacht hat, aber als ich wieder zu mir kam, erkannte ich Gabriel."

David notierte sich auch diesen Namen und lehnte sich ein Stück weit nach vorne, als er fragte: „Haben Sie ihn vorher auch schon gesehen?"

„Wie meinen Sie das?"

„Sie sagten, Sie waren weggetreten. Es wäre möglich, dass Sie von jemand anderem überfallen wurden."

„Was? Nein. Unmöglich", antwortete sie und schüttelte dabei heftig den Kopf.

„Was ist mit diesem Rainer?"

„Was soll mit ihm sein?"

„Hätte er einen Grund für so eine Tat?"

Jola Kaufmann sah ihn verdutzt an. „Was soll diese Frage?“, schnauzte sie ihn an.

„Ich gehe nur die Möglichkeiten durch.“

„Was? Sie … Sie tun *was?* Sie gehen die Möglichkeiten durch? Ich habe den Täter doch gesehen! Es war Gabriel!“, fauchte sie David an, während sie mit dem Taschentuch herumwedelte.

„Sie haben diesen Gabriel also erkannt, als Sie wieder zu sich kamen?“

„Ja! Das sage ich doch die ganze Zeit!“

„Welchen Eindruck hat er auf Sie gemacht?“

Ihre Stimme wurde mit jedem Wort lauter, als sie sagte: „Er war unheimlich! Er war … Er war … wie besessen!“

„Jetzt beruhigen Sie sich bitte ein bisschen.“

„Warum? Warum sollte ich mich beruhigen, verdammte Scheiße? Er hat mich überfallen und ich habe ihn identifiziert! Und nun stellen Sie das infrage?“ Jola Kaufmann war sichtlich verärgert und bekam rote Flecken im Gesicht.

„Was macht Sie so sicher, dass er derjenige war?“, fragte David ruhig und lehnte sich wieder zurück.

„Hören Sie mir nicht zu? Ich bin aufgewacht und habe seine Hand an meinem Körper gespürt!“

„Vielleicht wollte er nur helfen.“

„Mir helfen? Ja! Jetzt, wo Sie es sagen! Natürlich! Warum bin ich nicht selbst darauf gekommen?“

Eine Welle von Sarkasmus flutete den Raum. Jola Kaufmann schüttelte den Kopf und sagte mit aufgebrachter Stimme: „Ich möchte von jemand anderem befragt werden, bitte.“

David gab ein Seufzen von sich und stand langsam auf. Er ging um den Tisch herum Richtung Tür. Als er seine Hand auf die Klinke legte, hörte er hinter sich eine leise Stimme: „Er … Er berührte mich an den Knöcheln und bekam meinen Slip zu fassen.“

David hielt inne und setzte sich wieder auf seinen Bürostuhl. „Wollte er ihn Ihnen entreißen?“

„Ich weiß es nicht! Ich hatte keine Zeit, ihn danach zu fragen!“ Kaufmanns Stimme wurde wieder etwas lauter und sie verschränkte die Arme vor der Brust.

„Was geschah dann?“

„Ich trat ihm ins Gesicht.“

„Wieso?“

„Ihre Fragen ergeben keinen Sinn, Officer“, antwortete sie mit einer verstellten Stimme, so als wäre sie eine Darstellerin aus einer amerikanischen Krimiserie. David reagierte nicht darauf und sie sprach in normaler Tonlage weiter: „Weil ich nicht wollte, dass er mich begrapscht. Er hatte mich zuvor niedergeschlagen und meinen Unterleib entblößt! Was hätte ich denn tun sollen?“

„Und dass es Rainer Flober war, halten Sie für ausgeschlossen?“

Jola Kaufmann sah tatsächlich so aus, als würde sie kurzzeitig darüber nachdenken. Schließlich nickte sie zögerlich.

„War heute etwas vorgefallen bei der Party?“, fragte David.

„Nein. Wir haben uns nur kurz unterhalten.“

„Haben Sie sonst irgendjemanden gesehen, der Ihnen verdächtig vorkam?“

„Nein, nein und nein! Gabriel war es! Zum hundertsten Mal! Warum schreiben Sie das nicht in Ihren beschissenen Bericht?“

David ignorierte die Kraftausdrücke und sah auf das Schreiben, das ihm zuvor sein Kollege auf den Tisch gelegt hatte. Dann fixierte er sie mit einem strengen Blick und sagte: „Weil dieser Gabriel seine Unschuld beteuert.“

„Und das glauben Sie? Ich habe ihn doch gesehen!“

„*Nachdem* Sie überfallen worden sind. Er hat ausgesagt, dass er Ihnen gefolgt sei, um Sie zu beschützen.“

„Aber es deutet doch alles auf ihn hin!“

„Wie meinen Sie das?“

Sie sagte mit etwas ruhigerer Stimme: „Ich glaube, er wollte sich an mir rächen.“

„Wofür?“

Nun schien Jola Kaufmann nervös zu werden. Sie kaute auf ihrer Unterlippe herum und sah sich unsicher im Raum um. „Es gab da einen Vorfall. Ich … Ich … Oh Gott, das ist mir so peinlich und es tut mir so leid, aber ich habe mich doch schon entschuldigt. Ich weiß nicht, was er von mir will."

Für David hörte es sich so an, als würde sie mit sich selbst reden, aber er entschied sich dafür, sie nicht zu unterbrechen.

„Ich habe … Ich habe ihn verletzt. Aus Versehen!"

Jetzt wurde es interessant. Jola Kaufmanns Blicke huschten quer durch das ganze Büro, sie redete mit tränenerstickter Stimme, ohne David ein einziges Mal anzusehen. Es war, als würde sie den Wänden und jedem Gegenstand im Raum ihre Verzweiflung zu erklären versuchen. „Ich wollte ja zur Polizei deswegen, wirklich! Aber ich war so eine feige Sau. Ich wollte das alles doch nicht. Das müssen Sie mir glauben!"

„Was haben Sie ihm denn getan?"

Sie wippte mit ihrem Oberkörper vor und zurück, dabei sprach sie weiter – wieder, ohne ihn anzusehen: „Ich habe ihn mit dem Auto angefahren."

Davids Augen weiteten sich und er schrieb etwas auf seinen Block. „Dann hätte er wirklich ein Motiv für die Tat."

Sie sah ihn nun direkt an und er glaubte, Erleichterung in ihrem Gesicht zu erkennen.

19

Dienstag, 27. Februar 2018

Jola

Na endlich. Anscheinend musste sie sich erst ihrer Tat schuldig bekennen, damit Gabriel als Täter infrage kam.

„Warum haben Sie das nicht der Polizei gemeldet und wann hat sich dieser Vorfall ereignet?“

Die nächsten Fragen, die sich der werte Herr Officer ihrer Meinung nach sonst wohin stecken könnte. Er war zwar ein überaus hübscher Kerl, aber Jola hatte schon am Beginn der Befragung gemerkt, dass er dasselbe Arschloch wie der Rest der Polizisten war. Doch sie hatte bereits erkannt, dass sie hier nicht diejenige war, die das Sagen hatte, also beantwortete sie seine Fragen: „Das war vor etwa drei Wochen. Aber ich habe mich bei ihm entschuldigt, ich habe nur ausgeparkt und ihn gestreift, es war wirklich nichts Tragisches. Ich hatte ihm nur einen Schubser verpasst und er wurde auch nicht verletzt dadurch.“

Das mit dem Streifen war zwar etwas untertrieben, aber eine Anzeige konnte sie wirklich nicht gebrauchen. Außerdem entsprach es ja der Wahrheit, dass Gabriel nicht ernsthaft dabei verletzt wurde – er lächelte ihr ja im Rückspiegel zu! Und dass sie sich erst viel später bei ihm entschuldigt hatte, musste der Bulle nicht wissen.

„Da haben Sie ja nochmal Glück gehabt. Wie hat er die Entschuldigung aufgenommen?“

Jolas Magen zog sich bei dem Gedanken daran zusammen, daraufhin schaute der Polizist sie etwas verunsichert an und fragte: „Ist alles in Ordnung mit Ihnen?"

„Jaja, geht schon."

Anscheinend wollte er das nicht glauben, denn er stand auf und holte eine Flasche Wasser und ein Glas aus einem Regal hinter dem Schreibtisch. Wortlos setzte er sich wieder hin und schenkte ihr ein. Er reichte ihr das Glas, was sie sehr aufmerksam fand. In seinem Blick sah sie eine Mischung aus Aufrichtigkeit und Mitleid. Dankend nahm sie das Glas an und trank es hastig halb leer. Dann riss sie sich zusammen und ließ den schrecklichen Tag Revue passieren: „Ich habe mich bei ihm entschuldigt und er sagte daraufhin, dass ich ihn nicht verletzt habe und alles in Ordnung sei. Ich habe ihn also wirklich nur gestreift."

Sie war so in Erinnerungen vertieft, dass sie einfach weiterredete: „Mein Freund fragte sogar, wie wir das wiedergutmachen können. Daraufhin grinste Gabriel und fragte ihn, ob ich seine Freundin wäre. Das war mir sehr unangenehm."

Der Polizist … wie war noch sein Name? Ilmbrandt? Ja, genau. Ilmbrandt sah sie mit weit aufgerissenen Augen an. Dann schielte er auf seinen Block, den er vor sich liegen hatte und stellte eine Frage: „Ihr Freund war also bei dem Unfall dabei?"

„Nein, aber er war dabei, als ich mich bei Gabriel entschuldigt habe."

„Wie darf ich das verstehen?"

Erst jetzt fiel ihr ein, dass sie vorhin so versunken in ihre Erinnerung war, dass sie nicht mitbekam, wie sie sich ins Schlamassel brachte. „Ähm, das … das war …"

„Frau Kaufmann …" Der Polizist wirkte nun sehr ungeduldig, was Jola sogar verstehen konnte. Mist! Warum um alles in der Welt konnte sie sein Verhalten verstehen? Er war ein gottverdammter Bulle, der unnütze Fragen stellte, warum fühlte sie sich plötzlich schuldig? *Sie* war doch das Opfer! „Erzählen Sie mir einfach, was wirklich passiert ist. Wenn ich mir hier so meine Notizen durchlese, ist das ein ganz schönes Durcheinander, was Sie hier von sich geben."

„Ich habe mich nicht sofort bei ihm entschuldigt. Es tut mir leid, wirklich! Können wir diesen Fall nicht als erledigt betrachten?"

Dem hübschen Bullen entkam ein Grunzen, dann sagte er: „Nein, können wir nicht. Also, wann haben Sie sich bei ihm entschuldigt?"

Oh Gott, hört diese Fragerei denn nie auf?

„Ich weiß es nicht mehr. Auf jeden Fall kam dann mein Freund und als ich Gabriel nach der Entschuldigung die Hand gegeben habe, hatte ich plötzlich irgendetwas Ekliges an mir kleben! Ich vermute mal, dass es Sperma war."

„Hat er mitten auf der Straße, wo Sie ihn angefahren haben, masturbiert?"

Die Augen von Ilmbrandt wurden größer. Ach herrje, der nächste Ausrutscher. Warum hielt sie nicht einfach ihre blöde Schnauze?

„Ich rate Ihnen, mir von nun an die Wahrheit zu erzählen", meinte er streng und lehnte sich im Sessel zurück, dabei verschränkte er die Arme so, dass das Hemd über seinen muskulösen Oberarmen spannte. *Lennon hatte nie so einen durchtrainierten Körper,* schoss es Jola unpassender Weise durch den Kopf. Sie hatte das Gefühl, dass nicht sie das Opfer war, sondern Gabriel. Sie wurde überfallen und nun stand sie da wie der Lügenbaron Münchhausen. Aber sie konnte es verstehen, das war das Schlimmste an der Sache. Also packte sie aus: „Okay, okay. Ich habe gelogen. Ich habe mich nicht am selben Tag bei Gabriel entschuldigt."

Sie sah, wie Ilmbrandt auf seine Armbanduhr schielte. Sie konnte sich gut vorstellen, dass er ziemlich genervt von ihrem Auftreten war, bestimmt war sie heute nicht die erste Person, die in seinem Büro nur Scheiße laberte.

„Ich habe ihn am Parkplatz vor der Wohnung meines Exfreundes angefahren."

„War es nun der Freund oder der Exfreund?"

„Damals waren wir noch zusammen. Und ich habe gesehen, dass ich Gabriel mit meinem Auto berührt habe, er sah aber fröhlich und unverletzt aus. Deshalb bin ich nicht ausgestiegen und stattdessen in die Arbeit gefahren."

Ilmbrandt nickte.

„Ich habe mich so geschämt und gewusst, dass ich einen furchtbaren Fehler gemacht habe, auch wenn ich ihn nicht verletzt habe." Indem sie immer wieder betonte, dass Gabriel dadurch keine Verletzungen davontrug, erhoffte sie sich, dass ihre Strafe milder ausfallen würde. „Ich habe mich erst am übernächsten Tag entschuldigt. Ich weiß, ich weiß, das war dumm von mir. Ich hatte es meinem damaligen Freund erzählt und daraufhin gingen wir zu Gabriel. Er war … Er ist der Nachbar meines Exfreundes. Daraufhin meinte er, dass alles in Ordnung sei und dann war die Sache mit dem Händeschütteln."

„Das war alles?"

„Ja."

„Und daraus schließen Sie, dass er sich an Ihnen rächen wollte? Dass er gelogen hatte, als er meinte, dass alles in Ordnung sei?"

„Na ja …, er fragte meinen Exfreund, ob wir zusammen wären. Vielleicht hatte er irgendwelche perversen Absichten … Daher ergibt für mich die Sache von heute Sinn. Die Gelegenheit, dass ich alleine unterwegs war, hatte er einfach genutzt und mich niedergerissen."

„Wissen Sie, ob es zum Verkehr kam? Oder waren Sie durch den Schlag auf den Kopf so benommen, dass Sie gar nichts mehr mitbekamen?"

Diese Frage war wie ein Schlag ins Gesicht. *Ob es zum Verkehr kam.* Das klang so normal in ihren Ohren. Wenn man von jemandem zu Boden gerissen, ausgezogen und geschlagen wurde, kam es nicht zum *Verkehr*, sondern zu einer Vergewaltigung.

Aber das blieb ihr zum Glück erspart, andernfalls hätte sie etwas beim Aufwachen gespürt. Das Wort *Verkehr* war in diesem Zusammenhang ihrer Meinung nach völlig fehl am Platz.

„Zu einer Vergewaltigung kam es nicht, falls Sie das damit meinen."

Jola sah den Polizisten mit dem hasserfülltesten Blick an, den sie auf Lager hatte. Ihm schien es aber sowas von egal zu sein und er fragte: „Wie ging es weiter?"

„Wie gesagt: Ich trat ihm ins Gesicht. Als ich um Hilfe rief, kam auch schon das Pärchen herbeigerannt, das die Polizei gerufen hat."

„So wie es aussieht, ist also wirklich der Nachbar Ihres Exfreundes der Täter."

„Das sage ich doch die ganze Zeit!"

„Obwohl er behauptet hat, dass er nur helfen wollte."

Darauf sagte Jola nichts.

„Sie haben mir letztens übrigens einen kompletten Schwachsinns-Schein angedreht", meinte der Polizist grinsend, nachdem er die letzten Worte auf seinen Block gekritzelt und diesen daraufhin zur Seite gelegt hatte. Jola wusste nicht, was er damit meinte. Ilmbrandt sagte: „In der Trafik. Der Lottoschein, den ich bei Ihnen gekauft habe. Eine totale Niete."

„Oh!" Jetzt erinnerte sie sich wieder. Ihr war zwar nicht danach zumute, dennoch musste sie grinsen. Dabei entspannte sie sich ein wenig und obwohl sie die Ergebnisse der Lottoziehung nicht beeinflussen konnte, sagte sie: „Das tut mir leid. Das nächste Mal bekommen Sie einen besseren."

Der Polizist sah verlegen auf die Schreibtischplatte. Das hätte sie nicht sagen sollen, denn das hörte sich wie eine Hoffnung auf ein Wiedersehen an. Beschämt blickte sie zur Seite und nahm ihren Haarreif mit den wuscheligen Katzenohren ab. Sie musste ja aussehen wie ein Volltrottel.

Ilmbrandt verhielt sich professionell und begleitete sie nach draußen, darauf bedacht, ihr nicht zu nahezukommen. Er meinte beim Hinausgehen, dass sie Gabriel noch hierbehalten würden und verabschiedete sich mit einem freundlichen Lächeln, das bei ihr aus unerklärlichen Gründen eine Gänsehaut hervorrief.

Dann wurde Jola von einem seiner Kollegen nach Hause gebracht und dachte an ihn. An Ilmbrandt. Er hatte sie einfach so gehen lassen. Sie bekam keine Anzeige wegen des Unfalls und fragte sich, was er alles auf dem Block aufgeschrieben hatte, den er vor sich liegen gehabt hatte.

20

Mittwoch, 28. Februar 2018

David

Die dunkle Haarpracht der Frau schimmerte im Scheinwerferlicht, sodass es ihn blendete. Der Mann in Schwarz hingegen schien fast unsichtbar zu sein. Er wollte nicht die Hauptattraktion sein, obwohl sein Schicksal dasselbe wie das der Frau war.

Warum hatte er nicht hingesehen? Dafür tat er es jetzt umso mehr. Wie lange er sie anstarrte, konnte er nicht sagen, aber nach kurzer Zeit verschwamm seine Sicht.

„He, Mann! Bist du verrückt geworden? Was soll die Scheiße?! Du … Du hast …"

„Ich weiß, was ich habe, verdammt nochmal!", schrie David seinen Kumpel an. Er raufte sich die Haare und unterdrückte ein Würgen.

Er hatte den Abend eigentlich Marie versprochen. Sie wartete sicher schon auf ihn. Aber nun war David nicht mehr nach einem Date zumute, so sehr er das Mädchen auch mochte.

Marie und er sahen sich nie wieder und das hatte er den beiden Menschen vor ihm zu verdanken.

Eine plötzliche Berührung an den Zehenspitzen ließ David auf dem Sofa hochfahren. Lord Schlotterhose hatte es sich bei seinen Füßen bequem gemacht. Mit großen Augen starrte ihn der Kater an, so als würde er ihn auffordern, endlich mal das Licht auszumachen, da er auch gerne schlafen würde.

David rieb sich die Augen und erkannte mit einem Blick auf sein Smartphone, dass es 2 Uhr morgens war. Anscheinend war er auf dem Sofa eingeschlafen, nachdem er um etwa Mitternacht von der Arbeit nach Hause gekommen war. Der Fernseher lief noch, die Lautstärke war auf die niedrigste Stufe gestellt.

Der Traum hatte ihn also wieder heimgesucht. Nur dieses Mal war es anders. Er war länger, David konnte das Gespräch von ihm und seinem Kumpel noch mitverfolgen. Hatte das was zu bedeuten?

Er würde also den nächsten Strich machen müssen, aber er war zu müde, um aufzustehen. Stattdessen schaltete David den Fernseher aus und ließ den vorigen Tag Revue passieren, um auf andere Gedanken zu kommen. Er dachte an die Vernehmung mit dieser Kaufmann, die auf offener Straße zu Boden gerissen wurde. Dafür, dass sie wie ein süßes Kätzchen verkleidet war, hatte sie ein ganz schön freches Mundwerk gehabt.

David war sich nicht sicher, wie viel von dem, was sie ihm erzählt hatte, der Wahrheit entsprach. Dem Nachbarsjungen ihres Exfreundes traute er so ein Verbrechen nicht zu.

Seine Kollegen hatten beschlossen, Gabriel für maximal achtundvierzig Stunden auf dem Revier festzuhalten. Seine Aussage aufzunehmen war nicht einfach gewesen, da er sich zu Beginn nur schwer verständigen konnte. Als er sich etwas beruhigt hatte, sagte er Dinge wie: „Ha-habe Jo nicht wehgetan.“, „Da ha-hat sie wer hingelegt.“, „Wo-wollte helfen. Jo wu-wurde hingelegt.“

Als sie dann seine Mutter auf das Revier bringen ließen, war diese durch die Räume gewirbelt, bis sie bei ihrem Sohn angelangt war.

„Was bist du nur für ein perverses Schwein! Pfui! Was sollen die Leute von uns denken?“ Das war die Begrüßung an ihr Kind gewesen. Damit auch wirklich jeder nicht nur *hören*, sondern auch *sehen* konnte, was sie von der angeblichen Tat ihres Sohnes hielt, hatte sie vor ihm auf den Boden gespuckt.

Als man sie befragen wollte, hatte sie wild mit ihren Armen gestikuliert und geschrien: „Was weiß ich, wo er sich rumgetrieben hat! Ich war zu Hause, ich kann ihm kein Alibi geben, falls Sie das meinen!"

Die alte Frau hatte sich daraufhin kurz zu Gabriel umgedreht und mit enttäuschter Stimme gesagt: „Was bist du nur für ein Schmutzfink!"

Auf die Frage, ob sie das Opfer kenne, hatte sie geantwortet: „Ach, die! Klar kenn ich die. Ich kann sie nicht leiden, aber mein Sohn anscheinend umso mehr."

„Maa!", hatte Gabriel peinlich berührt seine Mutter unterbrochen. Die hatte nur eine abwehrende Handbewegung gemacht, so als würde sie beim Telefonieren nicht gestört werden wollen und weitergeredet: „Immer, wenn er sie sieht, grinst er sie an, als wäre sie eine Heilige!"

Gabriels Kopf war rot wie eine Tomate geworden und seine Mutter hatte ihren geschüttelt.

David grübelte vor sich hin. Es fehlten handfeste Beweise, um Gabriel die Tat nachweisen zu können. Sie hatten die Aussagen des Opfers und des Paares, das die beiden auf der Straße gefunden hatte.

Auf die Frage, was passiert war, hatte die Frau gemeint: „Das arme Ding lag auf dem Boden und rief um Hilfe. Wir waren gerade auf dem Nachhauseweg von der Faschingsparty. Der Junge kniete neben ihr und sagte irgendetwas. Wir konnten es aber nicht verstehen. Die Frau war so verängstigt, da mussten wir ihr helfen! Keine Ahnung, ob er sie überfallen hat, aber es schien auf jeden Fall nicht so, als hätte sie sich freiwillig vor ihm auf den Boden gelegt."

Ihr Mann hatte danebengestanden und nur zustimmend genickt.

David war sich nicht sicher, ob er Jola Kaufmann glauben sollte. Dieser Gabriel wirkte so hilflos …Würde er tatsächlich handgreiflich werden, um ihr körperlich näher zu kommen?

21

Samstag, 03. März 2018
Jola

Am Mittwoch hatte sie sich sowieso frei genommen und dann bat sie Helga, ihr Donnerstag und Freitag zusätzlich Urlaub zu geben. Dass das eigentlich aussichtslos gewesen wäre, war ihr klar, aber sie konnte nicht nach draußen. Nicht, nachdem sie auf offener Straße überfallen worden war. Sie hatte ihrer Chefin am Telefon in zwei kurzen Sätzen geschildert, was am Dienstag passiert war, worüber Helga zutiefst erschüttert gewirkt hatte. Jola hatte ihr versichert, dass sie dafür ihren Dienst am Samstag übernehmen würde und schließlich willigte Helga ein. Sie wünschte ihr noch eine gute Besserung, ehe sie auflegte.

In den drei Tagen, in denen sie ihre Wohnung nicht verlassen hatte, hatte sie fieberhaft überlegt, ob nicht doch Rainer mit dem Überfall zu tun haben könnte. Eigentlich würde sie gar keinen Gedanken daran verschwenden, aber mit seiner ständigen Fragerei hatte dieser Ilmbrandt sie verunsichert. Jola war felsenfest davon überzeugt gewesen, dass Gabriel der Täter war, bis der Polizist sie mit einem Blick angesehen hatte, der ihr zu verstehen gab, dass er die Geschichte – so, wie sie sie erzählte – nicht ganz glauben konnte. Und das Schlimmste daran war, dass sie mittlerweile auch ihre Zweifel daran hatte! Sie wusste, dass sie Gabriel gesehen hatte und es war sonst keiner in ihrer Nähe gewesen – bis auf das Paar, das ihr zu Hilfe kam. Aber hatte sie zuvor nicht mehrere Hände an ihrem Körper gespürt? Oder vielleicht war es ja doch

Gabriel gewesen und er hatte einen Komplizen gehabt, der die Flucht ergriffen hatte, als sie wieder zu sich gekommen war.

Gestern hatte Jola erfahren, dass Gabriel aus Mangel an Beweisen aus der Untersuchungshaft entlassen wurde. Beinahe hätte sie sich übergeben. Nun bekam sie es wirklich mit der Angst zu tun … und Gabriel hatte allen Grund dazu, ihr wehzutun. Ihretwegen war er festgenommen worden! Sein Hass auf sie musste ins Unermessliche gestiegen sein. Aber unter keinen Umständen konnte sie bei Helga anrufen und sich noch einen Tag freinehmen, das wäre zu unverschämt. Sie brauchten unbedingt zusätzliches Personal! Ewig konnte das so nicht weitergehen. Ihre Chefin freute sich bestimmt schon auf ihren freien Samstag. Also biss Jola in den sauren Apfel und machte sich mit zittrigen Beinen auf den Weg zur Trafik.

Ihr Arbeitstag verlief nicht so schlimm, wie sie ihn sich vorgestellt hatte. Sie hatte viel Kundschaft, die sie vom Nachdenken ablenkte. Ab und zu erwischte sie sich sogar dabei, wie sie mit einigen Stammkunden herumalberte. Es fühlte sich gut an.

Kurz vor 11 Uhr vormittags kam ein Mann bei der Tür herein, der ihr Herz schneller schlagen ließ. Sein Gesicht war bis zur Hälfte von einem dunkelgrauen Mantelkragen verdeckt, an dem noch Schneeflocken von draußen klebten. Als die Tür hinter ihm zufiel, legte er sein Gesicht frei. Es war der Cop – wie sie ihn seit neuem in ihrer Fantasie nannte. Hatte das was zu bedeuten? Musste sie sich erneut einer Befragung stellen?

Er lächelte sie an und Jola fiel ein Stein vom Herzen, er war also nicht hier, um sie um eine erneute Aussage zu bitten. Das hoffte sie zumindest.

„Hallo“, entkam es Jola in der Aufregung. „Ich meine: Guten Tag, Herr …“

„Ilmbrandt“, meinte der Cop. „Frau Kaufmann, ich hoffe, Sie haben sich gut erholt.“

„Ja, danke. Heute ist mein erster Arbeitstag. Ich musste ein paar Tage zu Hause bleiben, um den Schock zu verarbeiten.“

„Das war eine kluge Entscheidung … Übrigens, dass wir den Verdächtigen freigelassen haben, heißt nicht, dass wir nicht weiter ermitteln. Ich hoffe, das wissen Sie."

Jola biss sich auf die Lippe und nickte stumm. Was erwartete sich Ilmbrandt? Sollte sie ihn in den Himmel loben, weil er Gabriel laufen ließ? Der Cop gab Erklärungen von sich, die sich anhörten wie Rechtfertigungen: „Die Kollegen nehmen noch einige Aussagen zu dem Fall auf. Es werden Anwohner befragt und Leute, die eventuell etwas mitbekommen haben könnten."

„Okay."

Er sah sie mit einem Dackelblick an, bei dem sie sich zusammenreißen musste, nicht zu lächeln.

„Was kann ich für Sie tun? Wollen Sie erneut Ihr Glück versuchen?", fragte sie ihn stattdessen und zeigte mit der linken Hand auf den kleinen Pappaufsteller für Glücksspiele, der neben ihr stand. Ilmbrandt lächelte und antwortete: „Ja. Und bitte geben Sie mir dieses Mal einen besseren Schein."

„Wie viele Tipps?"

„Fünf. Mit Joker."

Jola druckte den Schein aus, kassierte das Geld und gab dem Polizisten seine ganze Hoffnung in Form eines Beleges, welchen er dankend annahm. Er verabschiedete sich und sagte beim Hinausgehen: „Wenn ich gewinne, schulde ich Ihnen was!" Dabei wedelte er mit dem Schein, ehe er ihn in seiner Manteltasche verschwinden ließ. Nun hatte er es doch geschafft, Jola ein Grinsen zu entlocken. Und er lächelte zurück! Sie hasste sich selbst dafür, dass sie sich über diese Tatsache freute. Er war immerhin ein Cop! Einer von der Sorte Menschen, die sie nicht leiden konnte – eigentlich.

Sie konnte sehen, wie er sein Gesicht wieder hinter dem Mantelkragen versteckte, um sich vor dem Wind zu schützen, der es sogar schaffte, sein kurzes Haar aus der Form zu bringen. Dann verschwand er und Jola musste plötzlich mit Wehmut an ihre Eltern denken.

Um 12 Uhr schloss sie die Trafik ab und beschloss, einkaufen zu gehen, denn ihr Kühlschrank zu Hause beherbergte nichts weiter als eine geöffnete Packung Milch, etwas Ketchup und einem Glas Gewürzgurken. Jamie Oliver hätte mithilfe von einigen Kräutern womöglich sogar ein tolles Menü daraus zaubern können. Jola hatte in den letzten drei Tagen alles aus ihrem ohnehin schon mager befüllten Kühlschrank gefuttert, um nicht die Wohnung verlassen zu müssen.

Sie setzte sich in ihr Auto und fuhr zum Supermarkt. Während der Fahrt redete sie sich ein, dass sie keine Angst hatte. Samstag war *der* Einkaufstag für jedermann. Jola hoffte, nicht Gabriel oder seiner Mutter zu begegnen ... oder Rainer ... oder Lennon.

Ihren Rieseneinkauf erledigte sie in überdurchschnittlicher Geschwindigkeit. Systematisch klapperte sie die Reihen ab, ohne groß auf ihre Umgebung zu achten. Ihre Aufmerksamkeit schenkte sie stets nur dem Regal, das sie als Nächstes ansteuerte. Ihr Verhalten erinnerte sie an die Fernsehserie *Super Toy Club,* in denen zwei Gruppen Kinder in spielerischen Aufgaben gegeneinander antraten. Welches Team am Ende mehr Aufgaben gewonnen hatte, wurde in einen Spielzeugladen gebeamt. Dort durften die Kinder mit einem Einkaufswagen bewaffnet möglichst viele Spielsachen in relativ kurzer Zeit einpacken. So arbeitete sich nun auch Jola durch den Supermarkt, wenn auch in etwas langsamerer Geschwindigkeit als die Kinder in *Super Toy Club*. Sie vermied jeglichen Blickkontakt mit anderen Menschen.

An der Kasse geschah dann das Unvermeidliche: Sie hatte eine Flasche Essig auf das Kassenband gestellt, welche bei der ruckartigen Fortbewegung des Bandes umkippte und rückwärts rollte. Jola bekam sie nicht mehr zu fassen und sah, dass ein Mann hinter ihr so nett war und sie aufhielt, bevor sie in seine aufgestellte Lebensmittelarmee hineinkrachte wie eine Bowlingkugel. Sie bedankte sich kleinlaut und nahm ihm die Flasche aus der Hand. Der Mann hatte dunkles Haar und seine Haut war gebräunt. Er grinste, während er auf den überreichten Gegenstand schaute. Als er den Blick hob, erstarb sein Lächeln. Er nickte Jola nur stumm zu und räusperte sich, ehe er sich wieder abwandte. Sie fand den Typen ziemlich unheimlich. Sein Verhalten sorgte dafür, dass ihr ein Schauer über den Rücken lief.

Kurz darauf verließ sie mit ihrem Einkaufswagen den Supermarkt. Sie drehte sich noch einmal um, um sich zu vergewissern, dass der Mann sie nicht beobachtete. Er räumte gerade seine Lebensmittel in den Einkaufswagen. Beunruhigend war jedoch die Tatsache, dass er dabei verstohlen in ihre Richtung sah.

Den Nachmittag verbrachte sie damit, den Kühlschrank auszuwischen und aufzufüllen, eine Scholle mit Bratkartoffeln zuzubereiten und das Badezimmer zu putzen. Dann räumte sie auf, wobei sie auch Fotos von Lennon und ihr fand. Fotos aus glücklichen Tagen. Jola gab ein Schnaufen von sich, brachte es aber nicht übers Herz, die Bilder zu zerreißen. Stattdessen packte sie sie in eine Mappe. Warum sie das tat, konnte sie sich selbst nicht erklären. Lennon war Geschichte. Ihre Gefühle für ihn waren Geschichte. Dass er sie während der ganzen Zwischenfälle mit Gabriel wie eine Verbrecherin behandelt hatte, hatte sie zutiefst verletzt. Ein liebender Freund wäre ihr zur Seite gestanden.

Ihr Handy klingelte. Sie schluckte, als sie auf das Display schaute. Und obwohl sie es bei Gott nicht wollte, hob sie ab.

„Hallo?“, sagte sie als Begrüßung, was sich eher wie eine Frage anhörte.

„He! Jo! Alles klar bei dir?“, hörte sie Rainers tiefe Stimme am anderen Ende der Leitung.

„Klar doch. Und bei dir?“

Es interessierte sie nicht. Wirklich nicht. Aber sie wollte nicht unhöflich sein. Rainer schien auf jeden Fall über die Konversation erfreut zu sein: „Aber sicher! Sag mal, hast du heute schon was vor?“

„Heute? Also … eigentlich war ich gerade dabei, die Wohnung auf Vordermann zu bringen."

„Wieso denn das zum Teufel? Erwartest du hohen Besuch?", fragte Rainer lachend.

Die Wohnung auf Vordermann zu bringen war untypisch für Jola, sie hatte während ihrer Beziehung mit Lennon stets nur das Nötigste getan, um ihre Zimmer sauber zu halten. Deshalb war sie über seine Reaktion nicht verwundert.

„Hör mal", sagte er, ehe sie etwas darauf antworten konnte. „Ich wollte dich letztens nicht anbaggern oder so. Tut mir leid, wenn du das falsch verstanden hast."

„Das weiß ich doch", log Jola.

„Gut. Also, sind wir wieder Freunde? Wie in den guten alten Zeiten?"

„Ja, sind wir."

Am liebsten hätte sie sich für diesen Satz geohrfeigt. Nun kam sie um ein Treffen nicht mehr herum. Also sagte sie schnell etwas, womit sie ihn abwimmeln konnte: „Rainer, ich muss jetzt wirklich weitermachen."

„Ach, komm schon, Jo! Deine Wohnung wird dir schon nicht davonlaufen!"

„Aber ich will das heute noch zu Ende bringen."

„Du klingst ganz schön frustriert." Rainer entkam ein Lacher. „Weißt du was, ich komm vorbei und helf dir. Zu zweit sind wir doppelt so schnell und danach gehen wir einen trinken, wie damals."

Eigentlich hatten sie das zu zweit noch nie gemacht. Und sie wollte Rainer auch nicht in ihrer Wohnung haben – die mittlerweile aufgeräumt war. Sie wollte gerade etwas erwidern, womit sie ihm ein für alle Mal klarmachen konnte, dass er sie in Ruhe lassen sollte, doch dann sagte er: „Ich habe auch was für dich."

Das ließ Jola innehalten. Rainer wusste, wie er sie überreden konnte. Ihre Stimme wurde zu einem Flüstern, so als würde man sie belauschen: „Hast du Gras?"

„Ich hab das verdammt nochmal beste Gras, das du dir vorstellen kannst."

Sie war schwach. Und dämlich. *Aber was soll's*, dachte sie sich.

Am Abend kam Rainer bei ihr vorbei und half ihr tatsächlich bei der Hausarbeit! Eigentlich gab es gar nichts mehr zu machen, Jola hatte lediglich ein paar Bücher und Dekorationsartikel, die sie neu anordnen wollte. Dabei half ihr Rainer mit erstaunlichem Tatendrang und balancierte gekonnt alle möglichen Gegenstände auf seinen Händen, die so groß waren wie WC-Deckel.

Die ganze Prozedur dauerte nicht lange und so saßen sie kurz darauf auf dem Sofa und rauchten den mitgebrachten Joint. Es fühlte sich verdammt gut an.

„Ich habe das, was ich im Faschingszelt zu dir gesagt habe, übrigens ernst gemeint", sagte Rainer plötzlich.

Natürlich. Sie hätte wissen müssen, dass er darauf aus war. Wie sollte sie ihn jetzt wieder loswerden?

„Rainer, ich dachte, wir sind Freunde."

„Sind wir! Sind wir! Du bist eine tolle schöne Frau, Jo. Das meine ich ernst. Aber ich weiß, dass ich keine Chancen bei dir habe."

„Es tut mir leid."

„Muss es nicht. Ich find's trotzdem cool, dass wir miteinander abhängen können, auch wenn du nicht mehr mit Lennon zusammen bist. Wie sieht's aus? Gehen wir noch in die Stadt?"

Von da an ging es mit ihrer körperlichen Verfassung bergab. Der Joint war ziemlich stark gewesen und die paar Flaschen Bier, die sie sich noch zu Hause gemeinsam mit Rainer genehmigt hatte, hätte sie nicht unbedingt gebraucht. Ihre Sicht wurde immer verschwommener, sie bekam noch mit, dass Rainer sie stützte, als sie in die Stadt torkelten.

In welcher Bar sie schließlich landeten, wusste sie nicht mehr. Irgendwann trafen sie auf Lennon, den sie in ihrem

Rausch laut und lachend in Empfang nahm: „Lennon! So sieht man sich wieder!“

Ihr Exfreund sah sie überrascht an, gesellte sich aber für ein paar Getränke zu ihnen an die Bar. Er zahlte mehrere Runden Tequila, was Jolas Zustand nicht zugutekam.

Auf die Frage, ob die beiden zusammen unterwegs seien, antwortete Rainer: „Nein, wir sind uns hier zufällig begegnet.“

Dafür war Jola ihm dankbar. Dass sie sich vor ihrem Exfreund rechtfertigen musste, war das Letzte, was sie gebrauchen konnte. Von diesem Moment an hörte sie den beiden Männern nur mehr mit einem Ohr zu. Geistesabwesend starrte sie in ihr Getränk und befahl sich selbst in Gedanken, nicht die ganze Theke vollzukotzen.

Als sie den Blick wieder hob, war plötzlich der Cop da. Nur einige Meter von ihr entfernt, auf der anderen Seite der Bar – und er sah verdammt gut aus. Ihr war gar nicht aufgefallen, dass er das Lokal betreten hatte. Anscheinend war er privat unterwegs, denn er trug keine Uniform. Stattdessen hatte er ein T-Shirt mit V-Ausschnitt an, das seinem muskulösen Oberkörper schmeichelte. Jola gab sich Mühe, aufrecht zu sitzen, sie wollte nicht wie eine versoffene Schnapsdrossel aussehen. Neben dem Cop saß eine Frau auf einem Barhocker. Eine sehr junge Frau. Die beiden hatten zwei halbleere Gläser vor sich stehen – also waren sie vermutlich schon länger hier. Er hatte den Arm um ihre Schulter gelegt. Jola kam sich mit ihren einunddreißig Jahren plötzlich uralt vor. Schnell schaute sie weg – ihr war die ganze Situation peinlich. Doch es war zu spät, denn er hatte sie bereits entdeckt. Aus den Augenwinkeln sah sie, wie er ihr kurz zunickte und sich gleich darauf wieder an seine junge Begleitung wandte. Jola konzentrierte sich auf ihr Glas, während sich Hitze in ihrem Kopf ausbreitete. Wieso machte sie dieser Typ so nervös?

„Oh, Mann. Leute, guckt mal“, meinte Lennon und deutete auf den Cop. Jola hasste ihn dafür, weil er es so auffällig machte, dass Ilmbrandt zu ihnen rüber sah. Und natürlich kannte er Lennon und Rainer aus den Schlägereien von früher, in die sie allesamt immer wieder verwickelt gewesen waren. Ihr war es plötzlich sehr unangenehm, mit ihrem Exfreund gesehen zu werden – vor allem, weil sie bei ihrer Aussage ja erzählte, dass sie nicht mehr mit ihm zusammen sei. Und nun sah sie der Cop nebeneinander an der Bar sitzen. Das musste ja ein unheimlich gutes Bild auf das verlogene Opfer werfen!

Lennon sprach weiter: „Kennt ihr den noch? Das ist der Arschloch-Bulle vom letzten Mal."

Rainer sah nachdenklich drein und schüttelte den Kopf.

„Jo!" Diesmal wandte sich Lennon an Jola. „Aber du kennst ihn doch, oder? Diesen beschissenen Drecksbullen? Ich glaube, wir haben ihn sogar mal angerempelt, als er mit seiner Tussi unterwegs war."

„Ich weiß nicht, wen du meinst", antwortete sie, ohne den Blick von ihrem Glas abzuwenden. Hatten sie tatsächlich Ilmbrandt angerempelt? In ihrem damaligen Zustand hatte sie nur ein Paar wahrgenommen. Die Frau war blond gewesen. Ilmbrandts heutige Begleitung hatte dunkle Haare. Jolas Kopf fühlte sich mittlerweile schon so an, als würde er jeden Moment vor lauter Hitze explodieren.

„Dann schau doch hin! Der Bulle! Du weißt schon, dieser Pisser, der …"

„Rede nicht so über ihn!", schrie sie Lennon an, worauf sie wieder einen kurzen Blick vom heißen Cop erntete.

„Was?", fragte Lennon ungläubig. „Was sollte das denn jetzt? Stehst du neuerdings auf solche Typen? Auf Warmduscher? Mein Gott, was ist nur aus dir geworden?"

„Ach, lass mich doch in Ruhe."

Genervt verließ sie das Lokal in der Hoffnung, dass niemand ihr nachkommen würde.

Ohne sich umzudrehen, irrte sie durch die Gegend. Der Zeitpunkt, ab dem sie sich nicht mehr auf ihre Sinne verlassen konnte, war eindeutig überschritten.

Wie lange sie durch die Straßen irrte, wusste sie nicht.

Irgendwann kam sie in eine enge Gasse, die ihr nicht bekannt war. Aber sie war auf einem Horrortrip, da würde sie vermutlich nicht mal mehr ihr eigenes Bett erkennen.

„Wen haben wir denn da?“, hörte sie plötzlich eine krächzende Stimme hinter sich fragen. Sie drehte sich schwankend um und sah zwei Kerle mit Kapuzenjacken. Sie kamen Jola bekannt vor und gingen einige Schritte auf sie zu, was ihr gar nicht gefiel. Sie hatte sie schon ein paar Mal gesehen, bei Schlägereien. Aber wo noch?

„Hast du dich nach der wilden Faschingsparty gut erholt, du Fotze?“, fragte der andere. Die Art und Weise, wie er redete, kam ihr bekannt vor, was nur eines bedeuten konnte: Das waren die unheimlichen Typen, die auch schon mal neben ihrem Auto herumgelungert hatten.

Die beiden schienen es unglaublich toll zu finden, sich beim Reden abzuwechseln: „Du hast nochmal Glück gehabt, dass dich dein verkrüppelter Freund retten konnte.“

„Ja, der hat uns einen ganz schönen Schrecken eingejagt.“

„Auf einmal war der hässliche Clown da und hat auf uns eingeschlagen. Dieser hässliche Krüppel. War das dein neuer Liebhaber?“

„Wo ist er denn heute? Ist er gar nicht da, um dir zu helfen?“

Jola hörte die Worte und verstand. Die Kapuzenmänner hatten sie überfallen! Dann hatte sie mit ihrer anfänglichen Vermutung richtig gelegen, dass es zwei Täter gewesen waren. Und Gabriel … hatte sie tatsächlich gerettet. Wie dumm sie doch war! Ihre Lippen bewegten sich zwar, aber sie brachte kein Wort dazwischen hervor.

„Heute wird es ein leichtes Spiel für uns werden, du kleine Schlampe. Mach dich auf was gefasst.“

Mit einer Hand holte Kapuze Nummer 1 aus. Jola duckte sich und war selbst überrascht von ihrer schnellen Reaktion. Sie würde sich auf keinen Kampf einlassen, sondern einfach nur loslaufen. Um ihr Leben laufen.

Und sie rannte, so schnell sie konnte. Die Kapuzenmänner riefen ihr Schimpfwörter nach. Als sie näherkommende Schritte wahrnahm, überkam sie die blanke Panik.

Lauf! Lauf! Lauf! Nicht denken! Laufen!, schrie ihre innere Stimme. Ihr Atem ging stoßweise und der Alkohol machte in ihrem Bauch gurgelnde Geräusche, die sie würgen ließen. Nach ein paar hundert Metern brach sie schließlich zusammen und konnte den harten kalten Asphalt unter ihren Händen spüren. Ihrem Gefühl nach hatte sie die beiden Kapuzenmänner abgehängt. Erleichterung machte sich in ihr breit und Freudentränen rannen ihr aus den Augen. Gleich darauf überkam sie jedoch ein Ekelgefühl. Irgendetwas stank hier gewaltig! Sie drehte sich zur Seite und erkannte, dass sie direkt neben Mülltonnen lag. Mit großer Anstrengung setzte sie sich auf, dann kroch sie auf allen vieren davon. Weg von den Tonnen, weg von dem Gestank. Sie wusste nicht, ob sie noch auf dem Gehweg oder bereits auf der Straße war, so verschwommen war ihre Sicht. In ihr drehte sich alles und sie wollte nur noch ins Bett. Aber ihr fehlte die Kraft, um aufzustehen, also versuchte sie, sich für ein paar Minuten auszuruhen, doch ihr Herz hämmerte wie wild gegen ihre Brust. Ihr war so übel wie schon lange nicht mehr.

Plötzlich hörte sie eine Stimme. Nein! Hatten sie sie gefunden? Dann spürte sie zwei starke Hände auf ihren Schultern.

„Lasst mich bitte in Ruhe, ich flehe euch an“, winselte sie verzweifelt. Jola hatte keine Kraft, dem Griff zu entkommen. Jetzt hatten sie sie. Was sie sagten, nahm sie kaum mehr wahr.

22

Samstag, 03. März 2018

David

Es war kurz vor Mitternacht, als er es sich auf seiner Couch gemütlich machte. Wozu er überhaupt noch ein Bett hatte, fragte er sich nicht zum ersten Mal. Aber heute erfüllte es wenigstens seinen Zweck: Er hatte eine Frau darin liegen.

Was hätte er denn machen sollen? Sie auf der Straße liegen lassen?

David hatte kurz zuvor seine Tochter – mit der er sich endlich mal wieder getroffen hatte – nach Hause gebracht, als er auf dem Heimweg eine Person neben dem Gehweg auf dem Boden liegen sah. Natürlich kam bei ihm sofort der Helferinstinkt zum Vorschein. Er ging auf die Person zu, bei der er vermutete, sie sei bewusstlos. Nachdem sie auf seine Fragen bezüglich ihres Zustandes nicht geantwortet hatte, half er ihr auf. Er glaubte, die Person so etwas wie „Lasst mich in Ruhe" jammern zu hören.

„Ganz ruhig, keine Angst. Ich will Ihnen helfen", hatte David leise gesagt, während er sich umgesehen hatte. Es war niemand in ihrer Nähe gewesen.

Als er die Frau auf die Beine gestellt hatte, hatte er bemerkt, dass es sich bei ihr um Jola Kaufmann handelte. Ihr Blick hatte ihn vermuten lassen, dass sie nicht nur Alkohol konsumiert hatte.

Nachdem er sie dreimal gefragt hatte, wo sie wohnte und darauf keine Antwort erhielt, hatte er beschlossen, sie zu sich mit nach Hause zu nehmen. An ihre Adresse, die er bei ihren Befragungen notiert hatte, konnte er sich nicht erinnern. Dass diese Idee nicht die beste war, war ihm bewusst, aber er wollte sie nicht in diesem Zustand sich selbst überlassen. Es würde reichen, wenn sie ihren Rausch ausschlafen könnte. Sie in ein Krankenhaus zu bringen, wäre nicht nötig gewesen.

Als er mit ihr im Arm seine Wohnung betreten hatte, hatte er es irgendwie geschafft, ihr die Jacke und Schuhe auszuziehen und sie in sein Bett zu legen. Einen Eimer hatte er ihr daneben auf den Boden gestellt und ein Glas Wasser auf den Nachttisch.

Nun lag er auf seinem Sofa und hoffte, dass sie ihm nicht das ganze Schlafzimmer vollkotzte. Frauen waren ihm ein Mysterium. Seine Tochter verhielt sich die meiste Zeit über wie eine Fünfzehnjährige, die sich anscheinend nicht entscheiden konnte, ob ihr Vater nun ihr bester Freund oder ihr größter Feind war. Bei dieser Jola Kaufmann wusste er nicht, ob sie ein ehrlicher Mensch war oder nicht und seine Exfrau … war sowieso *das* Mysterium schlechthin.

Als David das letzte Mal mit seiner Exfrau ausgegangen war, hatte er nicht das Gefühl gehabt, dass sie ihn noch lieben würde. Zwar war sie für kurze Zeit in seinem Arm gewesen – was sich für ihn unglaublich schön angefühlt hatte –, aber das hatte garantiert nichts zu bedeuten. Sie hatte einfach Angst vor den drei betrunkenen Personen gehabt, und nun befand sich eine davon in seinem Bett. Das Schicksal war schon eine komische Sache.

Eigentlich hatte er vorgehabt, sich an diesem Abend mit Lena ein bisschen über sie und ihre Mutter zu unterhalten. *Vielleicht …*, hatte er sich gedacht, *… vielleicht erzählt sie ja wieder davon, dass Katja mich vermisst.*

Falsch gedacht.

Lena war ziemlich aufgeregt gewesen, weil sie ihrer Mutter nun doch von Jens erzählt hatte. Und es hatte sich herausgestellt, dass ihre Befürchtungen umsonst gewesen waren, denn Katja war hellauf begeistert – vor allem, nachdem sie Fotos von ihm gesehen hatte.

„Das ist ja mal ein hübscher Junge“, hatte sie laut Lena erstaunt gesagt und ihre Tochter in die Arme genommen. Das war vor zwei Wochen gewesen und letzten Sonntag hatte sie ihn gleich zum Mittagessen eingeladen.

„Du meine Güte, Papa“, hatte Lena vorhin wild gestikulierend in der Bar geschildert. „Sie liebt ihn! Mama mag Jens! Ich hab mich also umsonst verrückt gemacht! Kein Aufklärungsscheiß oder sonst was! Sie freut sich für uns, ist das nicht toll?“

„Das ist klasse, Schätzchen“, hatte David gesagt. „Wann hast du vor, ihn mir vorzustellen?“

„Och, das ist zurzeit nicht so gut, weißt du …“

„Ich verstehe.“

„Nein, wirklich! Er würde dich ja gerne kennenlernen, aber …“

David hatte sich vorstellen können, *wie gerne* ihn Jens kennenlernen würde. Er war der uncoole Papa, das Kennenlernen konnte aus seiner und Lenas Sicht bestimmt noch warten.

„… sein Vater hatte diese Woche einen Herzinfarkt. Er ist ziemlich down deswegen.“

„Oh, das tut mir leid.“

Jens war also *down*. Falls die Sache mit dem Herzinfarkt der Wahrheit entsprach, war es für David verständlich.

Während Lena weiter von ihrem Freund erzählt hatte, hatte er die wilde Kaufmann auf der anderen Seite der Bar entdeckt. Mit einem Kerl, der ihm zwar bekannt vorkam, dessen Name ihm aber nicht mehr einfiel – und ihrem Exfreund. Es hatte nicht lange gedauert, bis der Typ mit den langen Haaren auf David gedeutet und irgendwelche Schimpfwörter gebrüllt hatte. Lena hatte verunsichert gefragt: „Kennst du die?“

„Nein. Keine Ahnung, wer die sind. Kann uns aber auch egal sein“, log er. Er hatte nicht vor, mit seiner Tochter über seinen Beruf und diese Raufbolde zu reden.

„Der lästert voll über dich ab! Das willst du dir gefallen lassen?“

„Der Struwwelpeter kann mir egal sein. Na los, erzähl doch weiter von Jens.“

Das hatte sich Lena nicht zweimal sagen lassen. Sie hatte wieder ungebremst zu schwärmen begonnen, als David plötzlich Kaufmanns Stimme hörte. „Rede nicht so über ihn!“, hatte sie ihren Exfreund angebrüllt. Er hatte nicht anders gekonnt, als sich kurz zu ihr zu drehen, doch sie war schon dabei gewesen, das Lokal zu verlassen. David war sich nicht sicher gewesen, ob sie ihn damit gemeint hatte – aber falls dem so war, freute er sich insgeheim darüber.

Kurz darauf hatte er Lena heimgebracht und als er vor seinem Wohnhaus aus dem Auto gestiegen war, hatte er die Frau bei der nächsten Kreuzung auf dem Gehsteig liegen gesehen.

Und nun schlief sie im Nebenzimmer. Sturzbetrunken, die blanke Wahrheit. Es fiel ihm schwer, einzuschlafen, deshalb stand er auf und ging zu seiner Staffelei. Beim Malen vergaß er beinahe alles um sich herum. Diese Leidenschaft lebte er erst aus, seit er geschieden war. Während seiner Ehe hatte er es nicht einmal geschafft, Job und Familie unter einen Hut zu bekommen. Zu Beginn hatte er gemalt, um über Katja hinwegzukommen. Dass seine Träume in Wahrheit eine viel größere Rolle spielten als seine gescheiterte Ehe, hatte er erst viel später wahrgenommen. Malen beruhigte ihn. David sah es als Art Selbsttherapie.

Während der Pinsel über die leere Leinwand glitt, träumte er von seiner Zukunft. Von einer Zukunft, in der er kein Polizist mehr war. Und in der er seinen Seelenfrieden finden würde. Doch er wusste nicht, wie er das schaffen sollte.

23

Sonntag, 04. März 2018

Jola

Ihre Kehle war staubtrocken und ihre Lippen klebten aufeinander. Zudem schmerzte ihr Kopf, als hätte sie sich verletzt. Was war geschehen? War sie im Krankenhaus?

Als sie die Augen öffnete, war sie überrascht, in einem normalen Schlafzimmer aufzuwachen. Zumindest sah es so aus. Vielleicht war sie ja doch in einer Klinik? In einer sehr heimeligen Klinik, sowas gab es doch bestimmt.

Jola drehte sich auf die Seite und bemerkte, dass sie in einem Doppelbett lag. *Das* sah nicht nach Klinik aus, sondern nach einer Nacht bei einem Fremden. Die andere Betthälfte war zwar leer, aber sie hatte trotzdem kein gutes Gefühl bei der Sache.

„Was …?“ Mehr brachte sie nicht hervor, dann traf sie die Erkenntnis wie der Blitz: Rainer!

Um Gottes willen, sie war doch gestern mit Rainer und Lennon unterwegs gewesen. Aber sie konnte sich nicht daran erinnern, wie, wann, und mit wem sie nach Hause gegangen war. Lennon schloss sie aus, denn sein Schlafzimmer war das hier eindeutig nicht.

„Oh, nein“, entkam es ihr. Sie schlug die Hände vors Gesicht und murmelte: „Was bin ich nur für eine Schlampe. Nein, nein, nein.“

„Also für eine Schlampe halte ich Sie nicht unbedingt.“

Bei der ruhigen Tonart dieser Stimme zuckte sie zusammen. Das war nicht Rainers Stimme, das war …

Ihr Herz begann zu rasen. Langsam nahm sie ihre Hände vom Gesicht und sah, wer soeben den Raum betreten hatte.

„Haben Sie gut geschlafen?“, fragte der Cop gelassen, so als würde ihm das nicht zum ersten Mal passieren. Obwohl Jola überrascht und verwirrt über seinen Anblick war, musste sie feststellen, dass er unverschämt gut aussah. Dabei hatte er sich wahrscheinlich nicht mal Mühe geben müssen. Er stand einfach nur da, mit zerzaustem Haar, einem verwaschenen T-Shirt und einer Jogginghose, die nicht so eng war, dass es lächerlich wirkte, aber auch nicht so weit, dass sie die Umrisse seines Gemächts verstecken konnte. Schnell schaute Jola von seiner Körpermitte weg. Sogar die Augenringe sahen gut bei ihm aus!

Sie nickte knapp und fragte: „Warum bin ich hier?“

„Ich glaube, das sollten wir am Frühstückstisch besprechen“, antwortete Ilmbrandt und verließ das Schlafzimmer. Seine Worte klangen wie eine Drohung in Jolas Ohren. Als wäre sie ein kleines Kind, das etwas Furchtbares angestellt hatte oder seine Frau, die ihm schon monatelang den Sex verweigerte.

Jola neigte ihren Oberkörper zur Seite, um dem Cop nachzuschauen. Ihr Blick wanderte an seinem Körper auf und ab und sie erwischte sich bei dem Gedanken, dass sie ihm vermutlich niemals den Sex verweigern würde.

Oh Gott! Reiß dich gefälligst zusammen, du Flittchen, schoss es ihr durch den Kopf.

Auf dem Nachttisch sah sie ein Glas Wasser stehen und nahm an, dass es für sie bestimmt war. Also nahm sie ein paar gierige Schlucke und ging damit zum besagten Frühstückstisch. Auf dem Weg dorthin ließ sie ihren Blick für einen Moment durch die Wohnung schweifen. Der Cop hatte Geschmack: Hohe Decken, Parkettboden im Fischgrätmuster, große Fenster, wuchtige Holzmöbel im industriellen Stil, alles sehr dunkel gehalten. In einer Ecke konnte sie unter einer Decke die Umrisse einer Staffelei erkennen. Nie hätte sie gedacht, dass der Polizist eine kreative Ader hatte. Ihr gefiel es hier.

Als sie sich Ilmbrandt gegenüber hinsetzte, schrak sie hoch, denn etwas streifte ihre Beine. Mit einem Blick unter den Tisch stellte sie erleichtert fest, dass es nur eine Katze war und nicht der Fuß des Cops. Das wäre ihr höchst unangenehm gewesen – wer weiß, was letzte Nacht alles passiert war.

„Ich habe Ihnen einen Tee gemacht", meinte Ilmbrandt und deutete auf die dampfende Tasse, die neben Jolas Wasserglas stand.

„Danke", murmelte sie.

„So zurückhaltend kenne ich Sie ja gar nicht", stellte ihr Gegenüber amüsiert fest.

Oh Gott, was bitteschön meint er damit? Die erste Möglichkeit – und die wäre ihr hundertmal lieber gewesen – wäre, dass er damit andeuten wollte, dass sie bei ihrer Aussage letztens aufgebracht war. Die zweite Möglichkeit – Gott, bewahre – wäre, dass die beiden letzte Nacht etwas miteinander getrieben hatten, an das sie sich erinnern sollte. Aber das war eher unwahrscheinlich, sonst würde er sie vermutlich bereits duzen. Jola meinte: „Ich weiß ehrlich gesagt nicht mehr, …"

„… wie Sie hergekommen sind? Das wundert mich nicht."

„Könnten Sie mir auf die Sprünge helfen?"

„Ich erzähle Ihnen gleich die ganze Geschichte: Ich hab Sie auf der Straße gefunden und mitgenommen. Ende."

„Das hätten Sie nicht tun müssen."

„Wer hätte es sonst getan, wenn ich nicht gewesen wäre? Ihren Exfreund hatten Sie zuvor in der Bar, in der wir uns gesehen haben, angebrüllt."

Sie wusste, dass sie mit Lennon und Rainer in einer Bar war, und jetzt, da der Cop es gerade erwähnt hatte, fiel ihr wieder ein, dass Lennon über ihn gelästert hatte. Daraufhin hatte sie ihn angebrüllt … und dann? Dann muss sie gegangen sein. Denn an eine weitere Situation in dem Lokal konnte sie sich nicht erinnern.

„Sie sahen ziemlich wütend aus, als Sie alleine davongestapft sind", meinte Ilmbrandt, während er an einem Toastbrot knabberte. Okay, das war das nächste Detail. Sie war also alleine losgezogen. Plötzlich fiel ihr etwas ein: „Wo ist denn eigentlich Ihre Freundin?"

„Meine Freundin?"

„Ja, die junge Frau, um die Sie gestern Ihren Arm gelegt haben."

Ilmbrandt grinste und sah dabei unverschämt gut aus. „*Das* ist Ihnen also aufgefallen, ja?"

Jola glaubte, die Röte in ihrem Gesicht zu spüren. Das war ihr in der Tat etwas peinlich. Sie konnte nicht mehr sagen, mit wem sie wann die Bar verlassen hatte, aber an die Tatsache, dass ein Polizist in seiner Freizeit den Arm um eine andere Frau legte, konnte sie sich erinnern.

Ilmbrandt deutete auf die Tasse, die vor ihr stand und sagte: „Trinken Sie Ihren Tee, er wird Ihnen guttun."

Jola tat, was ihr befohlen wurde. Sie wollte sich dem Cop schließlich nicht widersetzen.

„Das war übrigens meine Tochter."

Sie verschluckte sich beinahe und murmelte: „Oh, das wusste ich nicht."

„Machen Sie sich keine Sorgen. Es gibt keine Frau, die ich aus dem Bett werfen musste, um Sie hineinzulegen ... Und auch keinen Mann", fügte er grinsend hinzu. Jola dachte wieder an die blonde Frau, die an seiner Seite gewesen war, als sie sie aus Versehen mit Lennon und Rainer angerempelt hatten. Sie ertappte sich dabei, wie sie ihn etwas zu lange anstarrte.

„Wollen Sie nichts essen?", fragte Ilmbrandt und deutete auf den reich gedeckten Tisch. Auch wenn der Schinken, das Toastbrot, der Käse, die Oliven und die Tomaten verlockend aussahen, war sie sich sicher, dass sie nichts davon runterbrachte.

„Nein, danke. Mein Magen ist noch etwas flau", antwortete sie.

Irgendein Puzzleteil fehlte ihr vom gestrigen Abend. Sie konnte sich daran erinnern, dass sie alleine die Bar verlassen hatte. Heute war sie im Bett des Polizisten aufgewacht. Aber was geschah dazwischen?

Als hätte Ilmbrandt ihre Gedanken gelesen, fragte er: „Wurden Sie gestern Abend von jemandem belästigt?"
„Sie meinen, als ich mit Lennon und Rainer unterwegs war?"
„Nein, ich meine, bevor ich Sie gefunden habe."
„Ich weiß es nicht mehr. Es kommt mir so vor, als würde mir eine wichtige Erinnerung fehlen."
„Als ich Sie angefasst habe, waren Sie sehr verängstigt. Sie wollten, dass man Sie in Ruhe lässt."
Sie dachte nach, aber das, was Ilmbrandt erzählte, half ihr nicht weiter. Er fuhr fort: „Ich dachte mir, vielleicht waren Ihnen Ihre Kumpels aus der Bar gefolgt und haben Sie bedrängt. Das ging mir als erstes durch den Kopf."
Das war es! Das fehlende Puzzleteil!
„Haben Sie irgendwen in meiner Nähe gesehen?", fragte Jola aufgeregt.
„Nein. Warum?"
„Denken Sie nach!"
Ilmbrandt schien nun sehr interessiert an ihrer Geschichte zu sein und sagte: „Ich bin mir sicher, dass ich niemanden gesehen habe. Wieso?"
„Ich wurde tatsächlich verfolgt …"
„Von wem?"
„Um das herauszufinden, brauche ich Sie."
„Sie brauchen … *mich?*"
Sie konnte sich plötzlich wieder an alles erinnern. Hastig griff sie mit einer Hand über den Tisch nach seinem Unterarm.
„Ich möchte eine neue Aussage machen."

24

Sonntag, 04. März 2018

David

Er machte sich frisch und fuhr anschließend mit der verkaterten Frau aufs Revier, wo sie erneut aussagte. Auf einmal ergab alles einen Sinn. Nicht so, wie bei ihrer vorherigen Befragung. Sie konnte sich erinnern, dass sie von zwei Männern verfolgt worden war, die sie anscheinend auch beim letzten Mal am Kirchplatz überfallen hatten. Dieser Gabriel, den sie daraufhin über sich erkannte, wollte ihr tatsächlich nur helfen – so wie er es immer wieder gesagt hatte.

Sie nahmen Einsicht in Kaufmanns Akten – davon gab es ja einige. Sie meinte, sie könnte die Typen identifizieren, denn sie war schon einige Male mit ihnen *zusammengekracht,* wie sie es formulierte. Und sie wurden fündig: Die beiden Männer waren bei zwei Schlägereien mit von der Partie gewesen, bei der die Polizei zum Einsatz gekommen war. Davids Kollegen übernahmen es, ihnen einen Besuch abzustatten, um sie ebenfalls aufs Revier zu bringen.

Somit war dieser Gabriel tatsächlich unschuldig. Vor ein paar Tagen hatten sie ihn für achtundvierzig Stunden in Untersuchungshaft gesteckt, mussten ihn aber wieder gehen lassen, weil die Beweislage zu dünn war.

Nachdem er ihre Aussage aufgenommen hatte, meinte sie, dass sie sich bei Gabriel entschuldigen würde. Als sie sich auf dem Revier von David verabschiedete, kam ihm die ganze

Situation merkwürdig vor. Heute Morgen war sie noch in seinem Schlafzimmer aufgewacht und hatte ihm völlig verkatert am Frühstückstisch gegenübergesessen – und nun gaben sie sich ganz formell die Hand, als wäre nie etwas geschehen.

„Das war's dann wohl", sagte sie und sah dabei etwas unbeholfen aus. „Und danke, dass Sie mich gestern …"

„Schon gut", fiel David ihr ins Wort. Wenn sie den Satz beendet hätte, hätte es wie in einem schlechten Hollywoodfilm geklungen: *Danke, dass Sie mich gerettet haben.* Sie nickten sich zu und gerade, als sie sich umdrehte und gehen wollte, sagte David: „Und passen Sie auf sich auf. Bitte."

Kaufmann lächelte ihm zu, was dazu führte, dass sein Herz einen Sprung machte.

Den restlichen Tag verbrachte er in seiner Wohnung vor der Staffelei. Heute verspürte er den unbändigen Drang, etwas Außergewöhnliches auf die Leinwand zu bringen. Woher diese ganze Inspiration auf einmal gekommen war, konnte er sich nicht erklären. Dieses Bild sollte etwas Besonderes werden. Obwohl …, wenn er so darüber nachdachte, waren doch alle Bilder von ihm etwas Besonderes. Jedes erzählte auf seine eigene Art und Weise eine Geschichte. Meistens waren es Menschen, die er malte. Er hatte sich schon zu Beginn seines künstlerischen Hobbys auf den Naturalismus festgelegt, da er diesen Stil für sehr lebendig hielt. Diese Eigenschaft wollte er in seinen Bildern festhalten. Häufig nahm er Fotos aus Zeitungen als Modell, manchmal genügten aber auch die Bilder in seinem Kopf. David fühlte schon, dass dieses neue Gemälde die ultimative Geschichte schlechthin darstellen würde! Das Kribbeln in seinen Fingern verteilte sich explosionsartig in seinem ganzen Körper, als er den Pinsel auf die Leinwand setzte. Für dieses Bild würde er viel von dem dunklen Braunton brauchen.

Stundenlang saß er vor der Staffelei, bis es langsam zu dämmern begann. Dann war David fertig – im wahrsten Sinne des Wortes.

Sein Mund war staubtrocken und seine Blase zwickte, obwohl er seit den Morgenstunden nichts mehr zu sich genommen hatte. Außerdem rebellierte sein Magen und wenn er könnte, würde er David mit sehr großer Wahrscheinlichkeit den Vogel zeigen. Aber das war es ihm wert. Das Bild war fertig und es war atemberaubend! David stand von seinem Hocker auf, um das Werk zu begutachten, dabei wurde ihm schwindelig. Als er das Bild auf sich wirken ließ, schossen ihm die Tränen in die Augen. Tränen der Überwältigung … Tränen des Stolzes … Aber vor allem waren es Tränen der Trauer und des Hasses gegen sich selbst.

David war plötzlich am Boden zerstört. Sein gequälter Körper meldete sich knurrend, er hastete ins Badezimmer und übergab sich in die Toilette. Mit dem erbrochenen zähen Schleim landete auch der Ekel vor sich selbst in der Kloschüssel.

Als er die Spülung betätigte und sich umdrehte, stand Lord Schlotterhose im Türrahmen. Es war Fütterungszeit. David musste schmunzeln. In gewisser Weise passte sein Kater auf ihn auf. Indem er ihm zu verstehen gab, dass er hungrig war, machte er ihn selbst darauf aufmerksam, auch etwas zu essen.

Einmal Thunfisch mit Gemüse für das Haustier und einmal Thunfisch mit Kartoffelbrot für ihn selbst – der Hausherr und sein Kater hatten beinahe dasselbe Menü. Während David alleine an seinem Esstisch saß, kam ihm der Gedanke, dass er sich bei Lena melden und nach Jens' Vater erkundigen könnte. So würde er ihr zeigen, dass ihm etwas an ihrem für ihn fremden Freund und dessen noch fremderen Vater liegen würde. Ohne lang darüber nachzudenken, rief er sie an. *Tame Impala* gaben wieder mal ihr Bestes, um David während des Freizeichentons zu unterhalten. Nach einigen Sekunden ging seine Tochter ran: „Hallo?"

„Hallo, Liebes, wie geht's dir?"

„Na ja, den Umständen entsprechend." Dass Lena ihn nicht nach seinem Befinden fragte, störte ihn nicht. Obwohl er im Moment gerne über seinen Gemütszustand geredet hätte.

„Gibt es schon Neuigkeiten von Jens' Vater?"

„Er darf demnächst nach Hause. Aber er ist noch sehr schwach. Wer weiß, wann er wieder arbeiten kann."

„Das klingt doch gar nicht so schlecht."

„Hätte schlimmer kommen können."

Ja, dachte David. *Denn das Leben ist doch verdammt nochmal das schönste Geschenk, das es gibt.* Wenn Jens' Vater diesen Herzinfarkt nicht überlebt hätte, wäre nicht nur sein Leben vorbei gewesen, sondern vermutlich auch das der Menschen, die ihn liebten. Wenn auch nicht für immer. Aber im ersten Moment wäre für Jens, seine Mutter, seine Geschwister – falls er denn welche hatte – das Leben vorbei gewesen. Und bis zu dem Zeitpunkt, ab dem sie wieder Teil der Gesellschaft werden hätten können und das Leben wieder als lebenswert erachtet hätten, wären sie durch die Hölle gegangen. Der Tod eines geliebten Menschen reißt einen förmlich selbst aus dem Leben. David wollte sich gar nicht vorstellen, sich eines Tages auch mal von seinen Liebsten verabschieden zu müssen.

Mit diesem Thema tat er sich schon immer schwer. Er musste den Verstorbenen gar nicht kennen, in ihm litt stets etwas mit. Vermutlich war er deshalb vorhin in Tränen ausgebrochen.

„Papa?" Lenas Stimme riss ihn aus seinen Gedanken. „Ich muss jetzt auflegen."

„Oh, okay."

„Ich melde mich wieder."

„Und grüß …"

… Jens von mir, wollte er anfügen, damit er nicht wie ein herzloser Vollidiot dastand. Aber es war zu spät, seine Tochter hatte bereits aufgelegt.

David sah zu seinem neuen Bild hinüber und fragte sich, ob es einen Menschen auf der Welt gab, für den das Leben auch ein Ende hätte, wenn er sterben würde.

Oder ob es jedem egal wäre.

25

Sonntag, 04. März 2018

Jola

Aller guten Dinge sind drei, hatte ihre Mama früher immer gesagt. Zum Beispiel, als Jola lernte, Rad zu fahren. Schon nach dem zweiten Mal Umkippen war sie traurig und wütend auf ihre eigene Unfähigkeit vom Fahrrad weggetrampelt und hatte geschmollt. Ihre Mama schaffte es jedoch, sie mit diesem Sprichwort zu einem letzten, einem dritten Versuch zu motivieren. Dabei strich sie ihre langen dunklen Haare, die ihr der Wind durcheinandergewirbelt hatte, hinter die Ohren. Mit der Hand schirmte sie ihre braunen Augen gegen die Sonne ab, um ihrer Tochter aus einigen Metern Entfernung zusehen zu können. Und da sie stets so viel Begeisterung in diesen Satz legte, gelang es Jola immer, etwas beim dritten Anlauf zu schaffen. Ob es Radfahren ohne Stützräder war oder das fehlerfreie Buchstabieren des Wortes *Portemonnaie* für einen Wettbewerb in ihrer Schule. Sobald ihre Mama das Sprichwort sagte, funktionierte es, als wäre es das Einfachste auf der Welt.

Jola wollte immer so werden wie sie. Rein äußerlich betrachtet hatte sie das geschafft, bis auf die Tatsache, dass sie die Haare kurz trug. Alles andere hatte sie schon vor Jahren vermasselt. Sie befürchtete, niemals im Leben so ein guter Mensch zu werden wie ihre Mama.

Jetzt im Moment sah sie sich selbst vor ihrem inneren Auge, wie sie als kleines Mädchen lachend und übermotiviert auf ihrem ersten Fahrrad in die Pedale trat ... *Paula-Otto-Richard-Theodor-Emil-Martha-Otto-Nordpol-Nordpol-Anton-Ida-Emil.*

Weil aller guten Dinge immer drei waren.

Aber dieses Mal würde der Satz nicht gelten. Jola hatte eine einzige Chance bekommen und diese würde sie jetzt nutzen. Sie konnte nicht immer die Flucht ergreifen, nur weil es die einfachere Methode war.

Schon alleine der Gedanke daran, dass sie sich im selben Haus wie ihr Exfreund aufhielt, bereitete ihr Bauchschmerzen. Dazu kam, dass sie wegen Gabriel hier war. Noch ein Mann, auf den sie gut und gerne verzichten konnte. Und auf seine aggressive Mutter sowieso. Dass sie sich bei ihm entschuldigte, war aber das Mindeste, was sie tun konnte ... Was sie tun musste! Und dafür würde sie nur diesen einen Anlauf benötigen.

Im Treppenhaus war es bitterkalt und es roch höchst eigenartig – Jola sehnte den Moment herbei, an dem sie wieder ins Freie treten konnte. Mit zittrigen Fingern drückte sie auf die Klingel und wartete – hoffte, dass niemand zu Hause war. Aber dann würde sie erneut herkommen müssen, das wollte sie auch wieder nicht.

Während Jola überlegte, welches von den beiden Szenarien ihr lieber wäre, wurde die Tür geöffnet. Gabriels Mutter stand in einem äußerst hässlichen durchlöcherten Bademantel vor ihr und sah sie abwertend an. Dabei zog sie die Mundwinkel nach unten.

„Du?!“ Mehr brachte die alte Krähe nicht aus ihrem Mund hervor.

„Guten Tag“, sagte Jola und hoffte, dass man ihr die Nervosität nicht ansah. „Tut mir leid, dass ich Sie störe, ...“

„Was willst du?“, fragte Gabriels Mutter ungeduldig.

„Wäre es möglich, dass Sie Ihren Sohn für einen Moment an die Tür holen?“

Die Wohnung würde sie auf keinen Fall betreten. In tausend Jahren nicht.

„Wieso sollte ich?“

„Ich möchte mich bei ihm entschuldigen. Dass ich ihn angezeigt habe, war ziemlich dumm von mir."

„Das war es allerdings."

„Ja, das tut mir aufrichtig leid. Könnten Sie ihn bitte holen?"

Keinen Schritt würde sie in diese heruntergekommene Wohnung setzen. Gabriels Mutter musterte sie wie ein modernes Kunstwerk.

Keinen einzigen Schritt.

„Komm doch rein", sagte sie schließlich.

Nein, nein, nein, das könnte ihr so passen.

„Ach", begann Jola, „wissen Sie, mir wäre es lieber, wenn er ..."

„Ist mir scheißegal, was dir lieber wäre. *Du* hast *ihn* angezeigt, also wird das wohl nicht zu viel verlangt sein."

Sie atmete den ekelhaften Treppenhausmief ein und betrat die dunkle Wohnung. Als Gabriels Mutter hinter ihr die Tür schloss, zuckte sie zusammen und drehte sich um.

„Keine Angst, ich sperr dich schon nicht ein. Er ist in seinem Zimmer, kommt schon ewig nicht mehr raus, außer zum Pinkeln. Klopf an, bevor du reingehst, wer weiß, was das Ferkel gerade so treibt."

Oh Gott, bitte nein. Nicht in sein Zimmer.

Gabriels Mutter war zwar alles andere als eine angenehme Gesellschaft, aber alleine mit ihm in seinem Zimmer zu sein, stellte sich Jola um einiges unbehaglicher vor. Aber da musste sie jetzt durch.

Seine Mutter deutete im Vorbeigehen auf eine Tür und machte es sich schließlich auf einem vergilbten Stoffsessel bequem, der neben einem verdreckten Fenster stand.

Jola klopfte zweimal an Gabriels Tür. Dahinter gab der Junge einen Laut von sich, den sie als Einladung interpretierte. Sie öffnete die Tür einen Spalt breit und steckte vorsichtig ihren Kopf hindurch. Dieses Zimmer würde sie auf keinen Fall betreten!

„Und mach die Tür zu, wenn du mit ihm redest! Ich will mir hier meine Serie in Ruhe ansehen!", rief ihr die Mutter von ihrem Sessel aus zu.

Zögernd betrat Jola das Zimmer und schloss die Tür. Auf dem Bett befand sich ein großer Stoffhaufen, unter dem sie Gabriel vermutete, da er sich bewegte. Sie legte sich die Hände vor den Mund. Wo war sie hier gelandet?

Das Zimmer war winzig, die Einrichtung bestand aus einem Kleiderschrank ohne Türen und einem schmalen Bett daneben, auf dem sich anscheinend der gesamte Inhalt des Schrankes befand – auf Gabriel. Das kleine Fenster in dem Raum war geschlossen, nicht einmal Vorhänge gab es. Jola konnte nicht anders – sie ging einfach darauf zu und öffnete es, damit etwas frische Luft in den Raum gelangen konnte.

Der Kleiderhaufen zappelte und gab Geräusche von sich: „Nein, Ma! Kalt, kalt!"

„Hallo, Gabriel."

Der Wäschehaufen verstummte und rührte sich nicht. Es vergingen ein paar Sekunden, bis Gabriel sich beschämt darunter zu erkennen gab. Die Kleidung fiel zu Boden und die zwei Personen im Raum starrten sich an. Jeder schockiert vom Anblick des jeweils anderen.

„Jo?"

„Was … Was *machst* du hier?", fragte sie ihn in einem empörten Tonfall. Wie er auf die Idee gekommen war, sich unter einem Berg Wäsche zu verkriechen, war ihr schleierhaft. Eigentlich wollte sie sich bei ihm entschuldigen, aber dieser Satz war ihr rausgerutscht.

„Schla-schlafen."

„Du schläfst unter deiner Kleidung? Wieso ist sie nicht im Schrank?"

Beide sahen zu dem leeren Schrank – wenn man dieses Teil denn so nennen konnte – und peinliches Schweigen erfüllte den Raum. Jola sah wieder zu Gabriel, wobei ihr auffiel, dass er auf einer nackten fleckigen Matratze saß. Jetzt, wo die Kleidung zwischen ihnen auf dem Boden lag, konnte sie erkennen, dass sich weder Laken noch Bettwäsche darauf befand.

„Wo ist dein Bettzeug?“, wollte sie wissen.
„Weg.“
„Wie, weg? Wo ist es?“ Jola bückte sich zu Gabriel hinunter und sah ihm tief in die Augen.
„Ha-hab diese Stra-Strafe verdient“, murmelte der junge Mann auf dem Bett.
„Hat deine Mutter dir die Bettwäsche weggenommen?“
„Weil, weil ich An-Anzeige …“
„Okay, hör zu. Es tut mir wirklich leid, was da vorgefallen ist. Dass ich dich angezeigt habe, war ein großer Fehler. Du wolltest mir nur helfen.“
„Ha-habe die Typen ver-verjagt.“
„Das weiß ich jetzt. Ich danke dir.“
Und dann tat sie etwas, das sie nie für möglich gehalten hätte: Sie umarmte Gabriel. Und es fühlte sich richtig an. Es war ein erleichterndes Gefühl und er tat ihr so leid, dass ihr eine Träne über die Wange kullerte.
„Wo hat deine Ma die Bettwäsche hingetan?“, fragte sie ihn, als sie sich wieder von ihm löste. Die Antwort darauf war ein asymmetrisches Schulterzucken.
„Okay, ich regle das.“
Sie wollte gerade zur Tür hinaus, da sprang Gabriel auf und rief: „Halt, Jo!“
Jola drehte sich zu ihm um und sah, dass er nun auf seinem Bett stand und auf sie herabblickte. „Ma wird bö-böse. Geh heim!“
In welche Familie war sie hier nur reingeraten? Ohne zu überlegen verließ sie den Raum und ging mit schnellen Schritten ins nebengelegene Wohnzimmer, wo seine Mutter in ihrem Sessel hockte.
„Wo ist sie?“, fauchte sie die Alte an, selbst erschrocken von der Kraft, die ihre Stimme beherrschte.
„Was willst du?“ Der Tonfall seiner Mutter war auch nicht gerade zimperlich. Jola straffte ihre Schultern und fragte: „Die Bettwäsche von Gabriel. Wo haben Sie sie versteckt?“

„Was geht es dich an?"

„Sie haben recht. Eigentlich geht es mich nichts an. Aber da Sie mit Ihren lächerlichen Aktionen Ihren Sohn quälen, muss sich ja einer für ihn einsetzen."

„Wie kannst du es wagen, du Rotzgöre? Raus aus meiner Wohnung!"

„Wo ist die Bettwäsche?"

„So lass ich nicht mit mir reden!"

Jola schüttelte den Kopf und öffnete jede Tür, bis sie das Schlafzimmer der Mutter gefunden hatte.

„He! Was soll denn das?", rief die Alte ihr nach. Jola ging hinein und leerte den kompletten Schrank aus – keine Bettwäsche. Dasselbe machte sie mit der Kommode gegenüber – auch nichts. Gabriels Mutter folgte ihr mit trägen Schritten und wollte soeben das Schlafzimmer betreten, da sauste Jola an ihr vorbei ins Badezimmer, um dort ebenfalls alle Schränke auszuräumen.

Als sie schließlich in die Speisekammer ging, wurde sie fündig: Die Bettwäsche lag zusammengeknüllt und verdreckt zwischen diversen Lebensmitteln. Ihr graute davor, sie anzufassen. Sie wollte die Speisekammer verlassen, als Gabriels Mutter sich ihr in den Weg stellte und somit den Ausgang versperrte.

„Ist das Ihr Ernst?", entkam es Jola. „Hier haben Sie seine Bettwäsche versteckt?"

Doch die Alte antwortete nicht darauf und als Jola bewusst wurde, dass sie im Begriff war, die Tür zu schließen, sprang sie nach vorne, um sich mit ihrem ganzen Gewicht dagegen zu werfen. Gabriels Mutter schrie auf, als sie die Tür gegen die Schulter gestoßen bekam und verfluchte sie auf Teufel komm raus.

Jola rannte so schnell, dass sie beinahe stolperte, als sie bei der Wohnung hinausstürmte. Der kalte Treppenhausmief schlug ihr entgegen, aber alles war besser, als nochmal in dieses versiffte Loch zurückzukehren.

Fürs Erste musste Gabriel ohne ihre Hilfe auskommen.

Aber sie würde ihm helfen … Eines Tages … Irgendwie …
Sie war schon unten bei der Haustür angelangt und stieß sie gerade auf, als sie gezwungen wurde, ihr Tempo zu verlangsamen. Jemand stellte sich ihr bei der Flucht in den Weg.

26

Montag, 05. März 2018
David

Sieh nur, was du gemacht hast …

Sieh her, verdammt!

Er konnte die Worte nicht hören, aber er fühlte sie. Es klang absurd, und dennoch hatte David in seinen Träumen die Gabe, Worte mit all seinen Sinnen wahrzunehmen. Dieses Mal konnte er sie fühlen – und obwohl er nichts außer dem Gluckern des alten Motors hörte, schmerzten seine Ohren so grausam, dass er davon erwachte.

Sein Kopfkissen war komplett durchgeschwitzt, dabei fror er. Entweder wurde er krank oder sein immer wiederkehrender Traum nahm ihn so dermaßen mit.

David stand auf und ging ins Wohnzimmer, dort betrachtete er noch einmal das Bild, das er gestern gemalt hatte. Dabei schritt er ganz nah an die Staffelei, bis er die Leinwand mit den Fingerspitzen berühren konnte. Ein heftiges Zucken durchfuhr seinen Körper, hastig zog er seine Hand wieder zurück. Was hatte er sich nur dabei gedacht, als er es gemalt hatte?

„Was willst du von mir?", schrie er die Leinwand an.

Etwa drei Stunden später saß David wie gewohnt am Schreibtisch auf dem Polizeirevier. Zu Hause hatte er sich nach der Brüllattacke gegen sein Bild nochmal ins Bett gelegt – doch an Schlaf war nicht mehr zu denken gewesen. Ewig hatte er sich herumgewälzt, doch er war zu aufgewühlt gewesen und bekam kein Auge zu. Schließlich war er aufgestanden und hatte einen Strich auf den Zeitungsartikel gemacht – die restliche Zeit war er ziellos durch seine Wohnung marschiert, da er sowieso nicht mehr schlafen konnte.

Und nun saß er da – zerstreut, übermüdet und mit Augenringen, die bei einem fremden Menschen den Anschein erwecken könnten, dass man sich gerade mit einem vom Teufel besessenen Freak unterhielt.

„Bist du soweit?“, wurde er von einem Kollegen gefragt.

„Gleich“, war seine Antwort, ohne den Blick vom Smartphone abzuwenden.

In wenigen Augenblicken würde die morgendliche Besprechung stattfinden – heute unter anderem mit dem Fall Kaufmann. Gestern wurden die zwei Männer verhört, die die Frau auf offener Straße überfallen hatten.

Aber etwas anderes interessierte ihn zurzeit mehr. Seine Augen strahlten, als er bereits zum dritten Mal die Quittungsnummer eintippte und immer wieder dieselbe Meldung kam.

Von nun an würde sich sein Leben ändern.

27

Montag, 05. März 2018

Jola

Sie fühlte sich hundemüde und schwach. Der Handywecker gab ihr zu verstehen, dass das niemanden interessierte – es war Montagmorgen und sie musste zur Arbeit.

Es war bitterkalt … Woher kam diese Kälte so plötzlich? Mit geschlossenen Augen tastete sie nach ihrem Smartphone und schaltete den Wecker aus. Zumindest das nervtötende Piepen war verschwunden – wenigstens etwas.

Jola setzte sich langsam auf und öffnete ihre Augen. Mit Schrecken stellte sie fest, dass sie den Ort kannte, an dem sie sich befand.

Nein, nein, bitte nicht.

Sie konnte es nicht fassen. War sie tatsächlich so dämlich gewesen? Mit größter Vorsicht drehte sie ihren Kopf zur Seite. Lennon lag neben ihr.

„Das darf doch wohl nicht wahr sein", flüsterte sie sich selbst zu. Die Erinnerungen an den gestrigen Tag überfielen sie wie aus dem Nichts.

Sie hatte sich bei Gabriel entschuldigt und wollte daraufhin seine Mutter zur Rede stellen. Das war anders verlaufen als geplant und so musste Jola nach einer kurzen Auseinandersetzung fluchtartig die Wohnung verlassen. Als sie ins Freie treten wollte, kam Lennon gerade nach Hause, dem sie im wahrsten Sinne des Wortes in die Arme lief. Er hatte sofort ihren verängstigten

Gesichtsausdruck gesehen und gefragt, was los sei. Wenn Jola vernünftig gewesen wäre, wäre sie einfach weitergegangen und nach Hause gefahren. Aber sie war so zerstreut und schockiert über Gabriels Mutter und den Zustand gewesen, in dem sie ihren Sohn sich selbst überlassen hatte, dass sie in kurzen Sätzen Lennon zu erklären versuchte, was sie eben erlebt hatte. Dass die alte Krähe sie in der Vorratskammer einsperren wollte, behielt sie für sich, sonst hätte sich ihr Exfreund womöglich eingemischt. Sie hatte schon weitergehen wollen, als Lennon sie festhielt und fragte: „Kommst du noch mit rauf? Ich hab gerade etwas besorgt, das dich entspannen wird."

Jolas Alarmglocken hatten geschrillt. Sie konnte doch nicht einfach mit ihrem Exfreund in seine Wohnung gehen, nur weil er guten Stoff besorgt hatte!

Das waren ihre letzten Gedanken gewesen, bevor sie Lennon später in seiner Wohnung zugedröhnt und kichernd die Klamotten vom Leib gerissen hatte.

Nun saß sie nackt neben ihm. Und hasste ihn. Und hasste sich selbst. Sie wusste nicht, was sie für sich selbst mehr empfand: Hass oder Ekel. Warum war sie nur so dämlich gewesen? Das mit Lennon und ihr war Geschichte! Sie empfand nichts mehr für ihn, das wurde ihr in diesem Augenblick, als sie ihn neben sich liegen sah, bewusster denn je. Und trotzdem hatte sie sich verführen lassen! Wegen Drogen!

Sie musste die Sache besprechen – sofort. Einfach aufstehen und sich vom Acker machen zählte nicht.

„Hey", sagte sie und rüttelte Lennon an der Schulter. Er öffnete seine Augen und sah sie verträumt an.

„Nein", meinte sie und spürte das unbehagliche Gefühl, das in ihr hochstieg. „Nein, Lennon. Vergiss es. Das hatte nichts zu bedeuten."

„Was?" Ihr Exfreund war plötzlich hellwach und setzte sich ebenfalls auf. Seine langen Haare bewegten sich im Luftzug des gekippten Fensters.

Jola fröstelte und sagte mit eiskalter Stimme: „Es tut mir leid, ich hätte nicht mit raufkommen sollen."

„Das ist jetzt nicht dein Ernst, oder?"

Das war eine Frage, die typisch für eine Einleitung in eine hitzige Diskussion stand. Darauf konnte Jola gut und gerne verzichten.

„Hör zu, das war ein Fehler. Ich war verängstigt und du hattest mich gerade in einem schwachen Moment …"

„In einem schwachen Moment? So nennst du das also, ja?"

„Lennon, jetzt mach bitte kein Theater."

„Ich soll kein Theater machen?"

Warum wiederholte er alles, was sie sagte? Das nervte sie gewaltig.

„Jo, wir waren jetzt etwa einen Monat lang getrennt. Hast du wirklich nichts dazugelernt? Hast du in diesem Zeitraum nicht *einmal* über uns nachgedacht?"

Waren getrennt?

Beinahe wäre jetzt sie diejenige gewesen, die seine Aussagen empört wiederholt hätte. Sie versuchte, die Ruhe zu bewahren und sich nicht um den Finger wickeln zu lassen. „Wir *sind* getrennt, dass das mal klar ist."

„Natürlich! Und deshalb bist du auch ohne mit der Wimper zu zucken mit nach oben gekommen. In mein Bett! *Und dass das mal klar ist: Du* hast dich auf *mich* gestürzt!"

„Meine Güte! Ich wollte einen rauchen und nicht wieder mit dir zusammenkommen!"

„Was bist du nur für eine Schlampe, Jo."

Ihr Spitzname war das Letzte, das er sagte, bevor Jola ihm eine Ohrfeige verpasste.

„Nenn mich nicht so!", herrschte sie ihn an und stand auf, um ihre Klamotten einzusammeln. Obwohl sie sich eingestehen musste, dass Lennon recht hatte: Sie war eine Schlampe, ohne Zweifel. Sie war nur wegen eines Joints mit ihrem Exfreund mitgegangen und danach im Rausch über ihn hergefallen. Und nun hatte er anscheinend wieder Gefühle für sie entwickelt – oder sie waren nie weg gewesen, wer weiß –, doch sie stieß ihn von sich weg und wollte nur noch abhauen. Würde das nun jedes Mal so ablaufen? Würde er ihr nur in einer SMS das Wort *Gras* schreiben müssen, und sie würde ihm hinterherlaufen und die Beine breitmachen?

Noch während sie sich anzog, tat ihr Lennon unendlich leid. Er hatte noch Gefühle für sie, dafür konnte er nichts. Ihn so wegzustoßen und ins Gesicht zu schlagen, hatte er nicht verdient. Sie war das eigentliche Monster.

„Es tut mir leid, ich wollte dich ni…"

„Hau ab!" schrie Lennon und schnitt ihr somit das Wort ab. „Du ekelhafte Hure! Ich will dich nie wiedersehen!"

Dass es so eskalierte, hatte sie nicht gewollt. Plötzlich hatte sie das Bedürfnis, ihn ein letztes Mal zu umarmen. Nicht, weil sie Gefühle für ihn hatte, denn die hatte sie definitiv nicht mehr – sondern, weil er ihr leidtat. Sehr sogar.

Doch in seinen Augen schimmerte ein Hass, der gleich zu explodieren drohte und so verließ sie eilig seine Wohnung.

TEIL II

Zwei Monate später …

28

Samstag, 05. Mai 2018
David

Heute war es endlich soweit. Der Tag war gekommen. Jens' Vater hatte sich gut von seinem Herzinfarkt erholt und nun konnte David endlich den Freund seiner Tochter kennenlernen.

David war glücklich. Und das zum ersten Mal seit langer Zeit. Lord Schlotterhose hatte er zur Nachbarin verbannt, da er Lena und Jens bei ihm in der Wohnung empfangen würde. Es gab zwar nicht mehr viel zu sehen, da der Großteil seiner Möbel schon weggeschafft war, aber er wollte, dass seine Tochter und ihr Freund Teil seines Lebens waren und alle Veränderungen miterlebten. So sollten sie auch miterleben, dass nun die letzten Tage in Davids Wohnung angebrochen waren.

Es war früher Nachmittag, als es an der Tür klingelte. David sprang vom Sofa auf und eilte in den Vorraum. Doch er hielt inne, bevor er die Tür öffnete – es sollte ja nicht so aussehen, als ob er wie auf Nadeln sitzend auf den Besuch gewartet hätte und sobald es klingelte, wie ein Wahnsinniger aufsprang. Obwohl genau das passiert war.

Nach dem zweiten Klingeln öffnete er die Tür und begrüßte die zwei jungen Leute, die davorstanden.

„Na, sieh einer an!", sagte David und strahlte übers ganze Gesicht. So ausgeglichen und zufrieden war er ewig nicht mehr gewesen.

„Hallo, Papa! Das ist Jens. Jens, das ist mein Papa." Auch Lena lächelte, als sie die beiden einander vorstellte.

„David, freut mich."

Sie gaben sich die Hände. David bat die beiden herein und nutzte den kurzen Moment, um diesen Jens zu begutachten. Er hatte ein kantiges Gesicht mit Kieferknochen, mit denen man Holzklötze zerhacken könnte. Seine dunklen braunen Augen waren das Gegenteil zu Lenas hellgrünen.

„Nett haben Sie es hier", sagte der junge Mann – obwohl die Wohnung halbleer war – und sah sich grinsend um. Dabei fiel David auf, dass er ein ehrliches Lachen besaß. Und schöne Zähne, na wenigstens kein abgefuckter Arbeitsloser. Seine Haare waren etwa schulterlang und brünett, der Kerl sah aus, als wäre er einer Rockband aus den Siebzigern entsprungen.

„Papa?" Lena sah ihn abwartend an. Anscheinend war er zu lange in seine Beobachtungen vertieft gewesen.

„Danke", meinte David, an Jens gewandt. „Ihr könnt meine Wohnung ein letztes Mal bewundern, denn lange werde ich nicht mehr hierbleiben."

„Ist das Haus schon fertig?", fragte Lena aufgeregt, während David seine zwei Besucher in die Küche führte, die als einziger Raum in der Wohnung noch komplett möbliert war. Sie setzten sich alle an den kleinen Esstisch, wo David zuvor drei Gläser und Orangensaft hingestellt hatte.

„So gut wie. Nächste Woche können hier schon die neuen Mieter einziehen."

„Lässt du die Küche hier?"

„Ja, im Haus habe ich eine neue. Ich muss nur noch ein paar Sachen packen, dann bin ich weg. Ich habe sogar schon eine Nacht im Haus geschlafen."

„Was? Wirklich? Wie war es?"

„Ungewohnt, aber ich könnte mich daran gewöhnen."

„Hast du was geträumt? Du weißt schon, wenn man etwas in der ersten Nacht in seinem neuen Bett träumt, geht es in Erfüllung."

David lächelte, denn sein Albtraum hatte ihn nicht heimgesucht in jener Nacht. Er schüttelte den Kopf und war erstaunt über Lenas Interesse an seinem Leben. Jens saß daneben und folgte der Unterhaltung der beiden kommentarlos.

David hatte vor zwei Monaten tatsächlich den Jackpot geknackt und im Lotto gewonnen. Der Traum, sich ein Haus zu kaufen und darin ein eigenes Atelier zu haben, wo er Bilder malen konnte, ging nun Stück für Stück in Erfüllung. Bei der Polizei hatte er sofort seinen Austritt verkündet. Bis Ende März hatte er seinen Dienst ausgeführt und schließlich seine Sachen gepackt. Davids Befürchtung, dass Lena ihm vorhalten würde, nicht schon Jahre zuvor den Job hingeschmissen zu haben um damit seine Ehe zu retten, bewahrheitete sich nicht. Vermutlich hätte sie sogar erwachsen und vernünftig reagiert, wenn sie das Austrittsschreiben ihres Vaters gelesen hätte, das sie bei ihrem letzten Besuch in den Händen gehalten hatte. Monatelang schon trug David dieses Schreiben mit sich herum, mit dem Plan, sich den Traum vom Seelenfrieden zu verwirklichen. Aber er hatte sich nie getraut, denn außer seinem Vorhaben, mit Bildern Geld zu verdienen, hatte es nie einen Plan B gegeben. Er wollte einfach glücklich sein … Seine Fantasie auf Leinwände bringen und eine Frau an seiner Seite haben, die ihn liebte. Diese Frau fehlte ihm noch, aber er war sich sicher, dass sich alles zum Guten wenden würde.

Das Haus, in das er bald einziehen würde, hatte er auf *willhaben* schon längere Zeit im Visier gehabt. Es lag in Sankt Barbara im Mürztal – genauer gesagt im Scheibsgraben –, mit dem Auto waren es ungefähr zwanzig Minuten ins Stadtzentrum von Bruck an der Mur. Endlich würde er die Ruhe genießen können, die er sich immer erträumt hatte. Weg von der Hektik und dem Stress. Den Großteil seiner Zeit würde er damit verbringen, Inspirationen für neue Gemälde zu erlangen und sie auf Leinwände zu bringen.

Wenn sich eines Tages eine Galerie interessiert zeigen würde und sich bei Ausstellungen Käufer für Davids Bilder finden ließen, wäre das schon ein guter Anfang. Denn er hatte nicht so viel Geld gewonnen, dass er von nun an die Füße hochlegen konnte. Für ein paar Jahre würde es schon reichen, aber eines Tages musste er wieder Geld verdienen. Das Haus hatte er gekauft und der Rest des Betrages lag zum Teil auf der Bank sowie im Schlafzimmer in einem Tresor. Wenn es David gelingen würde, sich als Künstler einen Namen zu machen und somit ein geregeltes Einkommen erzielte, wäre es ideal. Doch er wollte nichts erzwingen, noch hatte er genug Geld und fürs Erste wollte er sein Leben genießen.

Das Haus war zwar etwas älter, aber so gut in Schuss, dass man bedenkenlos darin wohnen konnte, ohne um sein Leben fürchten zu müssen. Kein undichtes Dach, das einbrechen konnte oder sonstige Mängel. Für David war es optimal, das hatte er gewusst, als er es zum ersten Mal betreten hatte. Und schon bald würde er dort mit Lord Schlotterhose einziehen. Er wäre zwar weiter von seiner Familie entfernt als bisher, aber eine zwanzigminütige Autofahrt war nun auch keine Weltreise.

Das alles und mehr könnte er nun Jens erzählen, aber das wäre vermutlich zu viel. Er wollte nicht nur über sich reden, außerdem hatte ihn Lena wahrscheinlich schon genug wissen lassen.

„Wie geht es deinem Vater?“, fragte er den jungen Mann, der erschrocken aufsah. So als hätte er gar nicht damit gerechnet, dass er auch mal zu Wort kommen würde.

„Gut, danke. Zurzeit ist er auf Reha. Es wird schon wieder.“

„Das wird ihm guttun.“

„Ich denke auch.“

Seine kratzige Stimme ließ David etwas vermuten. „Rauchst du?“

„Ich? Nein. Wie … Wie kommen Sie darauf?“

„Ach, ich dachte mir nur … Ist nicht so wichtig.“

Es vergingen ein paar Sekunden des Schweigens, dann meinte Jens: „Okay, ich will nicht jetzt am Beginn unseres Kennenlernens schon lügen."

Dachte ich's mir doch, war Davids Gedanke. So leicht konnte man ihn nicht täuschen.

„Gestern waren wir abends unterwegs und da habe ich ein paar Zigaretten geraucht. Aber das mache ich nur, wenn ich betrunken bin."

Soso, ein betrunkener rauchender Arbeitsloser also.

Ein guter erster Eindruck war was anderes. Das schien auch Jens selbst aufzufallen und er korrigierte sich sofort: „Das … Das heißt jetzt nicht, dass ich ständig betrunken bin. Aber gestern …"

„Ist schon gut", unterbrach ihn David. „Ich glaube, ich weiß, was du meinst."

Ihm lag die Frage auf der Zunge, wer denn seine Zigaretten und die Getränke beim Fortgehen finanzierte, wenn er doch arbeitslos war. Aber er wollte die Antwort gar nicht hören, da ihm nicht entging, wie seine Tochter diesen Typen anhimmelte. Sie bezahlte sicher für alles. Auch jetzt strahlte sie ihn an, obwohl er nur Bockmist daherredete. Jens' Blick glitt durch die Wohnung und blieb an ein paar Bildern hängen, die auf dem Boden standen. David hatte noch nicht alle Werke in das Haus gebracht.

„Haben Sie die gemalt?", fragte Jens interessiert.

„Ja, das sind aber nur einige meiner Bilder." David stand auf und holte eines davon. „Siehst du, wie das Zusammenspiel der Farben harmoniert?"

Jens sah Lena nichtsahnend an, nickte schließlich und meinte: „Ja. Das haben Sie echt drauf."

„Nach der Scheidung von Mama hat er seine künstlerische Ader entdeckt", sagte Lena und zwinkerte ihrem Vater zu. Dass sie das nur tat, um ihn bei ihrem Freund gut dastehen zu lassen, war David bewusst. Sie hatte noch nie viel für seine Malerei übriggehabt, ebenso wenig wie Katja. Trotzdem war er über ihre Geste erfreut. Er bot dem Freund seiner Tochter das Du an.

„Sonst komme ich mir vor wie bei einem Geschäftsgespräch", scherzte er und legte das Bild beiseite. Nun war es an der Zeit, mehr über Jens zu erfahren: „Wie alt bist du?"

„Ich bin zwanzig."

Stimmt. Das hatte ihm Lena bereits erzählt.

„Und welchen Beruf hast du gelernt?"

„Automechaniker. Aber das war nicht so meins."

Ja, so etwas in der Art hatte Lena erwähnt.

„Was ist eigentlich mit dem Kurs, den du angefangen hast?"

„Was das angeht …" Jens kaute auf seiner Lippe herum, als er das offenbarte, was David bereits befürchtet hatte: „Der Kurs war ehrlich gesagt nichts für mich. Ich habe ihn abgebrochen."

Da wundere ich mich nicht, dass sein Vater einen Herzinfarkt erlitten hat, schoss es David durch den Kopf. Die Frage, die er nun stellte, war eigentlich nicht beabsichtigt, aber in diesem Moment rutschte sie ihm heraus: „Kann es sein, dass Arbeiten generell nicht so deins ist?"

„Wie bitte?", kam es bei Lena und Jens wie aus einem Mund. Ihre Augen weiteten sich. Die beiden waren über diese Frage sichtlich schockiert. Und damit waren sie nicht die Einzigen. Auch David war die Situation ziemlich peinlich. Was hatte er sich dabei gedacht? Es war doch gut verlaufen bis jetzt! Doch so wie er den Gedanken zu Ende gedacht hatte, hatte er ihn auch schon ausgesprochen. Jens schien diese Frage einfach nur unangenehm zu sein und Lena stand der Mund offen, wobei sie wieder diesen enttäuschten Ausdruck in ihren Augen hatte, den er nur zu gut von ihr und ihrer Mutter kannte.

„Es tut mir leid, Jens. Das war ein Scherz, wirklich. Ich hoffe, du hast das nicht falsch verstanden."

„Ähm …"

„Was ist eigentlich los mit dir?", fuhr seine Tochter ihn an. Das hatte ja so kommen müssen. Wieso hatte er nicht einfach seine Klappe gehalten?

„Lena, beruhige dich doch. Das war nicht so gemeint."

„Oh doch, das war es, Papa! Du hast es genauso gesagt, wie du es gemeint hast."

Sie nahm Jens bei der Hand und stand auf.

„Jetzt wartet doch", meinte David und sah ihnen unbeholfen hinterher. Seine Gäste zogen sich bereits ihre Schuhe an, als er ebenfalls in den Vorraum kam.

„Ihr wollt tatsächlich abhauen? Wegen eines kleinen Scherzes?"

Er bekam keine Antwort, was er als Reaktion etwas übertrieben fand. Okay, es war eine blöde Frage gewesen, aber man wird ja wohl noch einen kleinen Spaß machen dürfen! Seine Tochter schloss die Tür auf und murmelte Jens zu: „Tut mir leid, dass du das miterleben musstest. Manchmal ist er echt ein Arsch."

Jedes einzelne Wort hatte David verstanden und getroffen. Wie lange kannte sie diesen Kerl? Drei oder vier Monate? Und dann sagte sie so etwas zu ihm? Dass ihr Vater ein Arsch sei? Am liebsten hätte er zu seiner Tochter gesagt, dass sie auf ihre Wortwahl achten und sich sehr genau überlegen solle, auf welcher Seite sie stehen würde.

Aber sie hatte sich anscheinend schon entschieden.

Für den arbeitslosen, rauchenden, trinkenden, jungen Mann, den sie kaum kannte, jedoch verehrte.

Gegen ihren Vater.

„Melde dich, wenn du dich wieder im Griff hast", sagte sie, bevor sie zur Tür rausgingen. Jens winkte ihm unbeholfen zu – wenigstens einer, der sich ihm gegenüber etwas respektvoll verhielt.

Als die Tür ins Schloss fiel, herrschte Stille. Das war es also gewesen. Das Kennenlernen des potentiellen zukünftigen Schwiegersohnes. David widerstand dem Drang, den beiden hinterherzulaufen, denn er wusste nicht, ob er es mit so einer Aktion nicht nur noch schlimmer machen würde.

Auf dem Weg zurück in die Küche nahm er sein Smartphone zur Hand und suchte in der Kontaktliste nach Katjas Namen. Sein Verstand schrie ihn förmlich an, das jetzt nicht zu tun, da hatte er schon auf das Anrufen-Symbol gedrückt. Seine Exfrau ging so schnell an ihr Telefon, als hätte sie nur auf seinen Anruf gewartet: „David?“

Keine Begrüßung. Nur sein Name. Wenn sie ihn aussprach, schaffte sie es noch immer, ein Lächeln auf seine Lippen zu zaubern, da es sich so vertraut anhörte.

„Ja, hallo. Ich dachte mir, ich sag dir gleich Bescheid, bevor Lena …“

„Was ist passiert?“, fiel sie ihm ins Wort. David unterdrückte ein genervtes Schnaufen. Natürlich wusste sie sofort, dass das Treffen nicht reibungslos verlaufen war, sie kannte ihren unfähigen Exmann und ihre launische Tochter nur zu gut.

„Tja, wie soll ich sagen …“, begann er. „Ich glaube, ich werde Lena und Jens nicht so schnell wiedersehen.“

„Was hast du angestellt?“

Natürlich. *Er* hatte was angestellt. Wer denn sonst.

„Ich habe nur einen kleinen Scherz gemacht, weil Jens arbeitslos ist, das ist alles.“

„Sag mal, hast du sie noch alle?“

„Katja. Es – war – ein – Scherz. Ein Scherz!“

Warum um alles in der Welt verstand ihn kein einziger Mensch aus seiner Familie? Warum wollte jeder mit Samthandschuhen angefasst werden? David wurde langsam wütend. „Ich habe ihn nicht beschimpft, okay? Es war nur eine harmlose Bemerkung, mehr nicht.“

Katja gab ein Seufzen von sich und meinte: „Weißt du was? Klärt das selbst zwischen euch.“

„Das habe ich vor, ich wollte dich nur vorwarnen, bevor Lena sich wieder über mich auskotzt.“

„Ich weiß nicht, warum du es nicht schaffst, ein normales Gespräch mit deiner Tochter zu führen.“

David musste einen lautstarken Lacher unterdrücken. Wer kam denn vor drei Monaten bei ihm angekrochen, weil die eigene Tochter nicht mehr mit sich reden ließ? Aber er verkniff es sich, diese Frage zu stellen, sonst würde er auch noch mit seiner Exfrau zusammenkrachen. Stattdessen sagte er: „Vielleicht, weil sie genauso eine Zicke wie ihre Mutter ist“ und legte auf. Und es fühlte sich gut an. Mit dieser Behauptung hatte er gar nicht unrecht. Das Aussehen hatte ihre Tochter von David geerbt, das Verhalten von Katja.

Vor drei Monaten, als er mit Lena im *Papa Joe's* zusammen zu Mittag gegessen hatte, hatte er sich noch Chancen bei seiner Exfrau erhofft. Obwohl er wusste, dass ein Neustart sie alle ins Verderben stürzen würde. Aber der kleine Funke Hoffnung war da gewesen – zweifellos.

Nun war nichts mehr davon übrig. Er begann ein neues Leben in seinem neuen Heim. Katja konnte ihm gestohlen bleiben. Dass die beiden jemals wieder zueinander finden würden, war ausgeschlossen. Dafür war er sich mittlerweile selbst zu viel wert.

29

Dienstag, 15. Mai 2018
Jola

Seit über zwei Wochen hatte sie keinen Joint mehr geraucht und freudig festgestellt, dass sie keine Entzugserscheinungen hatte. Sie hatte es sich schlimmer vorgestellt. Aber richtig süchtig war sie ja nie gewesen. Auch von Lennon hatte sie seit ihrer letzten Auseinandersetzung nichts mehr gehört. Apropos Auseinandersetzung: Die beiden Typen, die sie zu Fasching überfallen hatten, ließen sich seitdem nicht mehr blicken. Das Strafverfahren wurde beendet, indem die beiden eine Diversion in Form einer Geldstrafe bekommen hatten. In Jolas Augen war das zwar ein schwacher Trost, aber sie nahm an, dass die Kerle trotzdem abgeschreckt waren, da sie nie damit gerechnet hätten, dass sie zur Polizei gehen würde. Schließlich war jeder Gesetzeshüter in der Vergangenheit ein gemeinsamer Feind gewesen.

Doch ihre Sichtweise auf gewisse Dinge hatte sich geändert und sie war froh darüber. Noch vor wenigen Monaten hatte es ihr Spaß gemacht, sich betrunken in Raufereien zu stürzen. Bei mehreren Handgreiflichkeiten waren die zwei Kapuzenmänner beteiligt gewesen, die Jola beschimpft und angegriffen hatten. Damit war nun Schluss. Seit sie erkannt hatte, dass nicht jeder Mensch der war, für den sie ihn gehalten hatte, war ihr bewusst geworden, dass auch sie in der Lage war, sich zu ändern … sich zu bessern. Ihr Leben steuerte auf eine Veränderung zu, das konnte sie nicht abstreiten. Selbst vor Gabriel fürchtete sie sich nicht mehr – jedoch noch vor seiner Mutter. Jola hatten vor drei Tagen die Knie gezittert, als sie erneut vor der Wohnungstür der Hexe gestanden war.

Als ihr die Alte die Tür geöffnet hatte, starrte sie sie nur ungläubig an und ehe sie etwas sagen konnte, hatte Jola die Zähne zusammengebissen und sich an ihr vorbei in das Innere der Wohnung geschoben. Zu ihrem Erstaunen hatte Gabriels Mutter es kommentarlos geschehen lassen. Jola war ohne anzuklopfen mit Sack und Pack im Zimmer ihres Sohnes verschwunden. Dort hatte der junge Mann neben dem geöffneten Fenster gesessen und gelacht. Dabei hatte er an seinen ohnehin schon kurzen Fingernägeln herumgekaut. Jola hatte ihn begrüßt, was ihr einen ungläubigen Gesichtsausdruck von ihm bescherte. Ohne ein weiteres Wort zu sagen, hatte sie begonnen, sein Bett mit der Wäsche, die sie zuvor gekauft hatte, zu beziehen. Dass er in den zwei Monaten, in denen sie nicht hier gewesen war, noch immer keinen Überzug auf seiner Bettwäsche und auch kein Laken auf der Matratze hatte, hatte sie schockiert. Gabriels Augen hatten diesen Vorgang mit einer Intensität bestaunt, dass sie fürchtete, sie könnten ihm jeden Moment herausfallen. Als Jola fertig war, hatte er sie stürmisch umarmt und sich unter Tränen bedankt. Ihr hatte es das Herz gebrochen, ihn bei seiner Mutter zu lassen. Zum Abschied hatte sie zu ihm gesagt: „Lass dir nie wieder etwas von ihr wegnehmen."

Als sie aus dem kleinen Zimmer in den Flur getreten war, hatte noch immer seine Mutter dagestanden. Jola hatte sich erneut kommentarlos an ihr vorbeigeschoben und die Wohnung verlassen.

Während sie sich fragte, wie es Gabriel in den letzten Tagen ergangen war und welche Veränderungen das Leben zukünftig für sie bereithielt, kam auch schon die nächste zur Tür herein.

Ein Mann, den sie längere Zeit nicht mehr gesehen hatte, betrat die Trafik. Ihn hatte sie schon beinahe vergessen – dafür war seine Anwesenheit in diesem Moment so präsent, dass es ihr die Sprache verschlug.

„Guten Tag, Frau Kaufmann", sagte der Cop mit ernster Miene. Wie hieß er noch … Ilmberg?

„Hallo." Mehr brachte sie nicht hervor. Sie versuchte, sich die letzten Monate ins Gedächtnis zu rufen. Hatte sie irgendetwas verbrochen? Hatte sich Gabriels Mutter über sie beschwert? Wollte sich Lennon mit irgendeiner hirnrissigen Aktion an ihr rächen?

„Dasselbe wie immer?", fragte sie stattdessen, obwohl *wie immer* etwas übertrieben klang, so selten, wie der Mann in letzter Zeit hier etwas kaufte.

„Nein, danke", sagte er und trat an den Verkaufstresen.

Für ihren Geschmack kam er ihr etwas zu nahe. Dann drehte er sich um, so als wollte er sich vergewissern, dass sie unbeobachtet waren.

Jola hatte einen riesigen Kloß im Hals und als sie fragen wollte, was sie ihm sonst anbieten könnte, drehte er sich wieder zu ihr, sah einen Moment lang auf den Verkaufstresen zwischen ihnen und meinte leise:

„Gut, dass wir alleine sind."

Oh Gott, was hat er vor?

Instinktiv trat sie einen Schritt nach hinten, was dem Cop nicht entging. Er beobachtete ihre Reaktion und begann zu lachen. „Keine Angst, so schlimm ist es nicht."

„Ich habe nichts verbrochen, falls Sie deswegen hier sind", schoss es aus ihr heraus.

„Darüber brauchen Sie sich keine Sorgen zu machen, ich arbeite nicht mehr bei der Polizei."

Er schien ihre Anspannung zu bemerken, trat ebenfalls einen Schritt zurück und meinte mit einer ruhigen kratzigen Stimme: „Tut mir leid, ich wollte Sie nicht beunruhigen. Ich nehme … einmal Die Presse bitte."

Jola nahm die Zeitung aus dem Regal und kassierte das Geld. Sie hatte aber nicht das Gefühl, als sei der Ex-Cop gekommen, um ungestört eine Zeitung zu kaufen.

„Danke“, sagte er und grinste sie an. Da war es wieder. Das Lächeln, das ihr versicherte, dass sie nicht in Gefahr war. So wie damals, als er sie auf dem Revier befragt hatte.

„Gern geschehen. Viel Spaß mit Ihrer Zeitung.“ Sie versuchte, ungezwungen zu klingen. Warum nur machte dieser Typ sie jedes Mal aufs Neue so scheißnervös?

„Nein, wirklich. Danke.“ Er konzentriere sich nun ganz auf Jola. Sie hielt seinem Blick stand, als er fragte: „Darf ich Sie zum Essen ausführen?“

Was passierte hier? Jola sah sich unsicher um. Rechnete damit, dass jeden Moment eine Horde Polizisten in die Trafik stürmte, sobald sie nur einen Mucks von sich gab. Ermittelte dieser Ilmberg vielleicht verdeckt oder was war sonst seine Mission?

„Wenn Sie nicht wollen, werde ich es selbstverständlich akzeptieren.“

„Ich … Ich weiß nicht … Wer hat Sie geschickt?“

„Geschickt?“ Wieder erfüllte sein attraktives Lachen den Raum. „Mich hat niemand geschickt, Frau Kaufmann. Ich bin einfach nur ein Mann, der Sie gerne zum Essen ausführen würde. Das ist alles. Ohne Hintergedanken.“

„Oh …“

In diesem Moment kamen die nächsten Kunden zur Tür herein. Ilmberg drehte sich kurz um, wandte sich dann wieder an Jola und fragte: „Was sagen Sie?“

„Okay.“

„Wie wäre es mit Freitag?“

„Okay.“

„Wo soll ich Sie abholen?“

„Ähm … Hier.“

„Gut. Um 18 Uhr?“

„Ja.“

„Dann sehen wir uns. Ich freue mich.“

Mit diesen Worten drehte er sich um und ging. Jola versuchte sich zu konzentrieren und bediente die nächsten Kunden. Als auch diese die Trafik verlassen hatten, musste sie tief Luft holen, um das eben Geschehene zu verarbeiten.

Ilmberg wollte sie zum Essen ausführen? Einfach so? Und er war kein Polizist mehr? War etwas auf seiner Arbeit vorgefallen? Hatte man ihn rausgeschmissen? War er ein Irrer? Und überhaupt: Wieso wollte er sie abholen? Ihr wäre es lieber gewesen, wenn sie sich in einem Restaurant getroffen hätten. Nun würde sie alleine mit ihm in seinem Auto sitzen. Und warum um alles in der Welt hatte sie gesagt, dass er sie hier in der Trafik abholen könnte? Sie hatte diese Woche nur bis 12 Uhr Dienst, am Nachmittag übernahm ihre Chefin. Das hieß, dass sie um 18 Uhr nochmal herkommen müsste.

Wäre es klüger, erst gar nicht zu erscheinen? Sie kannte ihn ja kaum! Andererseits hatte sie schon einmal eine Nacht bei ihm verbracht und da hatte er ihr nichts angetan. Aber jetzt war er ja kein Polizist mehr. In Gedanken war sie hin- und hergerissen.

30

Freitag, 18. Mai 2018

Jola

Sie war in einer für sie untypischen Situation. So etwas war ihr zuletzt im Teenageralter passiert.

Jola stand vor ihrem Kleiderschrank und hatte absolut keine Ahnung, was sie anziehen sollte. Hektisch ging sie ihre Klamotten auf den Kleiderbügeln durch und bekam langsam Panik. Es war nicht einmal mehr eine Stunde bis zum Treffen. Ihr wurde schon ganz schlecht. Sie durchforstete bereits zum dritten Mal ihren Schrank und stellte fest, dass sie *nichts* zum Anziehen hatte.

Das konnte doch nicht wahr sein! Warum war sie nur so nervös? Besaß sie tatsächlich kein einziges Kleidungsstück, das man für ein nettes Essen anziehen konnte? Die Outfits, die für diesen Abend ausgeschlossen waren, hatte sie achtlos auf den Boden geworfen. Unter ihnen vibrierte plötzlich Jolas Smartphone. Es war Rainer.

„Hallo?" Mittlerweile hob sie bei seinen Anrufen immer ab. Seit es mit Lennon endgültig vorbei war, meldete sich Rainer einmal die Woche, um sich nach ihr zu erkundigen. Zu ihrer Freude wollte er tatsächlich jedes Mal nur wissen, wie es ihr geht. Da sich die beiden schon einige Jahre kannten, würde er es schade finden, wenn sie nun so tun würden, als existiere der andere nicht mehr, hatte er bei ihrem letzten Telefonat gemeint. Und für Jola war es okay. War es wirklich. Sie unterhielt sich gern mit Rainer und solange er sie nicht bedrängte, war alles in Ordnung.

„Hi, Jo! Alles klar bei dir?"

„Ja, sicher doch. Und bei dir?"

„Bei uns passt alles, danke. Was gibt es Neues?"

Bei uns. Klang verdächtig nach einer Beziehung. Aber Jola hatte im Moment keine Zeit, um Fragen zu stellen. „Hör zu, Rainer. Ich kann jetzt nicht reden. Ich ruf dich morgen an, okay?"

„Schade, ich dachte mir, ich erzähle dir …"

„Erzähl es mir morgen, ich habe ein Date. Ich muss mich beeilen."

„Oh, na dann viel Erfolg! Erzähl mir morgen, wie's gelaufen ist!"

„Danke, mach ich. Tschüss!"

Hatte sie das eben wirklich gesagt? Dass sie ein *Date* hatte? Und hatte sie sich tatsächlich bedankt, als Rainer ihr viel Erfolg gewünscht hatte? *In meinem Kopf läuft ja so einiges schief,* dachte sie sich.

In diesem Moment gestand sie es sich ein: Sie machte sich Hoffnungen bei dem Cop. Das war doch absurd! Wieso sollte er Interesse an ihr haben? Dass er sie zum Essen ausführte, hatte sicher andere Gründe. Und die würde sie heute herausfinden.

Was sie am meisten beunruhigte, war die Tatsache, dass sie sich aus irgendeinem Grund vor Ilmberg fürchtete … obwohl sie ihn zum Anbeißen fand.

Als sie ihre Wohnung verließ, war sie spät dran. Trotzdem beschloss sie, zu Fuß zu gehen, denn vermutlich würde sie keinen Parkplatz vor der Trafik bekommen und dann würde sie sich noch mehr verspäten.

Es war ein lauwarmer Abend, man brauchte nicht mehr als ein dünnes Jäckchen, um zu späterer Stunde nicht zu frieren. Jola war froh, dass die kalte Jahreszeit endlich vorbei war. Mit schnellen Schritten eilte sie Richtung Hauptplatz. Sie kam sich vor wie ein Trampel, da sie das erste Mal seit einer gefühlten Ewigkeit Stöckelschuhe trug. Bei jedem zehnten Schritt drohte sie umzukippen. Für Lennon musste sie nie High Heels tragen. *Ob Ilmberg die Schuhe gefallen werden?* Dieser und ähnliche Gedanken schossen ihr durch den Kopf.

Als sie über den Kirchplatz schritt, erhöhte sie das Tempo erneut. Zu real war die Erinnerung an den Tag, an dem man sie hier überfallen hatte. Unzählige Male war sie den Weg seither gegangen, doch heute schien das unbehagliche Gefühl stärker denn je zu sein. Jola schob es auf ihre Nervosität, ihre Gefühle spielten ihr sicher einen Streich. Das mit dem Überfall war ein einmaliges Erlebnis gewesen.

Es war bereits nach 18 Uhr, als sie den Zebrastreifen zum Hauptplatz überquerte. Sie war zu spät. Das war eigentlich nicht ihre Art.

Vor der Trafik stand ein silberner Ford Focus, vielleicht war es ja Ilmbergs Wagen. Nun gab es kein Zurück mehr. Für den Fall der Fälle hatte sie ihr Pfefferspray mitgenommen. Jola atmete tief ein und ging auf das Auto zu. Als sie sich bückte, um ins Wageninnere zu sehen, fuhr es weg.

„Es ist gefährlich, anderen etwas vorzumachen, denn es endet damit, dass man sich selbst etwas vormacht.“

Eleonora Duse (1858-1924)

31

Freitag, 18. Mai 2018
David

Es war bereits zehn Minuten nach 18 Uhr. Würde seine Verabredung ihn sitzen lassen? So hatte er sie gar nicht eingeschätzt. Er beschloss, noch eine Runde um den Hauptplatz zu fahren, vielleicht entdeckte er sie ja dort irgendwo.

Als er losfuhr, erkannte er eine Person direkt neben seinem Auto. Daraufhin bremste er ab und drehte sich um. Tatsächlich! Kaufmann war erschienen – zwar unpünktlich, aber immerhin. Er gab ihr durch ein Handzeichen zu verstehen, zu ihm zu kommen und einzusteigen. Sie öffnete langsam die Beifahrertür und setzte sich, dabei umklammerte sie ihre Tasche – die sie auf ihren Oberschenkeln abgestellt hatte – wie einen Rettungsring. Die beiden begrüßten sich knapp, dann meinte David: „Soll ich Ihnen die Tasche abnehmen? Ich kann sie gerne auf die Rückbank legen."

Kaufmanns Klammeraffengriff verstärkte sich. „Sie stört mich nicht, danke."

„Wie Sie wollen", sagte David leise. Der Wagen geriet ins Rollen, seine Begleitung schnallte sich an und fragte: „Wo fahren wir denn hin?"

„Was glauben Sie denn?"

Bei einer ersten Verabredung stellten nur Verrückte solch eine Frage. Und für gewöhnlich war diese Verabredung dann auch die letzte. In seinem Beruf hatte er mit genügend Psychopathen zu tun gehabt, um das zu wissen. Aber Kaufmann war eine Frau mit Humor, sie würde schon nicht schreiend aus dem fahrenden Auto springen. Dennoch war ihr sichtlich ungut zumute, deshalb beschloss er, sie etwas zu beruhigen: „Wenn Sie sich unwohl fühlen, kann ich Sie gerne wieder zurückbringen. Aber ich hätte mich gefreut, wenn Sie mit mir im *Aiola Upstairs* zu Abend gegessen hätten."

„Wir fahren nach Graz?"

„Das war der Plan, ja."

„Sie … Sie hatten einen Plan?"

„Natürlich. Wenn man mit jemandem ausgeht, macht man sich doch Gedanken darüber."

„Aber das ist … das ist …"

Plötzlich begann sie zu lachen, was David etwas erleichterte. „Was ist so komisch?", fragte er und musste selbst grinsen wie ein Honigkuchenpferd.

„Warum tun Sie sich das an?"

„Ich tue mir damit nichts an."

Die Frau auf dem Beifahrersitz lockerte den Griff um ihre Tasche und sah verlegen zur Seite.

„Hören Sie", begann David. „Eines will ich klarstellen, bevor es zu weiteren Missverständnissen kommt."

Nun sah sie ihn erwartungsvoll an.

„Ich möchte mich bei Ihnen mit einem Essen bedanken, weil Sie mir vor zweieinhalb Monaten einen Lottoschein mit den sechs Richtigen verkauft haben. Ich sagte ja, dass ich Ihnen etwas schulde, wenn dem so ist."

„Sie haben im Lotto gewonnen?"

„Ja. Und dafür möchte ich mich bedanken. Es ist nur ein einmaliges Abendessen in einem Restaurant in Graz. Nicht mehr und nicht weniger. Ich habe sonst keinerlei Absichten."

Plötzlich wurde der Kopf seiner Beifahrerin rot wie eine Tomate. Hatte er etwas Falsches gesagt? Sie presste die Lippen aufeinander und sah zum Fenster hinaus. Das Gespräch hatte sich aus ihrer Sicht anscheinend fürs Erste erledigt.

32

Freitag, 18. Mai 2018

Jola

Es ist nur ein einmaliges Abendessen in einem Restaurant in Graz. Nicht mehr und nicht weniger. Ich habe sonst keinerlei Absichten.

Vor einigen Tagen wäre sie noch erfreut über solch eine Aussage gewesen. Und nun? Warum war sie so verletzt? Sie schämte sich, dass sie für diesen bekloppten Ilmberg extra Stöckelschuhe angezogen hatte, mit denen sie ohnehin nicht laufen konnte. Weil sie gedacht hatte, er könnte sich für sie interessieren!

Die Fahrt verlief bis auf ein paar beiläufige Bemerkungen nahezu kommentarlos.

In Graz angekommen, parkte Ilmberg das Auto in einer Tiefgarage eines Kaufhauses, danach spazierten die beiden Richtung Schlossberg. Wenn ihr Begleiter vorhin nicht diese kaltherzige Aussage von sich gegeben hätte, könnte man die Situation beinahe als romantisch bezeichnen. Wohin Jola auch sah: In ihrer unmittelbaren Umgebung wimmelte es nur so von verliebten Pärchen, die Händchen hielten oder sich grinsend irgendwelche Dinge ins Ohr flüsterten. Unauffällig schielte sie zu Ilmberg – der um einen Kopf größer war als sie und links neben ihr herlief – und stellte sich vor, dass auch sie beide so sein könnten wie die anderen. Händchenhaltend, lachend und verliebt.

Sie versuchte, sich zusammenzureißen und hoffte, dass der heiße Ex-Cop ihre innere Unruhe nicht bemerkte. Er hatte bestimmt genug Zeugen, Opfer und Verbrecher befragt, um in den Gesichtern der Menschen lesen zu können wie in einem offenen Buch.

Wahrscheinlich hatte sie ihn nur eine Sekunde zu lange angesehen, denn im nächsten Augenblick drehte er seinen Kopf in ihre Richtung – und zwar nicht so unauffällig, wie sie es vorhin versucht hatte. Er schenkte ihr sogar ein Lächeln, was dafür sorgte, dass Jolas Kopf so heiß wie eine Herdplatte wurde.

„Ein schöner Abend, finden Sie nicht?", fragte er sie und sah wieder geradeaus, das Lächeln auf seinen Lippen war noch nicht verschwunden.

„Ja", presste Jola hervor und rechnete damit, im nächsten Moment seine Hand auf ihrem Rücken zu spüren. Aber das tat sie nicht, was sie traurig stimmte.

Sie fuhren mit dem Aufzug, der sich im Inneren des Grazer Schlossbergs befand, nach oben. Jola atmete beruhigt aus und konnte selbst kaum glauben, die Strecke bis jetzt ohne Stöckelschuh-Dilemma überstanden zu haben. Sie würde im Moment alles dafür geben, wieder in ihre bequemen Doc Martens schlüpfen zu dürfen.

Oben angelangt, bewunderte Jola die Aussicht, die sie über die steirische Landeshauptstadt hatten. Wie lange war sie schon nicht mehr in Graz gewesen? Es musste Jahre her sein! Das *Aiola Upstairs* befand sich in der Nähe des Uhrturms in einem gläsernen Bau, der mit seiner angenehmen Beleuchtung äußerst einladend wirkte.

Ilmberg hielt ihr die Tür auf, als sie das Lokal betraten. Sie wurden von einer jungen Kellnerin an einen Tisch geführt, den der Ex-Cop anscheinend reserviert hatte, denn es war der einzig freie im ganzen Restaurant.

Bei der Bestellung wusste Jola nicht, ob sie so frech sein und ebenso wie ihr Begleiter Steak bestellen sollte. Aber da der Kerl unlängst im Lotto gewonnen hatte, würde es ihn nicht in Armut treiben, also bestellte sie dasselbe wie er. Ein Gefühl der Erleichterung überkam sie, als sie von Ilmberg ein anerkennendes

Nicken erhielt. So etwas war ihr bei Lennon nie passiert. Jedes Mal, wenn sie in seiner Gegenwart Fleisch aß, sah er sie an, als hätte sie ihn direkt vor seinen Augen betrogen.

Was tat sie hier eigentlich? Verglich sie ihren Exfreund mit einem Mann, der keinerlei Interesse an ihr hatte? Was war nur los mit ihr? Jola war alles andere als wohl bei der Sache, denn sie fühlte sich zu Ilmberg hingezogen, obwohl in ihrem Kopf der Gedanke herumspukte, dass von ihm eine Gefahr ausging. Ihre Mama würde ihr raten, sich von ihm fernzuhalten, denn das Bauchgefühl sei stets entscheidend! Nicht denken – fühlen! So hatten ihre Worte gelautet. Doch was fühlte Jola? Sie kam sich so vor, als würde sie etwas Verbotenes tun, wenn sie sich mit Ilmberg traf. Trotzdem gefiel er ihr … sehr.

Sie beschloss, das Beste aus dem Abend zu machen und fragte: „Was machen Sie eigentlich, jetzt, wo Sie kein Polizist mehr sind?"

Ein Grinsen umspielte seine Lippen und er antwortete verlegen: „Ich hoffe, Sie nehmen mich ernst."

„Wieso sollte ich das nicht?"

„Ich male."

„Wirklich?" Jola war erstaunt. Dass der Ex-Cop eine künstlerische Ader hatte, hatte sie nicht vermutet. Sie fand diese Tatsache interessant. „Haben Sie ein Atelier oder so?"

„Ja. Dank des Lottoscheines, den Sie mir verkauft haben, habe ich mir ein kleines Haus in Sankt Barbara kaufen können. Dort habe ich jetzt einen Raum im Obergeschoss, den ich zum Malen nutzen kann."

„Das ist ja prima!" *Prima*. Wer sagte heutzutage noch *prima?* Jola war nervös und befürchtete, nur Schwachsinn zu reden. Aber Ilmberg dürfte es nicht aufgefallen sein. Das erleichterte sie und brachte sie dazu, weitere Fragen zu stellen: „Welche Art von Bildern malen Sie denn?"

Plötzlich wurde sein Gesichtsausdruck etwas traurig, wobei er nachdenklich auf den Tisch starrte: „Ich male das, was mich inspiriert. Das sind vorwiegend Menschen. Dabei versuche ich, den Bildern ein Leben einzuhauchen. Manchmal verwende ich Fotos als Vorlagen, aber am liebsten male ich das, was sich in meinem Kopf abspielt."

„War das schon immer Ihre Leidenschaft?"

Sein Blick wurde wieder freundlicher. Das konnte sie erkennen, auch wenn er sie immer noch nicht ansah. „Ich habe erst nach meiner Scheidung zu malen begonnen. Davor hätte ich nicht einmal die Zeit gehabt, um mir darüber ernsthaft Gedanken zu machen. Traurig, nicht wahr? Dafür kann ich mich jetzt voll und ganz meiner Leidenschaft widmen. Als ich noch Polizist war, habe ich in meiner Freizeit gemalt und die Bilder in meiner Wohnung irgendwie versucht, unterzubringen."

Jetzt erinnerte sich Jola wieder daran. Als sie vor zweieinhalb Monaten bei ihm aufgewacht war, hatte sie in seiner Wohnung eine Staffelei entdeckt. Zumindest hatte sie vermutet, dass es sich unter der Decke darum gehandelt hatte.

„Werden Ihre Werke auch ausgestellt?", fragte sie.

Der Ex-Cop setzte ein bescheidenes Lächeln auf. „Ich weiß nicht, ob ich schon gut genug dafür bin. Damit lasse ich mir Zeit. Die nächsten Monate verbringe ich damit, mich in meinem neuen Zuhause einzuleben und viel zu üben, damit ich meinen eigenen Stil finden und perfektionieren kann."

Jola war begeistert von der Art und den Ansichten dieses Menschen. So hätte sie ihn nicht eingeschätzt. Jedoch verstand sie nicht viel von Kunst und so blieb ihr nichts anderes übrig als zu nicken.

„Aber reden wir nicht länger über mich", sagte Ilmberg plötzlich. „Ich will etwas über die Frau erfahren, die mich reich und glücklich gemacht hat."

„Oh ..." Jola wurde verlegen. Im Grunde kannte er sie ja schon. Zumindest, was ihre *Auftritte* auf dem Polizeirevier anging.

„Wissen Sie, Herr Ilmberg, ich glaube, damit würden wir uns nur den Abend versauen", versuchte sie humorvoll vom Thema abzulenken. Der Ex-Cop grinste bis über beide Ohren. Das sollte vermutlich heißen, dass er sehr wohl wusste, wie sie das meinte.

„Ich heiße Ilmbrandt, aber Ilmberg ist auch okay."

Ein Fettnäpfchen, und was für eines! Wie war sie nur auf Ilmberg gekommen? Aber ihn schien es zu amüsieren.

Als das Essen serviert wurde, entspannte sich die Situation ein wenig. Jola wurde immer offener und erzählte von sich: Dass sie in Bruck an der Mur lebte, einen alten Volkswagen fuhr, bei dem es nur noch eine Frage der Zeit war, bis er auseinanderfiel und dass sie in der Trafik arbeitete. Aber diese Daten wusste ihre Begleitung ja bereits von ihren *Besuchen* auf dem Polizeirevier.

„Wie läuft es denn mit diesem Typen?", wollte Ilmbrandt überraschend wissen. „Der, bei dem Sie sich bei einer Ihrer Aussagen nicht sicher waren, ob er nun Ihr Freund oder Exfreund ist."

Herausfordernd grinste er sie über den Tisch hinweg an. Jola nahm einen großen Schluck von ihrem Wein. „Also *dieses* Thema würde uns garantiert den Abend versauen."

„Das klingt so, als wäre er mittlerweile tatsächlich der Exfreund."

„Eindeutig, ja."

„Gut", murmelte Ilmbrandt kaum hörbar. Sie glaubte, ein Funkeln in seinen dunkelgrünen Augen zu erkennen. War das ein Zeichen? Mochte er sie doch?

„Und gibt es bei Ihnen zurzeit jemanden?", schoss es aus ihr heraus, bevor sich ein unangenehmes Schweigen ausbreiten konnte.

„Zurzeit nicht, nein. Das heißt … Ach, nicht so wichtig."

„Klingt kompliziert."

„Nein, ist es nicht."

Anscheinend wollte er nicht darüber reden. Jola fand es schade, sie hätte ihn gerne ein bisschen aus der Reserve gelockt. Aber so wie es aussah, hatte er keine feste Partnerin. Sie hätte kein Problem damit gehabt, wenn sie diejenige gewesen wäre, die das geändert hätte. Als ihr dieser Gedanke durch den Kopf schoss, war sie über sich selbst überrascht. Ihr Herz schlug wie wild gegen ihre Brust und sie wusste: Sie fand den Ex-Cop nicht nur unglaublich heiß, sondern auch … nett … und … besonders.

Sie wechselten das Thema und der Abend wurde immer ausgelassener. Ilmbrandt erzählte von seiner Exfrau und seiner Tochter. Er sprach auch von seinen Eltern, zu denen er ein gutes, wenn auch nicht unbedingt intensives Verhältnis hatte. Sie hätten ihm und seiner Exfrau damals sehr beigestanden, als sie in ihren jungen Jahren Eltern geworden waren, was er ihnen nie vergessen würde.

„Haben Sie ein gutes Verhältnis zu Ihren Eltern?“, fragte er sie plötzlich. Das war eigentlich ein Thema, über das sie nicht gerne sprach. Sie hatte es absichtlich vermieden, Ilmbrandt nach seinen zu fragen, aber er hatte von selbst davon zu reden begonnen.

„Ja. Aber wer hat das denn nicht?“, war ihre Antwort, die so nichtssagend war, als hätte man sie für jede beliebige Frage nutzen können. *Haben Sie ein gutes Verhältnis zu Ihren Eltern? Haben Sie eine saubere Wohnung? Haben Sie ein schweres Trauma erlitten, das Ihnen nicht ermöglicht, die Wahrheit über Ihre Eltern zu erzählen?*

„So wie es aussieht, meine Tochter“, sagte Ilmbrandt und lachte. „Das war natürlich ein Scherz. Sie ist achtzehn und manchmal etwas schwierig.“

„Das kann ich mir gut vorstellen. Ich war sicher auch nicht einfach in dem Alter.“

„Wenn ich so an Ihre Besuche auf dem Polizeirevier denke, sind Sie das immer noch nicht.“

„Hey! Werden Sie jetzt bloß nicht unverschämt!“

Beide begannen zu lachen und es fühlte sich gut für Jola an. Nicht nur gut, sondern schön. Eine angenehme Wärme durchflutete ihren Körper. Dieses Gefühl hielt aber nicht lange an, denn Ilmbrandt schien dieses eine Thema wirklich zu interessieren: „Also machten Sie es Ihren Eltern in Ihrer Jugend auch schwer?“

„Nun ja. Ich war wie eben wie alle anderen in dem Alter."

Nur mit dem Unterschied, dass ich ab meinem zwölften Lebensjahr vernachlässigt und verdroschen wurde.

Um Ilmbrandt nicht zu weiteren Fragen zu motivieren, sprach sie den Satz aus, der für sie dieses Thema abschließen sollte: „Wir kommen im Großen und Ganzen gut miteinander aus, aber wir sehen uns selten und das ist in Ordnung so."

33

Freitag, 18. Mai 2018

David

Der Abend verlief besser als vermutet.

Seine Begleitung war tatsächlich etwas lockerer geworden – zwar erst nach dem zweiten Glas Wein, aber das störte ihn nicht. Nichts war schlimmer, als mit jemandem zu essen und kein Gesprächsthema zu finden.

Sie bestellte nach dem Hauptgang noch ein Dessert und als die Mohntarte serviert wurde, bewunderte sie ihre Nachspeise wie den heiligen Gral. „Oh, gucken Sie mal!“, sagte sie und kicherte, worauf David sich ein Lachen nicht verkneifen konnte.

„Schön, dass Sie eine Freude mit Ihrem Dessert haben.“

„Ich liiiebe Mohn, und Sie?“, fragte sie und klang aufgeregt, dabei beugte sie sich über den Tisch und sprach etwas leiser – so als wäre es ein Geheimnis, wenn man jemandem seine Dessert-Vorlieben offenbarte. David gab sich große Mühe, um nicht lauthals loszulachen. Er hatte noch nie erlebt, dass jemand so eine derartige Freude mit einer Mohntarte hatte.

„Was ist so lustig?“, wollte sie wissen und lehnte sich wieder zurück.

„Nichts. Und um Ihre Frage zu beantworten: Ja, ich mag Mohn auch. Vermutlich nicht so sehr wie Sie, aber ja.“

Genüsslich begann sie, ihr Dessert zu essen.

„Mh!“, entkam es ihr. „Das ist so lecker, da verpassen Sie was.“

„Ich werd's überleben.“

Dann geschah etwas, womit David nicht gerechnet hatte: Sie schaufelte ein Stückchen von der Tarte auf ihre Gabel und hielt sie ihm hin.

„Wow", sagte er. „Sie wollen wirklich Ihr heißgeliebtes Mohntörtchen mit mir teilen?"

„Ja, ich will", antwortete sie und kicherte in ihre freie Hand hinein. David beugte sich nach vorne und nahm den Bissen an.

„Göttlich, oder?", meinte sie.

„Das trifft es auf den Punkt", sagte David und sah dabei etwas zu lange in ihre braunen Augen. Er blickte räuspernd zur Seite, um ihr keinen falschen Eindruck zu vermitteln.

Seine Begleitung wechselte überraschenderweise das Thema in eine Richtung, die David nicht gefiel. Sie begann, über seinen ehemaligen Beruf als Polizisten zu reden – und zwar über die unangenehmen Dinge. Er überwand sich und erzählte ihr von einem Einsatz, der ihm sozusagen seine Ehe gekostet und eine Narbe am Kopf hinterlassen hatte. Kaufmann lauschte seiner Geschichte, ohne ihn zu unterbrechen. Es vergingen einige Momente des Schweigens, bis sie ihm eine Frage stellte, mit der er nicht gerechnet hatte: „Haben Sie schon mal jemanden umgebracht?"

Merkte sie, dass er zögerte? Wahrscheinlich nicht, dafür war sie doch zu beschwipst. Er musste sich eingestehen, dass er diese Frau mochte. „Nein", sagte er ruhig. Das war die erste Lüge, die er in ihrer Gegenwart ausgesprochen hatte.

Nach dem Essen übernahm er die Rechnung und sie verließen das Lokal. Sie nahmen wieder den Aufzug nach unten, dabei stellte sie sich so dicht neben ihn, dass es für ihn beinahe unangenehm war. Er konnte sie zwar ganz gut leiden und sie war wunderschön, aber wenn er so an ihre Eskapaden im Vollrausch dachte, war ihm dieser Lebensstil doch etwas zu heftig, als dass er mit ihr kuscheln wollte. Deshalb machte er einen minimalen Schritt zur Seite.

Nach ein paar Sekunden war die beklemmende Situation vorbei und sie verließen den Aufzug. Auf dem Weg zum Auto widerstand er der Versuchung, den Arm um sie zu legen, da sie sichtlich Mühe mit ihren Schuhen hatte. Aber auch das könnte einen falschen Eindruck vermitteln, also blieb er besser auf Abstand.

Beim Auto angekommen, hielt er seiner Begleitung die Beifahrertür auf, die sich lachend auf den Sitz fallen ließ. David vermutete, dass es eine lustige Heimfahrt werden würde.

Und so war es auch: Kaufmann ließ den Abend Revue passieren und schnatterte in einem durch, David musste oft lachen und fühlte sich sehr wohl in ihrer Gegenwart. Er fand es interessant, den heutigen Abend aus ihrer Sicht wortwörtlich noch einmal zu erleben. Ihr waren viele witzige Details an anderen Leuten aufgefallen, denen er kaum Beachtung geschenkt hatte.

„Und dann diese alte Frau“, meinte sie. „Haben Sie die ehrlich nicht gesehen? Die hatte Haare wie Cruella! Sie wissen schon, …“

„Sie meinen Cruella de Vil?“

„Genau! Die war vielleicht schräg! Mein erster Gedanke, als ich die gesehen habe, war: *Verdammte Scheiße, wenn ich jetzt 'nen Dalmatiner dabei hätte, wären wir ganz schön arm dran.* Ups!“ Sie schlug ihre Hand vor den Mund und entschuldigte sich sofort: „Ich wollte nicht fluchen, tut mir leid.“

„Ich bin nichts anderes von Ihnen gewohnt“, meinte David und grinste dabei. In ihrem alkoholisierten Zustand kam wieder ihr wahres Ich zum Vorschein. Na gut, solange sie jetzt auf der Stelle keine Prügelei anfangen wollte, war es nur halb so schlimm.

Als er den Wagen Richtung Brucker Stadtzentrum lenkte, sagte er zu seiner Beifahrerin: „Ich würde Sie auch nach Hause bringen, außer Sie wohnen in der Trafik.“

Kaufmann lachte laut auf und lotste ihn zu ihrem Wohnhaus. Dort angekommen, lenkte er den Ford auf einen leeren Parkplatz.

„Hier wohnen Sie also. Da haben Sie sich letztens aber schön verlaufen, als ich Sie mit zu mir genommen habe“, bemerkte er, nachdem er sich umgesehen hatte.

„Oh, ja", meinte Kaufmann kleinlaut. „Das ist mir heute noch peinlich."

„Muss es nicht. Ich habe Ihnen gern geholfen."

Sie bedachte ihn mit einem Blick, der so vollkommen anders war als die, die sie ihm bis jetzt hatte zukommen lassen. Es war ein kaum merkbares Lächeln mit einem Strahlen in den Augen, das ihm die Nackenhaare zu Berge stehen ließ. Ehe er sich versah, hatte sie sich abgeschnallt, zu ihm gebeugt und ihn geküsst. Es war kein *Danke-für-den-netten-Abend-Kuss*, sondern ein *Ich-will-dich-hier-und-jetzt-Kuss*, den David überrascht erwiderte. Und ohne weiter zu überlegen, ob er das Richtige tat, streichelte er mit seiner Hand ihr Gesicht. Es fühlte sich gut an. Alles an ihr fühlte sich gut an. Der Kuss dieser Frau war wie eine Erlösung. David war lange nicht mehr so erregt gewesen wie jetzt. Dass ihm an dem heutigen Abend so eine berauschende Situation in seinem Auto widerfuhr, kam überraschend. Er musste sich zusammenreißen, um nicht weiterzugehen.

Nach den aufregendsten fünf Sekunden in Davids letzten Tagen endete der Kuss und sie sahen sich einfach nur für einen Moment lang an, dann meinte sie: „Ich glaube, das Siezen sollten wir uns sparen."

Er brachte nur ein knappes Nicken zustande. Woher kam plötzlich dieser Schwarm Schmetterlinge in seinem Bauch?

„Falls du morgen noch nichts vorhast, kannst du ja gerne vorbeikommen. Vielleicht könnten wir ja etwas unternehmen ... gemeinsam ... Also ... nur, wenn du willst", meinte Jola.

David lächelte sie an und sagte: „Verdammte Scheiße, aber ja."

34

Zwei Monate später …
Sonntag, 15. Juli 2018
Jola

Am liebsten würde sie schreien.

Lauthals, damit sie jeder hören konnte.

Und diese Herausforderung, vor der sie jetzt im Moment stand, nahm ihr beinahe den Boden unter den Füßen.

Ja – sie war aufgeregt.

Ja – sie hatte gewusst, der Tag würde kommen.

Ja – heute würde sie Lena und Jens kennenlernen.

Ja – sie hatte eine Beziehung.

Ja – sie war verliebt.

In den letzten zwei Monaten war so viel passiert, wie in ihrem gesamten Leben davor nicht – zumindest kam es ihr so vor. Nachdem sie in Davids Auto einfach das getan hatte, wonach sie sich gesehnt hatte, hatte der scharfe Ex-Cop am nächsten Tag vor ihrer Tür gestanden und gefragt: „Kino?"

Ohne Begrüßung, ohne sich vorher irgendwie anzukündigen. Jola war ihm begeistert um den Hals gefallen und hatte den Kuss vom vorherigen Abend wiederholt. Bis zu diesem Zeitpunkt war sie sich gar nicht sicher gewesen, ob sie sich nicht mit dieser Aktion blamiert hatte, denn in ihrem beschwipsten Zustand war ihr fluchendes Ich wieder zum Vorschein gekommen. Dass David ihren ersten Kuss überhaupt mit so einer Intensität erwidert hatte, hatte ihr Herz beben lassen. Als er dann auch noch geflucht hatte, schien das Eis endgültig gebrochen zu sein. Trotzdem war sie sich bis zu seiner Ankunft am nächsten Tag nicht zu hundert Prozent sicher gewesen, ob er auch tatsächlich Gefühle für sie hatte.

Seit dem 18. Mai hatten sie einige wundervolle Verabredungen gehabt. Jedes Mal, nachdem er sie nach Hause gebracht hatte, hatte sie Rainer angerufen und ihm von David erzählt. Beim dritten Mal hatte ihr Kumpel dann gemeint: „Ist schon gut, ist schon gut, Jo. Ich glaube dir ja, dass du glücklich bist. Mensch, wenn das Lennon hören könnte!“

„Wirst du es ihm etwa erzählen?“

„Weiß nicht, soll ich?“

Sollte er? Jola hatte bis heute keine Antwort darauf. Eigentlich könnte es ihr am Arsch vorbeigehen, was Lennon über sie dachte, aber wenn sie sich die Situation in den Kopf rief, in der er David als *beschissenen Drecksbullen* bezeichnet hatte, schmerzte es noch immer in ihrem Herzen. Niemand besaß das Recht, so über ihn zu reden!

Seit Rainer ihr diese Frage gestellt hatte, wurden ihre wöchentlichen Telefonate seltener. Ob es daran lag, dass sie nun in einer Beziehung war, wusste sie nicht. Vermutlich hatte er Lennon erzählt, dass sie mit einem ehemaligen Cop zusammen war und ihr Exfreund war deshalb ausgeflippt.

Die Dates mit David waren jedes Mal so perfekt verlaufen, dass es beinahe schon kitschig war. Endlich waren die beiden diejenigen, die kichernd und schmusend durch die Straßen spazierten. Jola bekam jedes Mal am ganzen Körper Gänsehaut, wenn er seinen starken Arm um sie legte und zu sich heranzog. Sie musste sich auf Zehenspitzen stellen, um an seine Lippen zu gelangen – diese Mühe nahm sie nur allzu gerne auf sich.

Sie verbrachten mehr Zeit bei David als bei ihr zu Hause, da sie ihm beim Einrichten und Dekorieren seines neuen Heims half. Es waren nur Kleinigkeiten, aber er wusste eben genau diese zu schätzen – mehr, als Lennon es je getan hätte.

Mit Lord Schlotterhose hatte sie sich schnell angefreundet. Aber er war ein Kater – wer hatte schon Probleme dabei, sich mit einem Kater zu verstehen?

Als David sie das erste Mal über Nacht eingeladen hatte, war sie so nervös gewesen, dass ihr den ganzen Tag zuvor übel gewesen war. Das war vor etwa zwei Wochen gewesen. Geschlafen hatten sie bis heute noch nicht miteinander, aber Jola wusste, dass es für ihn nicht einfach war, mit einer neuen Freundin auf der Bildfläche aufzutauchen. Vor allem, weil beide befürchteten, seine Tochter würde dann erst recht kein Wort mehr mit ihm reden. Davids Erzählungen zufolge nahm sie es ihm noch immer übel, sie und ihre Mutter verlassen zu haben. Jola hoffte, dass das Kennenlernen heute gut über die Bühne gehen würde, dann wäre David mit Sicherheit offener ihr gegenüber. Sie konnte ihm ansehen, dass er mit sich selbst zu kämpfen und seine Vaterrolle zu verteidigen hatte.

„Alles in Ordnung?", fragte er sie, nachdem er zu ihr ins Badezimmer getreten war, das im oberen Stockwerk seines Hauses lag. Jola frischte gerade ihr Make-up auf und antwortete nervös: „Ja. Ich hoffe, sie mögen mich."

„Sie mögen mich auch nicht, also mach dir mal nicht zu viele Hoffnungen."

Beide mussten grinsen. David schlang seine Arme um ihren schlanken Oberkörper und gab ihr einen Kuss auf den Hinterkopf. Jolas Herz schlug Purzelbäume. Die Umarmung endete abrupt, als das Schrillen der Hausklingel ertönte.

„Oh Gott, oh Gott, oh Gott. Wie sehe ich aus?", fragte Jola und fuhr sich hektisch mit den Händen durch ihre dunkelbraune Kurzhaarfrisur.

„Du bist perfekt. Selbst ein Gemälde könnte deine Schönheit nicht einfangen."

Darauf fiel ihr nichts ein. War ihm das etwa in diesem Moment eingefallen? Solche Dinge hatte niemals zuvor jemand zu ihr gesagt. Der Mann war ein wahrgewordener Traum! Seine Aussagen waren ab und zu zwar ein bisschen kitschig, aber das störte sie in keiner Weise. Früher hätte sie sich mit Lennon und Rainer über solche Typen lustig gemacht.

Die beiden gingen die Treppe hinunter und öffneten die Tür. Jola erkannte sofort die Ähnlichkeit zwischen David und seiner Tochter. Sie hatte grüne Augen, die zwar heller waren als die ihres Vaters, aber dieselbe Ruhe und Intensität ausstrahlten. Ihre Haare waren lang und dunkel, wobei Jola sich sicher war, dass sie gefärbt waren, denn so pechschwarz konnten die gar nicht von Natur aus sein. Die junge Frau blickte unsicher drein und gab ihr die Hand. „Hi, ich bin Lena. Das ist mein Freund Jens."

„Freut mich. Jola."

Sie ergriff Lenas Hand, die etwa zwanzig Grad unter dem Gefrierpunkt hatte und wandte sich anschließend an Jens, um auch ihn zu begrüßen. Er lächelte sie schüchtern an, was ihr ein Grinsen entlockte. Sie konnte sich den jungen Mann gut in einer Rockband vorstellen, hinter seinem verlegenen Lächeln versteckte sich mit Sicherheit ein wilder Rebell. Seine Haare waren brünett und etwa schulterlang, was gut zu seiner kantigen Gesichtsform passte.

David umarmte seine Tochter, wobei sich Jola nicht sicher war, ob Lena damit einverstanden war, denn sonderlich glücklich sah sie nicht aus, als sie ihr Kinn für einige Sekunden auf seine Schulter legte. Auch sie musste sich dafür auf die Zehenspitzen stellen. Jens gab er förmlich die Hand und bat die beiden Gäste anschließend herein.

Dann zeigte er ihnen das Haus, da Lenas Freund es noch nie gesehen hatte. Jola begleitete sie und wich nicht von Davids Seite. Es fühlte sich alles so richtig an. Im Atelier blühte er regelrecht auf. Beim Betreten des Raumes sog er geräuschvoll die Luft ein und sagte: „Riecht ihr das? *Das* ist Freiheit!"

Lena kicherte und hakte sich bei Jens unter, der nickte, so als würde er ihrem Vater zustimmen. Dabei roch es einfach nur nach Acrylfarben. Voller Stolz zeigte David seinen Besuchern verschiedenste Bilder, die auf dem Boden standen und an die Wand gelehnt waren. Jola konnte sein Verhalten nachvollziehen und freute sich, dass er endlich seinen Traum leben konnte. Nachdem Lena und Jens das Badezimmer gezeigt wurde, ging es ins Schlafzimmer. Während Jola mit einem Grinsen auf dem Gesicht aufzählte, welche Deko-Artikel sie aussuchen durfte, steuerte David auf seinen Nachttisch zu und nahm einen Schnipsel, der darauf lag. Aus den Augenwinkeln sah sie, wie dieser schnurstracks in seiner Gesäßtasche verschwand. Lena und Jens fiel das nicht auf, da sie ihre Aufmerksamkeit Jola schenkten.

Wieder unten angekommen, setzten sie sich auf die Couch. Langsam begann sich ein Gespräch zu entwickeln und Jola erfuhr so einiges über Lena und Jens. David hörte aufmerksam zu, da er den Freund seiner Tochter erst einmal gesehen hatte. Wie das Treffen verlaufen war, hatte er nie erzählt, aber anscheinend dürfte es nicht so prickelnd gewesen sein, denn plötzlich meinte David: „Jens, ich hoffe, du kannst mir meinen Ausrutscher vom letzten Mal verzeihen. Das war nicht böse gemeint."

„Ich glaube, das lässt sich einrichten", sagte Jens und grinste versöhnlich.

Jola hatte keine Ahnung, worauf sich dieser Ausrutscher bezog. Lena klärte sie auf: „Du musst wissen, dass mein Papa oft ein ziemlicher Arsch sein kann. Er hat sich darüber lustig gemacht, dass Jens zurzeit arbeitslos ist."

„Lena, bitte. Ist schon in Ordnung", versuchte Jens, seine Freundin zu beruhigen. „Er hat sich ja entschuldigt."

„Ja, aber im nächsten Moment fällt ihm eine weitere Gemeinheit ein, vor solchen Dingen bist du bei ihm nie sicher."

„Es reicht. Er ist immerhin dein Vater. Und es ist alles halb so schlimm, wie du es darstellst."

Nun sagte niemand mehr ein Wort. Jola erlaubte es sich sowieso nicht, sich in deren Angelegenheiten einzumischen und David sah so aus, als hätte er ein Gespenst gesehen. Dass Jens sich auf seine Seite stellte, war mit Sicherheit für jeden eine Überraschung. Lena kaute auf ihrer Unterlippe herum und sah auf den Boden. Ihr Freund gab ihrem Vater die Hand und sagte: „Schon vergessen."

Jola war die ganze Situation unangenehm. Sie kam sich so vor, als würde sie sich – ohne irgendetwas zu sagen – in Familienangelegenheiten einmischen, die sie nichts angingen. Noch dazu kam die Tatsache, dass Lena David als Arsch bezeichnet hatte, was eine unbeschreibliche Wut in ihr entfachte. Wie kam diese Göre dazu, so über ihren Vater zu reden? Und er ließ es sich auch noch gefallen! Wenn Jens sie nicht zum Schweigen gebracht hätte, hätte Jola sie vermutlich rausgeschmissen – obwohl es nicht ihr Haus und sie selbst nur Gast war.

Sie erfuhr, dass Lena im Einzelhandel arbeitete und Jens langzeitarbeitslos war. Ihr kam in den Sinn, dass sie ihn für kommendes Jahr bei ihrer Chefin als Praktikant vorschlagen könnte. Er wirkte überhaupt nicht dumm oder faul.

An diesem Tag erfuhr sie mehr über Jens als über Lena. Er erzählte, dass sein Vater unlängst einen Herzinfarkt erlitten hatte. Vermutlich hatte er vorhin deshalb so empfindlich reagiert, als Lena David beschimpft hatte. Wahrscheinlich konnte sie seiner Meinung nach froh sein, einen Vater zu haben, der gesund war.

Das Gespräch wurde immer lockerer und als auch David mehr von sich erzählte, beobachtete Jola, wie sich Lenas Mundwinkel etwas nach oben zogen. Er gab sich wirklich Mühe, um bei dem Freund seiner Tochter zu punkten, Jola legte ihm behutsam die Hand auf den Oberschenkel, als er eine Geschichte erzählte, die ihm einiges an Überwindung kostete: „Vor etwa sechs Jahren hatten meine Kollegen und ich einen Einsatz in Bruck an der Mur. Man hatte uns einen Einbruch in einer Wohnung gemeldet, die Nachbarn hatten Geräusche im Treppenhaus wahrgenommen und gewusst, dass die Dame aus der Nebenwohnung verreist war. Das hatte sie zudem in den verschiedensten sozialen Medien bekanntgegeben und so sind die Einbrecher darauf aufmerksam geworden. Als wir in der Wohnung eintrafen, war die Tür bereits aufgebrochen worden. Ich ging voran, meine Kollegen gaben mir Rückendeckung. Mit unserer Ankunft hatten wir den Einbrecher so erschreckt, dass er mit seiner Pistole ziellos durch die Gegend schoss. Wobei ziellos das falsche Wort ist, denn er hatte mich erwischt."

„Was?!", entfuhr es Jens, der gespannt der Geschichte gelauscht hatte. Jola kannte sie bereits, denn David hatte sie ihr schon einmal erzählt.

„Ja, aber ich hatte ungeheures Glück. Die Kugel streifte mich am Kopf, meine Kollegen konnten den Einbrecher dann zu dritt überwältigen."

David drehte seinen Kopf etwas zur Seite und deutete auf die Narbe, die man zwischen den Haaren erkennen konnte und sagte: „Mein Andenken. Zum Glück das einzige."

„Ich muss sagen, ich finde das mutig, dass du trotzdem bis vor kurzem noch Polizist warst. Wenn mir sowas passiert wäre, hätte ich gleich am nächsten Tag alles hingeschmissen", meinte Jens mit Bewunderung in der Stimme. David musste schmunzeln. Vermutlich lag ihm schon wieder ein Spruch bezüglich seines Arbeitslosendaseins auf den Lippen. Stattdessen sagte er: „Es ist mir schwergefallen, aber damals war ich noch nicht so weit, alles hinzuschmeißen, wie du so schön sagst. In meinem Herzen hatte ich weiterhin das Bedürfnis, der Welt mit meinem Dienst als Polizist etwas Gutes zu tun."

„War nicht deine beste Entscheidung", sagte Lena. Jola wusste, worauf sie hinauswollte, denn David hatte ihr ebenfalls erzählt, dass dieses Ereignis einer der Auslöser seiner Trennung von Katja gewesen war. Dass er trotz dieses Vorfalles bei der Polizei geblieben war, hatte sich auch nicht gerade positiv auf seine Ehe ausgewirkt. Andernfalls hätte sie ihn vermutlich niemals kennengelernt und er wäre heute noch mit seiner Exfrau zusammen.

Derselbe Gedanke durfte Lena im Moment ebenfalls durch den Kopf gegangen sein, denn sie sah Jola verunsichert an und fügte hinzu: „Nichts für ungut."

„Ich verstehe schon", winkte Jola ab. Dass sie mit einer Achtzehnjährigen zu diskutieren begann, war ihr nun wirklich zu blöd.

Mit Davids Erzählungen aus Lenas Kindertagen verflog die eben aufgekommene Spannung wieder. Auch wenn Lena die Geschichten peinlich waren, musste sie immer wieder lachen. Jens und sie blieben länger als geplant, deshalb beschloss David, Pizzen liefern zu lassen, was mit Jubelrufen kommentiert wurde. Irgendwann hatten die anderen so viel von sich selbst erzählt, dass nur noch Jola übrigblieb. Jens hatte seine Schüchternheit längst abgelegt und sprach sie auf ihre Familie an: „Ich hoffe, du hast ein besseres Verhältnis zu deinen Eltern als Lena." Er konnte sich ein Grinsen nicht verkneifen und handelte sich gleich darauf einen Stoß mit dem Ellenbogen von seiner Liebsten ein. „Ich gebe mir Mühe, mein Papa weiß, dass ich ein schwieriger Fall bin", sagte Lena zu ihrer Verteidigung.

„Der zweiten Hälfte des Satzes kann ich nur zustimmen." Als David das aussprach, verfielen alle in Gelächter. Jola war froh, dass die Frage an sie vergessen wurde. Sie wechselten das Thema, was sie beruhigte.

Schließlich stand David auf und holte einen Umschlag. Sie wusste, was sich darin befand. Er setzte sich und überreichte ihn seiner Tochter. Diese beäugte das Kuvert kritisch und fragte, was da drin sei.

„Nur eine Kleinigkeit", antwortete David.

Lena sah Jens an, der die Schultern zuckte und meinte: „Woher soll ich wissen, was da drin ist? Mach schon auf."

Sie öffnete den Umschlag. Dann zog sie ein Bündel Geldscheine hervor und riss die Augen auf. „Was … Papa? Bist du verrückt geworden?"

„Wie gesagt, nur eine Kleinigkeit."

„Eine Kleinigkeit? Wie viel ist das denn?"

„10.000 Euro."

„Aber … Aber … Warum?"

„Warum nicht?"

Lena begann zu kreischen und fiel ihrem Vater um den Hals. „Danke! Du bist der Beste!"

„Ach, bin ich das?", fragte David lachend.

Jola saß nur schweigend da. Dass ihr neuer Freund seiner Tochter Geld schenkte, war für sie kein Problem. Außerdem hatte er im Lotto gewonnen, er konnte es sich also leisten. Aber sie konnte sich gut vorstellen, dass Lena bei ihrem nächsten Treffen wieder auf ihm herumhacken würde – auch, wenn sie sie kaum kannte.

Sie lächelte Jens schüchtern an, was er erwiderte. Was er wohl dachte? Seine Freundin bekam 10.000 Euro von ihrem Vater geschenkt und er hatte nicht einmal einen Job. Die Umarmung von Vater und Tochter endete, worauf David sagte: „Aber nicht alles auf einmal verprassen!"

„Bestimmt nicht. Das kommt auf mein Sparkonto", meinte Lena und grinste in die Runde wie ein Honigkuchenpferd.

Gegen 22 Uhr verabschiedeten sich ihre Besucher. Jola überkam eine Welle der Erleichterung, da das Treffen erstaunlich gut verlaufen war. Dem Anschein nach ging es David genauso, er atmete hörbar aus, umarmte sie und sagte: „Na toll, jetzt mögen sie dich nach dem ersten Treffen schon mehr als sie mich jemals mögen werden."

„So ein Unsinn."

Jola musste sich eingestehen, dass sie Davids Tochter nicht ganz so gern mochte, aber diese Tatsache behielt sie lieber für sich. Die Art und Weise, wie sie mit ihrem Vater redete, ging ihr gegen den Strich – aber so wie es aussah, war dieser Jens ein guter Umgang für sie, auch wenn er arbeitslos war. Er schien eine gute Seele zu sein.

Sie löste sich aus seiner Umarmung und die beiden begannen aufzuräumen.

„Weißt du", meinte David währenddessen. „In solchen Momenten fühle ich mich wieder bestätigt."

„Wie meinst du das? Etwa wegen Lena?" Natürlich. Wegen wem denn sonst. Aber Jola fragte trotzdem nach.

„Ja. Du wirst ja bemerkt haben, dass sie …"

„… frech ist? Unverschämt?"

„Ich hatte befürchtet, dass du das so siehst."

„Mich verletzt es, wenn sie dich als Arsch bezeichnet. Wenn ich das bei meinen Eltern gemacht hätte, dann …"

„Dann was?"

„Nicht so wichtig." Dass sie dafür verprügelt worden wäre, tat jetzt nichts zur Sache. Unmerklich zuckte sie zusammen, als sie sich die Schläge in Erinnerung rief. „Ich hoffe nur, dass sie uns als Paar akzeptiert. Ich will nicht die Böse sein."

„Sie mag dich, da bin ich mir sicher. Ich bin froh, dass es so gelaufen ist. Das macht das Leben wieder lebenswerter. Dafür sollte man dankbar sein."

„Für das Leben?"

„Natürlich. Das Leben ist doch das schönste Geschenk, das es gibt."

„Findest du?"

Dass Jola so skeptisch auf Davids Ansicht reagierte, schien ihn zu verwundern. Er hörte auf, Pizzakartons zu falten und sah sie an. „Selbstverständlich. Du denn nicht?"

Nein, dachte Jola. „Das Leben ist meiner Meinung nach kein Geschenk, aber es kann zu einem werden. Man muss nur das Richtige daraus machen. Wenn man aber ein schweres Schicksal erleidet oder in Kriegsgebieten oder weiß Gott wo aufwachsen muss, ist das beinahe unmöglich. Dann wäre die Erlösung vom Leben ein größeres Geschenk."

David sah sie verdutzt an. Sie versuchte, es ihm verständlicher zu machen: „Wenn man in eine Gesellschaft hineinwächst, die man absolut und mit jeder Faser seines Körpers und Geistes ablehnt ..., wenn man zu Dingen gezwungen wird, die man nicht will, oder man misshandelt wird, dann ist das Leben an sich doch kein Geschenk."

„Wieso sprichst du nur negative Dinge an?" Davids Stimme wurde sanfter, als er fragte: „Geht es um dich und deine Eltern?"

„Nein, das war nur ein Beispiel. Meine Eltern hätten mir niemals etwas angetan. Sie sind Engel. Was ich damit sagen will ... Nicht für jeden ist das Leben ein Geschenk, zumindest kann ich es mir nur schwer vorstellen, dass ein wehrloses Kind es als solches betrachtet, wenn es geschlagen oder zur Prostitution gezwungen wird."

„Ich weiß schon, was du meinst. Trotzdem bleibe ich bei meiner Meinung."

Dagegen hatte Jola absolut nichts einzuwenden, sie hatte ihm nur ihre Sichtweise auf das Leben erklären wollen. Sie vermutete, dass er in Gedanken gerade den Tag Revue passieren ließ.

Dann griff David nach ihrer Hand, die einen Putzschwamm umklammert hielt und zog sie zu sich. Jola durchfuhr ein Kribbeln, als er sie an sich drückte.

In diesem Moment fragte sie sich, ob jetzt der richtige Zeitpunkt für ihr gemeinsames erstes Mal wäre. Nach so einer Diskussion. Hier – in der Küche. Sie hatte noch niemals Sex in einer Küche. Doch ehe es dazu kam, löste sich David von ihr und gab ihr einen Kuss auf die Stirn. Dann trat er einen Schritt zurück und griff wieder nach den Pizzakartons.

„Lass nur. Ich entsorge sie. Geh schon mal nach oben", sagte sie. David tat wie ihm geheißen. Jolas Herz klopfte bis zum Hals. Sie brauchte einen Moment für sich. Würde es heute Nacht passieren? Noch nie zuvor hatte sie ein Mann so nervös gemacht.

Als sie ebenfalls einige Minuten später in den ersten Stock ging, war sie verblüfft, dass sie alleine im Badezimmer stand. Auf ihr Klopfen hatte niemand reagiert, deshalb war sie eingetreten. Sie hatte gar nicht gehört, dass David es verlassen hatte. Das

Einzige, das sie von unten mitbekommen hatte, war, dass eine Tür geschlossen wurde, nachdem er nach oben gegangen war. Vermutlich war er gleich ins Bett gefallen.

Sie entledigte sich ihrer Kleidung und stieg unter die Dusche. Es dauerte nicht lange, bis sie eine Stimme hinter sich wahrnahm: „*Hier* bist du."

Jola fuhr herum und hielt sich beschämt die Hände vor den Intimbereich. Sie hatte nicht gehört, wie David den Raum betreten hatte. Das hatte er zuvor noch nie getan. Er hatte immer den Anstand besessen und angeklopft.

„Wo soll ich sonst sein?", fragte sie ihn unsicher. Ihr war die Situation extrem unangenehm, denn wenn David sie nackt zu Gesicht bekommen sollte, wollte sie sich dabei wenigstens in Szene setzen. Mit dem Schaumhelm auf dem Kopf und einer Brause, die andere Pläne als sie hatte und wild herumsprühte, da sie sie zuvor fallen gelassen hatte, fühlte sie sich alles andere als sexy.

„Bei dem, was ich mit dir vorhabe, ist eine Dusche jetzt überflüssig", sagte David in verführerischem Tonfall. Dann kam er auf sie zu und öffnete die Tür der Duschkabine.

„Warte", entkam es Jola. Sie bückte sich, um die Brause aufzuheben, dabei entglitt sie ihr und David bekam eine mächtige Wasserladung ab. Oh Gott, war das peinlich!

Doch er begann lauthals zu lachen und stieg zu ihr in die Duschkabine – dass seine Kleidung komplett durchnässt wurde, schien ihm egal zu sein.

„Ich habe noch nie in meinem Leben einen hübscheren Schaumkopf gesehen", flüsterte seine kratzige Stimme in ihr Ohr. Jola konnte nicht anders – sie musste ihn küssen, hier und jetzt auf der Stelle. Er hob sie hoch und drückte sie gegen die kalte Fliesenwand, währenddessen öffnete er seine Hose.

Jola konnte ein Zischen nicht unterdrücken, denn eben war ihr etwas von ihrem Schaumhelm ins Auge gekommen. David stellte die exotischsten Verrenkungen an, damit er die Brause, die noch immer auf dem Boden lag, zu fassen bekam.

„Was machst du denn?“, fragte Jola und lachte. „Lass mich runter, dann geht es einfacher.“

„Auf keinen Fall. Ich lass dich nicht mehr los.“

Schließlich schaffte er es, die Brause aufzuheben, um sie über Jolas Kopf zu führen. Der Schaum verschwand und David stellte das Wasser ab. Dann ließ er das Teil fallen und drückte Jola beim nächsten Kuss so fest gegen die Wand, dass sie glaubte, zu ersticken. *Scheiß drauf*, dachte sie sich. *Wenn ich jetzt ersticke, war es wenigstens ein geiler Tod.*

Sie rieb sich an seinem muskulösen Körper und konnte seine Erektion zwischen ihren Schenkeln spüren. Dann begann er, sie am Hals zu küssen, was den Schmetterlingszirkus in ihrem Inneren zum Explodieren brachte. Sie konnte es kaum abwarten, seinen harten Schwanz in sich zu spüren.

Jola schrie auf, als er in sie eindrang, was David sofort innehalten ließ. „Habe ich dir wehgetan?“

„Mach weiter, los“, drängte sie ihn, denn es bereitete ihr mehr Lust als Schmerzen.

Das ließ er sich nicht zweimal sagen und die darauffolgenden Stöße waren das Schönste, was sie jemals erlebt hatte. Sie genoss seine gleichmäßigen groben Bewegungen, mit denen er sie zum Höhepunkt brachte.

Nachdem ihre Beine wieder den Boden der Duschkabine erreicht hatten, flüsterte David ihr ins Ohr: „Ich hoffe, es war in Ordnung.“

„*In Ordnung?*“, wiederholte Jola. Wenn das eben in Ordnung gewesen sein sollte, wie würde dann seine Höchstleistung aussehen? „Es war perfekt.“

„Finde ich auch.“

Jola drückte ihr Gesicht gegen sein nasses T-Shirt und genoss die Bewegungen seiner Brust, die sich hob und senkte. Dahinter hörte sie, wie sein Herz raste. Ihr ging es nicht anders. Noch nie zuvor hatte sie für jemanden so empfunden und sie wollte, dass David das wusste.

„Ich liebe dich“, sagte sie deshalb. Er war der erste Mensch – ausgenommen ihrer Eltern –, dem sie das gesagt hatte. Und sie meinte es auch so.

„Sagst du das nur, um mich ins Bett zu kriegen?“

„Vielleicht.“

Sie brachen in Gelächter aus. Gegenseitiges Aufziehen war in ihrer Beziehung nicht unüblich und Jola liebte es, mit ihrem Partner herumalbern zu können, ohne dass gleich jemand eingeschnappt war.

Sie zog ihn langsam aus, um sich im Anschluss gleich wieder an ihn drücken zu können. So eine gewaltige Sehnsucht nach körperlicher Nähe hatte sie lange nicht mehr verspürt. Nach einer erfrischenden Dusche verließen sie die Kabine. Dabei ließ David sie nicht aus den Augen und das darin vorhandene Glitzern sorgte dafür, dass ihr Herz einen Sprung machte.

Als sie kurz darauf im Bett lagen, legte er seinen Arm um sie und sagte: „Ich liebe dich auch, Jola. Und das meine ich ernst.“

„Sagst du das nicht nur, um mich ins Bett zu kriegen?“

„Nein, du liegst ja schon darin.“

Jola musste kichern und handelte sich gleich darauf einen Kuss ein.

Plötzlich fragte sie sich, ob sie das alles überhaupt verdient hatte. Und warum sie das Gefühl hatte, dass David ihr etwas verheimlichte.

35

Knapp sechs Monate später …
Dienstag, 08. Januar 2019
David

Jola war vor zwei Monaten bei ihm eingezogen, was für jeden überraschend kam. Ihr schien es überhaupt nichts auszumachen, jeden Tag eine längere Strecke zur Arbeit zurückzulegen. Der Abschied von ihrer Wohnung in Bruck an der Mur war ihr auch nicht schwergefallen.

Wenn er so an ihre Begegnungen auf dem Polizeirevier dachte, musste er schmunzeln. Damals wäre sie die letzte Frau gewesen, mit der er sich eine Zukunft hätte vorstellen können. Aber sie war etwas Besonderes und David hatte sich eingestanden, dass er das erste Mal seit langem verliebt war. Natürlich hatte es nach seiner Scheidung Frauen gegeben, mit denen er sich getroffen und auch geschlafen hatte. Aber es hatte immer das gewisse Etwas gefehlt.

Mit Lena und Jens verstand sie sich auch gut, was ihm ein Gefühl von Stabilität gab. Egal, wie groß die Schwierigkeiten zuvor mit seiner Familie gewesen waren – mit dieser Frau an seiner Seite war plötzlich alles so einfach.

Katja war nicht ihr größter Fan, da sie sich daran erinnern konnte, wie sie von ihr gerempelt wurde, als Jola betrunken war. Das hatte sie David am Telefon wissen lassen. Er beschloss, seiner Freundin nichts davon zu erzählen, damit sie kein schlechtes Gewissen bekäme. Aber seine Exfrau akzeptierte Jola, das war schon mal viel wert. Und David war froh, dass er über das Mysterium Katja hinweg war.

Davids Eltern waren von Jola begeistert, als er sie ihnen bei einem seiner seltenen Besuche vorstellte. Langsam wurde die Sache zwischen ihnen ernst. Er wollte keine Geheimnistuerei, er wollte die *echte* Jola kennenlernen. Und er glaubte, diese in ihrer Kindheit zu finden, also besuchten sie ihre Eltern kurz vor Weihnachten. Sie wohnten in einer kleinen Wohnung in Kindberg, einer Gemeinde, die nur wenige Kilometer entfernt lag. Schon bei der Hinfahrt hinterfragte David diese Tatsache, denn laut Jolas Erzählungen war sie in einem Haus in Kapfenberg aufgewachsen.

„Sie sind dann in eine Wohnung gezogen, weil für sie zu zweit das Haus zu groß war", war ihre Erklärung gewesen, nachdem er sie darauf angesprochen hatte.

Sie betraten also die Wohnung von Hilde und Eduard Kaufmann, die so klein und nichtssagend war wie die beiden selbst. Ein unscheinbares Pärchen, das etwas nervös wirkte und David musterte. Das war ihm nicht ganz geheuer. Die Stimmung hatte etwas gedrückt gewirkt und als Hilde ihre Tochter zum Abschied in den Arm genommen hatte, konnte Jola sich gar nicht schnell genug aus dem Griff befreien.

Auf der Heimfahrt wollte David wissen, ob alles in Ordnung sei.

„Klar doch. Warum denn nicht?", fragte sie.

David kam das merkwürdig vor. Jola hatte doch gesagt, dass ihre Eltern Engel wären. Ihm kamen sie eher wie zwei Steine vor. Sie waren einfach anwesend.

Vielleicht lag darin das Problem. Sie hatte nicht mehr viel Kontakt zu ihnen, weil sie sich womöglich verändert hatten. Irgendetwas musste in der Vergangenheit vorgefallen sein, was Jolas Eltern anders werden ließ und ihre Tochter abschreckte. David beschloss, sie nicht mit Fragen zu durchlöchern. Er hatte ihre Eltern kennengelernt, das war ein wichtiger Schritt für die beiden. Und falls Jola eines Tages über das angespannte Verhältnis reden wollte, würde er bereit dazu sein und ihr zuhören.

Die Weihnachtsfeiertage hielten eine Überraschung bereit. Als Jola und David den Stephanitag bei seiner Exfrau und seiner Tochter verbrachten, verkündete Lena eine Botschaft, mit der niemand gerechnet hatte: Jens und sie würden demnächst zusammenziehen. Katja freute sich für die beiden und wünschte ihrer Tochter unter Tränen alles Gute. David war in erster Linie schockiert. Seine Tochter ... mit einem Mann ... in einer eigenen Wohnung. Ihn traf beinahe der Schlag. Wie stellte sie es sich vor, sich eine Wohnung mit einem Arbeitslosen zu teilen? Das war mit Sicherheit Jens' Idee gewesen, aber er hatte ihn nicht danach fragen können, da dieser das Weihnachtsfest bei seinen Eltern verbrachte.

Dass David mit dieser Veränderung nicht einverstanden war, behielt er für sich und sprach ebenfalls seine Glückwünsche aus. Lena hatte von ihm 10.000 Euro geschenkt bekommen. Ihr Vorhaben, damit ihre eigenen vier Wände einzurichten, war eine kluge Entscheidung. Er wollte ihre Freude nicht zunichtemachen. Jola hingegen schien sich wirklich darüber zu freuen und bot sofort ihre Hilfe an, falls Lena und Jens welche benötigen würden. Aber das hatten sie anscheinend nicht nötig, denn alles war schon bis ins kleinste Detail geplant. Vermutlich hatte sie absichtlich bis Weihnachten gewartet, um die Neuigkeit ihrer Familie zu erzählen, damit David keinen Aufstand deswegen machen konnte – denn Streitereien zu den Feiertagen wollte er um jeden Preis vermeiden und das wusste Lena. Tatsächlich hatte seine Tochter still und heimlich einen Mietvertrag unterzeichnet, im neuen Jahr würde sie die Wohnung in der Bergstraße in Bruck an der Mur beziehen. Der Vertrag lief auf ihren Namen, da Jens mit seinem *schwankenden Einkommen,* wie Lena es nannte, nicht so gut dastand.

„Ich sehe es an deinem Blick Papa, aber sei beruhigt. Jens macht eine Umschulung", meinte sie am Esstisch. Die Stimmung drohte zu kippen, und zwar gewaltig. Damit konnte Katja doch unmöglich einverstanden sein! Auch wenn Jens eine Umschulung machte, glaubte David nicht, dass damit das Problem aus der Welt geschafft war.

„Wer wird denn die Miete bezahlen?“, fragte er ruhig, während er sein Gemüse auf dem Teller malträtierte.

„Das werden wir schon hinbekommen, mach dir keine Sorgen.“

In diesem Zusammenhang war das der naivste Satz, den Lena von sich geben konnte. David brach es das Herz, wenn er sich vorstellte, dass seine Tochter diesen dahergelaufenen Kursbesucher durchfütterte und in ihrer Wohnung aufnahm, nur weil er gut aussah und sie mit seinem dämlichen Scheißgrinsen um den Verstand brachte. Aber er musste es akzeptieren. Lena war verliebt und erwachsen. Sie musste ihre eigenen Erfahrungen sammeln. Zur Not könnte sie ja wieder bei Katja einziehen, sie würde sie sicher mit offenen Armen empfangen. Das würde David natürlich auch, aber er bezweifelte, dass sie freiwillig zu ihm ziehen würde.

Das Jahr ging vorüber und er wusste, dass es Zeit für eine wichtige Entscheidung war, denn er fühlte sich nicht gut. Eigentlich sollte er das, denn er hatte ein tolles Haus, eine tolle Freundin und das Verhältnis zu Lena wurde immer besser.

Was ihm aber zu schaffen machte, war die Tatsache, dass in den letzten Monaten sein Schlaf erheblich litt. Mehrmals die Woche wachte er schweißgebadet auf und wusste im ersten Moment nicht, wo er sich befand. Dabei raste sein Herz, als wäre er einen Marathon gelaufen. David überlegte, ob er Diazepam einnehmen sollte, da aber das Abhängigkeitsrisiko bei diesem Schlafmittel angeblich höher lag als bei Heroin, ließ er es bleiben. Vorsichtshalber hatte er trotzdem eine Packung im Haus, falls es schlimmer werden sollte.

Nicht nur das Aufwachen trat in der Nacht vermehrt auf, sondern auch der Traum, der ihn schon jahrelang regelmäßig heimsuchte. Da waren diese Frau und dieser Mann, deren Gesichter er verdrängt hatte. Am liebsten hätte er auch die

Erinnerungen an diesen Tag verdrängt. Er bekam es mit der Angst zu tun. War das ein Zeichen? Hatte er das alles noch nicht richtig verarbeitet? Sollte er sich Jola anvertrauen? Nein. Niemand durfte davon erfahren.

David hatte kaum noch Platz auf dem Zeitungsausschnitt. Die Striche wurden immer kürzer und enger aneinander gemalt. So konnte es nicht weitergehen. Er wollte aber niemandem von dem Traum erzählen, es würde ihn sowieso keiner verstehen, bis auf … einen Menschen.

Und diesen würde er kontaktieren. Er würde ihn um ein Treffen bitten, ein zwangloses Treffen, der Freundschaft wegen. Sie hatten sich jahrelang nicht gesehen, vielleicht war das ja ein Schritt in die richtige Richtung.

In diesem Jahr würde alles besser werden. Dafür würde sein Kumpel schon sorgen.

36

Samstag, 09. Februar 2019

Jola

David war in Bruck an der Mur in einer Galerie, um einige seiner Gemälde auszustellen. Er hatte sich im Januar endlich getraut, seine Werke zu zeigen und einem Künstlerbund beizutreten, nachdem er den Galeristen von ihm und seinen Bildern überzeugen konnte. Jola hatte ihn zu dem ersten Gespräch begleitet, damit er eine mentale Stütze hatte. In ihren Augen wäre der Galerist ein Idiot gewesen, wenn er Davids Talent nicht erkannt hätte. In diesem Künstlerbund stellten die Mitglieder abwechselnd ihre Werke aus, je nach Interesse an einzelnen Künstlern gab es dann die Möglichkeit einer Vernissage. Künstler! Als der Galerist David als solchen bezeichnet hatte, hatte Jola seine Hand genommen und zärtlich gedrückt.

Deshalb war er furchtbar aufgeregt und bevor er sich nach dem Mittagessen auf den Weg gemacht hatte, hatte Jola ihn darauf aufmerksam gemacht, sein Bild unter dem Leintuch nicht zu vergessen.

Seine Reaktion darauf war überraschend gewesen, zuerst hatte er sie gefragt, wann sie in seinem Atelier gewesen war. Jola hatte geantwortet, dass sie sich nicht genau erinnerte, aber schließlich wohnte sie auch hier und hatte das Recht, sich in jedem Raum aufzuhalten. Daraufhin hatte David den Kopf geschüttelt, anscheinend war er anderer Meinung. Dann hatte er so getan, als wüsste er nicht, welches Bild sie meinte, daraufhin waren sie gemeinsam nach oben in sein Atelier gegangen. Jola war an die bedeckte Leinwand herangetreten, die hinter noch verpackten Keilrahmen an die Wand gelehnt war. Bis vor kurzem hatte sie gar nicht bemerkt, dass sich dahinter ein Bild befand. Wahrscheinlich war es eines von Davids Anfangswerken, das nicht so gut war, um es auszustellen. Sie war gerade dabei gewesen, das Tuch abzunehmen, als sie Davids laute Stimme gehört hatte: „Halt! Stopp! Mach das nicht."

Jola war zusammengezuckt und ließ von dem Bild ab. Ihr Freund hatte sanft ihre Hand ergriffen und zog sie langsam zu sich. „Ich glaube nicht, dass ich schon bereit dazu bin."

„Bereit wofür? Ist es etwa noch nicht fertig?"

„Ich weiß es nicht."

„Du weißt nicht, ob es fertig ist? Lass mich mal sehen."

„Nein! Nein … Ich glaube nicht, dass dieses Gemälde für die Öffentlichkeit bestimmt ist. Es ist … schlecht … Grauenhaft, um ehrlich zu sein."

„Warum behältst du es dann?"

„Du hast recht. Weißt du was? Ich werde gleich aufräumen und alle Bilder, die Müll sind, kommen auch dorthin."

Jola hätte das Bild zwar gerne gesehen, aber anscheinend war es David wirklich peinlich. Sie hatte ihn also einige Zeit allein gelassen, damit er seine Gemälde ordnen konnte. Immer wieder war er die Treppe rauf- und runtergerannt, um Leinwände und Rahmen draußen zu entsorgen. Die Bilder, die für die Galerie bestimmt waren, hatte er ins Auto geladen, sodass nur noch wenige im Atelier blieben.

Als er sich schließlich auf den Weg in die Stadt gemacht hatte, wurde Jola doch neugierig und war nach oben gegangen, um nachzusehen. Tatsächlich waren nur noch wenige unfertige Bilder in dem Raum und es hatte sehr ordentlich gewirkt, wovon vorher kaum die Rede gewesen war. Die Leintücher allerdings hatte David hinter einen Schrank gestopft – typisch Mann. Jola war darauf zugegangen, um sie allesamt zusammenzulegen. Doch als sie nach dem oberen Leintuch gegriffen hatte, musste sie feststellen, dass es sich nicht aus dem Schlitz herausziehen ließ. Anscheinend waren so viele von diesen Tüchern zusammengestopft, dass man sie nur herausbekommen würde, indem man den Schrank ein Stück weit nach vorne schob. Jola hatte den Kopf geschüttelt und erneut nach dem Tuch gegriffen. Plötzlich hatte sie etwas Hartes gespürt. Es hatte sich angefühlt wie ein Rahmen. Ihr war der Gedanke durch den Kopf geschossen, ob es sich dabei um das grauenhafte Bild – wie David es genannt hatte – handeln könnte. Um das herauszufinden, hätte sie den Schrank verschieben müssen, aber das wollte sie sich nicht antun. Noch dazu würde sie gleich Besuch empfangen, also war sie wieder nach unten gegangen.

Sie saß am Esstisch, als es an der Tür klingelte. Lord Schlotterhose sah erschrocken von seinem Platz am Sofa auf und verfolgte Jolas Bewegungen genauestens. Sie öffnete die Tür und umarmte den Mann zur Begrüßung. Dann bat sie ihn herein und fragte: „Willst du etwas trinken?"

„Kommt darauf an, wie lange das hier dauert", war seine Antwort. In der linken Hand hielt er den Schlüssel für das Auto, das er von seiner Freundin ausgeborgt hatte.

„Es wird sich nur um ein paar Minuten handeln, aber ich wollte es dir lieber persönlich anbieten als am Telefon."

Mit diesen Worten setzte sie sich an den Esstisch, vor ihr waren einige Zettel ausgebreitet.

„Also, was hast du vor?", wollte Jens wissen und nahm gegenüber von ihr Platz.

„Ich will euch helfen. Dir und Lena."

„Danke, Jola, aber wir bekommen das …"

„Ich habe ein Angebot für dich", unterbrach sie ihn. Jens zog eine Augenbraue nach oben und fragte: „Was … Was wird das?"

„Hör zu. Ich weiß, dass David seine Bedenken hat, weil ihr zusammengezogen seid …"

„Weil er mich hasst.“

„Nein. Er hasst dich doch nicht. Er macht sich nur Sorgen. Und ich verstehe ihn. Deshalb würde ich euch gerne helfen. Wenn du mein Angebot annimmst, würde es auch David besser gehen.“

„Du willst uns Geld geben?“

„Ich will dir einen Arbeitsplatz anbieten. Zuerst mal ein Praktikum, und danach könnte daraus eine Festanstellung werden.“

37

Samstag, 30. März 2019
David

Lenas *Kursbesucherfreund* würde also ab kommender Woche bei Jola in der Trafik arbeiten. *Arbeiten.* Ob das gutgehen würde?

David war überrascht gewesen, als Jola ihm vor sieben Wochen von ihrer guten Tat berichtet hatte.

Sie hatte sich zuvor mit ihrer Vorgesetzten abgesprochen, die wie sie der Meinung war, dass sie einen dritten Angestellten gut gebrauchen könnten. Fürs Erste würde er als Praktikant tätig sein und wenn er sich geschickt anstellte, könnte daraus ein fester Arbeitsplatz werden. Jola war Feuer und Flamme gewesen, als sie ihm davon berichtet hatte. Im Grunde gefiel David die Idee. Sehr sogar. Lenas Freund würde sich nicht durch irgendwelche Kurse mogeln, sondern sinnvolle Arbeit verrichten – aber musste es ausgerechnet an Jolas Seite sein? Er konnte nur hoffen, dass der Kerl nicht so faul war, wie er befürchtete und seine Freundin nicht in den Wahnsinn treiben würde. Jens würde sich ins Zeug legen müssen. Und David war sich nicht sicher, ob er das konnte.

Was dieser Kerl in den letzten Wochen und Monaten getrieben hatte, war ihm ein Rätsel. Lena meinte einmal, dass Jens einen Kurs besuchte … Wofür, hatte David schon wieder vergessen, weil er spätestens beim mittlerweile gefürchteten K-Wort nicht mehr zugehört hatte. Seine Tochter war vermutlich die ganze Zeit über alleine für die Miete ihrer gemeinsamen Wohnung aufgekommen. Er konnte nur hoffen, dass sie eines Tages das Geld von Jens zurückbekommen würde.

Vor sieben Wochen hatte sich noch etwas ereignet. David durfte zum ersten Mal in einer Galerie in Bruck an der Mur seine Bilder ausstellen. Als er an diesem Tag nach Hause gekommen war, hatte er mit Jola auf diese großartige Veränderung angestoßen. Und dann war da noch die Sache mit Jens' Praktikum. Noch ein Grund zum Feiern. Ehe sie sich versahen, hatten sie zwei Flaschen Wein geleert.

Am heutigen Abend tat er den nächsten großen Schritt in der Beziehung zu Jola. Er stellte sie einem Jugendfreund vor. Vor langer Zeit war dieser einer von Davids besten Freunden gewesen, aber mittlerweile hatten sie kaum noch Kontakt zueinander. Die Menschen veränderten sich und da David schon sehr früh Vater wurde, hatte er sich nur noch wenig Zeit für seine damaligen Kumpels genommen. Das musste dringend nachgeholt werden, denn seit Lenas Geburt war er praktisch nur noch Vater und Polizist gewesen. Er musste sich eingestehen, dass sich sein Freundeskreis mittlerweile auf eine Handvoll Bekannte und Lord Schlotterhose beschränkte. Ein wahres Armutszeugnis für einen attraktiven humorvollen Kerl in den besten Jahren.

Er war überrascht und auch erfreut darüber gewesen, dass Amal noch immer seine alte Mail-Adresse hatte. Eigene Handys hatten sie in den späten Neunzigerjahren noch keine, aber Amal hatte damals schon einen Computer gehabt, was ihn bei seinen Freunden ziemlich cool dastehen ließ. Die Mail-Adresse hatte sich David vor etwa zwei Jahrzehnten auf der Rückseite eines Zeitungsartikels notiert. Er hätte oft die Möglichkeit gehabt, seinem Kumpel zu schreiben. All die Jahre hatte er sich nicht dazu überwinden können. Nun war der Zeitpunkt gekommen, denn die Albträume hatten anscheinend nicht vor, sich zu verabschieden. Er hoffte, dass er das Richtige tat, indem er den Menschen, der Teil seines schlimmsten und größten Geheimnisses war, wieder in sein Leben ließ. Vielleicht konnten sie das Geschehen nach dieser langen Zeit gemeinsam verarbeiten.

David erhielt vor einigen Tagen tatsächlich eine Antwort auf seine *Hey-Kumpel-wie-geht-es-dir?*-Nachricht. Eine Weile schrieben sie belangloses Zeug hin und her, dann tauschten sie Telefonnummern aus und er lud seinen alten Freund zu sich nach Hause ein.

„Hältst du das wirklich für eine gute Idee?", hatte Amal gefragt, als er ihn angerufen hatte. David hatte gewusst, was er damit meinte und antwortete: „Keine Sorge. Lass uns die Sache von damals vergessen. Wir sind zwei erwachsene Männer, die da drüberstehen. Ich will dich nur zu uns nach Hause einladen."

„Zu *uns?*"

„Ja. Ich habe eine Freundin. Du kannst auch gerne deine mitbringen, falls du eine hast."

Amal hatte keine Freundin und ließ sich schließlich dazu überreden.

„Eine Sache wäre da nur", meinte sein Kumpel und fuhr fort: „Du wohnst im Scheibsgraben, hast du gesagt?"

„Ja, hast du etwas zum Schreiben bei der Hand? Ich gebe dir die Adresse durch."

„Okay. Der Taxifahrer wird schon wissen, wo er hinmuss."

„Warte mal. Hast du kein Auto?", wollte David wissen.

„Nein. Hatte ich nie. Und das hat seine Gründe."

Davids Magen hatte sich beim letzten Satz zusammengezogen. Er konnte sich vorstellen, welche Gründe das waren, ging aber nicht näher darauf ein. Schließlich machte er seinem Freund ein Angebot: „Nein, lassen wir das. Ich hole dich ab. Du musst doch nicht extra ein Taxi rufen."

David hatte sich daraufhin Amals Adresse geben lassen.

Er war gerade dabei, sich die Schuhe anzuziehen, da bekam er einen Anruf von seinem Kumpel. Als er ranging, sprach Amal ganz aufgeregt: „Hey David. Bist du schon unterwegs?"

Im Hintergrund war ein leises Rauschen zu hören. David klemmte sich das Smartphone zwischen Ohr und Schulter ein, während er auf einem Bein stand und sich die Schnürsenkel band. „Nein, ich ziehe mir eben die Schuhe an. Dann fahr ich los."

„Brauchst du nicht. Ich bin schon auf dem Weg."

„Du hast dir doch nicht etwa ein Taxi gerufen?"

„Nein, mich hat vor ein paar Minuten ein Bekannter angerufen. Er wollte wissen, ob ich wieder Sachspenden für die Pfarre habe. Da müssten wir nur einen kleinen Umweg machen, um zu euch zu kommen. Das sind zwei Fliegen mit einer Klappe. Denn ich habe in der Tat eine Kiste mit Kram, den ich nicht mehr gebrauchen kann."

David nahm an, dass es sich um die Pfarre Wartberg-Mitterdorf handelte, war sich jedoch nicht sicher. Amal redete weiter: „Ich habe ihn gefragt, ob er mich mitnehmen könnte und er hat sich dann gleich auf den Weg zu mir gemacht. Falls das Navigationssystem versagt, melde ich mich."

Der Wein war bereits gut gekühlt und Knabbereien standen auf dem Wohnzimmertisch. Alles sollte nach einem gemütlichen Abend unter Freunden aussehen. Aber es würde alles andere als gemütlich werden, zumindest für David. Dessen war sich Amal nur noch nicht bewusst. Jola wusste ebenso wenig von Davids Absichten und er hatte auch nicht vor, das zu ändern. Seine Träume waren eine Sache, über die er nur mit einem Menschen reden konnte.

Zuerst hatte er sich überlegt, sich mit seinem Freund woanders zu treffen, aber er wollte kein weiteres Geheimnis vor Jola haben. Ein heimliches Treffen mit Amal – sie verdiente es nicht, so hintergangen zu werden. Also beschloss er, die beiden miteinander bekannt zu machen, den schwierigen Teil könnten die beiden Jugendfreunde dann bei einem Treffen zu zweit verhandeln.

Kurz vor 20 Uhr klingelte es an der Haustür. David war zugegebenermaßen etwas nervös und ihn überfiel der Gedanke, dass heute nicht der richtige Zeitpunkt und schon gar nicht der richtige Ort für sein Vorhaben war. Wäre es doch klüger gewesen, sich alleine mit Amal zu treffen? Für solche Überlegungen war es nun zu spät. David atmete tief durch, legte seinen Arm um seine wunderbare Freundin und öffnete die Tür.

Amal sah immer noch so aus wie damals. Nur größer. War das überhaupt möglich? Er könnte gut in einer Basketballmannschaft mitmischen. David begrüßte seinen Freund und machte ihn mit Jola bekannt. Ihre zierliche Hand schien von seiner Bärentatze beinahe verschlungen zu werden. Die dunklen Haare des breitschultrigen Inders waren etwas länger und sorgfältig frisiert, mit der Brille auf der Nase und dem weißen Hemd auf seinem Oberkörper könnte Amal auch gut als Arzt durchgehen – als Arzt einer Basketballmannschaft. Vielleicht war das ja tatsächlich seine Arbeitskleidung, obwohl Psychologen meist nur in Filmen weiße Hemden trugen, um bedeutsamer zu wirken.

Nachdem David seinen Freund optisch analysiert hatte, fiel ihm auf, dass dieser einen Schritt zurückgetreten war – so als hätte er sich beim Händeschütteln mit Jola verbrannt.

„Ist alles in Ordnung?“, fragte David leicht verunsichert.

„Was? Klar doch.“ Amal schien sich wieder zu entspannen und wandte sich an Jola: „Sie kamen mir nur so bekannt vor. Aber da täusche ich mich bestimmt.“

„Wenn du früher abends in Bruck an der Mur fortgegangen bist, kann es leicht sein, dass sie dich mal verprügelt hat“, sagte David mit einem breiten Grinsen. Jola hielt sich eine Hand vor den Mund und tat so, als wäre sie empört über diese Aussage. „Das hoffe ich doch nicht!“

Sie lächelten zurückhaltend und boten sich gegenseitig das Du an, was David positiv stimmte.

Kaum hatten sie im Wohnzimmer Platz genommen, machte es sich Lord Schlotterhose auf dem Sofa neben Amal bequem und schnurrte zufrieden. Er schien einen guten Freund in dem Riesen gefunden zu haben.

David erzählte von seinem Austritt bei der Polizei und seinem Vorhaben, in Zukunft Geld mit Bildern zu verdienen, was seinen Jugendfreund dazu veranlasste, auch von seiner Veränderung zu reden: „Bei mir hat sich ebenfalls einiges getan. Ich arbeite nicht mehr als Psychologe."

David war überrascht. Er wusste, dass Amal vor etwa zwanzig Jahren zu studieren begonnen hatte. Davor hatte er oft davon geschwärmt, eines Tages seine eigene Praxis zu haben, da er immer schon der Typ Mensch war, der den Leuten helfen wollte. Eben auf eine andere Art als David. Dass er den Beruf an den Nagel gehängt hatte, kam für ihn unerwartet.

„Du warst Psychologe?", fragte Jola interessiert.

„Ja, ich hatte mir einen Behandlungsraum in einer Praxisgemeinschaft eingerichtet und hielt Vorträge in Krankenhäusern. Ich sah darin immer meine Bestimmung. Aber mit den Jahren erkannte ich, dass das für mich keine zufriedenstellende Lösung war. Es tut mir leid, dass ich gewissen Menschen nun nicht mehr helfen kann, aber … ich muss mir selbst helfen, wie man so schön sagt."

„Wow", entfuhr es David. „Das hatte ich nicht gewusst. Ich dachte, das wäre dein Traum gewesen."

Beim letzten Satz meinte er, ein Zucken in Amals Augenwinkel zu erkennen. „Das dachte ich auch von dir als Polizist."

Es verging ein kurzer Moment des Schweigens, dann lenkte Jola das Gespräch wieder auf den Besucher: „Ist dir diese Entscheidung schwergefallen?"

„Eigentlich nicht. Wisst ihr, wenn man jahrelang immer nur damit beschäftigt ist, sich die Probleme anderer Leute anzuhören, fällt man in ein Loch. Und ich wollte da raus, bevor es zu spät ist. Meine Patienten hatten Verständnis dafür, zumindest die meisten. Ich habe sie dann zu Kollegen geschickt, die im selben Gebäude oder in größeren Krankenhäusern tätig sind, die sind auf solche Fälle vorbereitet. Aber genug von mir. David, möchtest du mir nicht ein paar deiner Bilder zeigen?"

Das ließ er sich nicht zweimal sagen und führte seinen Freund nach oben. Jola wartete auf dem Sofa mit Lord Schlotterhose auf die beiden, was David nur recht sein konnte.

Im Atelier angelangt, schloss er mit zitternden Händen die Tür. Amal ging im Raum umher und nickte, als er seinen Blick über die Gemälde gleiten ließ, die zum größten Teil Menschen zeigten.

„Einige Bilder durfte ich sogar in einer Galerie ausstellen. Hier habe ich nur noch ein paar. Gefallen sie dir?", wollte David wissen.

„In der Tat. Da hast du deine wahre Begabung gefunden. Malst du auch Landschaften?"

„Ja. Hier, sieh her."

David ging zu einem Bild, das noch nicht fertig war, man erkannte bereits einen dunklen Wald in nebeliger Atmosphäre auf der Leinwand. Amal wirkte begeistert und nickte ihm mit vorgeschobener Unterlippe zu – eines Tages würde er ein Werk von ihm kaufen, meinte er. David lächelte, konnte sich jedoch nicht weiter auf das Thema Kunst konzentrieren. Er wurde zunehmend nervös und sagte leise: „Hör zu, es gibt da ein Problem."

„Nein", versuchte Amal auszuweichen. „Ich wusste es! Ich wusste, dass an der Sache was faul ist."

„Was meinst du?"

„Du hast mich nicht angerufen, weil du die Freundschaft wiederaufbauen willst. Du dachtest, ich arbeite noch als Psychologe und würde dir helfen. Tut mir leid, David … Das mache ich nicht."

„Hör mir doch mal zu."

„Warum? Ich weiß doch, worum es geht. Und ich will damit nichts zu tun haben."

„Du willst … *Du willst damit nichts zu tun haben?* Da kommst du aber zwei Jahrzehnte zu spät darauf."

„Was willst du machen, David? Mich erpressen?"

Plötzlich sah Amal gar nicht mehr so vertrauenswürdig und freundlich aus.

„Nein", meinte David flüsternd nach kurzer Zeit. „Ich wollte doch nur, dass du mir hilfst."

„Das werde ich nicht tun. Du hast dich damit selbst in die Scheiße geritten", sagte Amal aufgebracht.

„Scht! Nicht so laut. Jola sitzt doch unten."

Seinem Freund entkam ein Grunzen. „Es geht also um sie. Das dachte ich mir schon."

„Was? Nein! Ich verstehe nicht, was du damit sagen willst."

„Doch, David. Du verstehst sehr wohl. Ja, wir haben Scheiße gebaut. Aber es ist zu spät … War nett, dich wiederzusehen."

Amal ging schon Richtung Tür, doch David stellte sich ihm in den Weg. „Du lässt mich hängen?"

„Ich lasse dich nicht hängen, ich hatte genauso zu kämpfen wie du! Im Gegensatz zu dir habe ich es wohl besser verarbeitet."

David musste schlucken. Sein Kumpel hatte recht. Womöglich war es ihm gelungen, darüber hinweg zu kommen. Als Psychologe hatte er sich vielleicht sogar selbst geheilt, wenn so etwas denn möglich war. Er holte den Zeitungsausschnitt aus seiner Gesäßtasche und reichte ihn Amal. Dieser stieß einen Seufzer aus und fragte: „Du hast ihn wirklich aufgehoben?"

„Mhm."

„Wofür sind die Striche?"

„Das ist die Anzahl meiner Albträume, die ich deswegen habe."

„Okay, für einen Zeitraum von etwa einundzwanzig Jahren ist das nicht so viel …"

„Weißt du, meine Scheidung hat mir lange zu schaffen gemacht und meine Tochter wollte nichts mehr von mir wissen. Aber mein Leben hat sich verändert. Als ich endlich diesen Scheißjob hingeworfen habe, um mich selbst zu verwirklichen, dachte ich, ich hätte es überstanden. Ich hatte vermutet, dass mir die permanente Verbindung zu Verbrechen unbewusst schadet. Und als ich mit Jola zusammengekommen war, war ich so glücklich wie schon lange nicht mehr. Trotzdem kommen die Träume immer wieder."

„Du warst verheiratet?"

„Ja. Dass ich es nicht mehr bin, nimmt mir meine Tochter heute noch übel. Aber sie hat es akzeptiert, seit Jola in unser Leben getreten ist. Sie hat unser aller Leben bereichert. Plötzlich ist alles so einfach, verstehst du? Sogar meine Tochter versteht sich mit ihr. Und ich bin auch zu einem besseren Menschen geworden. Zu einem Menschen, der es wert ist, geliebt zu werden. Mehr wollte ich doch nie. Jahrelang hatte ich zu kämpfen und ich riss mir den Arsch auf, um ein guter Polizist, Vater und Ehemann zu sein. Ersteres habe ich ganz gut hingekriegt, aber bei meiner Familie habe ich total versagt."

„Sag doch so etwas nicht."

„Das ist nicht einfach nur eine Behauptung, Amal. Das ist Fakt. Meine Tochter gab mir die Schuld am Zerbrechen meiner Ehe. Anscheinend war ich in der Vergangenheit ein ziemlicher Kotzbrocken. Aber Jola … Jola hatte trotz meiner schroffen Art erkannt, dass ich ein guter Mensch bin. Durch sie bin ich sozusagen aufgeblüht. Mit meiner Tochter verstehe ich mich mittlerweile besser, aber trotzdem gehen diese beschissenen Albträume nicht weg. Ich hatte gehofft, dass das alles ein Ende hat, wenn meine Seele glücklich ist."

„Ich sag's dir ganz ehrlich, David. Du musst mit deinen Problemen selbst klarkommen. Dass du hin und wieder träumst, ist verständlich." Mit diesen Worten gab Amal den Zeitungsausschnitt zurück.

David nahm ihn und schüttelte den Kopf. „Aber sie sind so real. So als würde ich alles noch einmal erleben."

„Dabei kann ich dir leider nicht helfen. Ich will nichts mehr davon hören, okay?" Amal atmete tief durch und klang aufgewühlt, als er fortfuhr: „Damit hatte ich schon abgeschlossen. Und jetzt kommst du daher und reißt alte Wunden wieder auf!"

„Scht! Bitte, ich will nicht, dass Jola uns hört."

Im nächsten Moment ging die Tür auf und die beiden fuhren herum.

„Ist alles in Ordnung bei euch? Es war gerade ziemlich laut", fragte Jola zögerlich. In ihrer Stimme nahm David ein Zittern wahr. Außerdem sah sie so aus, als hätte sie ein Gespenst gesehen.

Er konnte nur hoffen, dass sie ihn und seinen Freund nicht belauscht hatte.

„Es ist alles okay, danke. Aber …“ Amal sah David kurz an und meinte schließlich: „… es ist leider etwas dazwischengekommen. Ein Unfall. Nichts Tragisches, aber ich muss weg.“

„Das tut mir leid“, sagte Jola.

„Ja. Danke. Also ich muss ins Krankenhaus. Entschuldigt mich.“

„Sollen wir dich hinbringen?“

„Nein. Ich muss nur ein paar Minuten Richtung Ortszentrum gehen, dann werde ich abgeholt.“

Er drängte sich an Jola vorbei, drehte sich nochmal um und sagte: „Und David: Tut mir leid, dass ich eben laut geworden bin am Telefon. Ich war so aufgeregt wegen meines Bruders. Also … Danke für die Einladung.“

„Ich begleite dich nach unten“, sagte Jola hastig und verließ mit ihm den Raum.

David blieb wie angewurzelt stehen. So hatte er sich das Treffen nicht vorgestellt. Er konnte hören, wie Jola unten zu Amal noch sagte, wie leid ihr das mit seinem Bruder täte, danach fiel die Haustür ins Schloss.

Doch seine Freundin kam nicht zu ihm zurück ins Atelier. David wollte nach unten gehen und nach ihr sehen, aber seine Beine waren wie erstarrt. Er sah zu dem Schrank, hinter dem er die Leintücher verstaut hatte. Etwas war verändert worden. Soweit sich David erinnerte, hatte das Ende des einen Tuches nicht so weit hinter dem Schrank hervorgelugt wie jetzt. Es sah so aus, als hätte jemand daran gezogen. War Jola etwa hier gewesen und hatte versucht …

Anscheinend konnte er ihr nicht zu hundert Prozent vertrauen. In Zukunft würde er also das Atelier abschließen müssen.

Tut mir leid, Jola. Aber alleine hast du hier drinnen nichts zu suchen.

TEIL III

Knapp sieben Monate später …

38

<u>Samstag, 19. Oktober 2019</u>

Jola

Jens machte seine Arbeit in der Trafik hervorragend. Hatte sie ihr Instinkt also nicht im Stich gelassen. Es lief alles nach Plan. Selbst David war erstaunt über Jens' *Durchhaltevermögen*, wie er es nannte.

Inzwischen hatte sich das Verhältnis zwischen David und seiner Tochter erneut gebessert. Vielleicht lag es daran, dass auf Jens nun Verlass war? Jola hatte in der Trafik stets ein Auge auf ihn und es sah so aus, als würde ihm die Arbeit wirklich Freude bereiten. Nebenbei wurde Jola so eine Art Vertrauensperson für ihn. Da die beiden aufgrund der Arbeit mehr Zeit miteinander verbrachten, erzählte er ihr laufend, wie es zu Hause mit Lena so lief. Er wohnte seit Jahresbeginn mit ihr zusammen und laut seinen Erzählungen war es der Himmel auf Erden. Jola freute sich für die beiden und hatte das Gefühl, dass auch David sich langsam mit der neuen Situation anfreunden konnte.

Im April hatte Jens sein Praktikum in der Trafik begonnen, vor drei Wochen hatte Helga ihn fest eingestellt. Mit dieser Entscheidung schien er sehr zufrieden zu sein und als Jola mit ihm heute kurz vor Ladenschluss um 12 Uhr Mittag hinter dem Tresen stand, meinte er: „Ich muss dir was sagen."

„So? Was denn?"

In dem Moment kam Kundschaft zur Tür herein, was Jens am Weiterreden hinderte. Jola überließ es ihm, die alte Dame, die eben an den Tresen trat, zu bedienen. Als diese die Trafik verlassen hatte, nahm sie das Gespräch wieder auf: „Was gibt es denn?"

„Ich bin dir so dankbar. Für alles. Du kannst dir gar nicht vorstellen, wie sehr du uns geholfen hast."

„Ach, das ist doch keine große Sache."

„Doch, ist es. Ich weiß, dass David mich nicht leiden konnte. Ehrlich gesagt glaube ich, dass er mich noch immer hasst, aber jetzt hat er wenigstens keinen Grund mehr dazu."

Er wurde von Liam Gallaghers Stimme unterbrochen, die zu singen begonnen hatte. Es war Jens' Handy, das mit *Once* Lenas Anruf ankündigte.

„Ähm …", begann er schuldbewusst, doch Jola grinste und meinte: „Du kannst ruhig telefonieren gehen. Aber das nächste Mal stellst du es auf lautlos."

Er verschwand nach hinten, während sie im Geschäft die nächste Kundschaft bediente. Als Jens kurz darauf wieder nach vorne kam, waren sie alleine.

„Ich hoffe, es ist alles in Ordnung", sagte Jola.

Ihr Arbeitskollege und mittlerweile guter Freund wurde etwas verlegen, als er sich entschuldigte: „Tut mir leid. Kommt nicht mehr vor. Ja, es ist alles in Ordnung. Lena wollte nur wissen, ob ich am Abend etwas geplant habe, weil sie gerne mit mir alleine wäre. Ich habe ihr zwar schon gestern versichert, dass ich meinen Geburtstag nur mit ihr verbringe und erst morgen zu meinen Eltern fahre, aber sie wollte es trotzdem nochmal hören. Wahrscheinlich hat sie es vergessen und will es nur nicht zugeben."

Das war Jola jetzt peinlich. Sie musste sich eingestehen, dass sie gar nicht mehr an Jens' Geburtstag gedacht hatte. „Oh, Mist. Tut mir leid. Ich wünsche dir natürlich alles Gute! Das hatte ich total vergessen."

„Danke. Ist kein Problem. Ich mache keine große Sache daraus. Für mich ist es ein Tag wie jeder andere."

„Wenn du möchtest, könnt ihr nächste Woche zu uns kommen. Was hältst du von einem gemeinsamen Frühstück?“

„Das wäre toll! Und bitte tut mir einen Gefallen: keine Geschenke. Fühlt euch zu nichts verpflichtet, ich will einfach nur gemütlich beisammen sein.“

Beim letzten Satz sah er so aus, als bezweifelte er, dass das Treffen gemütlich werden würde.

Jola wusste, woran das lag: „Ich muss zugeben, dass Davids Sorgen aufgrund deines beruflichen Werdegangs berechtigt waren, aber es hat sich ja alles zum Besten entwickelt und du machst deine Arbeit wirklich gut.“

„Aber ohne dich wäre das alles nicht so gut verlaufen. Also danke nochmal. Ich schulde dir was.“

Dieser Satz trieb Jola beinahe Tränen in die Augen. Sie fühlte sich unwohl bei dem Gedanken, dass Jens ihr etwas schuldig war. Er war eindeutig zu nett zu ihr.

„Lass das“, presste sie hervor.

„Was …“, begann Jens. „… Habe ich etwas Falsches gesagt?“

Ja, das hatte er. Und er verschlimmerte alles noch zusätzlich, indem er ihr seine Hand vorsichtig auf die Schulter legte. Jola rückte zur Seite und sagte: „Es ist alles in Ordnung. Ich glaube, wir sollten jetzt besser abschließen.“

Die Situation wurde immer unangenehmer. Zu ihrem Plan hatte gehört, dem jungen Mann einen stabilen Arbeitsplatz zu beschaffen und nicht, ihn ins Herz zu schließen.

Nach der Arbeit fuhr sie nach Oberaich, einem benachbarten Ort von Bruck an der Mur. Dass sich David heute mit einem privaten Interessenten traf, kam ihr gelegen, somit würde es nicht auffallen, wenn sie sich verspätete. Das Geschäft mit den Gemälden lief gar nicht schlecht, der Mann wollte laut Davids Erzählungen sogar eine ganze Bilderserie kaufen.

Als Jola am Nachmittag nach Hause kam, war David noch immer nicht da. Die Verhandlungen mit dem Kaufinteressenten dauerten anscheinend länger. Sie bat ihn in einer SMS, sich zu melden, wenn er auf dem Heimweg sei.

Nachdem sie einige Dinge erledigt und es sich mit Lord Schlotterhose auf dem Sofa bequem gemacht hatte, kündigte David seine Ankunft an.

Zu Hause angekommen, wärmte er sich sein Essen auf und setzte sich damit zu ihr. Sie redeten über sein Treffen mit dem Kunden. David sah zufrieden aus, was Jola lächeln ließ. Sie erzählte ihm, dass sie Lena und Jens für kommende Woche zum Frühstück eingeladen hatte, da Jens heute Geburtstag habe.

„Das wusste ich ja gar nicht“, meinte David. „Hm. Letztes Jahr haben wir den nicht einmal mitbekommen.“

„Er will ihn auch nicht feiern. Für ihn ist dieser Tag anscheinend nicht so wichtig.“

„Und was schenken wir ihm?“

„Er hat mich darum gebeten, nichts für ihn zu besorgen.“

„Und das willst du durchziehen? Nicht, dass wir dann als Vollidioten dastehen“, sagte David und stellte seinen mittlerweile leeren Teller auf den Wohnzimmertisch.

„Ich glaube, die Einladung hat ihm schon so eine Freude bereitet, dass er es uns nicht übelnehmen wird.“

„Okay. Bist du böse, wenn ich nach oben gehe? Der Kunde von vorhin war so begeistert, dass ich mich gleich wieder an die Arbeit machen sollte. Er möchte dieselbe Serie noch einmal in wärmeren Farbtönen. Ich habe schon eine genaue Vorstellung davon, wie ich das Orange im Hintergrund zur Geltung bringe.“

„In Ordnung.“

Nach etwa zwei Stunden kam er wieder ins Wohnzimmer zurück, setzte sich zu ihr und legte den Arm um sie. In der Zwischenzeit hatte Jola durch das Fernsehprogramm gezappt und war bei den verschiedensten Serien hängengeblieben. Sonderlich interessant waren sie nicht gewesen. Lord Schlotterhose hatte schon vor einer Stunde die Flucht ergriffen. Er war eben kein Kuscheltyp.

Plötzlich vibrierte Jolas Handy und kündigte eine eingegangene WhatsApp-Nachricht an. Sie war von Jens und er hatte ein Foto angehängt. Im Text stand: „Sieh mal, was mir Lena eben geschenkt hat!!! Ich drehe durch! Eigentlich mag sie ihn nicht so sehr, aber sie würde mich sogar begleiten, hat sie gesagt! Oh Mann, ich habe die beste Freundin der Welt!“ Angefügt daran war ein Foto von zwei Eintrittskarten für ein Konzert von Liam Gallagher. Es sollte am 18. Februar 2020 in Wien stattfinden.

Jola wusste, dass der ehemalige *Oasis*-Sänger einer von Jens' Lieblingsmusikern war, denn er hatte es ihr mal während der Arbeit erzählt. Und spätestens, als im Juli der Song *Once* veröffentlicht worden war, begann auch Lena, Sympathie für den Briten zu empfinden, obwohl sie eigentlich auf Elektro-Musik stand. Dass sie Jens die Konzertkarten geschenkt hatte und sogar vorhatte, ihn dorthin zu begleiten, musste ihm viel bedeuten.

Jola schrieb zurück: „Du Glücklicher! Von David und mir nochmal alles Gute!“

Während sie tippte, grinste sie übers ganze Gesicht, was David nicht entging: „Seid ihr jetzt beste Freunde oder was?“

„Wer? Jens und ich?“

„Sieht so aus.“

„Quatsch. Wir verstehen uns nur gut. Guck mal“, sie hielt ihm ihr Smartphone hin. „Lena hat ihm Konzertkarten gekauft. Von einem seiner Lieblingsmusiker!“

„Aha. Toll.“

Dass sich Jola so gut mit Jens verstand, schien ihm nicht zu passen.

39

Freitag, 25. Oktober 2019
David

Er war gestern Vormittag das letzte Mal für diese Woche in der Galerie gewesen, um seine neuesten Werke zu präsentieren. Die Bilderserie für den Kunden hatte er bereits begonnen. Da es sich dabei aber um drei große Gemälde handelte, würde dieser Auftrag eine Weile dauern. Abgesehen von dieser Serie hatte er nur noch ein Bild zu Hause gelassen – davon konnte er sich nicht trennen, obwohl er es hasste. Dass er seit einigen Monaten die Tür zu seinem Atelier abschloss, war Jola anfangs gar nicht recht gewesen. Sie hatte schockiert gewirkt, als er ihr von seinem Vorhaben erzählt hatte.

„Du schließt mich also aus?"

„Ich schließe dich nicht aus. Aber ich möchte nicht, dass du einfach so reingehen kannst und etwas kaputt machst."

„Wie kommst du denn darauf, dass ich etwas kaputt mache?"

„Jola, das ist meine Arbeit. Damit verdiene ich mein Geld. Du nimmst das alles auf die leichte Schulter."

„Das ist deine Erklärung dafür? Ich dachte, wir haben keine Geheimnisse voreinander", meinte Jola nach einem kurzen Moment des Schweigens.

Dazu fiel David nur eines ein: „Das dachte ich auch, bis ich deine Eltern kennengelernt habe."

Jola sah ihn plötzlich an, als hätte er ihr eine Ohrfeige gegeben. Sie griff sich sogar an ihre Wange.

Vor etwa einem Monat hatte David Jola auf ihre Eltern angesprochen, da sie ihrem Vater eine Geburtstags-SMS geschrieben hatte. Warum sie ihn nicht besuchte, wollte er wissen. Jolas Antwort darauf war gewesen, dass in ihrer Familie so etwas nicht wichtig wäre. Davids Eltern hatten sie zu ihren Geburtstagen gemeinsam besucht – es hatte jedes Mal Kaffee und Kuchen gegeben, nichts Großartiges. Er hatte an das Treffen mit Jolas Eltern denken müssen und wollte wissen, ob in der Vergangenheit etwas vorgefallen sei. Zuerst hatte sie ihn mit großen Augen angesehen, dann war ihr ein Lacher entfahren.

„Quatsch, nein!", war ihre anschließende Antwort darauf gewesen.

Als David sie während ihrer Diskussion nun erneut darauf angesprochen hatte, war ihre Reaktion ganz anders als beim letzten Mal gewesen. Sie hatte nicht amüsiert, sondern schockiert ausgesehen. Die Themen Atelier und Jolas Eltern waren seitdem nicht mehr erwähnt worden.

Die Monate, in denen David manchmal das Gefühl hatte, dass sich Jola von ihm distanzierte, vergingen. Er hoffte, dass das nur eine Phase gewesen war, weil er sie nicht an seiner Arbeit im Atelier hatte teilhaben lassen. Es war ja nicht so, dass er ihr verboten hatte, diesen Raum zu betreten, aber wenn sie seine Bilder sehen mochte, wollte er wenigstens dabei sein.

Jens arbeitete in der Trafik und hatte hoffentlich seine Schulden bei Lena beglichen. Als David sie danach gefragt hatte, meinte seine Tochter nur pampig: „Papa! Ich liebe Jens! Da spielt Geld keine Rolle!"

Neun Worte, die nur eines bedeuten konnten: Nein.

Er versuchte noch, ihr ins Gewissen zu reden und als er Katja darauf ansprach, sagte sie: „Mach dir darüber keine Sorgen. Die beiden scheinen gut miteinander auszukommen. Und ist dir aufgefallen, wie glücklich Lena ist?"

„Ja, natürlich ist mir das aufgefallen und ich freue mich für sie.

Trotzdem finde ich es merkwürdig, dass sie auf dieses Thema so reagiert. So als würde ich mit meiner Vermutung richtigliegen."

„Ach, Quatsch! Jens leistet bestimmt seinen Beitrag! Wenn es Geldprobleme gäbe, wüsste ich darüber Bescheid."

Er konnte sich beim besten Willen nicht vorstellen, dass Lena ihrer Mutter davon erzählen würde, schließlich schien Jens in den Augen der Frauenwelt absolut perfekt zu sein. Diese Illusion würde sie mit Sicherheit nur ungern zerstören. Aber sie war eine erwachsene Frau. Vielleicht musste er sie nur machen lassen, dann würde sich alles zum Guten wenden. Anscheinend brauchte sie keinen Aufpasser mehr.

Den Sommerurlaub verbrachten Jola und David in Österreich, gelegentlich machten sie Tagesausflüge, was absolut ausreichend war. Dass er sein Atelier nur für sich haben wollte, schien Jola mit der Zeit nicht mehr zu stören. Alles war perfekt – wie am Anfang ihrer Beziehung.

Alles – bis auf die Träume. Diese suchten ihn weiterhin heim, zwar nicht sehr oft und nur in unregelmäßigen Abständen, dennoch waren sie da. Mehr als nur einmal musste er der Versuchung widerstehen, Amal anzurufen. Bei seinem Besuch hatte er ihm deutlich zu verstehen gegeben, dass er nicht darüber reden wollte, das musste David akzeptieren. Außerdem hatte es so ausgesehen, als legte Amal auf die Aufrechterhaltung ihrer Freundschaft keinen besonders großen Wert.

David hatte nie wieder von ihm gehört.

Heute hatte Jola sich freigenommen, ihre Chefin hatte den Frühdienst und Jens den am Nachmittag. Lena wurde von ihrer Firma gestern ins verlängerte Wochenende geschickt, da sie schon so viele Überstunden hatte, dass sie zwischendurch immer mal wieder einen Tag zu Hause blieb. Das sah seiner Tochter ähnlich. Sie arbeitete wie eine Wilde, um die Wohnung zu finanzieren.

Es war 8 Uhr, als er damit beschäftigt war, Orangen auszupressen. Sein Handgelenk schmerzte bereits, Jola stand neben ihm und schnitt Gemüse für das Frühstück.

Lena und Jens hatten sich für 8.30 Uhr angekündigt und würden bis Mittag bleiben, weil Jens danach zur Arbeit musste. David würde seiner Tochter den Vorschlag machen, bei ihnen zu bleiben, er könne sie ja nachher im Laufe des Tages nach Hause fahren. Er sehnte sich nach ein paar Stunden mit seiner Tochter. Ohne Jens. Die beiden waren beinahe unzertrennlich geworden und David musste sich jedes Mal zusammenreißen, nicht die Augen zu verdrehen, wenn Lena ihren Freund anhimmelte und ihm in allem, was er sagte, zustimmte. Er erkannte sein kleines Mädchen nicht wieder. Wo war die Lena, die selbstsicher ihre eigene Meinung vertrat? Die auch mal auf den Tisch haute, wenn ihr was nicht passte?

Als könnte Jola seine Gedanken lesen, sagte sie, ohne den Blick von ihrem Gemüsebrett abzuwenden: „Es wäre nett, wenn du nicht auf Jens rumhackst."

Woher kam denn plötzlich dieser aggressive Tonfall? Seit dieser Kerl mit Jola zusammenarbeitete, schien auch sie sehr angetan von ihm zu sein. David versuchte, gelassen zu wirken und meinte: „Das werde ich schon nicht tun, keine Angst. Du musst ihn nicht immer verteidigen."

„Darum geht es nicht. Ich will einfach einen entspannten Vormittag verbringen."

„Und ich könnte derjenige sein, der alles versaut. Schon klar."

Jola blickte zu ihm rüber und schien zu merken, dass sie etwas Falsches gesagt hatte. Doch anstelle einer Entschuldigung zeigte sie auf seine Hand: „Du presst die arme Orange ja fast zu Tode."

In der Tat hatte er seine Wut runtergeschluckt und mit Orangenpressen kompensiert. Die Schale der Frucht sah so aus, als wäre sie in eine wilde Schießerei verwickelt gewesen.

„Ich werde nichts Unangemessenes sagen, versprochen", lautete seine Verteidigung.

Kurz nach 8.30 Uhr saßen die beiden mit Lena und Jens zusammen am Esstisch, der zwischen Wohnzimmer und Küche lag. Schon bei der Begrüßung war David aufgefallen, dass Jens nervös war. Das wunderte ihn, denn bei den letzten Treffen war er immer lockerer geworden. Nun saß er da mit einem kleinen belegten Brötchen und einem halben Glas Orangensaft.

Im Gegensatz dazu hatte Lena ihr Teller randvoll befüllt und sagte: „Das ist ja der Wahnsinn, was ihr euch angetan habt! Das wäre echt nicht nötig gewesen."

„Greift zu! Es ist noch mehr in der Küche, falls das hier zu wenig ist", meinte David und deutete auf den Tisch.

Das ließ sich Lena nicht zweimal sagen und zupfte ein paar Weintrauben auf ihren Teller. Jens hingegen lächelte verlegen und biss in sein bescheiden belegtes Brötchen.

„Willst du keinen Kaffee?", fragte David ihn schließlich. Plötzlich sahen ihn alle am Tisch an, so als hätte er eine unhöfliche Bemerkung gemacht.

„Nein, danke."

„Oder möchtest du lieber einen Tee? Ich kann nachsehen, welche Sorten wir haben."

Zu aller Überraschung bejahte Jens diese Frage. David sprang auf, um in die Küche zu verschwinden. Kurz darauf rief er durch die offene Tür: „Wir haben Pfefferminze, Waldbeere, Brennnessel, Winterzauber und Orange-Zimt!"

„Brennnessel, bitte."

Das erklärte womöglich Jens' komische Art. Vielleicht war er nicht nervös, sondern hatte einen verstimmten Magen. David ließ Wasser aufkochen und brachte ihm anschließend den Tee zum Tisch. Jens bedankte sich, er hatte inzwischen anscheinend nicht mehr gegessen als vorher.

Nach dem Frühstück räumten Jola und David den Tisch ab. Währenddessen verschwand Lena auf die Toilette und Jens gesellte sich zu ihnen in die Küche.

„Danke nochmal für die Einladung", sagte er, als er unbeholfen im Türrahmen stand. David sah zu Jola, die in der Bewegung innegehalten hatte. Auch ihr fiel auf, dass der junge Mann etwas auf dem Herzen hatte, denn er zupfte ständig an seinen Fingernägeln und drehte sich immer wieder um.

„Gern geschehen … Ist alles in Ordnung?", versuchte David, so einfühlsam wie möglich zu fragen.

„Klar doch! Aber … ich möchte dich um etwas bitten, David."

„Nur zu."

Jens drohte beinahe trotz Türrahmen umzukippen und David machte sich auf die schlimmste Nachricht seines Lebens gefasst.

„Ich weiß, dass du mich nicht gut leiden kannst, …"

„Das stimmt nicht."

„Unterbrich mich bitte nicht! Ich habe nicht lange Zeit."

In diesem fordernden Ton hatte Jens noch nie zuvor mit ihm geredet. David war ganz Ohr und nickte.

„Ich liebe deine Tochter über alles, das kannst du mir glauben. Es gibt nichts, was ich nicht für sie tun würde." Er schloss die Tür zum Esszimmer, ging auf David zu, bis er ganz nahe vor ihm stand und holte eine Schatulle hervor. „Ich bitte dich um Erlaubnis, Lena heiraten zu dürfen."

Jens öffnete die Schatulle und zum Vorschein kam ein funkelnder Ring. David war schockiert. Jola schlug die Hände vor den Mund, trotzdem konnte man ihr ansehen, dass sie bis über beide Ohren strahlte. David wusste, dass er es ihm sowieso nicht verbieten konnte, deshalb machte er es kurz und schmerzlos, indem er Jens auf die Schulter klopfte und sagte: „Aber klar doch."

„Wow. Echt jetzt?"

„Natürlich."

Jens war außer sich vor Freude, steckte den Ring wieder ein und umarmte David. Mit so viel Körperkontakt hatte er nicht gerechnet, er erwiderte die Umarmung trotzdem und klopfte seinem zukünftigen Schwiegersohn liebevoll auf den Rücken.

Vielleicht war er ja gar kein so schlechter Kerl. Trotzdem konnte sich David noch nicht ganz mit diesem Gedanken anfreunden.

In dem Moment, als sich Jens von ihm löste, kam Lena bei der Tür herein. „Hier seid ihr! Versteckt ihr euch vor mir?"

„Ich habe den beiden nur beim Abräumen geholfen, ich bin gleich wieder bei dir", sagte Jens mit einer Selbstsicherheit in der Stimme, die an diesem Tag zum ersten Mal zum Vorschein kam. Lena grinste und ging zurück ins Esszimmer.

Deshalb war er also so nervös gewesen. Jens blickte nochmal zu David auf und sagte: „Danke, David. Damit hätte ich wirklich nicht gerechnet."

„Ich bin nur ein besorgter Vater und kein Monster", erwiderte David lachend. „Ich wünsche euch alles Gute."

„Ich euch auch. Wann wirst du sie fragen?", flüsterte Jola und umarmte Jens. Er antwortete, vermutlich heute Abend, wenn er von der Arbeit nach Hause käme. Er bedankte sich bei beiden und ging zu seiner zukünftigen Frau ins Esszimmer.

Jola war aufgeregt und fragte David: „Was denkst du? Wird sie *ja* sagen?"

„Aber hundertpro."

David konnte nicht anders. Er musste grinsen, denn er freute sich tatsächlich für die zwei Verrückten. Doch sein Lächeln erstarb kurz darauf wieder. Als Praktikant hatte Jens nicht viel verdient. Er konnte sich nicht erklären, woher ihr Freund so viel Geld für einen Ring hatte.

40

Freitag, 25. Oktober 2019

Jola

Lena und Jens waren kurz vor dem Mittagessen gegangen. Alleine wollte Lena nicht hierbleiben, obwohl heute ihr freier Tag war. Sie hätte eine Menge zu tun, meinte sie. Außerdem machte sich ihre Allergie bemerkbar. Und Jens musste um 14 Uhr in der Trafik sein – das würde sein erster Arbeitstag alleine sein. Kurz vor Ladenschluss würde Jola nochmal vorbeischauen, um nachzusehen, ob er korrekt dichtmachte.

Sie sah David dabei zu, wie er gedankenverloren in seiner Pasta herumstocherte. Das Kratzen der Gabel auf dem Teller nervte sie und sie hoffte, dass er damit aufhörte, wenn sie ein Gespräch begann: „Was sagst du dazu?"

Keine Antwort. Er wusste, was sie meinte, das konnte er nicht leugnen. Das *Problem* – wie David es wahrscheinlich bezeichnen würde – schwebte zwischen den beiden über dem Esstisch wie eine dichte schwarze Wolke.

„Ich weiß nicht, was du meinst", nuschelte er und setzte ein scheinheiliges Lächeln auf.

Am liebsten hätte sie ihm ihr Wasserglas ins Gesicht geschüttet. Er stellte sich an wie ein Kleinkind.

„Jens hat um die Hand deiner Tochter angehalten, David. Er hat ihr nicht mit Mord gedroht."

„Und?"

„Ich würde gerne wissen, was du wirklich davon hältst."

„Du hast doch mitbekommen, dass ich ihm meinen Segen gegeben habe. Was willst du noch?"

Die Art und Weise, wie sich sein Tonfall verschärfte, verletzte sie. Als sie nichts darauf antwortete, entfuhr David ein Schnaufen – er legte seine Gabel beiseite und lehnte sich zurück. Dann verschränkte er die Arme vor der Brust und sagte: „Ich mache mir nur Sorgen, das verstehst du nicht."

„Doch, das verstehe ich sehr wohl."

„Tust du nicht, du hast ja nicht mal Kinder."

Das war zu viel. Jola blieb ihre Pasta fast im Hals stecken. Sie räusperte sich und meinte mit einer Stimme, die nur noch ein Flüstern war: „Ich kann nicht glauben, dass du das gerade zu mir gesagt hast."

Abrupt stand sie auf und verließ den Raum. Sie wusste nicht, wohin sie abhauen sollte und entschied sich kurzerhand für das Badezimmer. Dass ihr Verhalten mit dieser Aktion nicht gerade das reifste war, wusste sie, aber David hatte sie mit seinen Worten zutiefst verletzt und sie wollte vor ihm nicht weinen. Sie machte das Licht an und sperrte die Tür ab.

„Atmen, Jola, beruhige dich", sprach sie sich gut zu. „Er hat es nicht so gemeint."

Ob die Worte, die sie selbst von sich gab, der Wahrheit entsprachen, konnte sie nicht mit Sicherheit sagen. Aber sie klammerte sich an der Hoffnung, dass sie es taten, fest. Mit zittrigen Händen holte sie ihr Smartphone aus ihrer Gesäßtasche und öffnete eine neue Nachricht. Einige knappe Worte mussten ausreichen, um das Problem klar und deutlich darzustellen. Die SMS hatte sie flink heruntergetippt, im Anschluss öffnete sie die Kontaktliste. Sie atmete tief durch, dann wählte sie den Namen aus und klickte auf *Senden*.

Ein Klopfen an der Tür ließ sie aufschrecken. „Es tut mir leid, Süße. Bitte komm wieder raus."

Davids Stimme klang plötzlich verändert. Hatte er etwa geweint? Langsam legte sie ihre Hand auf die Klinke, zögerte jedoch.

„Du weißt doch, dass ich es nicht so gemeint habe."

Dessen war sie sich nicht sicher, aber was blieb ihr schon anderes übrig? Sich hier drinnen einzusperren und den restlichen Tag zu schmollen machte keinen Sinn, also öffnete sie die Tür. Noch bevor sie etwas sagen konnte, schlang David seine kräftigen Arme um sie.

„Geht's dir gut?", fragte er sie, wobei er ein wenig von ihr abrückte und ihre Schultern abtastete.

„Ja, geht schon wieder", flüsterte Jola.

Nachdenklich musterte er sie, wobei sein Blick von tiefster Traurigkeit geprägt war.

„Ich will nicht, dass es dir wegen mir schlecht geht", sagte David leise.

„Das weiß ich doch."

„Verzeihst du mir?"

Jola nickte und schmiegte sich an seine Brust, doch in ihrem Inneren war gerade etwas zerbrochen.

In den nächsten Stunden wagte es keiner der beiden, das Thema erneut anzusprechen. Doch Jola ließ es keine Ruhe. Als sie am Nachmittag gemütlich vor dem Fernseher saßen, fragte sie: „Soll ich Jens etwas von dir ausrichten?"

Fragend drehte sich David zu ihr und wollte wissen, was sie damit meinte.

„Ich werde dann nochmal in die Trafik fahren", antwortete sie.

„Wozu?"

„Jens macht heute das erste Mal Ladenschluss und ich will sichergehen, dass nichts schiefgeht. Ich dachte mir, vielleicht gibt es ja etwas, das du ihm sagen möchtest."

„Ich habe ihm bereits alles gesagt."

„Aber mir nicht."

David stellte den Ton des Fernsehgerätes leiser und begann endlich, darüber zu reden: „Im Grunde habe ich ja nichts gegen den Jungen. Er ist ein netter Kerl, aber …"

„Was *aber*? Er ist toll! Und er liebt deine Tochter! Was willst du mehr?"

„Ich glaube, das sind meine Beschützerinstinkte. Und ich finde das ja echt nach wie vor total großzügig von dir, dass du ihm diese Stelle besorgt hast. Aber sei doch ehrlich: Er hat keine Ausbildung und wird nicht ewig bei euch arbeiten. Bis auf ein paar Kurse und dieses Praktikum hat er nichts vorzuweisen! Was soll ich davon halten? Meine Tochter arbeitet wie eine Verrückte und er lässt wahrscheinlich sie im Restaurant das Essen bezahlen!"

„Er ist doch bereits fest angestellt. Und das mit dem Essen glaube ich nicht. Er übernimmt bestimmt seinen Anteil."

„Und dann diese Heiratssache! Was soll das? Jetzt hat er endlich einmal Geld verdient mit seinem Praktikum und was macht er? Er kauft einen Ring! *Einen Ring!* Mit diesem Geld hätte er seine Schulden für die Miete bei meiner Tochter begleichen sollen! Ich kann mir nämlich nicht vorstellen, dass er vorher etwas zur Wohnung beigesteuert hat. Aber der Typ kauft ihr einen Ring, um sie um seine faulen Finger zu wickeln, die noch nie in ihrem Leben richtige Arbeit verrichtet haben."

Mit dieser Aussage handelte er sich einen finsteren Blick von Jola ein, was dazu führte, dass er sich hastig korrigierte: „Abgesehen von seiner Arbeit bei euch natürlich. Aber ob er sonst schon jemals was auf die Reihe gebracht hat, bezweifle ich. Wie gesagt, er ist ein netter höflicher Kerl, aber ich habe kein gutes Gefühl bei der Sache."

„Aber er hat doch Freude am Arbeiten. Und er hat das Praktikum abgeschlossen, so hat er auch bessere Chancen am Arbeitsmarkt."

„Ich kann nur darauf hoffen."

Die beiden lächelten sich an, David schien nach diesem Gespräch erleichtert zu sein. Jola gab ihm einen Kuss auf die Stirn und meinte: „Du wirst schon sehen, das regelt sich alles von alleine."

Eine halbe Stunde vor Ladenschluss betrat sie die Trafik. Sie hatten zuvor gemeinsam Tee getrunken, denn David hatte sehr erschöpft gewirkt, nachdem er sich alles von der Seele geredet hatte. Als er ihn ausgetrunken hatte, wurden seine Augen schwer. Jola wunderte diese Tatsache nicht, irgendwann musste sich der Körper mal ausruhen, nachdem man sich in alles Mögliche hineingesteigert hatte. Er meinte, er würde ein Nickerchen auf dem Sofa machen, aber das kam für Jola nicht infrage. Danach würde er mit höllischen Rückenschmerzen aufwachen und so half sie ihm ins Bett. Es sah so aus, als wäre er sofort eingeschlafen. Jola hatte ihm zum Abschied einen Kuss auf die Schläfe gegeben.

In der Trafik waren keine Kunden, Jens war anscheinend mit seinem Smartphone beschäftigt, denn er hatte sein Gesicht dem Boden zugewandt und schrak hoch, als die Tür hinter Jola zufiel.

„Ach herrje, hast du mich erschreckt."

Jola lachte und sagte: „Ich habe ja nichts dagegen, wenn du mit deinem Handy spielst, aber wenn du immer so vertieft reinstarrst, wirst du irgendwann überfallen, ohne es zu merken."

Verlegen blickte er zur Seite. „Wird nicht mehr vorkommen." Er legte sein Smartphone in die Schublade unter den Tresen und fragte: „Was machst du eigentlich hier? Jetzt hast du endlich mal frei und dann kommst du trotzdem zur Arbeit."

„Ich wollte nur nachsehen, ob alles in Ordnung ist. Wenn du willst, kannst du etwas früher gehen. Ich schließe dann schon ab."

„Du traust mir aber auch gar nichts zu, oder?", stellte Jens grinsend fest.

„Doch, ich traue dir sogar eine Menge zu!"

„Was ist es dann? Hat David etwas gesagt?", fragte er und verschränkte die Arme vor der Brust. Er blickte Jola herausfordernd mit einem schelmischen Grinsen im Gesicht an. Sie konnte gut verstehen, dass sich Lena in dieses Lächeln verliebt hatte. Kichernd trat sie neben ihn hinter den Verkaufstresen. „Okay, okay. Ich war so aufgeregt. Ich wollte dir noch einmal alles Gute wünschen, ich freue mich so für Lena und dich."

„Noch hat sie nicht Ja gesagt.“

„Das wird sie bestimmt! Mach dir keine Sorgen.“

„Das hoffe ich.“

„Bist du nervös?“

„Und wie!“

„Zeigst du mir nochmal den Ring?“

Jens ging nach hinten, um die Schatulle zu holen. Jola nahm an, dass er sie in seiner Jacke eingesteckt hatte. Als er wieder neben ihr stand, öffnete er sie und zum Vorschein kam der Ring.

„Wahnsinn! Er ist so schön! Lena wird ihn lieben!“, kreischte sie los. „Er ist perfekt für sie.“

„Finde ich auch. Möchtest du auch irgendwann heiraten?“

Das Gespräch begann in eine Intimität abzudriften, die Jola nicht zulassen wollte. Schließlich war sie nicht hergekommen, um über sich selbst zu reden. „Denke nicht, nein.“

„Haben David und du schon darüber gesprochen?“

„Nein, aber mir liegt auch nicht so viel dran. Und David ist geschieden, ich glaube, ein zweites Mal würde er sowieso nicht heiraten wollen.“

„Okay. Ist nicht jedermanns Sache.“

„Genau.“

Jola lenkte das Gespräch wieder in eine andere Richtung: „Hast du dir schon überlegt, wie du sie fragen möchtest?“

„Ähm, na ja. Ich sage ihr, dass ich sie liebe und … und frage sie. Wieso?“

„Ich glaube, du kannst das besser. In dir steckt doch mit Sicherheit ein kleiner Poet. Du könntest doch eine Nachricht in der Schatulle verstecken.“

„Hm, keine blöde Idee. Aber wenn ich sie sowieso frage, ist so ein Zettel ja irgendwie umsonst, oder?“

„Typisch Mann“, stellte Jola lachend fest. „Gesprochene Worte sind zwar schön und gut, aber wenn du zusätzlich eine süße Nachricht zum Ring legst, hat sie was, was sie immer wieder anschauen kann.“

„Stimmt, ihr Frauen fährt ja auf so einen Kram ab. Dann mach ich das, nachdem ich abgeschlossen habe."

„Mach's doch jetzt gleich. Wenn Kunden kommen, kann ich sie bedienen." Jola reichte ihm einen Stift. „Handgeschrieben ist immer noch am schönsten."

Grinsend nahm Jens den Gegenstand an und nahm einen kleinen Zettel aus der Schublade. „Du bist die Beste, danke."

Er verschwand zum Schreiben nach hinten. Jola bediente die letzten Kunden, die die Trafik betraten und als Jens kurz vor Feierabend wieder nach vorne kam, meinte sie: „Du kannst nach Hause gehen, wenn du willst. Ich mache hier dicht."

„Wirklich? Die paar Minuten kann ich doch noch hierbleiben und dir helfen."

Jola zwinkerte ihm zu und sagte: „Du hast einen Antrag zu machen, also sieh zu, dass du zu deiner zukünftigen Frau kommst."

„Danke, Jola. Du bist so cool."

Mit der folgenden stürmischen Umarmung hatte sie nicht gerechnet. Bevor diese Berührung in eine unangenehme Vertrautheit abdriftete, löste sich Jola daraus und wünschte ihm für seinen Heiratsantrag alles Gute.

Als Jens die Trafik verlassen hatte, sperrte sie ab, ging auf die Toilette und begann zu weinen. Plötzlich klopfte es an der Eingangstür.

41

Samstag, 26. Oktober 2019
David

Als er aufwachte, musste er sich erst einmal orientieren. Was war gestern geschehen? David setzte sich aufrecht im Bett hin, Jola lag neben ihm und schlief dem Anschein nach tief und fest.

Gestern hatten sie noch über Lena und Jens gesprochen. Danach wurde er plötzlich müde. Wahrscheinlich, weil er sich alles von der Seele geredet hatte. Er hatte so tief und fest geschlafen wie schon lange nicht mehr. Und an die Tatsache, dass er im Bett eingeschlafen war, konnte er sich nur schemenhaft erinnern. Schon am Sofa war er so müde gewesen, dass er meinte, dort eingenickt zu sein.

Plötzlich wurde ihm so schwindelig, dass er für einen Moment seine Augen schließen musste. Er brauchte dringend Wasser. Langsam und mit unsicheren Schritten ging er ins Badezimmer, das war der kürzeste Weg, um an Flüssigkeit zu gelangen. Er hielt seinen Kopf unter die Wasserleitung des Waschbeckens und trank in gierigen Schlucken. Sein Durst war gestillt, trotzdem fühlte er sich nicht gut. Deshalb beschloss er, frische Luft zu schnappen, das würde ihm mit Sicherheit guttun.

Er stieg so leise wie möglich die Treppe hinunter, um Jola nicht aufzuwecken. Im Flur nahm er seinen Mantel von der Garderobe, zog ihn über und trat vor die Haustür. Die kalte Morgenluft strömte in seine Lungen, augenblicklich fühlte er sich besser. Er steckte seine Hände in die Manteltaschen und spürte einen

Gegenstand. Überrascht holte er sein Smartphone hervor. Er konnte sich nicht erinnern, wo er es zuletzt gesehen hatte, aber in seiner Manteltasche hätte er es nicht vermutet. Er drückte auf den Home-Button und sah, dass es 6 Uhr morgens war. Hatte er tatsächlich dreizehn Stunden geschlafen? Das konnte er sich beim besten Willen nicht vorstellen. Aber wenn er daran dachte, dass er sonst relativ unruhig schlief, wäre diese lange Schlafphase nur logisch.

Plötzlich leuchtete eine Reihe unbeantworteter Anrufe und Nachrichten auf. Alle waren von Lena. Er solle sie sofort zurückrufen, hieß es in den Textmitteilungen. Verdammt! Wäre sein Handy nicht im Flur gewesen, hätte er es eher mitbekommen.

Es musste etwas Schlimmes geschehen sein, sonst würde sie so etwas nicht schreiben. David ging mit eiligen Schritten ins Haus zurück, wo er seine Tochter anrief. Sie ging so schnell ran, dass nicht einmal *Tame Impala* Zeit für den musikalischen Beitrag während des Freizeichentons hatten.

„Papa!", rief sie ins Telefon. „Bist du zu Hause?"

„Natürlich. Warum fragst du?", wollte David wissen. Er setzte sich im Wohnzimmer auf die Couch und sprach mit ruhiger Stimme, um Jola nicht zu wecken.

Bei der nächsten Frage überschlugen sich Lenas Worte beinahe: „Jola war gestern noch in der Trafik, oder?"

War sie das? David überlegte kurz. Stimmt! Sie hatte ihm erzählt, dass sie vorhatte, hinzufahren. Ob sie es wirklich getan hatte, konnte er nicht sagen.

„Ich glaube schon."

„Hat sie irgendetwas gesagt, als sie nach Hause kam?"

Dieses Gespräch irritierte David mit jedem Satz mehr. „Ich habe geschlafen. Was ist denn los?"

„Du hast geschlafen? Um diese Uhrzeit?"

„Ja, ich war müde. Worum geht es denn?"

„Jens … Er hat mir kurz vor 18 Uhr geschrieben, dass Jola ihn abgelöst hat und er schon auf dem Nachhauseweg sei. Ich dachte mir, vielleicht hat Jola was zu dir gesagt. Vielleicht weiß sie was, was ich nicht weiß."

„Okay ...?"

„Aber er ist nicht nach Hause gekommen, Papa! Bis jetzt nicht! Ich war gestern noch draußen und habe ihn gesucht, weil er nicht auf meine Anrufe reagiert hat. Ich glaube, ich rufe jetzt die Polizei."

„Warte mal. Hat er sich gar nicht mehr gemeldet seitdem?"

„Nein!", kreischte seine Tochter verzweifelt in den Hörer. David versuchte, sie zu beruhigen: „Vielleicht ist er noch mit Kumpels ausgegangen. Gestern war Freitag. Ein guter Grund, um auf den Putz zu hauen."

„So einer ist Jens nicht! Außerdem hat er gesagt, dass er nach Hause kommt. Er würde mich niemals anlügen!"

David musste schmunzeln. Verliebte Frauen – vor allem diejenigen in Lenas Alter – sahen alles durch eine rosarote Brille. Sie waren der Meinung, dass ihr Freund stets die Wahrheit sagte und in allem perfekt war. David wollte diese Illusion nicht zerstören, aber Jens war nun mal ein Mann. Ein Mann wie jeder andere – da kam es schon mal vor, dass man beim Abfeiern mit Kumpels vergaß, Bescheid zu sagen. „Vielleicht war sein Akku leer und er hat bei einem Freund übernachtet."

„Nein, Papa! Es ist etwas passiert, das spüre ich! Was, wenn er verletzt ist?"

„Jens ist nicht verletzt, Lena."

„Kannst du kommen, bitte? Wir müssen ihn suchen, bitte Papa! Hilf mir! Bitte!"

Wie hätte er dazu Nein sagen können? „Ich bin in einer halben Stunde da."

„Beeil dich!"

Er legte auf und ging zurück ins Schlafzimmer. Jola lag unverändert auf ihrer Seite des Bettes. Sanft streichelte er über ihren Kopf, sie zuckte einmal und öffnete daraufhin die Augen.

„Guten Morgen", murmelte sie. „Wie spät ist es?"

„Guten Morgen. Es ist erst kurz nach 6 Uhr, du kannst ruhig weiterschlafen."

„Warum weckst du mich dann auf?"

„Ich fahre zu Lena."

Jolas Augen weiteten sich und sie fragte: „Um diese Zeit?"

„Ja, Jens ist gestern nicht nach Hause gekommen und sie macht sich Sorgen."

Plötzlich war Jola hellwach. „Ist etwas passiert?"

„Was? Nein! Warum sollte etwas passiert sein?"

„Ist Jens jetzt verschwunden oder nicht?", fragte sie und setzte sich auf.

„Er ist nicht *verschwunden*. Dafür gibt es sicher eine plausible Erklärung. Ich fahre trotzdem zu Lena, damit sie nicht noch durchdreht."

„Soll ich mitkommen?"

„Nein, ist schon gut. Es ist bestimmt nichts passiert, wahrscheinlich wird der Kerl in ein paar Stunden verkatert auf der Matte stehen und um Verzeihung bitten. Er hat sicher einigen Kumpels erzählt, dass er heiraten wird und dann hat er sich ordentlich feiern lassen. Von mir wird er einen ordentlichen Arschtritt bekommen, weil man so mit meiner Tochter nicht umzuspringen hat. Dann ist die Sache erledigt."

„Okay. Vielleicht hast du ja recht."

Jola brachte ein unsicheres Lächeln zustande, gab ihm noch einen Kuss und legte sich wieder hin.

Fünfundzwanzig Minuten später klingelte David bei seiner Tochter. Fast zeitgleich ertönte der Türsummer, Lena hatte anscheinend schon im Flur auf ihn gewartet.

Er betrat das Treppenhaus – im ersten Stock wurde er schon bei geöffneter Wohnungstür empfangen.

„Gott sei Dank bist du da!", rief Lena, als sie ihm um den Hals fiel. David drückte sie an sich und würde sie am liebsten nicht mehr loslassen.

„Ich hole nur meine Jacke, dann können wir los“, sagte sie und verschwand ins Nebenzimmer.

David stand in der offenen Wohnungstür und rief ihr nach: „Willst du nicht lieber hierbleiben und warten? Ich könnte uns einen Tee machen!“

Mitsamt Jacke erschien Lena wieder im Türrahmen und funkelte ihren Vater zornig an: „Ich will jetzt keinen Tee, ich will Jens finden!“

„Aber wenn sein Akku leer ist und er nach Hause kommt und wir nicht da sind, …“

„Papa! Wir gehen!“

„Na gut.“

Lena sperrte die Tür ab und als sie die Treppen hinuntergingen, fragte David: „Hast du es schon deiner Mutter erzählt?“

„Ich habe sie auch angerufen, aber sie geht nicht ran. Schläft wohl noch. Aber ich bin froh, dass du zurückgerufen hast. Alleine würde ich das nicht durchstehen.“

David nickte. Er fand das Verhalten seiner Tochter mehr als übertrieben. Sie tat ja schon so, als wäre Jens tatsächlich etwas zugestoßen. Als er noch bei der Polizei gearbeitet hatte, hatte er mehrmals Anrufe von besorgten Müttern oder Mädchen bekommen, wenn der Sohn oder der Freund nicht nach Hause gekommen war. Manchmal verschwanden auch Frauen für kurze Zeit, aber es handelte sich meistens um Männer, die nach einer Sauftour irgendwo *gestrandet* waren. In der Regel löste sich das Problem von selbst, ehe achtundvierzig Stunden vergangen waren.

„Hast du Jens' Freunde kontaktiert?“, fragte er sie.

„Ich habe einen guten Kumpel von ihm angerufen, der war angepisst, weil ich ihn aufgeweckt habe. Bei ihm ist er nicht. Der Rest sind eigentlich mehr flüchtige Bekannte.“

„Okay. Wo willst du zu suchen beginnen?“

„Ich weiß nicht. Gestern war ich zuerst bei der Trafik, die war aber schon abgeschlossen. Danach suchte ich auf der Murinsel weiter.“

David hob eine Braue. „Du bist die ganze Insel abgegangen? Alleine?“

Die Murinsel lag im südwestlichen Teil von Bruck an der Mur. Man konnte sie über Fußgängerbrücken oder eine breitere Überführung erreichen, die man problemlos mit dem Auto befahren konnte. Bis zu Lena und Jens nach Hause waren es knappe zwei Kilometer. Zu Fuß war sie mit Sicherheit zwanzig Minuten unterwegs gewesen, bis sie dort angekommen war. Wahrscheinlich sogar länger, wenn sie nach ihrem Freund Ausschau gehalten hatte. Warum sie aber ausgerechnet dort nach ihm gesucht hatte, konnte sich David nicht erklären, denn die Murinsel lag von ihrer Wohnung aus in der entgegengesetzten Richtung der Trafik.

Lena antwortete: „Ja, ich hatte eine Taschenlampe dabei, konnte Jens aber nicht finden.“

„Oh, Mann.“

„Was?“, fauchte sie ihn an und blieb stehen. „Du findest mein Verhalten lächerlich, gib's doch zu!“

„Nein, Liebes. Aber du darfst dich nicht so hineinsteigern. Und vor allem möchte ich nicht, dass du im Dunkeln alleine auf der Murinsel herumgeisterst.“

„Ich würde alles für Jens tun, und wenn ich nächtelang alleine *herumgeistere*, bis ich ihn finde.“

David hatte keine Lust auf so eine Diskussion, er machte eine Handbewegung in die erstbeste Richtung, die ihm einfiel und sagte: „Na gut, gehen wir mal Richtung Süden.“

Sie gingen die Bergstraße entlang und sahen sich aufmerksam um. Lena spähte hinter jede Hausecke und wenn sich hinter einem Strauch etwas bewegte, schrie sie jedes Mal auf und rannte darauf zu. Daraufhin schraken Amseln oder Katzen auf, die das Weite suchten. David beschloss, seine Tochter nicht an ihren übertriebenen Aktionen zu hindern, jetzt war er sowieso schon mitten im Geschehen.

Als sie die Kreuzung, wo die Gebietskrankenkasse war, passierten, hielten sie sich Richtung Osten. Lena lief etwa vier

Meter vor ihrem Vater im Zickzack hin und her, er ließ sie machen und folgte ihr. Sie bogen in die Nagelschmiedgasse ab und hatten nach kurzer Zeit das Hotel *Landskron* im Blickfeld. Das *Landskron* war ein Hotel an der Murpromenade. Der gelbe Bau war von einer verfallenen Burgmauer umgeben und ragte imposant in den bewölkten, trüben Morgenhimmel. Es war jetzt kurz nach 7 Uhr, die Dunkelheit begann allmählich zu schwinden. Gerade fuhr jemand mit dem gläsernen Aufzug, der an der Vorderseite des Hotels war, vom ersten Stock ins Parterre.

Links neben dem Hotel erstreckte sich die Hohenlimburgbrücke über der Mur – davor waren Einsatzfahrzeuge der Spurensicherung sowie der Kriminalpolizei zu sehen. Das Blaulicht blinkte bedrohlich in der Morgendämmerung. David erkannte aus der Ferne Kilian Plotzer. Ein schmerzender Stich bohrte sich in seine Eingeweide. Das konnte nichts Gutes bedeuten. Kilian Plotzer war vom Landeskriminalamt und für gewöhnlich kamen die Kommissare, die dort arbeiteten, nur nach Bruck an der Mur, wenn es sich um einen Mordfall oder ähnlich schwere Verbrechen handelte. David hatte einmal mit ihm in einem Fall zusammengearbeitet und sich gut mit ihm verstanden.

Lenas Schritte wurden schneller und er bekam sie gerade noch am Jackenärmel zu fassen, ehe sie auf die Kommissare zustürmen konnte.

„Halt, halt, halt!“ Davids Stimme klang aufgebracht. „Du kannst doch nicht einfach so auf die Leute zurennen.“

„Aber wenn Jens ...“

„Das ist nicht Jens!“

David wusste, dass er nicht überzeugt geklungen hatte. Er musste sich eingestehen, dass ihm dieser Gedanke als erstes durch den Kopf gegangen war, als er die Einsatzfahrzeuge gesehen hatte.

Im nächsten Moment kam Kilian auf die beiden zu. „Hallo, David. So früh unterwegs heute?“ Er klang so, als wären die beiden alte Bekannte, die sich mehrmals im Monat über den Weg liefen. Dass er David sofort wiedererkannte, obwohl er keine Polizeiuniform trug, überraschte ihn. Aber Kilians zweiundfünfzigjähriges Gehirn lief stets auf Hochtouren – so konnte David es zumindest aufgrund ihrer ehemaligen Zusammenarbeit beurteilen.

„Wir suchen meinen Freund!", rief Lena aufgebracht, ehe ihr Vater etwas sagen konnte. Dann fragte sie: „Was haben Sie da vorne gefunden?"

„Ein Mann ging heute die morgendliche Runde mit seinem Hund. Plötzlich zog das Tier Richtung Brücke ..." Er deutete mit dem Finger darauf. „Der Mann wurde neugierig und ließ sich von seinem Vierbeiner leiten. Er zog runter zum Murufer und hat eine unschöne Entdeckung gemacht."

„Welche Entdeckung? Etwa eine Leiche?" Lenas Tonfall klang hysterisch, Davids Griff wurde fester, damit sie sich nicht losreißen und davonlaufen konnte. Der Kommissar nickte knapp, was Lena in eine Art Schockstarre versetzte.

„Kilian", begann David, „kann ich einen Blick darauf werfen? Ich halte auch genügend Abstand, versprochen."

Kilian hob die Hände, die ihm zu verstehen gaben, dass das keine gute Idee war.

An der Stelle, wo die Einsatzfahrzeuge standen, ging es etwa fünf Meter steil bergab bis zum Ufer der Mur. Wenn der Hund des Spaziergängers nicht angeschlagen hätte, hätte der Mann wohl kaum etwas entdeckt. David blickte zu Kilians Kollegen, die mit ihm redeten. Neben ihm saß ein Schäferhund, dem die Zunge aus dem offenen Maul hing. Das Tier schien zu lächeln, im Gegensatz zum Besitzer, dem der Schock ins Gesicht geschrieben stand.

David konnte nicht warten, er musste Gewissheit haben, dass es sich nicht um Jens handelte. Falls da unten sein zukünftiger Schwiegersohn liegen sollte, musste er sich etwas einfallen lassen, um Lena zu beruhigen, ehe sie ihn zu Gesicht bekam.

„Ich halte auch Abstand. Pass du so lange auf meine Tochter auf." Mit diesen Worten ging David auf die Einsatzfahrzeuge zu und blickte vorsichtig nach unten zur Mur. In den Augenwinkeln konnte er die Person ausmachen, die am Ufer lag.

Nein, das konnte nicht wahr sein. Das *durfte* nicht wahr sein.

In diesem Moment kam Lena auf ihn zugelaufen. Noch ehe David ihr die Sicht nehmen konnte, hörte er den schrecklichsten Schrei, der ihm jemals zu Ohren gekommen war.

42

Samstag, 26. Oktober 2019

Jola

Sie konnte nicht mehr einschlafen. Sie musste an Jens denken, er hatte so glücklich ausgesehen, als er die Trafik verlassen hatte – so verliebt.

Sie nahm ihr Smartphone zur Hand und entriegelte die Tastensperre. Dann öffnete sie den Nachrichtenverlauf von gestern. Ihre Hände zitterten und Übelkeit stieg in ihr auf wie eine Blase, weswegen sie einen Würgereiz unterdrücken musste.

Gestern hatte sie ihm wegen des kurzen Disputs mit David geschrieben, dass sie eventuell seine Hilfe brauchen würde. Dass sie ein emotionales Nervenbündel war, war ihr klar. Dabei behandelte David sie in keiner Weise schlecht, aber schon die kleinste Abweisung führte bei ihr dazu, sich unverstanden und verlassen zu fühlen.

Jolas Augen füllten sich mit Tränen und ihre Sicht wurde verschwommen, als sie die Nachricht erneut las: „Du brauchst keine Therapie, dir geht es gut."

Als sie sie zum ersten Mal gelesen hatte, wusste sie nicht, ob das nun eine positive oder negative Nachricht war.

Sie legte ihr Smartphone zur Seite und stand auf. Dann begann sie aufzuräumen, um sich abzulenken und fütterte Lord Schlotterhose. Das kam dem Kater ganz recht, denn er stürzte sich wie ein Irrer auf seinen Napf. Sie streichelte ihn, als er genüsslich vor sich hin schmatzte.

Du brauchst keine Therapie, dir geht es gut.

Eigentlich klang diese Nachricht positiv. Und wenn jemand behauptete, dass sie keine Therapie brauchen würde, war das doch im Normalfall ein gutes Zeichen, oder?

Sie griff erneut nach ihrem Smartphone und ließ ihren Blick über die nächsten Mitteilungen fliegen.

„Also habe ich es überwunden?"

„Eindeutig."

Für einen kurzen Moment lächelte sie vor Erleichterung. Wenn er das sagte, musste es stimmen – er wusste, wovon er sprach. Doch das Lächeln hielt nicht lange an. Jola stellte sich die Frage, was das für sie bedeutete. Sie begann zu schluchzen, aus dem Schluchzen wurde ein Weinen, das sie auf den Boden niedersinken ließ. Lord Schlotterhose kam zu ihr und beschnupperte ihre Knie, die unkontrolliert zitterten.

Die letzte Nachricht, die sie von ihm erhalten hatte, verschwamm vor ihren Augen.

„Wir sind fertig miteinander."

43

Samstag, 26. Oktober 2019

David

Der Schmerz im Gesichtsausdruck seiner Tochter brach ihm beinahe das Herz. Lena stolperte ungelenk auf ihn zu und wollte ihn beiseite schubsen – David bekam sie an den Oberarmen zu fassen und presste sie an sich.

„Lass mich los!“, brüllte sie ihren Vater an.

„Erst, wenn du dich beruhigt hast.“

„Beruhigen?!“ Lena starrte ihn mit großen Augen an und versuchte, sich aus seiner Umarmung zu befreien, doch es gelang ihr nicht. Dann brach sie in Tränen aus und rutschte an seiner Brust nach unten.

David ließ es geschehen und als sie wimmernd auf dem Boden hockte, ließ er sie los. Dann sprach er in sanftem Tonfall zu ihr: „Bitte beruhige dich. Das ist sicher nicht Jens, okay?“

Lena hielt sich die Hände vors Gesicht und brachte ein knappes Nicken zustande.

David richtete sich auf, atmete einmal tief durch und sah hinunter zu der Stelle, die er vorhin in den Augenwinkeln bemerkt hatte.

Die Stelle unter der Hohenlimburgbrücke.

Die Stelle, an der jemand lag.

Die Stelle, an der jemand lag und sich nicht bewegte.

Die Stelle, an der jemand lag und Jens zum Verwechseln ähnlich sah.

Bei der Leiche hatten sich bereits einige Leute der Spurensicherung versammelt.

„Er ist es, oder?“, fragte Lena schluchzend. Sie kauerte noch immer auf dem Boden und hielt sich die Hände vor das Gesicht. Dass ihr Vater nichts darauf sagte, war ihr Antwort genug.

Kilian kam auf die beiden zu, um sie zu bitten, einen möglichst großen Abstand zum Fundort zu halten.

David schob Lena vorsichtig ein Stück zur Seite und sah erneut nach unten. Der junge Mann lag mitten im Gestrüpp – so als hätte man ihn kaltherzig entsorgt. Die brünetten langen Haare verdeckten teilweise das markante Gesicht. Unter dem Hals waren Stichwunden zu sehen,

David griff sich instinktiv an den Kehlkopf und musste sich um eine ruhige Atmung bemühen. Der Reißverschluss der Jacke war geöffnet und gab freien Blick auf das T-Shirt, das von Blut durchtränkt war und an seinem schlanken Körper klebte. Diese Jacke hatte gestern noch in der Garderobe bei Jola und David zu Hause gehangen.

Sein Magen krampfte sich zusammen und er musste einen Brechreiz unterdrücken. Nein, nein, nein! Scheiße, nein! Das konnte nicht wahr sein. Das *durfte* nicht wahr sein!

Am liebsten würde er auf Jens zulaufen, um den Reißverschluss zu schließen, damit sein zukünftiger Schwiegersohn nicht frieren musste. Der Gedanke war völlig absurd. Alles war absurd. Er musste mit den Tränen kämpfen und Gefühle kamen in ihm hoch – Gefühle, die er zuvor nie für den Freund seiner Tochter empfunden hatte: familiäre Gefühle.

Eine Gerichtsmedizinerin war auch vor Ort, die Kilian in dem Moment zu sich winkte. David versuchte, alle anderen Geräusche um sich herum auszublenden und konzentrierte sich auf die gesprochenen Worte der beiden. Er bekam mit, dass das Opfer durch die Stichverletzungen anscheinend einen Spannungspneumothorax erlitten hatte. Das hieß, dass die Lunge so stark verletzt wurde, dass sich im Pleuraspalt Blut und

Luft angesammelt hatten. Das hatte dazu geführt, dass die Lunge kollabierte. David lief ein Schauer über den Rücken.

Kilian kam wieder auf ihn zu, in der Zwischenzeit wurde der Leichnam nach oben auf die Straße gebracht. Lena richtete sich auf und sah zu dem leblosen Körper, der sich auf der Trage nur wenige Meter neben ihnen befand. Vor Schock weiteten sich ihre Augen und sie begann zu röcheln.

„Ganz ruhig, ganz ruhig." Mehr fiel David in dieser schrecklichen Situation nicht ein. Er befürchtete, dass seine Tochter jeden Moment einen Asthmaanfall erleiden könnte. Ihr Röcheln wurde immer lauter und sie ging langsam auf Jens zu.

„Bleib stehen", ermahnte David sie und hielt sie erneut am Oberarm fest. Plötzlich schubste Lena ihn mit aller Kraft zurück und sah ihn mit einem Blick an, der ihm das Blut in den Adern gefrieren ließ.

Sie zischte: „Verdammte Scheiße, sag mir nicht, was ich zu tun habe!"

David erwiderte nichts darauf.

Kilian Plotzer ging gemeinsam mit den beiden auf Jens zu und stellte sicher, dass sie genügend Abstand hielten.

„Oh nein. Nein. Nein, bitte nicht", murmelte Lena und kam ihm gefährlich nahe.

„Nicht. Lena. Bitte nicht anfassen", bat David sie in dem sanftesten und liebevollsten Tonfall, den er auf Lager hatte. Kilian hatte seinen Arm vor den beiden ausgestreckt, um ihnen die Grenze zu verdeutlichen.

Lena nickte stumm, dann brach sie zusammen und rollte sich ein. David zog sie hoch und nahm sie in die Arme – seine Tochter ließ es zu seiner Überraschung ohne Widerstand geschehen. Sie weinte lauthals, als er sie an seine Brust drückte. „Wer tut denn so etwas? Und warum? Warum Jens? Er kann doch keiner Fliege etwas zuleide tun!"

„Ich weiß es nicht, mein Schatz."

„Oh Gott, Papa. Ich … Ich liebe ihn über alles."

„Das glaube ich dir."

Ein Mann der Spurensicherung überreichte Kilian eine Brieftasche. Er öffnete sie und zum Vorschein kam unter anderem ein Personalausweis. „Tut mir leid, David. Ich wusste ja nicht, dass es sich bei dem Opfer um den Freund deiner Tochter handelt."

„Jens!", schrie Lena dem Kommissar ins Gesicht. „Sein Name ist Jens!"

„Tut mir leid", meinte David an Kilian gerichtet, der ihm mitfühlend zunickte.

Lenas Stimme überschlug sich fast, als sie sah, dass die Leute in Schutzbekleidung erneut um ihren Freund herumwuselten. „Was … Was machen die da? Papa? Was machen die da?"

„Das ist die Spurensicherung. Wir müssen den To… Wir müssen Jens mitnehmen", antwortete der Kommissar anstelle von David.

Als man den Leichensack schließen wollte, drohte die Situation zu eskalieren. „Nein!", schrie Lena. „Nein, bitte! Lasst mich zu ihm!"

Die Einsatzkräfte hielten in ihren Bewegungen inne und sahen zu ihnen herüber. David brach es das Herz, seine Tochter so leiden zu sehen.

„Bitte! Nein! Jens! Nehmt ihn mir nicht weg!", flehte sie und schien plötzlich die Kräfte eines Bären zu haben, als sie sich aus Davids Umklammerung riss. Sie rannte auf die Trage zu und stürzte sich wie eine Besessene darauf, was dazu führte, dass das Gestell umkippte und Jens herunterrollte.

David flossen Tränen übers Gesicht, als er mitansehen musste, wie zwei Kommissare sie gewaltsam von ihrer großen Liebe wegzerrten, die verrenkt und blutüberströmt auf dem harten kalten dreckigen Boden lag.

„Jens! Bitte! Bitte!", schrie sie aus voller Kehle.

Die Kommissare – unter anderem Kilian Plotzer – brachten sie zurück zu ihrem Vater und Jens wurde wieder auf die Trage gehoben.

David konnte nur noch verschwommen sehen, wie sie den Leichensack schlossen und diesen aus seinem Blickfeld schoben. Die verzweifelten Rufe seiner Tochter nahm er nur dumpf wahr, denn nun war sein eigenes Schluchzen lauter als die Geräusche um ihn herum.

44

Samstag, 26. Oktober 2019
Jola

Am späten Vormittag kam David nach Hause. Jola hatte zuvor beschlossen, ihn nicht mit Anrufen oder Nachrichten zu belästigen.

Als die Tür ins Schloss fiel, David aber nicht ins Wohnzimmer kam, ging sie mit schnellen Schritten in den Flur.

Mit diesem Anblick hatte sie nicht gerechnet.

David stand mit zusammengesunkenen Schultern da, starrte ins Nichts und sah aus, als wäre er in den paar Stunden, die er von zu Hause weg gewesen war, um mindestens zehn Jahre gealtert.

„Hey, Schatz", begann sie leise. „Geht es dir gut?"

Er presste die Lippen aufeinander und sie konnte sehen, wie sich aus seinem geröteten linken Auge eine Träne löste. Jola fragte: „Habt ihr Jens ge…?"

Noch bevor sie es aussprechen konnte, begann David lauthals zu schluchzen und sagte mit einer schrillen Stimme: „Man hat ihn einfach aufgeschlitzt und im Dreck liegen gelassen."

Jola wurde schwindelig und sie musste sich am Türrahmen festhalten, um nicht umzukippen. „Bist du dir sicher, dass er es war?", fragte sie.

David schloss die Augen. Jola tat es ihm gleich und als nach kurzer Zeit der Schwindel nachließ, ging sie auf ihn zu und umarmte ihn.

„Aber wer … wer tut denn so etwas?", flüsterte sie mit tränenerstickter Stimme. David schüttelte nur den Kopf und legte ihn auf ihre Schulter. So blieben sie eine Weile stehen. Dass er so dermaßen am Boden zerstört war, überraschte Jola. Sie wusste, dass das alles verändern würde. Für sie beide.

Für immer.

45

Samstag, 26. Oktober 2019

David

Sie saßen am Esstisch. Alle. Jola, Lena, Katja und David. Er hatte Jola zuvor aufs Polizeirevier begleitet, damit sie ihre Aussage machen konnte. Diese dauerte länger als er angenommen hatte, was aber verständlich war, denn immerhin war sie die letzte Person gewesen, die Jens lebendig gesehen hatte – bis auf seinen Mörder. Katja war kurz vor ihnen dort aufgetaucht, um ihre Aussage zu machen, nachdem sie endlich auf Lenas zahlreiche Anrufe reagiert hatte.

David hatte bis in die Morgenstunden tief und fest geschlafen – ihn konnten die Kommissare von der Liste der Verdächtigen streichen.

Katja hatte ein Alibi – sie war den Abend zuvor mit einem Rolf aus gewesen. *Rolf? Welcher Rolf?*, fragte David sich, nachdem seine Exfrau auch ihm über ihr Alibi berichtet hatte und er merkte, dass ihm die Tatsache, dass sie ein Date hatte, nicht gefiel. Obwohl es ihm mittlerweile egal sein könnte, denn er lebte glücklich mit Jola zusammen. Trotzdem war es ungewöhnlich und auf eine verschrobene Art und Weise ein ungutes Gefühl. Rolf!

Jola war laut ihren Aussagen gestern etwa um 17.30 Uhr in der Trafik aufgetaucht. Das Abschließen des Tabakwarenladens nahm so viel Zeit in Anspruch, weil sie Jens nochmal zeigte, wie im Lager alles richtig eingeordnet gehörte, da er oftmals ein mittelschweres Chaos hinterließ. Sie habe ihn kurz vor 18 Uhr entlassen, da sie sowieso noch einmal alles kontrollieren wollte. Auf die Frage, in welche Richtung der junge Mann gegangen war, als er die Trafik verlassen hatte, antwortete Jola, dass sie darauf nicht geachtete habe.

Nachdem sie David ihre Befragung geschildert hatte, lief ihr eine einzelne Träne über die linke Wange. Er nahm sie in den Arm, wobei sie „Ich hätte es verhindern können“ an seine Brust nuschelte.

Lenas Aussage schien Jahre gedauert zu haben. Wahrscheinlich hatte sie mehrere Anläufe gebraucht, um die Fragen der Kommissare zu beantworten. Ihr Zustand nach dem Gespräch deutete darauf hin, dass sie geweint hatte. Mit unsicheren Handbewegungen wischte sie ihre Tränen aus dem Gesicht. David hatte sie kurz an sich gedrückt, bevor sie sich von ihm gelöst und in Katjas Armen gelandet war. Seine Exfrau meinte, dass sie Lena mit zu sich nach Hause nähme, in der Hoffnung, dass sie sich beruhige.

Draußen war es bereits dunkel, als sie zu viert an Jolas und Davids Esstisch saßen und sich anschwiegen. Katja war mit Lena vor etwa zwanzig Minuten unangekündigt bei ihnen aufgekreuzt. Sie wurden mit lang andauernden Umarmungen empfangen und David stellte sich in Gedanken die unpassende Frage, wo denn dieser Rolf sei. Aber er sprach sie nicht aus, denn das war eindeutig das kleinste Problem des heutigen Tages.

„Wir sollten uns auf eine erneute Befragung gefasst machen“, sagte David leise und zerschnitt damit die erdrückende Stille, die bis zu dem Zeitpunkt im Raum geherrscht hatte.

Lena begann zu husten und putzte sich die laufende Nase. Da ihr Besuch überraschend für ihn gekommen war, hatte David nicht mehr die Zeit gehabt, das Haus von Lord Schlotterhoses Haaren zu befreien. Da musste seine Tochter jetzt durch.

Als niemand etwas darauf sagte, redete David weiter: „Bis man den genauen Todeszeitpunkt festgestellt hat, kann es ein paar Tage dauern.“

Man nickte sich stumm zu. Katja legte ihre Hand auf den Unterarm ihrer Tochter und fragte: „Hatte Jens wirklich keine Feinde? Denk doch noch mal darüber nach, Schätzchen."

Lena weinte stumm in ihr Taschentuch und schüttelte den Kopf.

„Oder hatte er Streit mit einem seiner Freunde? Ist in letzter Zeit irgendetwas vorgefallen?", wollte Katja wissen.

„Was ist mit diesem Hannes?", fragte Jola plötzlich. Von Katja und David erntete sie fragende Blicke.

„Mit wem?", kam es aus beiden Mündern gleichzeitig. Auch Lena schien es zu überraschen, woher die Freundin seines Vaters Bescheid wusste: „Woher weißt du von ihm?"

„Jens hat mir auf der Arbeit von eurer Begegnung in der Mittergasse erzählt", antwortete Jola.

Die Mittergasse war eine Einkaufsstraße im Stadtzentrum von Bruck an der Mur. Leider hatten in den letzten Jahren vermehrt Geschäfte geschlossen, dennoch zog sie Pärchen, die händchenhaltend durch diese Gasse schlenderten, förmlich an.

„Aha." So wie es aussah, war Lena nicht damit einverstanden, dass sich ihr Freund so gut mit Jola verstanden hatte. „Ja, da war mal was. Ich habe Jens noch am selben Tag die Geschichte mit Hannes erzählt."

„Wer ist Hannes?", wurde sie aufgeregt von ihrer Mutter gefragt.

„Ach, nicht so wichtig", meinte Lena. „Das ist ein komischer Typ."

„Komische Typen sind oft nicht ganz ungefährlich", sagte David und nun war er derjenige, auf den sich alle Blicke richteten. Katja nickte hektisch und bat ihre Tochter, ihnen von Hannes zu erzählen.

Lena sah kurz zu Jola, dann auf die Tischplatte. Ehe sie anfing zu reden, hustete sie noch einmal lautstark. „Also, Hannes war es bestimmt nicht. Der könnte keinem etwas zuleide tun. Aber komisch war er schon immer ein bisschen …"

„Was hat er denn getan?“, fragte Katja aufgebracht. David hätte ihr am liebsten unter dem Tisch gegen das Schienbein getreten, weil sie ihrer gemeinsamen Tochter ins Wort fiel. Aber Lena ließ sich dadurch nicht irritieren und sprach weiter: „Ich bin ein paar Mal mit ihm ausgegangen, bevor ich Jens kennengelernt habe.“

„Davon hast du mir ja gar nichts erzählt!“, sagte Katja. David verlor fast die Nerven und herrschte seine Exfrau an: „Dafür wird es auch gute Gründe gegeben haben!“

Katjas hasserfüllter Blick durchbohrte ihn geradezu und die Stimmung drohte zu kippen. Jola tat das einzig Richtige, indem sie sagte: „Das hört auf! Sofort! David, reiß dich zusammen. Katja, ...“

Die beiden Frauen sahen sich auf eine Art an, die eigenartigerweise aus Höflichkeit und Hass bestand. So etwas hatte David nie zuvor gesehen.

„... ich weiß, dass du nun Dinge erfahren wirst, die dir womöglich nicht gefallen werden. Aber bitte lass deine Tochter ausreden.“

David konnte in Katjas Mimik erkennen, dass sie kurz davor war, seiner Partnerin eine wutentbrannte Aussage entgegenzuschleudern, aber anscheinend begriff sie, dass ihr vorheriges Verhalten unangebracht war. Stattdessen schenkte sie ihre Aufmerksamkeit wieder Lena.

„Er hat mich mal ins Kino eingeladen und dann waren wir zusammen aus. Ich mochte ihn gern, aber mehr auch nicht. Irgendwie kamen keine Gefühle bei mir hoch ...“

„Hat er dich zu irgendetwas gezwungen?“, redete Katja dazwischen. David schnaubte lautstark, was ihm einen genervten Blick von seiner Exfrau einbrachte. Es war ihm egal.

Lena meinte: „Nein, nein. So einer war er nicht. Ich habe zu ihm dann bei unserem dritten Treffen gesagt, dass wir leider nur Freunde sein können. Er war zwar traurig, aber er hat es akzeptiert. Auf eine Freundschaft schien er keinen Bock zu haben und hat sich nie mehr gemeldet. Und einen Monat, nachdem ich ihm den Laufpass gegeben habe, habe ich Jens kennengelernt und bin kurz darauf mit ihm zusammengekommen. Vor ein paar Wochen sind wir ihm zufällig in der Stadt über den Weg gelaufen. Wir sind händchenhaltend durch die Mittergasse spaziert, als er uns entgegenkam. Er blieb vor uns stehen und starrte mich an. Ich habe ihn gegrüßt und er hat nur gefragt, wer das neben mir sei. Dabei hat er Jens keines Blickes gewürdigt. Ich sagte, dass das mein Freund sei und er fragte: ‚Ach, wirklich? Auf solche Typen stehst du also?' Auf so eine Diskussion wollte ich mich nicht einlassen, deshalb sind wir weitergegangen."

„Das war alles?", fragte David.

Lena starrte auf das Taschentuch, das sie in den Händen hielt. „Als wir uns in Bewegung setzten, sagte ich: ‚Komm, Jens, das lassen wir uns nicht gefallen.' Daraufhin hat Hannes uns nachgerufen. Er sagte sowas wie: ‚Sie hat was Besseres verdient als dich. Das solltest du wissen, Jens! Schon bald wirst du von der Bildfläche verschwunden sein!'"

Plötzlich krampfte sich Davids Magen zusammen. Der erste Satz hätte genauso gut von ihm selbst kommen können. Diese Worte hatte er schätzungsweise hundertmal gedacht. Er war ein Arschloch gewesen, genau wie Hannes. Doch Jens' Tod hatte Davids Empfinden komplett verändert. Plötzlich wollte er den toten Freund seiner Tochter beschützen, er wollte diesem Hannes ins Gesicht schlagen.

Aus Scham wollte er Jola nicht ansehen, denn sie wusste genau, was er von Jens gehalten hatte. Sein innerlicher Kampf mit sich selbst dürfte niemandem am Tisch aufgefallen sein.

„Hat er sich seitdem mal wieder bei dir gemeldet?", erkundigte sich Katja.

Lena schüttelte den Kopf. „Nicht direkt. Er hat mir bei Facebook eine Freundschaftsanfrage geschickt, ich habe sie aber nicht angenommen. Mein Profil ist öffentlich und er hat ein paar Fotos von mir gelikt. Auf dem Handy hat er sich nie mehr gemeldet."

David stellte die nächsten Fragen – dabei schloss er aus Katjas Gesichtsausdruck, dass sie nicht wusste, wie Facebook funktionierte. „Ist Jens auch dort angemeldet und hast du auf deinem Profil deinen Beziehungsstatus öffentlich gemacht?"

Nun sahen ihn wieder alle an, so als hätten sie die Frage nicht verstanden – bei Katja traf es höchstwahrscheinlich auch zu. Lena nickte knapp. Also hatte dieser Hannes die Möglichkeit gehabt, mit Jens in Kontakt zu treten.

„Und was heißt das jetzt?", fragte Katja.

David antwortete: „Auf Lenas Profil gibt es ein Feld, in dem ihr Beziehungsstatus steht. Dort wird sie Jens verlinkt haben. Das heißt, dass Hannes ihn ohne große Mühe kontaktieren konnte."

„Aber … Aber warum *jetzt?* Die beiden waren doch schon länger zusammen. Hat sich dieser Hannes davor wirklich nicht mehr gemeldet?"

„Nein", sagte Lena. „Wahrscheinlich hat er schon gar nicht mehr an mich gedacht, weil wir uns lange nicht gesehen haben. Und als wir uns dann zufällig in der Mittergasse begegnet sind, sind vielleicht wieder Gefühle bei ihm hochgekommen."

Katja schien noch immer nicht ganz durchzublicken, stellte aber keine weiteren Fragen. Die Vermutung, dass dieser Hannes nicht ganz ungefährlich war, breitete sich in David aus. Wahrscheinlich lag es daran, dass dieser Kerl zurzeit der einzige Verdächtige war, oder besser gesagt der Einzige, der mit Jens ein Problem hatte – ausgenommen David selbst, aber diese Angelegenheit schien sich mit seinem Tod in Luft aufgelöst zu haben. Er wollte, dass der Täter dafür bestraft wurde – was aber für ihn an erster Stelle stand: Niemand hatte das Recht, seine Tochter so grausam zu verletzen und ihr das Wichtigste in ihrem Leben zu nehmen.

Sie konnten sich momentan also nur auf diesen Hannes fixieren, deshalb fragte David: „Weißt du, ob er Kontakt zu Jens aufgenommen hat?"

„Nicht, dass ich wüsste."

Nun schaltete sich auch wieder Katja ein: „Kann man das nicht herausfinden?“

„Jens hat die Facebook-App auf seinem Smartphone installiert …“, meinte Lena.

David beendete den Satz: „… aber sein Handy konnte noch nicht gefunden werden. Wenn die Polizei es entdeckt, wird es ein Kinderspiel sein, das zu erfahren. Vorausgesetzt, Jens hat sich nicht ausgeloggt.“

Langsam begann Katja zu nicken. Ob sie wusste, was er damit meinte, konnte er nicht sagen. Eine andere Frage beschäftigte ihn: „Hat Hannes etwas mit deinem Ausflug auf die Murinsel zu tun?“

Seiner Tochter schien die Sache unangenehm zu sein und sie schnäuzte sich ohrenbetäubend laut, vielleicht um nicht sofort antworten zu müssen. Dann sagte sie: „Ja, er wohnt in der Nähe. Ich … Ich wollte nur mit ihm reden.“

„Mit ihm reden?“, entkam es Katja. „Dafür habt ihr doch Handys … und … dieses Facebook-Dings, oder etwa nicht?“

Als Lena nichts darauf sagte, beugte sich David über den Tisch und sah seiner Tochter tief in die Augen. „Ich schlage vor, du sagst uns jetzt allen, was Sache ist. Hast du Hannes gestern kontaktiert?“

Lena nickte stumm.

„Wieso?“, fragte David wütend. „Wieso, verdammt nochmal?“

Seine Tochter begann erneut zu schluchzen: „Ich … Ich weiß auch nicht. Ich hatte solche Angst um Jens. Und dann musste ich wieder an unser Zusammentreffen denken. Ich wollte Hannes nur zur Rede stellen. Ich hatte das Gefühl, dass Jens etwas Schlimmes zugestoßen ist – womit ich ja recht hatte. Ich habe ihm dann eine private Nachricht auf Facebook geschickt, weil mein WhatsApp zu diesem Zeitpunkt abgekackt war.“

Dass sich junge Leute heutzutage lieber elendslange Textmitteilungen schrieben anstatt zu telefonieren, war ein weitverbreitetes Phänomen, wie David wusste.

„Zeig sie her“, forderte er sie auf.

Mit zitternden Händen holte Lena ihr Smartphone aus der Tasche und öffnete den Facebook-Messenger. Dann reichte sie ihrem Vater das Gerät. Er legte es vor sich auf den Tisch, sodass auch Jola und Katja mitlesen konnten. Der Nachrichtenverlauf der beiden war länger als erwartet.

Lena, FR. 20:05: Hey, alles klar? Was machst du?

Hannes, FR. 20:07: Hi, was verschafft mir die Ehre ;-)? Bei mir ist alles klar und bei dir? Ich bin zu Hause. Wieso? :-*

Er hatte ihr ein Küsschen gesendet. Gut, dass sich Lena nicht darauf eingelassen und nicht zurückgeflirtet hatte. Sie hatte sich sowieso schon ins Schlamassel geritten, da sie Kontakt zu einem ehemaligen Freund aufgenommen hatte, der anscheinend noch immer etwas für sie empfand. David las weiter.

Lena, FR. 20:10: Bei mir ist gar nichts klar. Hör zu … Ich muss dich was fragen …

Hannes, FR. 20:11: Jaaaaaa? :-)

Hannes, FR. 20:21: ???

Hannes, FR. 20:27: Sag schon, ich beiße nicht ;-)

Lena, FR. 20:35: Nein, das muss persönlich sein. Ich mache mich jetzt auf den Weg zu dir. Ich glaube, wir müssen reden.

Hannes, FR. 20:38: Okay, ich warte auf dich.

Hannes, FR. 20:41: Mein Schwanz ist jetzt schon ganz hart :-) :-*

David wurde übel. Er konnte es nicht fassen. Und da war er nicht der Einzige am Tisch. Lena erntete von allen entrüstete Blicke.

„Lest doch weiter, ich hatte nicht vor, wieder etwas mit ihm anzufangen", versuchte sie sich zu rechtfertigen.

David konnte sein Entsetzen nicht länger verbergen und sagte schärfer als beabsichtigt: „Du hättest es gar nicht erst so weit kommen lassen sollen! Warum hast du ihm nicht gleich gesagt, was Sache ist? Was glaubst du, was das für ein Bild auf dich wirft! Um Gottes willen, Lena! Die Polizei wird dich und Hannes auseinandernehmen! Was glaubst du, was die denken werden, wenn du ihm schreibst, dass du zu ihm kommst und er dir solche Sachen antwortet? Die werden glauben, dass du dich mit einem anderen vergnügt hast! Verstehst du das?"

„Halt die Klappe! Ich habe Jens mehr geliebt als alles andere! Sogar mehr als dich, Papa! Ja, *mehr als dich!* Ich liebe ihn immer noch, auch wenn er tot ist! Und ich konnte Hannes nicht sofort mit so einer Unterstellung überfallen!", schrie Lena plötzlich so laut, dass sich Lord Schlotterhose in der obersten Höhle seines Kratzbaumes verkroch. Die Tränen rannen ihr über die Wangen und sie stand auf, um auf die Toilette zu stürmen. Bevor sie die Tür zuschlug, rief sie: „Und jetzt lest die Nachrichten zu Ende, bevor ich mir weitere Schuldzuweisungen anhören muss!"

Die drei starrten sich erschrocken an.

„Das hätte nicht sein müssen, David", sagte Katja leise und zum ersten Mal an diesem Abend war Jola mit ihr einer Meinung:

„Sie hat recht. Du hättest zuerst weiterlesen sollen."

David atmete hörbar aus und sagte: „Okay, okay. Lesen wir die Nachrichten zu Ende."

Bis zur nächsten Textmitteilung waren wieder einige Minuten vergangen, wahrscheinlich hatte Lena unterwegs nicht so oft auf ihr Smartphone geschaut. Außerdem war sie auf der Suche nach Jens gewesen – da hatte sie bestimmt nicht abgelenkt werden wollen.

Lena, FR. 20:47: Du perverser Vollidiot! Das meinte ich nicht!!!

Hannes, FR. 20:48: Ahaaa???

Lena, FR. 20:49: Okay, wenn du dich schon so blöd anstellst, frage ich dich gleich: Hast du Jens etwas angetan???

Hannes, FR. 20:50: Wem?

Lena, FR. 20:51: Jens! Meinem Freund!

Hannes, FR. 20:52: Um den Idioten geht es die ganze Zeit? Warum machst du mir falsche Hoffnungen?

Lena, FR. 20:53: Ich habe dir gar keine Hoffnungen gemacht, ich mache mir Sorgen um Jens! Er geht nicht an sein Handy und jetzt frage ich dich noch einmal: Hast du etwas damit zu tun?

Hannes, FR. 20:55: He, he. Runter vom Gas! Was ist denn los mit dir? Glaubst du echt, ich würde ihm etwas antun? Der Kerl ist es doch gar nicht wert. Weißt du was, du verdirbst alles. Ich dachte schon, du hast endlich begriffen, wer der Richtige für dich ist. Aber du bist für mich gestorben, Bitch.

Der Nachrichtenverlauf war hier zu Ende. Wortlos stand David auf und ging Richtung Toilette. Bei der Tür angekommen, klopfte er zweimal und fragte: „Lena? Hörst du mich?“

Er bekam keine Antwort. Stattdessen öffnete seine Tochter die Tür und sah zu ihm auf. Er nahm sie in die Arme und küsste ihren Scheitel. „Tut mir leid“, flüsterte er ihr zu.

„Nein, mir tut es leid“, schluchzte Lena in seinen Pullover. „Das hätte ich nicht sagen sollen. Ich liebe dich doch! Es ist nur … Ich … Ich weiß nicht, was ich ohne Jens machen soll. Er hat mein Leben so … so lebenswert gemacht, verstehst du?“

Er nickte und musste ebenfalls mit den Tränen kämpfen. Dann streichelte er ihr liebevoll den Rücken und ging gemeinsam mit ihr zurück an den Tisch.

Sie gingen noch einige Szenen, die sich eventuell hätten abspielen können, durch. Einige Male verschwand Lena noch auf die Toilette. Keiner hinderte sie daran, denn jeder wusste, wie schlecht es ihr ging. Dass sie die ganze Zeit mit dem Tod ihres Freundes konfrontiert wurde, musste unglaublich hart für sie sein. In den Augenblicken, wo sie nur zu dritt am Tisch saßen, überlegte David, ob er Katja von Jens geplantem Antrag erzählen sollte. Aber er hielt es für die denkbar schlechteste Idee, denn sie würde es Lena erzählen und das würde alles noch schlimmer machen. Andererseits würde es nicht lange dauern, bis man den Ring finden würde, falls er ihn mit zur Arbeit genommen hatte. Er musste sich diesbezüglich unbedingt mit Jola absprechen. Sie mussten sich auf eine Version einigen – nämlich darauf, dass sie *nichts* von irgendeinem Antrag gewusst hatten. Sonst wären die beiden bei Lena unten durch, wenn sie erfahren würde, dass sie ihr dieses Detail verheimlicht hatten.

Jola blieb den restlichen Abend über erstaunlich still, aber wahrscheinlich setzte ihr Jens' Tod auch ganz schön zu. Sie konnten also alle nur warten. Und Lena musste unbedingt zur Polizei, um ihnen die Geschichte mit Hannes zu erzählen.

46

Sonntag, 27. Oktober 2019

Jola

Am nächsten Morgen erwachte sie mit Schmerzen an den Oberarmen. Sie setzte sich langsam im Bett auf und erkannte, dass David nicht mehr neben ihr lag. Vielleicht war er in seinem Atelier und malte – als Stressbewältigung.

Sie musste wieder an den letzten Abend denken. Ihr fiel es schwer, sich bei der Diskussion über Jens' möglichen Mörder zu beteiligen, denn sie konnte nicht glauben, dass er tot war. Wirklich tot! Sie mochte ihn so gern, hatte noch kurz bevor sein Leben geendet hatte, mit ihm herumgealbert. Lena tat ihr unsäglich leid, aber sie selbst tat sich auch leid. Es war nicht das erste Mal, dass sie einen Menschen verloren hatte, den sie gern mochte. Aber mit solchen Gedanken wollte sie sich jetzt nicht quälen. Ihre Eltern gehörten der Vergangenheit an, ebenso wie Lennon. Auch wenn gewisse Menschen noch am Leben waren, für Jola waren sie gestorben.

Als Lena gestern Abend ein paar Mal auf die Toilette verschwunden war, wäre sie am liebsten mitgegangen. Sie hätte die Kleine umarmt, während die beiden auf dem kalten Fliesenboden gesessen und geweint hätten. Alles wäre ihr lieber gewesen, als mit der Kneifzange Katja an einem Tisch zu sitzen. Sie wusste, dass Davids Exfrau sie nicht leiden konnte. Als sie sich mit ihrer Tochter bei ihnen verabschiedet hatte und Jola umarmte, hatte sie ihr zugeflüstert: „Und damit du es weißt: Wenn du mir noch einmal sagst, wie ich mit meinem Kind umzugehen habe, dann kannst du dich auf was gefasst machen, Mädel."

Jola war es kalt den Rücken hinuntergelaufen. Lenas Mutter war es anscheinend sehr gegen den Strich gegangen, dass die Freundin ihres Exmannes etwas von der Existenz dieses Hannes' wusste und sie nicht. Und als Jola ihr dann auch noch sagte, dass sie ihre Tochter zu Ende reden lassen sollte, war es aus mit der *Ich-mag-die-neue-Freundin-von-meinem-Exmann*-Leier. Dann kam ihr wahres Gesicht zum Vorschein. Das Kneifzangen-Gesicht. Als Katja dann übertrieben lange *ihren* David umarmte, hätte sie sie am liebsten durch die geschlossene Haustür geschubst. Was bildete sie sich ein? Sie hatte sich eine Bemerkung verkniffen, obwohl sie ihr schon auf der Zunge gelegen hatte: *Das reicht, Katja. Ich glaube, Rolf wartet schon auf dich.*

Aber sie war erwachsen und wusste, wie man sich zu benehmen hatte. Im Gegensatz zu manch anderen Leuten.

Jola schüttelte diese negative Erinnerung ab und beschloss, aufzustehen und sich Frühstück zu machen. Auf dem Weg nach unten blieb sie beim großen Wandspiegel im oberen Stockwerk stehen und zuckte zusammen. Mit Tränen in den Augen und bebenden Lippen betrachtete sie sich.

Du musst ihn darauf ansprechen, befahl ihre innere Stimme, während sie mit ihrer Hand über die schmerzenden Stellen fuhr. Auf zittrigen Beinen ging Jola ein paar Schritte rückwärts, bis sie an die Tür, die zu Davids Atelier führte, stieß und diese sich öffnete. Sie betrat den dahinterliegenden Raum.

David hatte nicht abgeschlossen und saß auf seinem Hocker hinter der Staffelei. Darauf war ein großer rechteckiger Keilrahmen platziert, der ihm die Sicht auf Jola versperrte. Er musste gehört haben, dass sie eingetreten war, denn er sagte: „Guten Morgen, Süße." Dabei klang er erstaunlich entspannt.

Jola konnte nichts erwidern und dachte an den Anblick, der sich ihr im Spiegel geboten hatte.

David schaute an der Staffelei vorbei und sah so aus, als wollte er etwas sagen, aber auch ihm blieben die Worte im Halse stecken. Er starrte sie mit weit aufgerissenen Augen an und fragte: „Was ist denn mit deinen Armen los?"

„Ich weiß es nicht, sag du's mir", antwortete Jola herausfordernd. Ihre scharfe Aussage tat ihr auf der Stelle leid. David schien über diese Anspielung betroffen zu sein. Er legte seinen Pinsel auf einer Ablage ab und stand auf. „Was … Was meinst du damit?"

Obwohl er eher traurig als verärgert aussah, nahm Jola eine unsichtbare Bedrohung im Raum wahr, die kurz davor war, ihr die Kehle zuzuschnüren.

„Tut mir leid", sagte sie und blickte beschämt zu Boden.

„Was tut dir leid? Und was ist überhaupt passiert?", fragte er, wobei das Satzende in ein Flüstern überging.

Sie wusste nicht, was sie darauf antworten sollte, also sagte sie einfach etwas, das die ganze Sache verharmloste: „Ich dachte mir, vielleicht weißt du ja, was geschehen ist. Hast du in der Nacht nichts mitbekommen? Ich habe tief und fest geschlafen. Es sollte nicht wie eine Anschuldigung klingen."

„Nein, ich habe doch auch geschlafen." David zeigte auf die Kratzwunden an Jolas rechtem Oberarm. „Hast du denn nichts gespürt?"

Sie schüttelte den Kopf, obwohl sie sich nicht sicher war. Hatte sie etwas gespürt? Sie sah an sich herab, die Kratzer waren sogar teilweise blutverkrustet.

„Jola", hörte sie plötzlich eine Stimme unmittelbar neben ihrem Ohr. Sie hatte gar nicht gemerkt, dass David auf sie zugegangen war. „Willst du über etwas reden? Denn das hier …" Wieder zeigte er auf die Verletzungen, „… weist auf ein Problem hin. Ist alles in Ordnung mit dir?"

Sie wich zurück und stammelte: „Klar. Ich meine … Klar ist alles in Ordnung. Ich … Ich mache uns Kaffee, okay?"

Mit einer hastigen Bewegung griff Jola nach der Türklinke und verließ mit nur wenigen Schritten den Raum. Als sie sich umdrehte, erblickte sie Davids gekränkten Gesichtsausdruck. Dann ging er mit hängenden Schultern zurück zu seiner Staffelei.

So hatte sie sich die Aussprache nicht vorgestellt.

Auf dem Weg in die Küche achtete sie darauf, nicht erneut in den Spiegel zu schauen. Obwohl es keinen Unterschied machte, denn die Verletzungen konnte sie auch so sehen.

Als sie beim Bedienen der Kaffeemaschine dreimal dieselbe Kapsel fallen ließ, musste sie plötzlich lachen und hielt sich schnell die Hand vor den Mund. Jens war umgebracht worden und sie wachte mit Verletzungen am Oberarm auf. Jetzt zu lachen war absolut unangebracht, das war ihr klar. Das durfte David auf keinen Fall mitbekommen.

Sie biss sich auf die Unterlippe und sah an sich herab. Die Kratzer machten ihr Angst, denn sie wusste, woher sie kamen.

47

Sonntag, 27. Oktober 2019

David

Jolas Verhalten gab ihm zu Denken. Zuerst kam sie mit Kratzwunden in sein Atelier und dann beschloss sie allen Ernstes, Kaffee zu machen! Als wäre nichts geschehen! Ohne Erklärung!

Warum sich Jola selbst verletzte, war ihm ein Rätsel. Na gut, Jens' Tod hatte sie schwer mitgenommen, aber so etwas hätte er ihr nicht zugetraut. Darüber mussten sie unbedingt reden. Aber auch ihm ging es nicht gut. Er hatte wieder von der Frau geträumt. Nur dieses Mal lief es etwas anders ab als sonst. Bis jetzt war es David immer so vorgekommen, als hätte ihn die Frau angelächelt. Nicht offensichtlich, sie hatte nur ganz leicht nach oben gezogene Mundwinkel. Aber dieses Mal lachte sie ausgiebig, was noch verstörender war. Es war ein hinterhältiges Lachen, so als wolle die Frau sagen: „Haha, reingelegt! Du ahnungsloser Bastard!"

Sie lachte ihn aus und wollte gar nicht mehr damit aufhören, ihr Gesicht blieb dabei verschwommen.

Völlig verschwitzt war er morgens aufgewacht und ins Badezimmer gestürmt, wo er ausgiebig geduscht hatte. Danach hatte er den Zeitungsausschnitt zur Hand genommen, um einen Strich auf das Papier zu zeichnen. Doch als er den Stift angesetzt hatte, hatte er innegehalten.

Das war nicht derselbe Traum.

Es war dieselbe Frau und dieselbe Umgebung, aber *nicht* derselbe Traum! Davids Hand hatte zu zittern begonnen, was dazu führte, dass er eine winzige Kritzelei neben seinen sorgfältig gezogenen Strichen hinterließ. Zornig über seine eigene Unfähigkeit, nicht entscheiden zu können, ob es nun einen Strich wert war oder nicht, hatte er den Zeitungsausschnitt wieder verschwinden lassen.

Er hatte versucht, sich zu beruhigen und die Tätigkeit verrichtet, die ihm ein Gefühl von Normalität gab: Er hatte sich ein altes T-Shirt und eine Jogginghose angezogen und zu malen begonnen. In den letzten zwei Stunden hatte er ein Bild von Kopf und Schultern seiner Liebsten auf die Leinwand gebracht. Er beschloss, in die Küche zu gehen und mit ihr Kaffee zu trinken. Doch zuerst würde er sie sanft umarmen. Gemeinsam konnten sie alles schaffen, da war er sich sicher. Er ging zu Jola nach unten und ließ das Porträt der Frau auf der Leinwand im Atelier zurück.

Nachdem er sie wortlos in die Arme genommen hatte, sprach er das Thema nochmal an: „Du weißt, dass wir darüber reden müssen, oder?"

„Dafür gibt es bestimmt eine Erklärung."

Genau genommen gab es nur zwei Möglichkeiten: Entweder hatte Jola sich die Kratzer selbst zugefügt, was David ihr nicht zutrauen würde, oder – und was schlimmer wäre – *er* hatte sie, ohne sich daran erinnern zu können, verletzt. Beide Szenarien würde er am liebsten ausschließen, aber wie? Welche Möglichkeit gab es noch?

Er wollte das Gespräch nicht abreißen lassen, deshalb fragte er vorsichtig: „Und die wäre?"

„Ich … Ich kann mich erinnern, dass ich nachts Berührungen auf meinem Oberarm wahrgenommen habe …"

David hielt ungewollt die Luft an. Wenn jemand bei ihnen eingebrochen wäre, hätte er das mitbekommen. Das konnte nur heißen, dass er … Aber womit? Seine Fingernägel waren kurz geschnitten und dass er während seines Traumes schlafgewandelt war, um einen scharfen Gegenstand zu holen, konnte er sich beim besten Willen nicht vorstellen.

„Davon bin ich aufgewacht. Dann habe ich Lord Schlotterhose miauen hören. Ich sah seinen Schatten, als er vom Bett sprang. Wahrscheinlich brauchte er nur Zuneigung und hat mich unglücklich berührt."

David sah sie einen Moment lang an. Er konnte sich nicht daran erinnern, die Tür zum Schlafzimmer offen gelassen zu haben. Dann fiel ihm wieder ein, dass Jola nach ihm zu Bett gegangen war, vermutlich hatte sie sie nicht geschlossen. Sie sprach weiter: „Tut mir leid, dass ich mich vorhin so blöd verhalten habe. Das mit Lord Schlotterhose ist mir erst wieder eingefallen, als ich schon in der Küche war."

„Ist schon okay", sagte David. Aber das war es nicht. War wirklich der Kater dafür verantwortlich? So ganz glauben konnte er das nicht.

„Das … Das mit Jens macht mich so traurig", stotterte Jola und begann zu weinen. Sie hielt sich das Geschirrtuch vors Gesicht und ließ ihren Gefühlen freien Lauf. David nahm ihr den feuchten Fetzen aus der Hand und schloss sie erneut in die Arme.

Vielleicht, dachte er sich, *vielleicht ist es das Beste, wenn ich Amal um Hilfe bitte.*

Über diese Option würde er sich Gedanken machen müssen, denn auch er selbst war ziemlich niedergeschlagen wegen Jens. Er fühlte sich verloren. Dabei hatte sich alles seit Jolas Erscheinen auf der Bildfläche verbessert. Wirklich alles. Sie hatte es geschafft, dass seine Tochter ihn wieder gerne besuchte und sich ihm anvertraute. Und auch wenn er es bis vor kurzem nicht zugegeben hätte: Sie hatte es sogar hinbekommen, dass er Jens ins Herz geschlossen hatte. Natürlich musste diesem zufriedenen Dasein ein Strich durch die Rechnung gemacht werden.

Wer auch immer dafür verantwortlich war: David würde dafür sorgen, dass Jens' Mörder die Hölle auf Erden erleiden würde.

48

Montag, 28. Oktober 2019
Jola

Sie hatte bereits kurz nach 7 Uhr die ersten Kunden in der Trafik, dabei konnte sie es noch immer nicht fassen. Während sie ihnen das Wechselgeld aus der Kasse gab, musste sie daran denken, wie sie noch vor drei Tagen mit Jens hiergestanden hatte. Er schien in dem Moment der glücklichste Mensch auf Erden gewesen zu sein. Das war nun vorbei – für immer.

David wollte sie heute gar nicht fortlassen, weil er sich Sorgen um sie machte. Er hatte ihr vorgeschlagen, dass sie wenigstens noch für zwei Tage zu Hause bleiben solle, da sie eindeutig noch nicht imstande war, zu arbeiten. Das waren seine Worte gewesen. Aber Jola hatte ihm nach dieser Aussage schon gar nicht mehr zugehört. Sie brauchte die Arbeit, um sich abzulenken. Auch wenn sie in der Trafik so ziemlich alles an Jens erinnerte. Zuvor hatte sie einen Umschlag in ihre Tasche getan, in der Hoffnung, David würde nichts davon mitbekommen.

Nachdem sie heute Morgen aufgesperrt hatte, hatte sie sich selbst dabei erwischt, wie sie nach kurzer Zeit nach hinten gerufen hatte: „Jens, kannst du mir mal eine neue Papierrolle für die Kasse nach vorne bringen?"

Abwartend hatte sie für einige Sekunden nach hinten geblickt und erst dann war es ihr bewusst geworden: Jens würde ihr *nie wieder* eine Papierrolle nach vorne bringen. Dass dieser Mensch schon so selbstverständlich für sie geworden war, versetzte sie in Schrecken.

Die Zeit verging erstaunlich schnell und als Jola zwischendurch einen Blick auf ihr Smartphone warf, entdeckte sie zwei ungelesene Nachrichten von David. Er erkundigte sich nach ihrem Wohlbefinden und fragte, was sie heute essen wollte. Sie konnte nicht darauf antworten. Sie konnte es einfach nicht. Mit einem Mal breitete sich ein erdrückendes Gefühl der Übelkeit in ihr aus. Sie stellte sich Fragen, die sie sich zuvor nie gestellt hatte.

Wieso will mir David nicht sein wahres Gesicht zeigen?

Warum hat er nichts mehr zu den Kratzern gesagt? Glaubt er die Geschichte mit dem Kater tatsächlich?

Warum erzählt er mir nie, wie es ihm seit Jens' Tod geht?

Auf keine dieser Fragen konnte sie eine Antwort finden – zumindest keine, die sie beruhigte. Jola hasste sich für diese Gedanken, aber sie konnte nichts dagegen tun – sie schafften es irgendwie, sich in ihrem Gedächtnis einzubrennen. Hastig ließ sie ihr Smartphone wieder in der Schublade verschwinden und nahm einen Schluck aus ihrer Wasserflasche. Es musste ihr doch gelingen, diese furchtbaren Gedanken loszuwerden!

Eine weitere Nachricht trudelte von David ein. Sie bestand aus drei aneinandergereihten roten Herzen. Als sie sie erblickte, schoss ihr die schlimmste Frage durch den Kopf.

Spielt er ein Spiel mit mir?

49

Montag, 28. Oktober 2019

David

Am späten Nachmittag fuhren sie zu Katja und Lena.

David hatte vor, mit Jola ein bisschen bei ihnen zu bleiben, um seiner Tochter in dieser schwierigen Zeit beistehen zu können. Sie war am Wochenende wieder bei ihrer Mutter eingezogen – zwar nicht offiziell, aber sie hatte ihre Sachen gepackt und sich auf den Weg zu Katja gemacht. In der Wohnung, in der sie mit Jens gemeinsam gewohnt hatte, wollte sie nicht mehr bleiben. David verstand es. Für Lena musste jede Minute eine Qual sein, die sie in diesen Räumen verbrachte, denn alles erinnerte sie an ihren verstorbenen Freund.

David konnte sich gut vorstellen, dass sie es nicht übers Herz brachte, auch nur ein Paar Socken von ihm zu entsorgen – aber eines Tages würde sie sich dieser Herausforderung stellen müssen. Ewig bei Katja zu wohnen und gleichzeitig für die eigene Wohnung Miete zu bezahlen, könnte zum Problem werden.

Jola hatte sich merkwürdig verhalten, als sie von der Trafik nach Hause gekommen war. Sie wirkte unsicher und nervös. Ihre zwanghaften Versuche, ihn anzulächeln, scheiterten kläglich und ihr waren mehrere Male Dinge aus der Hand gefallen – ihr Hausschlüssel zum Beispiel. Er hatte gewusst, dass es für sie noch zu früh war, um arbeiten zu gehen, aber sie hatte ja nicht auf ihn hören wollen.

Sie waren seit zehn Minuten bei Katja, da klingelte es an der Tür. David wurde gebeten, sie zu öffnen, da seine Exfrau gerade Kaffee servierte. Als er ihrer Bitte nachkam, stand Kilian Plotzer mit einem zweiten Kommissar vor ihm im Treppenhaus.

„Das trifft sich gut, dass du auch da bist, David", meinte Kilian. David bat die beiden rein und sie blieben stehen, obwohl Katja ihnen einen Platz anbot. Der zweite Kommissar stellte sich als Christoph Beckmann vor. David kannte ihn nur vom Sehen, direkt zusammengearbeitet hatten die beiden nie. Wenn er sich nicht täuschte, war er vorgestern ebenfalls am Tatort gewesen. Er war etwa im selben Alter wie er – also jünger als Kilian – und hatte den zerstreuten Mann befragt, der Jens gefunden hatte.

Der Todeszeitpunkt wurde festgestellt, wie sie nun von den Kommissaren erfuhren. Am liebsten hätte David seine Tochter aus dem Raum geschickt, denn was sie jetzt zu hören bekam, musste für sie der allerschlimmste Albtraum sein.

Er konnte Kilian ansehen, dass er großes Mitgefühl für seine Familie hegte, dennoch versuchte er, sachlich zu klingen, als er sagte: „Jens Schöffer erlag am 25. Oktober um etwa 18.30 Uhr seinen Verletzungen. Die Umgebung wurde nochmals untersucht und es sieht so aus, als wäre der Mann unten am Murufer, wo er auch gefunden wurde, umgebracht worden."

Lena kamen die Tränen, als sie sagte: „Hören Sie auf, hören Sie auf, hören Sie auf! Ich will mir das nicht anhören!"

Katja saß neben Lena und legte einen Arm um ihre Tochter. David stand auf und stellte sich hinter die beiden. Auch er versuchte, sein Kind zu beruhigen und strich ihm sanft über den Kopf.

„Bitte, bitte, sagen Sie mir, dass er nicht leiden musste! Bitte!", bettelte Lena. Die Kommissare gingen nicht darauf ein.

David musste schlucken. Soviel er mitbekommen hatte, hatte ihr Freund einen Spannungspneumothorax erlitten, was einen qualvollen Tod bedeutete. Dass man seiner Tochter dieses Detail verschwieg, war zu ihrem Besten. So etwas hatte Jens nicht verdient … Die Gedanken an die Qualen, die sein verstorbener Schwiegersohn in spe durchmachen musste, führten bei David dazu, dass der Hass auf den Täter ins Unermessliche stieg.

Kilian warf Lena einen mitfühlenden Blick zu und redete weiter: „Wir haben das Personal vom Hotel *Landskron* und die zurzeit anwesenden Gäste befragt. Es ist niemandem etwas aufgefallen."

„Was? Niemandem? Das kann doch nicht sein!", entfuhr es David.

„Nun ja, Bruck an der Mur ist zwar keine Großstadt wie Graz, in der fast rund um die Uhr Menschen auf der Straße unterwegs sind, aber es ist auch nicht so ein kleiner Ort, dass *jeder*, der sich draußen aufhält, eine Sensation bedeutet."

„Du hast recht, aber … verdammt, Kilian. So etwas passiert hier nicht jeden Tag. Da muss doch irgendjemand etwas gesehen haben."

„Natürlich haben einige Gäste etwas gesehen. Aber zwischen 18 Uhr und 18.30 Uhr sind mehr als zwei Menschen in der Nähe des Hotels gesichtet worden. Außerdem hat es bereits gedämmert. Wir haben einige Personenbeschreibungen, die einander sehr ähneln."

„Aber Jens lag doch unten am Ufer. Hat denn niemand gesehen, wie zwei Leute über das Geländer gestiegen sind?"

„Nein, David. In der Nähe des Ufers wurde übrigens noch etwas gefunden", meinte Kilian und zog einen Plastikbeutel mit Zippverschluss hervor, in dem sich eine dunkle, viereckige Schatulle befand.

Nein, war Davids erster Gedanke. *Nicht der Ring. Bitte nicht.*

Lena würde garantiert zusammenbrechen, wenn sie ihn zu Gesicht bekäme. Auch in Jolas Augen erkannte er eine ängstliche Regung. Nervös blickte sie von den Kommissaren zu seiner Tochter und wieder zurück. Lena entging diese erschrockene Reaktion nicht und als sie etwas sagen wollte, meinte David hastig: „Kilian, auf ein Wort, bitte."

Mit der Hand bedeutete er dem Kommissar, ihm in den Flur zu folgen, was er stirnrunzelnd machte. David zog daraufhin die

Tür zum Wohnraum leise hinter sich zu. „Das könnt ihr nicht machen", sagte er in flehendem Tonfall. Er kämpfte gegen die Tränen an und fügte im Flüsterton hinzu: „Bitte. Macht das nicht."

Kilian zog fragend eine Augenbraue nach oben und meinte: „Du weißt, was in der Schatulle ist, nicht wahr?"

David stieß einen hörbaren Seufzer aus und antwortete erschöpft: „Ja, Kilian, ich weiß es. Jens wollte … Ich will nicht, dass Lena davon erfährt."

„Warum nicht? Wir müssen sichergehen, dass das Teil wirklich ihm gehört hat und wir werden …"

„Kilian! Die Tatsache, dass Jens meine Tochter heiraten wollte, macht die Sache für sie nicht gerade einfacher. Das muss dir doch klar sein."

„Diese Schatulle ist Teil der Ermittlungen", meinte der Kommissar. David ging kopfschüttelnd zu den anderen zurück, ohne ein weiteres Wort zu sagen, Kilian folgte ihm.

„Tut mir leid, …", begann er, wurde aber von Jola unterbrochen, indem sie aufgebracht sagte: „Das ist die Schatulle, oder? Die, die Jens …"

David war gerade dabei, sich auf einen Stuhl neben sie hinzusetzen und hoffte, sich verhört zu haben. Er sah sie mit starrem Blick an und hielt in seiner Bewegung inne. Das konnte doch wohl nicht ihr Ernst sein!

„Ich weiß nicht, wovon du redest. Ich kann mich an keine Schatulle erinnern."

Den letzten Satz sprach David betont langsam aus, damit Jola verstand, was sie mit ihrer Aussage angerichtet hatte. Aber entweder begriff sie es wirklich nicht, oder sie wollte Lena noch mehr verletzen, denn sie schüttelte aufgeregt den Kopf und deutete auf die Kommissare, ohne David aus den Augen zu lassen: „Doch, doch, Schatz. Weißt du nicht mehr? Das ist sicher dieselbe …"

Lena, die die beiden bis zu diesem Augenblick nur schweigend beobachtet hatte, fragte nun mit ernster Stimme: „Was ist in der Schatulle?"

David sah seine Tochter an und atmete schwer. Seine Sicht verschwamm und er spürte, wie sich seine Nasenflügel bei jedem Atemzug aufblähten. So zornig war er noch nie auf Jola gewesen. Sein Blick ruhte für einen kurzen Moment auf ihr – sie schien sich keiner Schuld bewusst zu sein. Er hätte sich mit ihr absprechen müssen, Lena würde es das Herz nochmal brechen, wenn sie erfahren würde, dass Jens sie heiraten wollte und Jola und er davon wussten. Wenn es nach ihm ginge, hätte er sich ahnungslos gestellt, aber Jola hatte alles versaut. Aus dieser misslichen Lage konnte er sich jetzt nur noch schwer herausmanövrieren.

„Zeigen Sie sie mir", forderte Lena Kilian auf, der daraufhin den Plastikbeutel vor ihr auf den Tisch legte. Ihre Atmung wurde schneller und unregelmäßiger und ihre Stimme versagte beinahe, als sie dem Kommissar befahl, den Gegenstand zu öffnen. Er zog sich ein paar Gummihandschuhe über und holte die Schatulle aus dem Beutel. Außer dem Rascheln des Kunststoffs und Lenas Atmung war nichts zu hören.

David trat der Schweiß aus den Poren, er warf Jola einen vernichtenden Blick zu, den niemand zu bemerken schien. Wie in Zeitlupe öffnete Kilian Plotzer die Schatulle. Ein funkelnder Ring kam zum Vorschein, was dazu führte, dass Lena die Hände vor den Mund schlug und mit ihrem Sessel hastig ein Stück nach hinten rutschte. Dabei glitt Katjas Hand von ihrer Schulter.

„Haben Sie diesen Ring schon mal gesehen?", wurde Davids Tochter gefragt. Er hätte ihr genauso gut eine Ohrfeige geben können. So sah sie den Kommissar jetzt auch an: Als hätte er ihr ins Gesicht geschlagen.

„Nein", flüsterte sie. Sie fixierte mit ihrem Blick den Gegenstand vor ihr.

„Und Sie?", fragte Kilian Jola.

Noch ehe David etwas sagen konnte, antwortete sie: „Ja. Jens hat ihn uns am Freitag gezeigt, als er uns mit Lena besucht hat."

David war fassungslos und konnte nichts anderes tun, als sie entgeistert anzustarren. Es kam ihm so vor, als hätte Jola es darauf angesetzt, ihn ins Schlamassel zu bringen und er betete in Gedanken, dass sie endlich ihren Mund hielt. Doch das tat sie nicht: „Bevor ich am selben Abend die Trafik abgesperrt habe, hat er noch eine Nachricht geschrieben."

„Welche Nachricht?", wollte Kilian wissen.

„Eine Liebesbotschaft für Lena. Die hat er in die Schatulle gelegt. Aber vielleicht hat er sie dann wieder herausgenommen und weggeworfen."

„Sei endlich still!", rief Lena und sprang auf. David fühlte mit ihr. Solche Details zu erfahren, musste für sie die Hölle auf Erden sein. Katja konnte gerade noch den Sessel auffangen, der bei der ruckartigen Bewegung nach hinten gekippt war.

„Schätzchen, bitte beruhige dich", sagte sie in einem einfühlsamen Tonfall und wandte sich anschließend an die beiden Kommissare: „Sind Sie sich sicher, dass dieser Ring Jens gehört hat?"

Was für eine blöde Frage, dachte David. Er konnte sich ein Augenrollen nicht verkneifen. Zum ersten Mal meldete sich nun der zweite Kommissar: „Seine Fingerabdrücke wurden auf der Schatulle sichergestellt …"

„Und ihr habt davon gewusst!", schrie Lena Jola und David an.

Ihr Vater stieß einen erschöpften Seufzer aus und begann: „Hör zu, Liebes …"

„Nenn mich nicht *Liebes*, okay?! Warum habt ihr mir das verheimlicht?!"

„Lena, bitte beruhige dich …"

„Nein, David! Du hörst mir jetzt zu! Ich habe es satt, verstehst du? Meine große Liebe ist umgebracht worden! Du konntest ihn nicht leiden, gib es zu! Und du hast von diesem Ring gewusst! Weißt du was, ich bin fertig mit dir! Und *du* …" Sie sprach das *du* in einem angewiderten Tonfall aus und wandte sich an Jola: „… Von dir hätte ich mir ehrlich gesagt mehr erwartet."

Es herrschte eisiges Schweigen im Raum. Doch zu aller Verwunderung verließ Lena nicht das Zimmer, sondern setzte sich wieder hin. Sofort legte Katja den Arm schützend um die Schulter ihrer Tochter.

David war zu beschämt, um etwas zu sagen. Lena hatte ihn beim Vornamen genannt. Die beiden hatten es nie leicht miteinander gehabt, aber das war für ihn wie ein Schlag in die Magengrube. Ihm war so übel, dass die Hitze, die sich in seinem Körper ausbreitete, ihn dazu zwang, mit zusammengepressten Lippen auf seine Hände zu starren, die er im Schoß gefaltet hatte. Auch Jola wich den Blicken aller Beteiligten aus und schwieg.

Kilian versuchte nun vorsichtig, das Gespräch wieder auf den Tod von Jens zu lenken: „Frau Ilmbrandt", damit sprach er wieder Lena an, „ich kann Ihren Frust nachvollziehen und möchte Sie auch nicht weiter bedrängen, aber ich hätte noch ein paar Fragen, wenn das in Ordnung ist."

Lena nickte stumm und war sichtlich bemüht, die Tränen zurückzuhalten.

„Wer könnte etwas gegen die Hochzeit gehabt haben, können Sie mir das sagen?"

Vermutlich konnte sie das, tat es aber nicht. Stattdessen warf sie kurz einen hasserfüllten Blick in Davids Richtung. Aufgrund dieser Tatsache und Lenas vorigen Aussagen verstanden die Kommissare.

Kilian fragte: „Warum glauben Sie, hätte Ihr Vater etwas dagegen gehabt?"

„Ich hätte nichts dagegen gehabt, meine Güte", entfuhr es David. Dabei sah er dem Kommissar ins Gesicht. „Wirklich nicht. Ich mochte Jens."

„Das hat er aber nie gezeigt", meinte Lena verbissen, ohne ihren Vater dabei anzusehen.

Kilian seufzte leise. „Ich sehe schon, dass es hier gewisse Meinungsverschiedenheiten gibt. Aber diese dürften für den Fall Schöffer irrelevant sein. Also, Frau Ilmbrandt, ich frage Sie nochmal: Gibt es jemanden, der gegen eine Hochzeit gewesen wäre, oder der Jens nicht leiden konnte?"

Katja rüttelte leicht an Lenas Schulter, um sie daran zu erinnern, dass es da eine gewisse Person gab, die ein Problem mit Jens gehabt hatte.

„Da fällt mir nur Hannes ein“, meinte sie leise.

„Aha.“ Kilians Kollege holte einen Stift und einen kleinen Block aus seiner Gesäßtasche. „Hannes …“

„Wiedner. Er kannte Jens eigentlich nicht, aber er war mal in mich verliebt, deshalb ging ihm unsere Beziehung gegen den Strich.“

„Wann hatten Sie das letzte Mal Kontakt mit Herrn Wiedner?“

Lena presste die Lippen aufeinander. Jeder im Raum sah sie erwartungsvoll an.

„Am Abend, als Jens … umgebracht wurde“, sagte sie zitternd, wobei sie die letzten beiden Worte nur flüsternd hervorbrachte.

„Das ist interessant. Worum ging es denn?“

„Um Jens.“ Die Stimme seiner Tochter war nun in einen leisen quietschenden Tonfall übergegangen. Sie machte sich nicht die Mühe, die Tränen, die ihr nun über das Gesicht liefen, wegzuwischen. Anstatt weiterzureden, reichte sie ihr Handy, auf dem sie den Nachrichtenverlauf mit Hannes eben geöffnet hatte, den Kommissaren, die am anderen Ende des Tisches standen.

Kilian sah Lena einige Sekunden lang an und las sich daraufhin mit seinem Kollegen die Textmitteilungen durch.

„Nun gut“, sagte er und legte das Smartphone auf den Tisch, „das hört sich nach Eifersucht an. Zugegeben sehen diese Nachrichten für mich nicht unbedingt verdächtig aus, aber wir werden der Sache auf jeden Fall nachgehen.“

Sein Kollege kritzelte voller Elan auf seinem – wie es aussah – viel zu kleinen Block herum.

„Sonst noch jemand?“, fragte Kilian in die Runde.

Das Schweigen war ihm wohl Antwort genug.

50

Montag, 28. Oktober 2019

Jola

Die Fahrt nach Hause war genauso schlimm, wie sie befürchtet hatte.

David und sie hatten die Wohnung seiner Exfrau nur wenige Minuten nach den Kommissaren verlassen, da Lena die beiden nicht mehr sehen wollte – was irgendwie verständlich war. Sie vermied es, sich von ihnen zu verabschieden, worauf sich Davids Gesicht vor seelischem Schmerz verzerrte. In diesem Moment tat er Jola furchtbar leid.

Er war mit großen Schritten zum Auto gegangen und hatte sich hinters Lenkrad gesetzt. Die Fahrzeugtür hatte er zuvor lautstark zuknallen lassen, was Jola und Katja, die sie hinunter bis zur Haustür begleitet hatte, zusammenzucken ließ.

Seine Exfrau warf ihr daraufhin einen Blick zu, der so viel hieß wie: *Sieh zu, dass er sich wieder beruhigt.* Plötzlich hatte Jola eine Art Verbundenheit zu ihr gespürt und ihr zugenickt. Dann war sie um das Auto herumgelaufen und eingestiegen.

Während der Fahrt zischte David nach kurzer Zeit durch zusammengebissene Zähne: „Das mit dem Ring hättest du nicht erwähnen sollen."

Jola versuchte, ruhig und sachlich zu bleiben: „Du hast doch gehört, dass Jens' Fingerabdrücke auf der Schatulle sichergestellt wurden. Es wäre so oder so rausgekommen."

„Aber *mich* da mitreinzuziehen, hättest du dir sparen können! Mein Gott, schalte *einmal* dein Hirn ein, bevor du redest."

Das hatte gesessen. So abwertend hatte er noch nie zuvor mit ihr geredet. Aber sie ließ sich ihr Entsetzen nicht anmerken. „Dann sollten wir uns das nächste Mal absprechen. Das wird jedoch schwierig, da du seit Jens' Tod kaum mit mir redest."

„Was willst du damit andeuten?", fragte David und sah sie mit zusammengezogenen Augenbrauen an, wobei das Auto beinahe von der Straße abkam. Erst als Jola einen Schrei ausstieß, schaute er wieder nach vorne und sorgte mit einer ruckartigen Bewegung dafür, dass der Wagen wieder geradeaus fuhr.

„Pass auf, wo du hinfährst! Willst du uns umbringen?", fragte sie außer Atem.

David lachte zynisch auf, anstatt eine Antwort darauf zu geben. Sein Verhalten machte ihr Angst. Schon beim Wegfahren hatte er so unter Strom gestanden, dass sie es für keine gute Idee gehalten hatte, ihn ans Steuer gelassen zu haben.

„Glaubst du wirklich, dass ich uns umbringen würde?", fragte er sie plötzlich.

„Ich wollte damit nur sagen, dass du aufpassen sollst, wo du hinfährst."

„Nein, im Ernst: Glaubst du, dass ich jemanden töten könnte?"

„Was redest du? Ich habe das doch nur so daher gesagt."

„Darum geht es jetzt nicht. Würdest du es mir zutrauen? Und ich rede nicht von einem Unfall, sondern von einer Absicht."

Jola gefror das Blut in den Adern. „Lass mich aussteigen."

„Hast du etwa Angst vor mir?"

„David, bleib stehen. Sofort."

„Eine Unterhaltung mit dir ist im Moment sinnlos. Ich fahre uns nach Hause, dann können wir uns einen Tee machen und in Ruhe über alles reden."

Jola wollte etwas erwidern, konnte es aber nicht. Was war mit David los? Warum veränderte er sich seit Jens' Tod von Tag zu Tag mehr? Wer war dieser Mann?

Er beschleunigte und sie wünschte sich, dass sie im nächsten Augenblick frontal in ein Gebäude krachten, damit dieser ganze Wahnsinn ein Ende hatte. Doch es geschah nicht. David wurde plötzlich ganz ruhig, er drosselte das Tempo und das Auto schien auf der Straße nur so dahinzuschweben. Jola drehte sich zur Seite und starrte hinaus in die Dunkelheit. Die vorbeifliegenden Schatten der Bäume wühlten sie zusätzlich auf, ihr Blick glitt wieder ins Wageninnere, das schwach beleuchtet war. Sie schielte zu David und fragte sich, wozu er alles fähig war.

51

Montag, 28. Oktober 2019
David

Als sie daheim ankamen, stieg Jola aus dem Wagen, noch ehe er ganz zum Stehen kam. Mit eiligen Schritten ging sie voran ins Haus. David konnte es ihr nicht verübeln, sein Verhalten widerte ihn sogar selbst an. Was hatte er sich nur dabei gedacht, so mit ihr zu reden? Sie hatte vor den Kommissaren nur über die Schatulle zu sprechen begonnen, weil sie von Grund auf ehrlich war. Eine ehrliche herzensgute Seele – im Gegensatz zu ihm. Seinen Frust an ihr auszulassen war unfair.

Im Radio lief *Riders on the storm* von *The Doors*. David konnte nicht anders, als dem Lied ein paar Sekunden lang zu lauschen. Als er hörte, wie Jim Morrison über einen Killer auf der Straße sang, überkam ihn eine Welle der Übelkeit, die seine Nackenhaare zu Berge stehen ließ. Lag es daran, dass er vorhin kurzzeitig die Kontrolle über den Wagen verloren hatte? Wie knapp waren Jola und er dem Tod entkommen? Das waren Fragen, die David Angst machten.

Etwa bei der Hälfte des Liedes stellte er den Motor ab und wurde daraufhin von einer erdrückenden Stille umgeben.

Als er die Haustür hinter sich schloss, ging er nach oben ins Badezimmer, weil er vermutete, Jola dort zu finden. Dreimal klopfte er an die Tür, ehe er von einem unverständlichen Murmeln hineingebeten wurde.

Jola stand vor dem Spiegel und entfernte gerade ihr Make-up, vermutlich gröber als nötig. Sie schminkte sich sehr selten, und wenn es nach ihm ginge, hätte sie diesen ganzen Matsch im Gesicht gar nicht nötig, denn sie war die schönste Frau, die er jemals gesehen hatte.

David sah sie an und fragte, ob alles in Ordnung sei. Als Antwort bekam er nur ein lautes Schnaufen. Also nicht. Wie *Mann* am besten in so einer Situation reagiert, hätte David wissen müssen, immerhin hatte er jahrelange Übung in solchen Dingen. Aber bei seiner Exfrau hatte er einiges vermasselt, wieso also sollte es jetzt anders sein?

„Ich entschuldige mich aufrichtig für das, was heute vorgefallen ist. Für alles", sagte er sanft, in der Hoffnung, die richtigen Worte gewählt zu haben. „Ich will nicht, dass du Angst vor mir hast. Aber ich habe dir gute Gründe dafür gegeben und das tut mir leid. Es wird nicht mehr vorkommen."

Jola schien mit ihrer Abschmink-Prozedur fertig zu sein und starrte ins Waschbecken, auf das sie sich nun mit beiden Händen abstützte.

„Nein, das glaube ich nicht", meinte sie und sah ihn daraufhin lächelnd an. Ihr Gesichtsausdruck passte so gar nicht mit dem eben Gesagten zusammen.

Ehe David nachfragen konnte, fuhr sie fort: „Ich glaube nicht, dass du uns umbringen würdest. Um deine Frage von vorhin zu beantworten. Es tut mir auch leid, ich habe im Auto überreagiert."

David fiel ein Stein vom Herzen. Wenigstens eine Sache wäre geklärt. Krieg mit seiner Liebsten konnte er in Zeiten wie diesen am allerwenigsten gebrauchen. Er setzte sich auf den Rand der Badewanne – wobei er noch immer seinen Mantel anhatte – und tat das, was schon längst überfällig war: Er redete. Jola hatte recht, seit Jens' Tod hatte er sich immer mehr zurückgezogen, was dazu führte, dass sich schleichend ein großer Graben zwischen ihnen aufgetan hatte.

„Ich bin in letzter Zeit sehr gereizt. Aber es liegt nicht an dir, wie du dir hoffentlich denken kannst. Meine Welt ist komplett in sich zusammengestürzt, verstehst du?“

Jola nickte. Aus Davids Augen lösten sich vereinzelt ein paar Tränen.

„Das mit Lena war immer schon schwierig. Sie hat mich gehasst, als ich sie und Katja verlassen habe. Wirklich gehasst. Es hat ewig gedauert, bis ich wieder eine einigermaßen humane Beziehung zu ihr aufbauen konnte – und dabei spreche ich nicht von einem familiären Verhältnis. Es war wirklich einfach nur human. Zwei Menschen, die sich in einer gewissen Distanz wenigstens halbwegs normal miteinander unterhalten können. Und dann kamst du. Mit dir wurde alles plötzlich so einfach. Lena und Jens kamen gern zu uns und ich konnte fühlen, dass meine Tochter anfing, mich zu mögen. Das alles habe ich dir zu verdanken. Deshalb bist du die letzte Person, an der ich meinen Frust auslassen sollte. Mein Verhalten dir gegenüber ist beschissen und unverzeihlich.“

Es sah so aus, als wolle Jola etwas dazu sagen, aber David ließ sie nicht zu Wort kommen: „Und dann wurde Jens umgebracht. Weiß Gott, warum. Gerade, als das Leben anfing, stabil und ausgeglichen zu werden, musste uns das Schicksal einen Strich durch die Rechnung machen. Dabei habe ich mir solche Mühe gegeben, aber anscheinend war es immer noch zu wenig. Warum sonst sollte Lena mich angeschaut haben, als Kilian fragte, wer etwas gegen die Hochzeit haben könnte? Ich habe alles gegeben, aber es hat nicht gereicht. Ich habe versagt, in allem. Eines sage ich dir, Jola … Ich bin am Ende. Und deshalb … werde ich mir Hilfe suchen.“

So ehrlich war er schon lange nicht mehr gewesen. Ihn überraschte es selbst, dass er weinend auf dem Wannenrand hockte und sich alles von der Seele geredet hatte, wo er doch sonst immer alles in sich hineingefressen hatte. Jola ging auf ihn zu und schloss ihn in die Arme. Eine Welle der

Erleichterung überkam ihn und er heulte lauthals in ihren kratzigen Pullover.

Als er sich wieder etwas beruhigt hatte, löste er sich aus ihrer Umarmung und lächelte. „Aber nicht, dass du Lena oder Katja erzählst, dass ich eine alte Heulsuse bin."

Jola begann zu lachen – das erste Mal seit einer gefühlten Ewigkeit –, küsste ihn und sagte: „Indianerehrenwort."

Sie beschlossen, nach unten zu gehen, weil es doch ein etwas beklemmendes Gefühl war, in einem gefliesten Raum über seine psychische Verfassung zu reden. Außerdem wurde David langsam heiß in seinem dicken Mantel, den er immer noch trug. Er hing ihn im Flur auf einen Garderobenhaken und entdeckte einen kleinen Zettel, den er vor einigen Monaten in die Ablage auf der Kommode gelegt hatte. Natürlich war er ihm schon öfter aufgefallen, aber dieses Mal könnte er ihm von großem Nutzen sein. Im Nu verschwand der Zettel mit Amals Adresse in seiner Hosentasche.

Jola hantierte gerade mit Tassen in der Küche, um ihnen Tee zu machen, als David mit seinem Smartphone neben sie trat. Er lehnte sich an den Küchenblock und ging seine Kontaktliste durch. Ihm fiel auf, dass sie erst bei dem Buchstaben B begann, was höchst eigenartig war.

„Komisch", meinte er nur.

„Was denn?", wollte Jola wissen und griff nach zwei Teebeuteln im Oberschrank.

„Habe ich dir Amals Nummer gegeben? Ich kann sie nicht mehr finden."

Ein verunsichertes Kopfschütteln. Dann musste David den Kontakt aus Versehen gelöscht haben, anders konnte er es sich nicht erklären. Ein Blick in die Mail-App – nichts deutete auf eine Konversation mit seinem Jugendfreund hin. In der Adressliste wurde er auch nicht fündig. David konnte sich erinnern, dass seine Mail-Adresse mit dem Buchstaben X begann und mit einer Zahlenkombination endete. Mehr wusste er nicht. Das half ihm nun auch nicht weiter. Er würde auf der Rückseite des Zeitungsausschnittes nachsehen müssen, doch bevor er das tat, legte er sein Smartphone auf die Arbeitsfläche und sprach seinen Gedanken laut aus: „Dann werde ich demnächst zu ihm fahren."

„Wer ist Amal?"

Aus Jolas Gesichtsausdruck konnte er schließen, dass sie keine Ahnung hatte, wovon er sprach. Sie hatte Amal zwar nur einmal getroffen, aber dass sie so vergesslich war, hätte er nicht gedacht.

„Du weißt es nicht mehr? Ich habe ihn doch Ende März eingeladen. Ein alter Freund von mir – der Psychologe. Als ich euch einander vorgestellt habe, meinte er, du würdest ihm bekannt vorkommen. Dann sagte ich spaßeshalber, dass du ihn vielleicht mal beim Fortgehen verprügelt hast", versuchte David lachend, ihre Erinnerungen wieder in Gang zu bringen. Doch Jolas Mundwinkel zuckten nicht einmal.

„Du hast mir nie einen deiner Freunde vorgestellt."

„Jola, komm schon. Das kannst du doch unmöglich vergessen haben. So lange ist es nun auch wieder nicht her."

„Da musst du mich verwechseln. Vielleicht hast du ihn irgendwann mal Katja vorgestellt."

Das hatte er nicht. Jola war die einzige Person, die er mit Amal bekannt gemacht hatte. Seiner Exfrau hatte er nicht einmal von ihm erzählt.

„Ich weiß doch, dass er bei uns war. Nicht bei Katja oder sonst wem. Der große Typ mit Brille. Ihr habt euch gut verstanden."

„Ich weiß nicht, was das soll, David. Ehrlich nicht. Vielleicht solltest du schlafen gehen, du bist total übermüdet."

David konnte seinen Ohren nicht trauen. Auf keinen Fall würde er jetzt zu Bett gehen, diese Sache wollte er auf der Stelle klären: „Ich weiß schon selbst, wann ich müde bin. Was soll diese Anspielung? Willst du damit sagen, dass ich mir seinen Besuch nur eingebildet habe? Ich habe doch hier seine Adresse aufgeschrieben!"

Aufgewühlt fingerte er in seiner Hosentasche herum, bis er den Zettel zu fassen bekam und hervorzog, den er eben zuvor eingesteckt hatte. Damit wedelte er vor Jolas Gesicht herum. Sie zog die Augenbrauen zusammen und meinte: „Weiß ich doch nicht, wessen Adresse das ist. Fakt ist, dass du müde bist, es keinen Amal in deiner Kontaktliste gibt und du glaubst, ihn mir vorgestellt zu haben, obwohl dem nicht so ist. Du bist total … überfordert."

„Überfordert oder geisteskrank? Was wolltest du wirklich sagen?"

Nun waren sie wieder dort angelangt, wo sie schon vorhin im Auto gewesen waren.

„Mit dir kann man im Moment nicht normal reden", war ihre Antwort darauf. Dabei ließ sie die Tassen in die Spüle fallen, machte das Licht aus und ging nach oben ins Schlafzimmer. David stand plötzlich allein in der dunklen Küche und hörte nur seinen eigenen Herzschlag – und Lord Schlotterhose, der miauend auf ihn zukam und sich an seinem Hosenbein rieb. Als hätte das Tier gewusst, dass es Zeit war, seinen Besitzer zu trösten.

David ließ sich auf den Boden sinken und spürte das Gewicht des Katers, als dieser sich auf seinen Schoß setzte.

„Hey, Kumpel", sagte David leise und streichelte ihn. „Hast du dich schon bei Frauchen entschuldigt? Du hast ihr letztens mit deinen Krallen ganz schön wehgetan."

Ein genüssliches Schnurren erklang. Dieses Geräusch und die Dunkelheit sorgten dafür, dass David allmählich müde wurde. Vielleicht hatte Jola ja recht und er benötigte mehr Ruhe, als er sich eingestehen wollte. Aber die Sache mit Amal war trotzdem merkwürdig. Es musste doch einen Grund geben, warum auf seinem Smartphone nichts mehr auf ihn hindeutete und Jola sich nicht an ihn erinnern konnte. Morgen würde er alles klären. Morgen, wenn er zu Amal fahren würde.

Lord Schlotterhose sprang von ihm runter, anscheinend war das genug Zärtlichkeit für heute. David war zu aufgewühlt, um schlafen zu gehen, außerdem hatte er nicht vor, die Nacht auf dem Küchenboden zu verbringen, deshalb ging er nach oben in sein Atelier.

52

Dienstag, 29. Oktober 2019

Jola

Der Wecker riss sie aus ihrem traumlosen Schlaf. Ihre Hand schnellte nach vorne, um ihn auszuschalten, ehe David davon aufwachen würde. Sie drehte sich langsam zu ihm um und merkte, dass seine Hälfte des Bettes leer war – und es sah so aus, als hätte er die Nacht gar nicht neben ihr verbracht. Dann fiel ihr wieder die Diskussion von gestern Abend ein. War er in der Küche geblieben? Oder gar abgehauen?

Schlaftrunken krabbelte sie unter ihrer Decke hervor und stieg aus dem Bett. Sie ging zum Fenster, öffnete die Vorhänge und blickte in eine dunkle dichte Wand aus Nebel. In der Finsternis konnte sie nicht erkennen, ob der silberne Ford in der Hauseinfahrt stand. Sie nahm an, dass David in seinem Atelier war.

Jola ging ins Bad, um sich für die Arbeit fertigzumachen. Als sie sich die Zähne putzte, hörte sie Schritte vor der Badezimmertür, kurz darauf knarzte die Treppe. Es folgte ein Geräusch, das sich nach Klappern von Geschirr anhörte. Sie spülte ihren Mund aus und ging nach unten.

In der Küche stand David und bediente gleichzeitig die Kaffeemaschine und sein Smartphone. Jola wünschte ihm einen guten Morgen, ohne ihm dabei zu nahezukommen. Sie öffnete den Kühlschrank und holte ihre Sprudelwasserflasche sowie ihre Box mit Wurstbroten für die Arbeit heraus. David murmelte ein leises „Morgen“, schaffte es aber nicht, seinen Blick vom Smartphone abzuwenden. Er sah müde aus. Ob er überhaupt geschlafen hatte?

Jola wollte nicht zur Arbeit fahren, ohne mit ihm gesprochen zu haben, aber wieso zum Teufel sollte sie die Erste sein, die den Mund aufmacht? Während sie sich in Gedanken über David ärgerte, fragte er sie plötzlich: „Was hast du da?“

Langsam kam er auf sie zu und berührte sie im Nacken, was ihr eine Gänsehaut bescherte.

„Dreh dich um“, forderte er sie auf und Jola gehorchte. Sie starrte auf die matte Kühlschranktür und hörte, wie der Reißverschluss ihres Oberteils geöffnet wurde, der sich am Rücken befand.

„Was … Was machst du?“, hörte sie sich selbst mit zitternder Stimme fragen. Anstatt darauf zu antworten, packte David sie unsanft am Handgelenk und zog sie mit sich, was sie dazu zwang, ihre Jause auf die Arbeitsfläche zu legen. Sie gingen nach oben. David blieb am Ende der Treppe stehen, wo der Spiegel hing. Mit einem ernsten Blick forderte er sie auf, sich umzudrehen, sodass sie ihren Rücken im Spiegel betrachten konnte.

Da waren sie wieder.

Zwischen ihren Schulterblättern waren Kratzer zu sehen, die bis zum Hals hinaufführten.

„Falls es wieder Lord Schlotterhose war, kann es doch nicht sein, dass du das nicht mitgekriegt hast.“ Davids Worte klangen hart, doch als sie ihn ansah, konnte sie die Verzweiflung in seinem Blick erkennen. Sie wusste nicht, was sie dazu noch sagen sollte. War er tatsächlich so blind? Bekam er nicht mit, was sich hier abspielte?

„Ich muss los, sonst komme ich zu spät“, meinte Jola und schloss den Reißverschluss ihres Oberteils wieder. Sie überlegte kurz, ob sie David einen Abschiedskuss geben sollte, entschied sich aber dagegen – es fühlte sich im Moment einfach nicht richtig an. Sie hastete die Treppe hinunter, darauf gefasst, Davids wütende Stimme und seine schweren Schritte hinter sich zu hören, doch als sie sich am Fußende der Treppe umdrehte, stellte sie fest, dass er sich nicht vom Fleck gerührt hatte. Sie nahm ihre Jause und schritt zur Tür hinaus. Das Einzige, das sie ihm noch zurief, war: „Dein Kaffee ist übrigens fertig!“

53

Dienstag, 29. Oktober 2019
David

Was passierte hier?

Was passierte mit ihnen?

Dass Jola einfach gegangen war, ohne auf die Kratzer zu reagieren, machte ihn sprachlos. Hatte die Tür zum Schlafzimmer etwa wieder offen gestanden? Und hatte sich Lord Schlotterhose erneut hineingeschlichen? Das konnte er sich nicht vorstellen, dieser Zufall wäre zu merkwürdig.

Vielleicht hatte Jola sich selbst diese Verletzungen zugefügt – vielleicht hatte sie das das letzte Mal auch schon getan! War das womöglich ihre Art, mit dem Verlust umzugehen? Verletzte sie sich selbst, wenn sie trauerte? Was, wenn auch sie Hilfe brauchte? Eines stand fest: Er musste schnellstmöglich zu Amal.

Doch zuvor musste er sich vergewissern, dass er nicht dabei war, verrückt zu werden. Er ging ins Schlafzimmer und öffnete seine Nachttischschublade. Mit schnellen Bewegungen durchwühlte er sie, bis er den Zeitungsartikel zu fassen bekam. Er atmete hörbar aus und drehte ihn um. Das hatte er schon lange nicht mehr getan. Da er bis gestern davon ausgegangen war, Amals Kontaktdaten auf dem Smartphone gespeichert zu haben, hatte er keinen Grund dazu gehabt. Seine Befürchtung, den Verstand zu verlieren, bestätigte sich in dem Moment, als er erkannte, dass Amals Mail-Adresse verschwunden war. Er ließ den Ausschnitt wieder verschwinden und fuhr sich mit den Händen über das Gesicht. *Das kann nicht wahr sein.*

David stürmte ins Badezimmer, um sich frisch zu machen und eilte im Anschluss die Treppe hinunter. Hastig füllte er Lord Schlotterhoses Futternapf – wer weiß, wie lange er ausbleiben würde. Seinen Kaffee ließ er achtlos vor der Maschine stehen und bevor er das Haus verließ, vergewisserte er sich, ob der kleine Zettel in seiner Hosentasche war.

Etwa zwanzig Minuten später parkte er seinen Wagen vor Amals Wohnhaus. Auch hier in Bruck an der Mur hatte sich der Nebel noch nicht gelichtet, was dazu führte, dass David alles unwirklich erschien und er überlegte, wann er zuletzt mit seinem Kumpel gesprochen hatte. Wenn man die Beziehung der beiden denn noch als Freundschaft bezeichnen konnte. Das letzte Treffen war ja alles andere als gut verlaufen.

Er wurde aus seinen Gedanken gerissen, als jemand die Haustür öffnete. David stieg aus dem Auto und war mit ein paar schnellen Schritten dort, bevor die Tür wieder zufiel. Im Treppenhaus stand ein Mann vor ihm, der gerade zuvor das Haus betreten hatte. An seinem Blick erkannte David, dass er sich fragte, was zum Geier er hier verloren hatte.

„Ich bin nur auf Besuch hier“, war seine Antwort auf die nicht gestellte Frage. Der Mann, der ungefähr in seinem Alter war, nickte ihm zu, sah aber weiterhin skeptisch aus. Langsam stieg er vor David die Treppe hinauf in den ersten Stock. Als er bei der dritten Wohnungstür stehenblieb und seinen Schlüssel hervorholte, war David etwas verwirrt. Das schien dem Fremden nicht zu entgehen.

„Ist was?“, fragte dieser forsch. Der Mann sah plötzlich angriffslustig aus.

„Wohnen Sie hier?“, kam es unnötigerweise aus Davids Mund.

Der Mann schnaufte laut und klang sehr gereizt, als er sagte: „Nein, ich bin ein Einbrecher und habe mir einen Zweitschlüssel besorgt.“

„Ich meine nur, weil …“

„Hör zu, Kumpel. Geh zu deiner Oma, oder wen auch immer du hier besuchen willst, aber lass mich in Ruhe, okay?“

„Sie verstehen nicht …“

„Nein, Mann. Ich verstehe tatsächlich nicht. Ich habe eine lange Nachtschicht hinter mir und möchte einfach nur ins Bett zu meiner Frau. Und jetzt Abflug!“

„Sie wohnen in *dieser* Wohnung mit Ihrer Frau?“

Er musste sich ja anhören wie ein Bekloppter, aber er konnte nicht anders. Es gelang ihm nicht, seine Fassungslosigkeit zu verbergen. Der Fremde sah so aus, als wolle er ihm demnächst eine runterhauen und kam ihm so nahe, dass sich beinahe ihre Nasenspitzen berührten.

„Es tut mir leid“, sagte David eilig. „Es ist nur … Ich wollte einen alten Freund besuchen, der genau in dieser Wohnung wohnt.“

„Ach, ja? Nun, dein alter Freund wohnt hier aber nicht. Außer, er ist Mitte dreißig, hat blonde lange Haare, einen riesigen Busen und heißt Anna.“

„Nein, nein. Natürlich nicht.“

„Das will ich auch hoffen, das ist nämlich meine Frau“, fügte der Fremde hinzu. „Ich geh jetzt mal aufs Klo. Danach werde ich nochmal bei der Tür herausschauen und solltest du dann noch immer hier sein, werde ich dafür sorgen, dass du dich schneller vom Acker machst als Usain Bolt.“

Sich frühmorgens mit einem fremden Typen anzulegen, stand nicht auf seinem Tagesplan. David ging langsam die Treppe hinunter, ohne ein Wort zu sagen.

Als er wieder im Auto saß, raufte er sich die Haare. Was war eben passiert? Wieso wohnten fremde Leute in Amals Wohnung? War es tatsächlich die richtige Tür gewesen? Natürlich, so blöd war er nun auch wieder nicht! Aber was, wenn doch? Vorsichtshalber holte er den kleinen Notizzettel wieder hervor und betrachtete ihn. Darauf hatte er Amals Adresse geschrieben – inklusive der

Türnummer drei! Irgendetwas stimmte hier nicht, aber er konnte nicht sagen, was.

David stieg erneut aus seinem Wagen, um nochmal in Richtung Wohnhaus zu gehen. Am Eingang angelangt, überflog er die Namen auf den Klingelschildern. Thakur stand nirgendwo. Eigenartig. Hatte ihm sein Freund bei ihrem Telefonat etwa die falsche Adresse gegeben? Und falls ja, warum? Oder ist er umgezogen?

Er ging kopfschüttelnd zum Auto zurück und beschloss, zur Galerie zu fahren, vielleicht könnte er sich dort etwas ablenken. Denn so kam er nicht weiter. Sollte er im Laufe des Tages noch einmal vorbeikommen, um dem Fremden und seiner Frau erneut einen Besuch abzustatten? Vielleicht wäre der Mann nicht mehr so aggressiv, wenn er ausgeschlafen wäre. Er könnte die beiden fragen, seit wann sie schon hier wohnen würden und wer der Vormieter gewesen war.

Dass Amal sich einfach so aus dem Staub gemacht hatte, fand er schon eigenartig. Falls das denn wirklich seine Wohnung – seine *ehemalige* Wohnung – war. Was es auch immer damit auf sich hatte – der fremde Typ und seine Frau waren nicht diejenigen gewesen, die seine Nummer aus Davids Smartphone gelöscht hatten. Übrig blieben also Jola und er selbst.

Und er wusste nicht, wem er mehr vertrauen konnte.

54

Dienstag, 29. Oktober 2019
Jola

Sie hatte David in einer SMS geschrieben, dass sie heute etwas später nach Hause kommen würde. Zurück kam nur ein „Ok". Sonst nichts. Ihm war es anscheinend egal, wo sie sich nach der Arbeit herumtreiben würde.

Aber es war ja nicht das erste Mal, dass sie etwas unternahm, das sie David verheimlichte.

In der Trafik hatte sie zufällig mitbekommen, dass zwei Männer über ein Fußballtraining redeten, bei dem ihre Söhne heute zum letzten Mal auf dem Platz auf der Murinsel spielten. Danach wurde das Training in die Sporthalle verlegt. Sie konnte mithören, wie der eine Mann den anderen fragte: „Wie geht es eigentlich Hannes nach der ganzen Sache?"

„Ach", antwortete der andere und machte eine abwehrende Handbewegung. „Die Polizei hat ihn schon wegen diesem Schöffer-Typen befragt, aber er konnte denen nicht weiterhelfen."

Als sie kurz nach 12 Uhr die Trafik verließ, holte sie sich einen Snack und setzte sich in ihren Polo. Schon vor mehreren Monaten hatte David ihr angeboten, ihr ein neues Auto zu kaufen, da ihres ein Modell aus dem vorigen Jahrhundert und klapprig wie sonst was war. Aber das ließ Jola nicht zu. Schon alleine die Tatsache, dass sie mietfrei bei ihm wohnen durfte, bereitete ihr ein schlechtes Gewissen.

David hatte mit seinem Lottogewinn keinen Betrag gewonnen, mit dem man sich getrost zurücklehnen konnte und nie wieder einen Finger rühren musste. Es reichte, um sich ein Haus zu kaufen und danach etwas zur Seite zu legen. Ehrlich gesagt würde David es sich leisten können, zumindest in den nächsten fünf Jahren nicht arbeiten gehen zu müssen. Mit seinen Bildern verdiente er monatlich ein paar hundert Euro, was dank des Restbetrages vom Gewinn völlig ausreichte. Wahrscheinlich hätte auch Jola ein paar Jahre auf der faulen Haut liegen können, aber da wäre sie vor Langeweile vermutlich gestorben oder auf blöde Gedanken gekommen … Das erste Mal seit langer Zeit verspürte sie wieder Lust auf Cannabis und Alkohol. Aber sie hatte sich geändert …

Jola startete den Wagen und fuhr Richtung Oberaich. Plötzlich begann ihr Herz zu rasen, als sie sich der *mömax*-Filiale näherte. Sie dachte an Lennon. Zum Glück arbeitete er in einem anderen Einrichtungshaus. Den konnte sie gar nicht gebrauchen! Obwohl ihr letztes Aufeinandertreffen in einer Katastrophe geendet hatte, woran sie maßgeblich schuld gewesen war, fragte sie sich manchmal, wie es ihm wohl ging. Auch an Gabriel musste sie ab und zu denken. Es tat ihr heute noch leid, dass sie sich nie wieder hatte blicken lassen. Aber jetzt war nicht der richtige Zeitpunkt für solche Gedanken. Sie musste sich beeilen, um die Sachen aus dem Möbelhaus zu holen, um sie anschließend in die leere Wohnung zu bringen, bevor David Verdacht schöpfte.

55

Dienstag, 29. Oktober 2019
David

Egal, wie sehr er es versuchte – er schaffte es nicht, sich auf die Arbeit zu konzentrieren. David wurde zwar für seine Werke gelobt, aber es gelang ihm nicht, die Anerkennung anzunehmen. Stundenlang hatte er mit potentiellen Käufern seiner Bilder gesprochen. Zwischendurch holte er sich zwei Wurstsemmeln und eine Flasche Wasser vom Supermarkt. Als er wieder in der Galerie war, ertappte er sich dabei, wie er Ausschau nach Amal hielt. Womöglich würde er ja auftauchen? Bei seinem Besuch hatte er gemeint, dass er eines Tages eines seiner Bilder kaufen würde. David wartete vergebens. Stattdessen kam eine Frau auf ihn zu und lobte ihn für ein Werk, auf dem ein älterer Mann abgebildet war. Er trug einen Hut und saß auf einer Parkbank, während er mit Stift und Papier bewaffnet zu einem kahlen Baum hochsah, der neben ihm stand. Um die Parkbank herum lagen mehrere Blätter Papier auf dem Boden verstreut.

„Das ist sehr schön“, meinte die Frau, als sie sich neben David hinstellte. „Soll es etwas Bestimmtes ausdrücken?“

„Nun ja“, begann David. „Wissen Sie, der Mann hat es sich zur Aufgabe gemacht, den Baum zu zeichnen, es gelingt ihm aber nicht.“

So wie es mir nicht gelingt, ein glückliches zufriedenes Leben zu führen, dachte er und wurde von einer Welle der Traurigkeit erfasst, während er auf das Bild starrte und weiterredete: „Immer wieder setzt er sich auf diese Bank und versucht es, mittlerweile ist es Herbst und die Pflanze hat schon alle Blätter abgeworfen." Er blinzelte eine Träne weg. „Dabei kümmert es den Mann nicht, dass Bäume wie dieser abgeholzt und zu Papier verarbeitet werden. Zu Papier, das er in den Händen hält und um ihn herum auf dem Boden verstreut liegt."

„Also befasst sich das Bild mit dem Tod?"

„Man kann es sehen, wie man will. Ich möchte keine eindeutige Nachricht mit meinen Werken vermitteln. Jeder soll das in ihnen sehen, was er sehen möchte."

„Sie machen Ihre Arbeit sehr gut. Ich habe mir schon mehrere Ihrer Bilder angesehen und ich finde, dass Sie die Gabe haben, die Gesichter der Menschen sehr lebendig wirken zu lassen."

„Danke."

„Ich meine, ich kenne die Leute auf Ihren Gemälden nicht. Aber ich kann mir gut vorstellen, dass sie im wahren Leben genauso aussehen wie auf Ihren Bildern. Sehr beeindruckend. Sind Sie auf eine Kunstschule gegangen?"

Davids Gesicht hellte sich auf. „Danke. Nein, ich habe vor einigen Jahren erst zu malen begonnen. Zu Beginn sahen die Bilder natürlich nicht so gelungen aus, aber mit der Zeit entwickelte ich ein Gespür dafür. Vor allem für das Malen von Porträts."

„Dann sind Sie ein Naturtalent."

Die Frau schien sehr an dem Bild interessiert zu sein und sie tauschten Kontaktdaten aus. Sie meinte, sie müsse zuerst mit ihrem Mann reden, bevor sie einfach so mit einem Bild nach Hause käme. Sie verabschiedeten sich und David war froh, wieder einen kleinen Sieg errungen zu haben. Die ganzen schlechten Ereignisse hatten ihm in letzter Zeit sehr zugesetzt.

Martin – dem Galeristen – dürfte diese Konversation nicht entgangen sein, denn er kam auf David zu und meinte: „Noch eine Interessentin?"

Er nickte und schaute zu dem Bild, über das sie eben gesprochen hatten.

„Für dich scheint es ja gut zu laufen. Hör mal. Du weißt, was ich von deinen Werken halte, ja?“

David drehte sich zu ihm und war nun ganz Ohr.

„Ich sehe dein Talent. Die Leute sehen dein Talent. Es wäre mal Zeit für eine eigene Vernissage, findest du nicht auch?“

Er konnte nicht glauben, was er da eben gehört hatte. „Was? Ehrlich? Findest du?“

„Jetzt sei doch nicht so bescheiden! Die Leute fliegen auf deine Bilder! Ein Abend, der nur dir und deinen Gemälden gewidmet ist, ließe sich auf alle Fälle organisieren.“

Am liebsten wäre David ihm um den Hals gefallen. Eine eigene Vernissage! Das war das größte Lob, das man einem Künstler aussprechen konnte. Ja, er war ein Künstler. Dieses Wort in Verbindung mit seinem Namen war noch immer ungewohnt.

Doch aufgrund seiner jetzigen psychischen Verfassung war das kein günstiger Zeitpunkt. David öffnete den Mund, um etwas zu sagen, doch er brachte keinen Ton hervor. Er war schlicht und einfach überwältigt von diesem Angebot … und seinen Gefühlen, die ihm zu verstehen gaben, dass er im Moment ganz andere Sorgen hatte.

„Jetzt bist du baff, was?“, fragte Martin mit einem Grinsen im Gesicht.

„Ja. Wow. Das ist …“

„Hast du noch Bilder zu Hause?“

David nickte.

„Weißt du was, komm nächste Woche doch mal vorbei und zeig, was du davon ausstellen möchtest. Dann können wir schon ein bisschen planen und über einen Termin reden.“

Lass mir noch ein bisschen Zeit, hätte David am liebsten gesagt.

„In Ordnung“, meinte er schließlich und gab dem Galeristen die Hand.

Nachdem er für ein paar Minuten – völlig überfordert mit der Situation – in seinem Auto gesessen hatte, beschloss er, nach Hause zu fahren. Er hatte total die Zeit vergessen, wie ihm beim Verlassen der Galerie aufgefallen war. Die Dämmerung hatte bereits eingesetzt. Jola hatte ihm heute in einer SMS geschrieben, dass sie etwas später heimkommen würde. Mehr als ein „Ok" hatte er nicht zustande gebracht. Aber das war schon vor Stunden gewesen. Mittlerweile müsste sie zu Hause sein. Aber warum hatte sie sich nicht nach ihm erkundigt?

Eigentlich sollte er sich nach dieser Unterhaltung mit dem Galeristen freuen und Luftsprünge machen. Doch er wusste nicht, ob er bereit für eine Vernissage und die damit verbundene Aufmerksamkeit war. Nicht in seinem jetzigen Zustand.

Bevor er Richtung heimwärts fuhr, würde er nochmal bei Amals Wohnung vorbeischauen. Vermutlich hatte er jetzt mehr Glück und der fremde unfreundliche Typ konnte ihm auf die Sprünge helfen. Es dauerte nur einige Minuten, bis er das Auto vor dem Haus geparkt hatte, da sah er, wie ein Mann im Eingang erschien. David konnte nicht erkennen, ob es der Typ von vorhin war, denn es war schon dunkel und die Beleuchtung oberhalb der Haustür ließ zu wünschen übrig. Der Mann ging zu einem Auto, stieg ein und fuhr davon. Falls es derjenige aus Amals Wohnung war, war er höchstwahrscheinlich wieder auf dem Weg zur Arbeit. David würde sich in aller Ruhe mit seiner Frau unterhalten können.

Er wollte gerade aussteigen, als sein Handy klingelte. Wahrscheinlich wollte Jola wissen, wo er blieb, da er Idiot vergessen hatte, sich zu melden. Dass er bis zum Abend ausbleiben würde, war nicht geplant gewesen. Aber es war nicht Jolas Name, der auf dem Display aufleuchtete, sondern Katjas. Das musste wichtig sein, wahrscheinlich wichtiger als seine hirnrissige Aktion, in die er sich gerade hatte stürzen wollen.

„Hallo, Katja. Was ist …"

„Lena. Oh Gott, Lena!", hörte er seine Exfrau ins Telefon rufen. Es musste etwas Schlimmes passiert sein. Im Hintergrund hörte er eine tiefe Stimme, die sie zu beruhigen versuchte.

„Ganz ruhig, Katja. Was ist denn passiert?", wollte David wissen, doch sie konnte ihm keine Antwort geben, da sie heulte wie ein Schlosshund.

Im nächsten Moment war die Stimme aus dem Hintergrund am Telefon: „Hallo, David. Hier ist Rolf."

Rolf. Was hatte Rolf mit der Sache zu tun? David verkniff sich einen bissigen Kommentar und verzichtete auf eine Begrüßung.

„Ich wollte Katja davon abhalten, dich jetzt anzurufen. Sie hätte sich zuerst beruhigen müssen." Dass der Kerl ihn sofort duzte, war irgendwie befremdlich, störte ihn aber nicht weiter.

„Geht es um Lena?"

„Ja."

Dieser Stinkstiefel hielt es also nicht für nötig, ihn anzurufen, wenn etwas mit seiner Tochter passiert war. Dafür hätte er eine Tracht Prügel verdient, aber für solche Gedanken wollte David in dem Moment keine Nerven verbrauchen. Das Wichtigste war Lena.

„Ist alles in Ordnung mit ihr?"

„Ja. Also nein. Du solltest herkommen. Ins Krankenhaus. Es wäre Katja … wichtig, sagt sie."

Davids Herz machte einen Satz. *Krankenhaus?* Er wurde gebraucht. Als Verbündeter. Als Vater. Scheiß auf Rolf.

„Ich bin schon auf dem Weg", sagte er und verschwendete keinen Gedanken mehr an Amal.

Kurze Zeit später war er im Krankenhaus und ließ sich Lenas Zimmernummer geben.

Er rannte zu seinem Ziel und erblickte einen Mann, der aus dem Zimmer kam. Er wirkte beschissen höflich, als er ihm die Hand reichte und sagte: „Hallo, ich bin Rolf. Tut mir leid, dass wir uns unter diesen Umständen kennenlernen."

Er klang aufrichtig, was David noch mehr auf die Nerven ging. Rolf sah aus wie Mark Wahlberg im Film *Daddy's Home.* Ein Grund mehr, um diesen Schauspieler zu hassen.

Er erwiderte den Händedruck und drängte sich gleich darauf an ihm vorbei in das Krankenzimmer, wo sich seine Familie befand. Rolf folgte ihm und David kam sich vor wie ein Eindringling. Seine Tochter lag angehängt an einem Tropf in einem Krankenbett, daneben saß Katja. Und dann war da Rolf, der ihn als Vater ersetzen wollte – und es vermutlich schon längst getan hatte.

„David!“, rief seine Exfrau, als er den Raum betrat. Rolf bekam keine Beachtung, als sie ihm um den Hals fiel. Als sie wieder von ihm abrückte, sagte sie: „Rolf hat mich von der Arbeit abgeholt. Wir wollten uns einen schönen Abend bei mir zu Hause machen. Als wir die Wohnung betreten haben, war es so still. Ich wusste, dass etwas nicht in Ordnung war und habe in Lenas Zimmer nach ihr gesehen. Sie war aber nicht da. Dann habe ich Rolfs Rufe aus dem Badezimmer gehört. Als … Als ich zu ihm gelaufen bin, hat er Lena gerade aus der Wanne gehoben. Sie … Sie hat sich nicht geregt, David! Rolf hat eine Herzdruckmassage durchgeführt und sie beatmet. Er hat ihr das Leben gerettet, während ich nur danebengestanden habe.“

Rolf griff nach ihrer Hand und meinte: „Du standst unter Schock. Das ist völlig verständlich.“

Aus Katjas Augen kamen Tränen, sie nickte ihrem neuen Liebhaber zu, der weitererzählte: „Wir haben neben der Wanne eine Flasche Vodka und Diazepam gefunden.“

„Du meinst das Schlafmittel?“ David wollte seinen Ohren nicht trauen. Hatte Lena tatsächlich versucht, sich das Leben zu nehmen? Mit einem Giftcocktail?

„Genau. Der Arzt hat es ihr in geringen Dosen verschrieben, um besser einschlafen zu können. Nach der ganzen Sache mit Jens ist sie wahnsinnig aufgewühlt, da würden ihr ein paar Stunden Schlaf ganz guttun.“

„Und ich habe sie alleine gelassen“, sagte Katja mehr zu sich selbst als zu David. Er wollte gerade etwas erwidern, da übernahm auch schon wieder Captain Rolf das Wort: „Du warst arbeiten, du hast nichts Falsches gemacht.“

„Aber du siehst doch, was passiert ist. Ich hätte bei ihr sein müssen!“

„Es hat niemand damit gerechnet, dass Lena sich umbringen will.“ Bevor eine Diskussion über Schuld oder Nichtschuld entstand, unterbrach David den Dialog und fragte: „Ist sie auf dem Weg der Besserung?“

„Ja, zum Glück“, meinte Rolf. „Ich habe schnell geschaltet und ihr nach der Wiederbelebung den Finger in den Rachen gesteckt. Sie hat daraufhin erbrochen und wir haben den Notruf verständigt. Infolge der Überdosis an Tabletten erlitt sie einen Atemstillstand. Wir haben ihr Aktivkohle gegeben, als Überbrückung. Die Ärzte verabreichten ihr dann Flumazenil. Sie braucht noch Ruhe, aber wenigstens ist sie wieder bei Bewusstsein.“ David fragte sich, woher Rolf wusste, wie man in so einem Fall reagierte. Als hätte der Held des Tages seine Gedanken gelesen, meinte dieser: „Das mit dem Erbrechen und der Aktivkohle ist noch von meinem Zivildienst hängen geblieben. Ist zwar schon eine Weile her, aber wie man sieht, habe ich die wichtigen Dinge nicht vergessen.“

Wie man sieht, bist du ein richtiger Klugscheißer, dachte sich David. Natürlich war er dem Kerl dankbar, er hatte immerhin Lena gerettet. Trotzdem konnte er ihn jetzt schon nicht leiden.

Er ging auf seine Tochter zu und setzte sich auf den Stuhl neben das Bett, auf dem eben noch Katja gesessen hatte. Obwohl er sich sicher war, dass Lena ihn nicht in ihrer Nähe haben wollte, zögerte er nicht, seine Hand auf ihre zu legen. Katja wollte etwas sagen, aber Rolf hielt sie zurück und schüttelte nur den Kopf. Dafür war David dem Armleuchter sogar dankbar.

Lenas Augen waren geschlossen, wobei ihre Lider leicht zuckten. David beschloss, zu schweigen, er wollte einfach nur ihre Hand halten und Teil ihrer Welt sein. Auch wenn die Welt seiner Tochter mit dem Abschied von Jens in sich zusammengebrochen war. Er wollte ein Teil dieses Trümmerhaufens sein. Ein Trümmerhaufen, der darauf wartete, neu aufgebaut zu werden.

Gemeinsam würden sie es schon schaffen.

56

Dienstag, 29. Oktober 2019

Jola

Nachdem sie alles erledigt hatte, machte sie sich auf den Heimweg. Zu Hause angekommen, erwartete sie nur Lord Schlotterhose, was sie nicht verwunderte. Der gestrige Abend – und auch der heutige Morgen – waren eine absolute Katastrophe gewesen. Wahrscheinlich brauchte David etwas Abstand, um zu sich selbst zu finden. Gestern hatte er zu ihr gesagt, dass er sich Hilfe suchen würde. Vielleicht war er ja auf dem Weg zu einem Psychologen? Es würde ihm auf alle Fälle guttun, denn Jola war sich sicher, dass mit Jens' Tod noch nicht die endgültige Bombe geplatzt war. Das Schlimmste erwartete sie alle noch.

Aber darüber wollte sie im Moment nicht nachdenken. So furchtbar diese ganze Sache auch war – sie war nicht ihre einzige Sorge.

Aus ihrer Tasche zog sie den Din-A4-Zettel heraus und betrachtete die Bilder. Dann las sie die Beschreibung durch – mindestens schon zum zehnten Mal – und wusste, dass das die richtige Entscheidung gewesen war. Lange würde es nicht mehr dauern …

Am Abend kam David nach Hause. Sie lag bereits im Bett, konnte aber nicht schlafen und hörte seine schweren, müden Schritte auf der Holztreppe. Er hatte sich noch nie die Mühe gemacht, leise zu sein.

„Schläfst du?", waren seine Worte, als er die Tür zum Schlafzimmer öffnete.

„Nein." Jola knipste ihre Nachttischlampe an und drehte sich zu ihm um.

David kam auf ihre Seite des Bettes und stellte sich zum Fenster, um in die Dunkelheit nach draußen zu starren. Ihm lag etwas auf dem Herzen, das konnte sie spüren. Er wollte dem Anschein nach gerade etwas sagen, als er sich zu ihr drehte und sein Blick an einem Gegenstand unter der Nachttischlampe hängenblieb: „Was ist das?"

Zuerst verstand Jola nicht, dann folgte ihr Blick seinem und sie wusste, was er meinte. Ein paar Sekunden lang blieb sie stumm, dann antwortete sie in sachlichem Tonfall: „Ein Inserat."

„Das sehe ich." Davids Augen weiteten sich. „Für eine Wohnung? Willst du … Willst du etwa …?" Seine Stimme gewann an Höhe und klang verzweifelt. Jola versuchte, ihn zu beruhigen: „Nein, David. Mach dir keine Sorgen. Das ist nicht für mich."

„Oh, okay. Gott sei Dank. Ich dachte schon … Aber für wen ist es dann? Hast du mir deshalb heute diese SMS geschrieben?"

Jola schloss kurz die Augen. Dieses Thema war ihr höchst unangenehm. Aber nun hatte David das Inserat entdeckt, weil sie es sich zuvor noch angesehen hatte und bevor sie das Licht ausgemacht hatte, hatte sie blöde Kuh vergessen, es wieder wegzuräumen. „Ja. Es ist für meine Mutter."

Mit einem Mal sah David so aus, als würde er kapieren. Sein Blick gab ihr zu verstehen, dass es egal war, was sie nun sagen würde, denn er würde ihr beistehen.

Also ließ sie die Katze aus dem Sack: „Deshalb ist unser Verhältnis so angespannt. In letzter Zeit haben sich meine Eltern auseinandergelebt. Eigentlich fing alles zu dem Zeitpunkt an, als sie in diese Wohnung zogen. Irgendwie ging da der Zauber ihrer Liebe verloren und ich stellte schon vor Jahren fest, dass das nicht mehr meine Eltern waren. Aus ihnen wurden kaltherzige Leute – was dir wahrscheinlich aufgefallen ist."

David nickte und ließ sie weiterreden: „Und ich will auch nicht darüber reden. Sie lieben sich einfach nicht mehr. Ihr ganzes Verhalten hat sich total verändert und ich glaube … ich glaube, ich liebe sie auch nicht mehr. Aber Mutter war so unglücklich und wirkte so überfordert, also half ich ihr bei der Wohnungssuche. Das ist nur eines von vielen Inseraten, ich muss sie ihr alle erst zeigen."

Dann nahm sie den Ausdruck, faltete ihn zusammen und ließ ihn in der Nachttischschublade verschwinden.

„Das tut mir leid", sagte David und klang dabei sehr einfühlsam. „Kann ich euch bei der Sache irgendwie helfen?"

„Nein. Danke, aber ich glaube, du hast im Moment andere Sorgen. Außerdem hat Mutter ein paar Freunde, die ihr beim Möbelschleppen helfen."

„Jetzt verstehe ich auch, warum du dich immer so komisch verhalten hast, wenn ich dich darauf angesprochen habe. Tut mir leid, ich war ein Esel."

Damit entlockte er Jola ein Grinsen. „Ist schon in Ordnung. Ich bin ja selbst schuld, weil ich dir nichts davon gesagt habe."

Sie hoffte, dass dieser Satz das Thema beenden würde. Und das tat er. In Davids Augen erkannte sie, dass er mit den Gedanken schon wieder ganz woanders war. Sie wusste, was nun kommen würde: Er würde sie auf die Kratzer ansprechen.

„Lena ist im Krankenhaus."

Damit hatte sie nicht gerechnet. Jola blieb der Mund offen stehen. Was war passiert? Hatte sie einen Unfall gehabt?

„Sie wollte sich mit Alkohol und Schlafmittel das Leben nehmen. Hätte Katjas neuer Superheldenfreund sie nicht gerettet, wäre es ihr vielleicht sogar gelungen."

Er brach in Tränen aus, als er ihr das erzählte.

„Komm her." Mehr brachte Jola im Moment nicht hervor. Sie war schockiert und setzte sich im Bett auf. David nahm neben ihr Platz und ließ sich daraufhin von ihr umarmen.

„Was passiert mit uns, Jola? Was passiert mit uns und unserer Familie?"

„Das tut mir so leid. Wie geht es ihr?"

„Schon besser. Sie muss noch bis morgen im Krankenhaus bleiben. Aber wahrscheinlich werden wir psychologische Hilfe anfordern müssen. Du weißt, was das heißt."

Jola wusste es nicht, vermutete es aber. Und dann sprach David es aus: „Ich muss für sie da sein. Wie sieht das denn aus, wenn sich der Vater Hilfe vom Seelenklempner holt, obwohl die Tochter welche braucht."

„Rede doch keinen Unsinn. Es wird dir sicher nicht schaden, dir helfen zu lassen."

„Nein, Jola. Ich muss für Lena da sein."

„Wie willst du für deine Tochter da sein, wenn du nicht mal auf dich selbst achten kannst?"

„Ich werde mich zusammenreißen. Ich muss Stärke beweisen."

Wann war aus David so ein Sturschädel geworden? Ein psychisch labiler Vater, der seiner noch geistig instabileren Tochter beistand – das konnte nur zum Scheitern verurteilt sein.

Vielleicht musste sie mit offenen Karten spielen. Und zur Polizei gehen. Es war an der Zeit, einige Dinge aufzuklären.

57

Mittwoch, 30. Oktober 2019

David

Letzte Nacht war er erstaunlich gut eingeschlafen. Jola hatte im Schlafzimmer auf ihn gewartet, während er unter der Dusche seine Tränen abgewaschen hatte. Als beide daraufhin im Bett gelegen hatten – Jola mit Sorgenfalten auf der Stirn und David mit einer Tasse Tee in den Händen –, redeten sie noch eine Weile. So wie damals, als sie sich kennengelernt hatten, wo das Leben komplizierte, aber nicht katastrophale Ereignisse parat gehalten hatte. Wieder ein Schritt nach vorne, in die richtige Richtung. Plötzlich hatte David wieder ein Gefühl von Sicherheit und Vertrauen wahrgenommen und erzählte ihr von seiner bevorstehenden Vernissage. Jola wäre beinahe aufgesprungen und hatte sich riesig für ihn gefreut. Er selbst brachte nur ein knappes Lächeln zustande. Schließlich war er müde geworden und in einen tiefen Schlaf gefallen. Und er hatte nicht geträumt.

Hieß das etwa, dass sie alle schlimmen Erfahrungen hinter sich hatten?

David wurde vom Gegenteil überzeugt, als es am Vormittag an der Tür klingelte. Jola war bereits in der Arbeit, also würde er aufstehen und sie öffnen müssen. Er zog sich einen Bademantel über und trottete schlaftrunken die Treppe hinunter.

Beim Öffnen der Tür schlug ihm kalte Morgenluft und Kilian Plotzers Anblick ins Gesicht.

Was wollte die Polizei denn bei ihm?

„Hey, Kilian. Was gibt's?"

„Hallo, David. Zieh dir bitte was an, wir haben nicht ewig Zeit."

„Ähm, okay. Aber dürfte ich bitte wissen, worum es geht?"

„Wir haben etwas gefunden, was uns im Fall Schöffer weiterhilft. Dazu brauchen wir aber deine Hilfe."

„Okay. Gib mir zehn Minuten."

„Kriegst du."

Als David die Tür schließen wollte, wurde sie von Kilian wieder aufgedrückt. „Könnten wir im Haus warten? Hier draußen ist es ganz schön kalt."

Erst jetzt bemerkte David, dass hinter Kilian Plotzer ein weiterer Kommissar beim Polizeiwagen stand, der im morgendlichen Nebel fast unsichtbar war. Vermutlich war es dieser Beckmann.

„Natürlich."

David ging nach oben, um sich anzuziehen. Erschrocken fuhr er zusammen, als er aus dem Schlafzimmer kam, denn auf einmal standen die beiden vor ihm. Dass sie inzwischen die Treppe raufgekommen waren, hatte er gar nicht mitbekommen.

„Mann! Habt ihr mich erschreckt!", entkam es ihm.

„Wir wollten nur sehen, wie du deinen Lottogewinn umgesetzt hast. Schön hast du es hier", sagte Kilian, wobei er desinteressiert klang und den Blick schweifen ließ. Davids ehemalige Kollegen von der Polizei hatten den Herren vom Landeskriminalamt anscheinend nicht verschwiegen, dass er ausgetreten war, weil er im Lotto gewonnen hatte. David ging ins Badezimmer, um sich die Zähne zu putzen. Im Spiegelschrank oberhalb des Waschbeckens konnte er erkennen, dass die beiden in der geöffneten Badezimmertür auf ihn warteten. Er hatte kein gutes Gefühl bei der Sache und ihm trat der Schweiß aus den Poren.

Wenig später war er am Polizeirevier und wurde von Kilian in ein Vernehmungszimmer gebracht. Das konnte nichts Gutes bedeuten. Beckmann verschwand nebenan in einem Büro.

Man bat ihn, sich zu setzen, worauf David nur entgeistert fragte: „Was wird das für ein Spiel?"

„Bitte setz dich, David."

Nun gut. Setzen konnte er sich. Aber er würde auf keinen von Kilians Tricks reinfallen. Egal, was kommen würde, die Sache mit dem Unfall war Jahre her und hatte in keinerlei Hinsicht etwas mit Jens' Tod zu tun.

„Wir haben Schöffers Smartphone gefunden."

David war erleichtert. Es ging tatsächlich um Jens. Gespannt lauschte er, was der Kommissar zu erzählen hatte: „Und da gibt es eine sehr interessante Kommunikation."

„Jetzt mach's nicht so spannend. Mit wem? Mit Wiedner?"

„Mit dir."

David stutzte und dachte kurz nach. Hatte er jemals mit Jens telefonisch Kontakt aufgenommen? Auf die Schnelle fiel ihm im Moment kein Beispiel ein.

„David, raus mit der Sprache. Warst du es?"

„Was?! Was soll ich gewesen sein? Und welche Kommunikation überhaupt?"

„Hast du den Freund deiner Tochter umgebracht?"

David rückte vor Empörung hastig zurück und drohte dabei vom Stuhl zu kippen. Was passierte hier? Warum wurde er verdächtigt? Etwa, weil Lena gesagt hatte, dass er gegen eine Hochzeit gewesen wäre? Ihm wurde schwarz vor Augen. Dann spürte er Kilians Griff auf seinem Oberarm. „He, brich mir jetzt ja nicht weg. Hast du mich gehört? David?"

„Es geht mir gut."

Seine Sicht wurde wieder klarer. Aber die Tatsache, dass es ihm gutging, war gelogen. Kilian lockerte seinen Griff und ging wieder ans andere Ende des Tisches. Dass er zuvor aufgestanden war, hatte David schon nicht mehr mitbekommen.

„Also, wir haben hier Schöffers Handy mit einem interessanten SMS-Verlauf. Du hast ihm geschrieben."

„Ich habe niemals mit ihm gesimst. Was soll das Ganze?"

Kilian hielt ihm das Smartphone mit den Kontaktdaten vor die Nase – und es war tatsächlich seine Nummer unter dem Namen David. Er nickte und sagte leise: „Erzähl weiter."

„Du hast Jens an dem Abend kontaktiert, an dem er umgebracht worden ist. Du wolltest dich mit ihm treffen."

„Nein."

„Soll ich es dir vorlesen?"

„Was läuft hier für ein … *beschissenes* Spiel?"

Seine Stimme brach und Übelkeit kroch in ihm hoch. Wie war das möglich? Seine Tochter und ihr Freund waren bei ihm gewesen, bevor dieser getötet wurde. Und danach hatte David den Abend zu Hause verbracht und war zu Bett gegangen. Jola war in die Trafik gefahren, um nachzusehen, ob alles in Ordnung war. Als sie heimgekommen war, hatte er bereits tief und fest geschlafen.

Was also war hier los?

„Dasselbe könnte ich dich fragen." Kilians Stimme wurde ebenfalls lauter. „Hier, falls du vergessen haben solltest, was du deinem Beinahe-Schwiegersohn getextet hast."

Er legte ihm einen ausgedruckten Zettel mit Mitteilungen hin. Wahrscheinlich, damit er ihm Jens' Smartphone nicht wegnehmen konnte.

Er vertraute ihm also nicht.

David las die Nachrichten, die auf dem Zettel geschrieben standen:

David, 17.55 Uhr: Hallo, Jens. Wir müssen reden. Es ist dringend. Ich warte auf dich an der Uferpromenade Schiffländ.

Jens, 17.56 Uhr: Hi. Jetzt noch? Ich bin eigentlich schon auf dem Nachhauseweg …

David, 17.59 Uhr: Toll! Dann ist es ja nur ein kleiner Umweg. Also bis gleich!

Jens, 18.01 Uhr: Wieso ausgerechnet bei der Uferpromenade? Wir können uns auch gerne zu Hause unterhalten.

David, 18.03 Uhr: Ich habe jemanden besucht und hier geparkt. Außerdem will ich Lena die Überraschung nicht vermasseln. Beeil dich. Ist ganz schön kalt hier.

Jens, 18.04 Uhr: Okay. Bin gleich da.

„Was zur Hölle …“ David wusste nicht, was das für eine Verschwörung war. Wie war das möglich? Er hatte geschlafen, ganz bestimmt.

„Kann ich bitte mal dein Handy haben?“, fragte Kilian. Seine Stimme war wieder professionell und ruhig. David gab ihm sein Smartphone kommentarlos.

„Wir müssen der Sache nachgehen, das verstehst du doch, oder?“

David brachte nur ein knappes Nicken zustande.

„Willst du noch irgendwen anrufen? Du weißt, dass ich dich jetzt nicht gehen lassen kann.“

Erneutes Nicken.

Fließende Tränen.

Schweigen.

58

Mittwoch, 30. Oktober 2019

Jola

Kurz nach 12 Uhr beendete sie ihren Dienst und machte sich auf den Weg in die neue Wohnung. Dort räumte sie gerade ein paar Schränke ein, dann klingelte ihr Handy. Nach der kurzen Unterhaltung fuhr sie mit erhöhter Geschwindigkeit Richtung Polizeirevier. Sie hatte zuvor einen äußerst verwirrenden Anruf von David erhalten. Sie solle so schnell wie möglich aufs Revier kommen, man wolle ihn nicht gehen lassen. Dort angelangt, wurde sie von Kilian Plotzer erneut zu dem Fall Jens Schöffer befragt. Ob David auch wirklich an dem Abend zu Hause gewesen sei, wollte er wissen.

„Natürlich", antwortete Jola. „Er hat tief und fest geschlafen, als ich kurz vor 17 Uhr losgefahren bin."

„Und wann sind Sie wieder zurückgekommen?"

„Ich habe kurz nach 18 Uhr abgesperrt und bin dann sofort nach Hause gefahren."

„Das heißt …?"

„Es wird so ungefähr 18.30 Uhr gewesen sein."

„Und war David zu Hause?"

„Ja, er hat noch immer geschlafen."

Ihr Plan, der Polizei ein paar wichtige Details zu erzählen, hatte sich mit ihrem letzten Satz in Luft aufgelöst.

„Sind Sie sich ganz sicher, Frau Kaufmann? Was war mit seinem Auto? Stand es zu Hause?"

„Ja."

„Sind Sie denn bei Ihrer Ankunft gleich ins Bett gegangen?"

„Nein, es war doch erst 18.30 Uhr."

„Woher wissen Sie dann, dass David zu Hause war?", fragte Plotzer und verschränkte die Arme vor der Brust.

„Ich habe nachgesehen. Das macht man so, wenn man jemanden liebt. Man kommt nach Hause und vergewissert sich, ob es demjenigen gut geht."

„Und ging es ihm Ihrer Ansicht nach gut?"

„Er schlief. Ich hatte also keine Gelegenheit, ihn danach zu fragen."

Jola versuchte so zu klingen, als wäre sie felsenfest vom Gesagten überzeugt, was Plotzer anscheinend nicht gefiel. Er hatte vermutlich andere Antworten erwartet.

„Haben Sie ihn sich nicht genau angesehen? Hätte es sein können, dass er sich schlafend stellt und nur ein paar Minuten vor Ihnen nach Hause gekommen ist?"

„Nein. Außerdem wäre es sich mit Jens' Tod zeitlich nicht ausgegangen, da er die Trafik nur zehn Minuten vor mir verlassen hat und ich danach gleich nach Hause gefahren bin. Da müsste David aber ganz schön schnell gewesen sein."

Langsam aber sicher wurde sie wütend – auf sich selbst. Plotzer gab ihr so viele Chancen – und sie verspielte jede einzelne. Hektisch rieb sie ihren rechten Oberarm.

„Na gut, Frau Kaufmann. Wir sind auch schon fast fertig."

Mit diesen Worten zeigte er ihr einen Ausdruck einiger Nachrichten, die David angeblich am Tatabend Jens geschickt haben soll.

Jola las sie sich durch und schüttelte den Kopf. Die waren nicht von ihm, ganz bestimmt nicht.

„Das hat er nicht geschrieben", sagte sie mit fester Überzeugung.

„Was macht Sie so sicher?"

„Es sieht ihm einfach nicht ähnlich. Er hat niemals zu Jens Kontakt gesucht, das passt nicht zu ihm."

„Wer hat diese Nachrichten Ihrer Meinung nach sonst geschrieben?“

„Ich habe keine Ahnung.“

Jola fuhr sich mit der Hand erneut über ihren rechten Oberarm. Die Kratzer konnte sie durch ihren Pullover nicht spüren, aber sie wusste, dass sie da waren. Sollte sie etwas sagen?

Plotzers Augen verengten sich zu schmalen Schlitzen, ehe er weiterredete: „Sie haben doch mit Herrn Schöffer zusammengearbeitet. Hat er irgendetwas erwähnt? Wollte er sich noch mit jemandem treffen?“

Auch das hatte sie bereits bei ihrer ersten Befragung beantwortet. „Nein, er hat nichts gesagt. Er wollte schnellstmöglich nach Hause, um Lena den Heiratsantrag zu machen. So sah es zumindest aus.“

„Wurde Davids Handy vermutlich gestohlen? Hatte er es noch bei sich, als Sie am Tatabend zur Trafik gefahren sind?“

„Sie fragen mich Sachen! Auf so etwas achte ich doch nicht.“

„Sie wohnen immerhin zusammen. Da fällt es doch auf, wenn das Smartphone des Partners verschwunden ist. Hätte jemand die Möglichkeit gehabt, es zu stehlen?“

„Ob jemand …“ Sie stockte mitten im Satz. Konnte es nicht aussprechen. Mit zusammengepressten Lippen starrte sie auf die Tischplatte.

Der Kommissar beugte sich nach vorne und legte seine Stirn nachdenklich in Falten. „Davids Tochter ist doch mit dem Opfer kurz zuvor bei Ihnen gewesen. Das habe ich hier zumindest in meinen Akten stehen. Haben Sie an diesem Tag noch andere Besucher empfangen?“

Sie löste sich aus ihrer Erstarrung und sah Plotzer wieder direkt an. „Nein, aber … es gab da einen Moment, in dem David, Jens und ich in der Küche standen …“

„Lena war nicht dabei?“

Jolas Stimme wurde leise wie die einer Maus. „Nein. In diesem Moment war Davids Handy im Esszimmer. Jens bat ihn um

Erlaubnis, Lena heiraten zu dürfen. Sie hätte theoretisch schon die Möglichkeit dazu gehabt."

Plotzer atmete hörbar aus und lehnte sich wieder zurück. „Ich kann mir ehrlich gesagt nur schwer vorstellen, dass Fräulein Ilmbrandt etwas damit zu tun hat, aber ich werde mir Ihre Anmerkung notieren. Und Sie behaupten also, nicht zu wissen, ob das Smartphone noch da war, nachdem Ihre Gäste das Haus verlassen hatten?"

„Ja. Ich weiß es wirklich nicht mehr."

„Nun gut. Wir werden eine richterliche Genehmigung brauchen, um Davids Handy rückwirkend orten zu können. Das wird ein paar Tage dauern. Sie sind hiermit entlassen."

„Und David? Kann er mit mir nach Hause kommen?"

„Ja. Aber er wird wiederkommen müssen. Wir müssen abchecken, wo sich sein Smartphone zu der Zeit befunden hat, in der die Nachrichten verschickt worden sind. Das Gerät wird vorerst beschlagnahmt."

In ihrer Brust konnte sie ein Ziehen spüren. Sie ging zu David und verließ mit ihm das Revier.

„Das hat ganz schön lange gedauert, was wollte er denn alles wissen?", fragte David, als er sich in Jolas Polo auf den Beifahrersitz fallen ließ.

Sie versuchte, die ganze Sache nur halb so schlimm darzustellen: „Du bist vielleicht raus aus der Sache."

„Vielleicht?"

„Ja. Es wird noch geprüft, wo dein Handy zum Tatzeitpunkt war, denn es besteht der Verdacht, dass es gestohlen wurde. Ich habe Plotzer klargemacht, dass du es gar nicht gewesen sein kannst."

„Danke, Süße. Aber warte mal … Gestohlen? Wer hätte denn die Möglichkeit dazu gehabt?"

„Weißt du, wann du dein Smartphone an diesem Tag das letzte Mal gesehen hast?"

David verstummte und starrte durch die Windschutzscheibe, als würde sich irgendwo da draußen die Antwort darauf verirrt haben und gefunden werden wollen. Als er nichts sagte, half Jola ihm auf die Sprünge: „Lena und Jens waren bei uns. Viele Verdächtige gibt es also nicht."

„Was? Du meinst doch nicht etwa, dass Lena es gestohlen hat?!"

„Tut mir leid, mir ist nichts anderes eingefallen."

Mit einem Ruck richtete David sich auf. „Dir … *Dir ist nichts anderes eingefallen?* Das ergibt doch keinen Sinn!"

Er lehnte sich wieder im Sitz zurück und sah so aus, als würde er fieberhaft überlegen. Jola startete den Wagen und fuhr los.

Nachdem Plotzer sie entlassen hatte, fragte sie sich, ob er es für möglich hielt, dass Davids Tochter hinter all dem steckte und ihrem Vater die Tat in die Schuhe schieben wollte. Vielleicht war sie in seinen Augen psychisch labil und hatte die Scheidung ihrer Eltern bis heute nicht verkraftet. Da fiel Jola ein, dass Plotzer nichts von Lenas Selbstmordversuch wusste. Außer David hatte es ihm erzählt, aber dann hätte der Kommissar es vorhin bei der Befragung wahrscheinlich erwähnt.

Wäre Lena imstande, einen Menschen umzubringen, nur um es ihrem Vater heimzuzahlen?

Wäre es möglich, dass Plotzer ihr so etwas zutraute?

Jola sprach all das nicht aus und doch sah sie in Davids enttäuschtem Gesichtsausdruck, dass er ihre Gedanken erahnen konnte.

„Nein", murmelte er. „Du verdächtigst sie doch nicht im Ernst?"

Sie konnte ihm in diesem Augenblick nicht die Wahrheit sagen und antwortete: „Verdächtigen ist vielleicht übertrieben."

„Scheiße! Verdammt! Das eigene Kind! Nein, das glaube ich nicht. Lena?! Eine Mörderin?! Nein!"

David schüttelte den Kopf und war fassungslos. Sie konnte verstehen, dass er solche Gedanken nicht zulassen wollte. Wenn man davon absah, dass es sich um das eigene Kind handelte, hätte man eine gar nicht mal so abwegige Erklärung für das alles. Man müsste die Tatsache außer Acht lassen, dass es sich bei der Mörderin um die eigene Tochter handelte. Denn so klang es wie aus einem schlechten Film. Vielleicht würde die Polizei nun auch Hannes aufgrund der Unterhaltung via Facebook als Mittäter in Betracht ziehen.

„Oh Gott, Jola. Das kann doch nicht wahr sein. Ich hoffe, das ist alles nur ein Traum. Hier. Zwick mich bitte mal."

Er streckte ihr zitternd seinen Unterarm hin. Jola versuchte zu lächeln und streichelte ihn, anstatt ihn zu zwicken. „Wir werden schon dafür sorgen, dass die Wahrheit ans Licht kommt", sagte sie zu ihm. Sie könnte ihm von ihren Gedanken erzählen, die ihr bezüglich Lena und Hannes durch den Kopf schossen. Aber sie war sich sicher, dass David dadurch nicht an die Wahrheit kam.

59

Donnerstag, 31. Oktober 2019

David

Lena wurde bereits aus dem Krankenhaus entlassen, das hatte ihm seine Exfrau gestern am Telefon mitgeteilt, als er zusammen mit Jola nach Hause gekommen war. Um das zu erfahren, musste er Katja vom Handy seiner Freundin aus anrufen. Dabei hatte er ihr gesagt, dass seine SIM-Karte nicht mehr funktioniere. Katja hatte noch nie viel Ahnung von Technik gehabt und glaubte ihm. Dass sein Gerät beschlagnahmt worden war, wollte er fürs Erste für sich behalten.

David hatte beschlossen, seine Familie an dem Tag nicht mehr zu besuchen, da alle ein wenig Ruhe vertragen konnten. Stattdessen hatte er zum ersten Mal seit langer Zeit ein Bad genommen und es sich anschließend mit Jola auf der Couch im Wohnzimmer bequem gemacht. Lord Schlotterhose verzichtete auf deren Gesellschaft und verkroch sich in seiner Kratzbaum-Höhle.

Obwohl der Tag so viele negative Ereignisse gebracht hatte, hatte sich David erstaunlich entspannt gefühlt. Womöglich hatte er seine Belastungsgrenze in dem Moment überschritten, als er von Kilian mit diesen Textnachrichten überrascht worden war. Das war der Höhepunkt der Trauer und Fassungslosigkeit gewesen, von nun an würde ihn nichts mehr schockieren können.

Jola und er redeten bei einer Tasse Tee über die mysteriösen Textnachrichten, die von seiner Telefonnummer aus verschickt worden waren. Ob sein Smartphone wirklich geklaut wurde und wann es wieder bei ihnen im Haus hätte sein können – denn am Morgen nach der Tat war es ja wieder hier gewesen. Vielleicht wurde bei ihnen eingebrochen, als Jola auf dem Weg in die Trafik war? David hatte zu diesem Zeitpunkt bereits geschlafen, mit etwas Geschick wäre es kein Ding der Unmöglichkeit gewesen. Nach diesen ganzen *Was-wäre-wenn*-Gesprächen waren sie zu Bett gegangen.

Davids Gefühl nach zu urteilen war es nach Mitternacht. Als er jedoch die Augen öffnete und auf die Ziffern seines Weckers sah, erkannte er, dass es erst 19.32 Uhr war. Wie war das möglich? Um diese Zeit hatte er noch mit Jola geredet …

Ein Brummen ließ ihn hochfahren. Wo kam das her? Er lag zu Hause in seinem Bett, er konnte sich nicht erklären, woher dieses Geräusch kam …

„He, Mann!" Wer war das? Hatte er selbst gerufen?

„Bist du verrückt geworden?" War es Jola? Nein, diese Stimme klang männlich.

„Was soll die Scheiße?!"

Mit einem Mal wusste David, wo er sich befand. Er blickte erneut auf die Zeitanzeige, die nicht zu seinem Wecker gehörte, sondern zum Armaturenbrett eines Toyotas. Es war noch immer 19.32 Uhr. Die Zeit schien stillzustehen …

„Du … Du hast …"

„Ich weiß, was ich habe, verdammt nochmal!", schrie David, um es nicht hören zu müssen.

Er dachte an Marie, obwohl sie im Moment sein kleinstes Problem darstellte. Er würde sie nie wiedersehen. Ganz im Gegensatz zu der Frau vor ihm.

Davids Hände umklammerten das Lenkrad, er unterdrückte ein Würgen und bekam kurz darauf Atemnot. Wo war Jola? Er brauchte Hilfe … Aber sie war die letzte Person, die ihm helfen würde. Er erschrak bei diesem Gedanken. Was ging bloß in seinem Kopf vor? Warum dachte er so über die Frau, die er liebte?

„Hör auf, David, bitte!" Da war wieder eine Stimme, dieses Mal war es ganz bestimmt Jola, da war er sich sicher. Aber wo war sie? Er drehte sich nach rechts, neben ihm saß nur ein junger Mann mit einem dunklen Haarschopf.

„Du tust mir weh!" *Jola!*

David sah nach vorne, zuerst wurde er vom Scheinwerferlicht geblendet, dann sah er sie: *Sieh her, verdammt!* Die Augen der Frau schrien verzweifelt nach Aufmerksamkeit.

„Wach auf!"

Er schnappte nach Luft und fand sich in einem schwach beleuchteten Raum wieder. Jola stand neben ihm. Hatte sie geweint?

David musste sich bemühen, ruhig zu atmen, ehe er dies beurteilen konnte. Seine Sicht wurde langsam klarer. Laut der Uhrzeitanzeige auf seinem Wecker war es kurz vor 3 Uhr morgens. Mit Erleichterung stellte er fest, dass er sich zu Hause in seinem Bett befand.

Sein Traum war dieses Mal besonders intensiv gewesen, hatte er Jola etwa verletzt? Er sah zu ihr hoch und konnte erkennen, dass es tatsächlich Tränen waren, die über ihr Gesicht liefen. Ihre kurzen Haare waren verstrubbelt, was er eigentlich immer süß fand, aber im Moment bereitete es ihm Sorgen. Was war geschehen?

„Jola …"

„Komm mir nicht zu nahe!", kreischte sie plötzlich lauthals los. Sie wich einen Schritt zurück, worauf sich David automatisch aufsetzte.

„Bitte sag mir, was passiert ist. Ich habe geträumt. Es tut mir leid, falls ich dir Angst gemacht habe."

„Du hast sie umgebracht!"

„Was? Wovon redest du?" Das war ausgeschlossen. Davon konnte sie unmöglich wissen.

„Hat das Bild etwas damit zu tun?" Nein, das konnte sie nicht …

„Und der Zeitungsausschnitt?" Oh Gott, hatte sie ihn etwa gefunden?

David war wie gelähmt, ihm fiel nichts darauf ein. Wie würde er sich da herausmanövrieren können?

„Jola, hör zu …"

„*Was?!*"

„Ich … Ich …" Er konnte nicht weiterreden.

Jolas Stimme wurde leiser, als sie in eindringlichem Tonfall sagte: „Ich bin nicht dumm, David. Ich weiß, dass du zwei Menschen umgebracht hast."

„Aber das ist Jahre her", rutschte es ihm heraus. Vor lauter Schreck schlug er die Hände vor den Mund.

Jola trat mit weit aufgerissenen Augen noch einen Schritt zurück, bis sie an die Wand stieß. Sie war die Erste, die nach einem Augenblick des Entsetzens wieder einen Laut von sich gab: Ein Schluchzen, das weitere Tränen mit sich brachte. „Ich wusste es, *ich wusste es!*"

„Okay, Jola. Bitte. Lass uns darüber reden."

„Ich will nicht darüber reden! Du bist ein Mörder!", schrie sie ihn an.

„Scht! Bitte sprich leiser, Süße."

„Du hast mich die ganze Zeit über angelogen!"

„Es … Es tut mir so wahnsinnig leid. Es war ein Unfall. Ein blöder Autounfall. Das war doch nicht mit Absicht! Plötzlich … war da dieses Paar. Und ich … ich habe zu spät reagiert."

David war fassungslos. Wie hatte er nur so dämlich sein können? Jola war eine intelligente Frau, irgendwann musste sie ja draufkommen. Dass man jahrelang einen Zeitungsartikel über einen Unfall mit Fahrerflucht bei sich hat, und zusätzlich ein Bild davon zur Verarbeitung malt, könnte nicht jeder als Indiz deuten. Aber er hatte sich selbst damit verraten. Und Jola hatte es vermutet … und daraufhin erkannt.

„Wie soll es nun weitergehen?", wollte sie von ihm wissen, dabei war ihre Stimme wieder etwas leiser geworden.

David fiel nur eine Sache ein: „Wir werden auf keinen Fall zur Polizei gehen. Bitte lass uns die Sache vergessen."

„Einfach so? Als wäre nichts geschehen?"

„Ich bitte dich, Jola. Ich war damals siebzehn – also praktisch noch ein Kind. Und es war ein Unfall. Bitte glaub mir. Ich würde doch niemals einem Menschen etwas antun."

„Ach, ja?"

Was meinte sie denn damit? David beschlich ein Verdacht: „Du glaubst doch nicht ernsthaft, dass ich Jens umgebracht habe, oder?"

„Das meine ich nicht." Mit diesen Worten drehte sich Jola um und war dabei, das Zimmer zu verlassen. David sprang auf und wollte sie aufhalten – zu sehr befürchtete er, sie würde die Polizei rufen –, da holte sie aus und gab ihm eine heftige Ohrfeige. Sie war von einer so immensen Wucht, dass er ins Taumeln geriet.

„Tut mir leid, David, aber das musste sein." Dann verließ sie den Raum und sperrte sich im Badezimmer ein.

David hielt sich mit einer Hand die Wange – diesen Schlag hatte er ohne jeden Zweifel verdient, keine Frage. Darüber, dass seine Freundin ihm eine gescheuert hatte, würden sie beide schon bald hinweg sein. Aber eine andere Tatsache bereitete ihm große Sorgen. Nun musste er aufpassen, wie es mit Jola in Zukunft weitergehen würde.

Denn sie wusste Bescheid.

60

Donnerstag, 31. Oktober 2019
Jola

Die restlichen Stunden bis zum Erklingen des ersten Vogelgezwitschers hatte sie im Wohnzimmer auf der Couch verbracht. Nachdem sie sich im Badezimmer einige Male kaltes Wasser ins Gesicht geklatscht hatte, war sie nach unten gegangen. Sie konnte es nicht mehr ertragen, neben David zu liegen. Er machte ihr langsam aber sicher Angst. Was letzte Nacht, oder besser gesagt, vor ein paar Stunden passiert war, glich einer abgefuckten Szene aus einem Horrorfilm. Jola war aufgewacht, weil sie bemerkt hatte, dass David sich neben ihr heftig bewegt hatte. Man musste kein Psychologiestudium abgeschlossen haben, um zu bemerken, dass er einen furchteinflößenden Albtraum hatte. Er warf sich im Bett hin und her und zischte aufgeregt Sätze, die eindeutig nicht ihr gegolten hatten. Sie war voller Sorge aufgestanden und hatte versucht, ihn zu beruhigen, woraufhin er nach ihren Unterarmen gegriffen und sie fest umklammert hatte. Sie hatte ihn angeschrien, um ihn wachzubekommen, weil er ihr Schmerzen bereitete. Doch David drückte immer fester zu und als er schließlich aufwachte, schien er völlig verwirrt darüber zu sein, dass er zu Hause war.

Jola glaubte zu wissen, wo er sich in seinem Traum befunden hatte. Und zwar in einem Auto. Daraufhin hatte sie ihn auf die Tatsache angesprochen, die ihr schon einige Zeit zu schaffen gemacht hatte – und er hatte es tatsächlich zugegeben. Die

Ohrfeige war noch ein Geschenk gewesen im Vergleich zu dem, was sie ihm am liebsten angetan hätte.

Sie wurde munter, als sie das Knarzen der Treppe hörte. Das Geräusch vermischte sich mit dem der Vögel, die draußen vor dem Haus zwitscherten. Diese Kombination verband sie eigentlich mit einem unbeschwerten Alltag, es erinnerte sie daran, wie ihre Mama sie früher am Wochenende geweckt hatte: Sie war in Jolas Zimmer gekommen und hatte sich bemüht, leise zu sein, aber doch knarzte der Fußboden unter ihren Zehenspitzen. Davon wachte Jola meistens auf. Dann folgten das Vogelgezwitscher und die Freude über die Tatsache, dass Wochenende war. Ihre Mama hatte sich über sie gebeugt, eine Hand sanft auf ihren Kopf gelegt und geflüstert: „Guten Morgen, Palatschinken-Prinzessin."

Das hatte stets dafür gesorgt, dass Jola schon mit einem Lächeln im Gesicht aufgestanden war. In Wirklichkeit war sie kein großer Palatschinken-Freund, aber ihre Mama bereitete sie jedes Wochenende zu und somit war es zur Tradition geworden, die warmen Teigfladen aus Mehl, Zucker, Eier und Milch zu servieren. Jola liebte diesen Gedanken, dass sie in ihrer kleinen Familie so etwas wie ein Ritual hatten. Mama, Papa und Kind gemeinsam am Sonntagmorgen beim Frühstückstisch mit selbstgemachten frischen Palatschinken. Wenn der Tag schon so startete, war nichts unmöglich. Die Welt war in Ordnung gewesen, damals.

Jola öffnete die Augen und sah, wie David im Begriff war, das Haus zu verlassen. Er hielt einen Keilrahmen in den Händen.

„Was machst du da?", fragte sie. David sah erschrocken zu ihr herüber. „Tut mir leid, ich wollte dich nicht wecken."

„Ich bin nicht mehr müde, ist schon okay."

Dass sie sich angesichts der furchtbaren Ereignisse von vorhin so normal mit ihm unterhalten konnte, wunderte sie. David sah an sich herab, kam ein paar Schritte auf sie zu und sagte: „Ich will diese Sache aus meinem Leben verbannen. Ich weiß, ich kann sie nicht vergessen. Glaub mir, das würde ich gerne, aber es ist unmöglich. Wenn ich das Bild entsorge, ist es vielleicht ein Schritt in die richtige Richtung."

„Was hat dieses Bild damit zu tun?", wollte Jola wissen, obwohl sie die Wahrheit bereits kannte.

„Es …", begann David vorsichtig. „Es hat mir bei der Verarbeitung geholfen. Darauf ist nur Gekrakel, sonst nichts."

Das war eine Lüge und das wussten sie beide. Jola dachte zurück an die Situation, in der sie gemeinsam im Atelier gewesen waren und sie auf das Bild zugegangen war. David hatte ihr versichert, dass er es entsorgen würde, noch ehe sie es zu Gesicht bekommen hatte. Doch er hatte sie belogen. Schon wieder.

„Ich dachte, du hättest es weggeworfen", meinte sie. Er blickte beschämt zu Boden und sagte: „Das wollte ich auch. Aber ich war noch nicht bereit dafür."

Die beiden sahen sich stumm an. Jola nickte und David redete weiter: „Dieses Bild zeigt meine schlechteste Seite. Und ich will alles, was mich daran erinnert, loswerden."

Sie traute sich nicht zu fragen, ob er ihr das Gemälde zeigen würde, stattdessen setzte sie sich auf und sah ihm in die Augen. „Es tut mir leid", sagte sie und meinte es auch so. David war ein guter Mensch, wie hätte sie sich sonst in ihn verlieben können?

„*Dir* tut es leid? Was denn? Etwa die Ohrfeige?", fragte David ungläubig und sah sie überrascht an. Dabei zog er seine Augenbrauen nach oben. Dieser nichtsahnende Blick verlieh ihm eine gewisse Naivität, die Jolas Herz höher schlagen ließ.

„Nein." Darüber musste sie sogar für einen Moment kichern. „Die hast du verdient. Aber … die Sache ist doch schon Ewigkeiten her. Ich hätte anders darauf reagieren sollen. Ich will auch keine Details oder sonst was über diesen Unfall wissen … Ich möchte nur nicht, dass du das Bild meinetwegen wegwirfst."

„Ich mache es für mich. Und für uns."

Für uns. David fand stets die richtigen Worte. Dieser Mann brachte sie beinahe um den Verstand. Jola sagte: „Überleg es dir nochmal. Ich glaube, es ist ein gutes Zeichen, dass ich jetzt auch Bescheid weiß."

„Das glaube ich ehrlich gesagt nicht. Du hast bestimmt Angst vor mir."

Dem konnte sie nicht widersprechen.

„Weißt du ..." Sie startete einen neuen Versuch. „Von Anfang an hatte ich bei dir immer das Gefühl, dass du mir was verheimlichst."

„Wirklich?" Dass er so ein schlechter Schauspieler war, schien ihn zu verblüffen.

„Ja. Und nun weiß ich dein größtes Geheimnis. Somit fällt es dir von jetzt an womöglich leichter, damit umzugehen. Du hast nichts mehr, wovor du dich verstecken musst, denn ich weiß jetzt, dass du vor langer Zeit etwas ganz Furchtbares getan hast ... Und trotzdem liebe ich dich."

David sah sie an, als könnte er seinen Ohren nicht trauen. „Scheiße verdammt, ich hab dich sowas von überhaupt nicht verdient, weißt du das eigentlich?", fragte er sie mit zittriger Stimme. Jola brach es beinahe das Herz. Das war das Schönste, was jemals ein Mann zu ihr gesagt hatte. Was überhaupt jemand zu ihr gesagt hatte! Somit würde ihr der Abschied doch schwerer fallen als erwartet.

61

Donnerstag, 31. Oktober 2019

David

Warum blieb Jola bei ihm, obwohl sie über das schrecklichste Geheimnis, das er seit etwa zwanzig Jahren zu verdrängen versuchte, Bescheid wusste?

Als er mit dem in Tüchern eingewickelten Bild vor ihr stand, wurde ihm klar, was wirklich von Bedeutung war: Nämlich sie und er. Sie beide waren die wichtigste Verbindung in seinem Leben. Welche Frau würde schon an seiner Seite bleiben, wenn sie von seiner Schandtat erfuhr? Wie sich herausstellte, war Jola diejenige. Nun hatte er nichts mehr zu verheimlichen.

In letzter Zeit war vieles in seinem Leben katastrophal gelaufen: Seine Tochter hasste ihn vermutlich mehr als je zuvor und er bildete sich Dinge ein. Die Sache mit Amal zum Beispiel. Es deutete nichts darauf hin, dass sie miteinander in Kontakt gestanden hatten. Eines stand jedenfalls fest: Es gab einen Amal, mit dem er in seiner Jugend befreundet gewesen war, aber dieses Verhältnis wurde durch den Unfall vor einundzwanzig Jahren zerstört. Was es mit der falschen Adresse auf sich hatte, konnte er sich jedoch nicht erklären.

Aber was, wenn die ganze Geschichte mit seinem Kumpel nicht die einzige Sache war, die er sich eingebildet hatte? Diese Frage war beängstigend. Darüber wollte er gar nicht nachdenken.

Das Beste, das David in den letzten Monaten zugutegekommen war, war Jola. Sie hatten sich gegenseitig geholfen. Sie hatte ihm gezeigt, was bedingungslose Liebe ist – was auf Gegenseitigkeit beruhte –, während er ihr zu verstehen gegeben hatte, dass ein Leben auch ohne Rauschzustände möglich war.

In diesem Moment wurde er so von Glücksgefühlen überrumpelt, dass er das Bild fallenließ und sich zu Jola auf die Couch setzte. Sie begannen sich leidenschaftlich zu küssen. Sie krallte sich in seinen Haaren am Hinterkopf fest, dabei musste er an das erste Mal mit Jola denken. In ihr hatte schon immer ein Feuer gelodert, das nur schwer zu bändigen war.

Sie zog ihn ungeduldig zu sich heran und murmelte während des Küssens „Fick mich“ in seinen Mund. David drückte sie auf die Couch, worauf sie ihm grob die Jogginghose herunterriss. Hastig zog er ihr Höschen aus und biss ihr leicht in den Busen. Sie quiekte erfreut auf und David stellte grinsend fest, dass sie keinen BH unter ihrem Shirt trug. Sie krallte ihre Fingernägel in seinen Hintern, worauf er in sie eindrang.

Es schien, als könne Jola gar nicht genug von ihm kriegen. Sie forderte immer mehr, was er ihr nur zu gerne gab. Nachdem er seine Freundin beglückt hatte und selbst gekommen war, rollte er sich von ihr runter. An diesem Morgen hatte er mit vielem gerechnet, aber damit garantiert nicht.

Beide ruhten sich kurz aus, dann drehte Jola sich zu ihm und sagte leise: „Ich würde alles für dich tun.“

Mit der rechten Hand griff er in ihren Nacken, um ihren Kopf heranzuziehen und ihr einen Kuss auf die Stirn zu drücken. Sein Blick wanderte zu dem Bild und er atmete hörbar aus.

„Ich gehe mal nach oben duschen“, hauchte Jola ihm ins Ohr. Ein wohliger Schauer lief über seinen Rücken. David grinste und beobachtete daraufhin, wie sie aufstand und nach oben ging. Wie gerne würde er sie begleiten!

Doch er konnte nicht. Er musste das hier und jetzt zu Ende bringen.

Er zog sich an und nahm das Bild, das ihm so viel Kummer bereitet hatte. Dann schnappte er sich eine Packung Streichhölzer und ging nach draußen. In der Einfahrt wickelte David den Rahmen aus dem Tuch, dabei entglitt er ihm, fiel zu Boden und landete mit der Vorderseite nach oben auf dem gepflasterten Weg. Tat er das Richtige? Natürlich! Seine Hände zitterten, als er ein Streichholz anzündete. Er brauchte vier Versuche, bis es funktionierte.

Während der Zünder immer weiter runterbrannte, suchte David mit der freien Hand in seinen Hosentaschen nach dem Zeitungsausschnitt. Wo war er? Hatte er ihn im Haus liegen gelassen? Ehe das Feuer seine Finger berührte, warf er das Streichholz auf den Rahmen. Die Flammen brannten sich sofort in die Leinwand – und in Davids Herz. Eine Träne bahnte sich aus seinem Augenwinkel und er hoffte, dass er hiermit auch seine Schuldgefühle vernichten konnte. Der Zeitungsausschnitt war im Moment nicht so wichtig. Er würde ihn ein anderes Mal entsorgen. Die zwei Körper und deren verschwommenen Gesichter auf der Leinwand begannen sich aufzulösen. Das Orange des Feuers vermischte sich mit dem Rot, das die beiden umgab. Das Rot, das er vor vielen Jahren verursacht hatte. Als nur noch ein paar verkohlte Fetzen übrig waren, löschte er die letzten kleinen Flammen und ließ den Aschehaufen auskühlen.

Kurz darauf kam Jola ebenfalls aus dem Haus und stellte sich neben David. Mit einem Blick auf das verbrannte Bild meinte sie, sie verstehe seine Entscheidung. Sie küssten sich und fielen in eine Umarmung, die länger andauerte als gewöhnlich, ehe sie zur Arbeit fuhr. Er hoffte, dass er ihr vertrauen konnte.

Als Jola mit ihrem alten Volkswagen davongefahren war, fütterte David den Kater und überlegte, was er als Nächstes tun sollte. Gestern Abend hatte er sich auf einem Schmierzettel Katjas und Lenas Telefonnummer aufgeschrieben. Als Vorlage hatte er Jolas Smartphone genutzt.

Im Wohnzimmer durchwühlte er mehrere Schubladen einer

Kommode, bis er fündig wurde: Das Vorgängermodell seines Smartphones wies unzählige Kratzer auf der Bildschirmoberfläche auf, aber für ein paar Tage musste es reichen.

Nachdem er es zur Hälfte aufgeladen hatte, fuhr er damit Richtung Bruck an der Mur, um sich eine Prepaid-Karte zu kaufen und seine neue vorübergehende Nummer gleich an Kilian weiterzugeben. Er und seine Kollegen wirkten verblüfft, als David auf dem Polizeirevier eintrudelte und sich überaus kooperativ verhielt.

Die Trafik, in der Jola arbeitete, lag nur wenige Meter entfernt und er beschloss, ihr ebenfalls einen Besuch abzustatten. Während er den Tabakwarenladen betrat, fühlte er sich wie ein Zeitreisender. Er lächelte die hübsche Angestellte an und kam sich vor wie damals, als er den Lottoschein bei ihr gekauft hatte. Jola schien über seine Anwesenheit überrascht zu sein und da im Moment keine Kunden da waren, klärte er sie gleich bezüglich seiner neuen Nummer auf. Sie nickte hastig und speicherte sie in ihrem Smartphone ein.

„Ich werde mal nach Lena sehen", waren seine Worte, nachdem sie sich zum Abschied geküsst hatten.

Als er vor die Trafik trat, rief David Katja an und fragte, ob er seine Tochter besuchen kommen dürfe. Seine Exfrau stimmte zu und bat ihn, nicht vor 10 Uhr zu kommen, da Lena noch tief und fest schlafe und sie Erholung mehr als nötig habe.

Um 10.30 Uhr traf er in der Wohnung ein und wurde von Katja und Rolf begrüßt. Auf die Frage, wie es Lena gehe, antwortete Rolf: „Den Umständen entsprechend, aber sie ist auf dem Weg der Besserung."

Genervt ging David an den beiden vorbei. Dass ihm Katjas Freund wie selbstverständlich geantwortet hatte, fand er zum Kotzen. Aber andererseits hatte er ihm das Leben seiner Tochter zu verdanken …

David klopfte dreimal vorsichtig an Lenas Zimmertür und wurde gleich darauf hineingebeten. Er betrat das Zimmer, das noch so wie früher aussah und fand seine Tochter zusammengekauert in ihrem Bett vor. Die Luft im Raum war stickig und die Wände waren seit seinem Auszug anscheinend nicht mehr gestrichen worden. Sie waren blassrosa und passten eher zu einem siebenjährigen Mädchen als zu einer erwachsenen Frau. David ging zu Lena und strich ihr vorsichtig über den Kopf – dem einzigen Körperteil, das unter der dicken Bettdecke hervorlugte. Dann schritt er zum Fenster, um es zu öffnen, seine Tochter verfolgte jede seiner Bewegungen schweigend.

Am liebsten würde er sie auf der Stelle umarmen und nie wieder loslassen, aber er befürchtete, dass Lena ihn wegstoßen würde. Bei ihrem letzten Aufeinandertreffen hatte sie ihn beim Vornamen genannt – diese Tatsache bescherte ihm nach wie vor Bauchschmerzen. Ob er je wieder zu seiner Tochter durchdringen könnte? David zwang sich, seine Tränen zurückzuhalten.

Er stützte sich mit den Handflächen auf der Fensterbank ab und schaffte es nicht, ihr in die Augen zu sehen. Jolas Worte bezüglich seines gestohlenen Smartphones schossen ihm durch den Kopf. Er hatte Jens niemals damit kontaktiert. Welche Möglichkeit blieb also noch? Mit zusammengepressten Lippen versuchte er, diese furchtbaren Gedanken zu verdrängen. Lena hatte nichts damit zu tun!

David beschloss, das Gespräch nicht mit *Wie geht es dir* zu eröffnen, da er sich sicher war, eine pampige Antwort darauf zu erhalten. Er stellte eine andere Frage, in der Hoffnung, seine Tochter damit aus der Reserve locken zu können: „Warum hast du das gemacht?“

Nach wie vor vermied er es, sie anzusehen und starrte aus dem Fenster. Erstaunlicherweise kroch Lena unter ihrer Decke hervor und richtete sich in ihrem Bett auf – das konnte er im Augenwinkel erkennen.

„Was?“, fragte sie tonlos. David beabsichtigte, keine Antwort darauf zu geben, was sie dazu veranlasste, weiterzureden: „Was hätte ich denn sonst tun sollen?“

„Ist das dein Ernst?“, wollte David wissen und ihm war bewusst, dass er sich in dem Moment barscher anhörte als beabsichtigt. „Du hast dir beinahe das Leben genommen. Hast du auch nur einen Moment darüber nachgedacht?“

In Lenas Augen sammelten sich Tränen. Mit so einer Reaktion hatte sie vermutlich nicht gerechnet. Überraschenderweise klang sie nicht feindselig, als sie antwortete: „Aber … Aber … Jens war meine große Liebe. Was … hätte ich denn sonst tun sollen?“

Stumme Tränen kullerten ihr über die Wangen und fielen auf die geblümte Bettdecke. Für David war das Bild, das sich ihm bot, beinahe unerträglich und er sagte in flehendem Tonfall: „*Nicht* versuchen, dich umzubringen, *das* hättest du tun sollen. Jens hätte das bestimmt nicht gewollt. Niemand hätte das gewollt. Ruf mich das nächste Mal an, wenn du traurig und verzweifelt bist und schrei dir alles aus der Seele. Missbrauche mich als Ventil. Das machst du doch sonst auch. Alles ist besser als das, was du versucht hast.“

„Ich soll dich als Ventil missbrauchen?“

„Ja, darin hast du doch schon reichlich Erfahrung.“

Lena konnte sich ein Grinsen nicht verkneifen. „Du bist der Erste, der mich zum Lachen bringt, seit … Du weißt schon. Mama und Rolf machen es irgendwie nur noch schlimmer …“

„Kann ich mir vorstellen. Verstehst du dich gut mit Rolf?“

Vor lauter Anspannung hielt er die Luft an. Der Mann, der Davids Platz eingenommen hatte, hatte seiner Tochter das Leben gerettet. Trotzdem würde er gerne hören, dass sie ihn nicht mochte.

„Ja, geht schon. Er jammert oft herum, dabei hätte ich einfach gerne meine Ruhe. Das checkt er irgendwie nicht. Ich bin ihm ja dankbar für alles, aber …“

David atmete erleichtert aus. So etwas in der Art hatte er sich erhofft. Er erlaubte sich einen kleinen Scherz und meinte: „Also, auf mich wirkt Rolf wie eine Jammertasche.“

Nun musste Lena die Hand vor den Mund legen, um nicht laut aufzulachen. Als ihr das bewusst wurde, brach sie in Tränen aus.

„Hey“, begann David und setzte sich neben sie auf das Bett. „Was ist denn los?“

„Ich habe so ein schlechtes Gewissen.“

„Das brauchst du nicht. Lena! Sieh mich an! Das brauchst du nicht, okay? Du *darfst* lachen.“

„Nein. Jens ist tot und ich mache hier mit dir Witze. Das ist doch kacke.“

David legte einen Arm um sie und flüsterte: „Ich bin mir sicher, dass Jens uns im Moment zusieht und sich denkt: *Endlich vertragen sich diese zwei Schwachköpfe wieder*.“

„Hör doch auf!“, sagte Lena lachend und lehnte sich an seine Schulter. „Aber du hast recht. Das könnte er sich wirklich denken.“

„Sag ich doch. Hör zu, Lena. Du musst uns allen, aber vor allem dir selbst versprechen, dass du nie wieder so etwas anstellst, okay? Wenn Jammertasche Rolf nicht gewesen wäre, wärst du wahrscheinlich nicht mehr am Leben. Stell dir vor, deine Mutter hätte dich so gefunden.“

„Ich verspreche es.“

„Weißt du schon, wie es weitergeht?“

„Es hieß, mir wurde vom Krankenhaus eine Psychologin zugeteilt. Nächste Woche soll das erste Gespräch stattfinden.“

„Das wird dir guttun.“

„Ich weiß nicht.“

„Ach ja: Ich habe vorübergehend eine andere Telefonnummer. Hier.“ Er zeigte ihr sein altes Smartphone und öffnete eine Notiz, in der er die Nummer notiert hatte. Lena speicherte sie ohne jegliche Nachfrage ein.

Davids Gefühle waren zwiegespalten. Im Moment überragte die Liebe zu seiner Tochter und er war froh, dass sie sich auf so einem Niveau unterhalten konnten. Auf der anderen Seite gab es da noch immer diesen Verdacht, den Jola angesprochen hatte. Plötzlich kam ihm noch ein anderer Name in den Sinn, der etwas mit der ganzen Sache zu tun haben könnte.

Anstatt darüber zu reden, stand er auf und schloss das Fenster. Er konnte seine Tochter einfach nicht damit konfrontieren. Dann wünschte er Lena gute Besserung und ging zur Tür, auf der sich noch Klebestreifenreste von den Postern aus ihrer Jugendzeit befanden. Die Jugendzeit, die er leider nur zur Hälfte miterleben durfte. David war ausgezogen, als Lena dreizehn Jahre alt war, aber er erinnerte sich, als wäre es gestern gewesen … Wenn Katja und er es sich am Wochenende abends im Wohnzimmer gemütlich gemacht hatten, hatten sie oft Musik aus Lenas Zimmer gehört, während ihre Tochter mit ihren Freundinnen kichernd David-Guetta-Poster auf der Tür aufgehängt hatte. Das war vor sechs Jahren gewesen, Lena war damals zwölf. Im Jahr darauf war David Guetta natürlich schon wieder total out und auf der Zimmertür seiner Tochter war nun kein langhaariger DJ mehr zu sehen, sondern drei Männer in schrecklich verwirrenden Aufmachungen, die sich *Deichkind* nannten. David kannte einige Lieder dieser Band und bezweifelte bis heute, dass sein damals dreizehnjähriges Mädchen den Sinn hinter den Texten verstand, aber das war eine andere Sache.

Als er die Türklinke nach unten drückte, vibrierte Lenas Smartphone. Mit einer schnellen Handbewegung drehte sie das Gerät um.

David wurde neugierig und sah sie fragend an. „Wer …“

„Ach, nicht so wichtig“, antwortete Lena hektisch und schielte dabei unsicher auf ihr Smartphone.

„Na gut“, meinte David, obwohl er wusste, dass absolut gar nichts gut war. Sie verheimlichte ihm etwas und das war das Gegenteil von *gut*. „Melde dich, wenn du jemanden zum Reden brauchst.“

„Mach ich. Und danke.“

Er wusste, dass er einen Fehler beging, als er das kleine rosa Zimmer ohne jedes weitere Wort verließ, aber Lena musste sich ausruhen.

Wer hatte eben Kontakt zu ihr aufgenommen? Ihm fiel nur eine Person ein: Hannes.

Gleich darauf wurde David von Katja zu sich gerufen. Sie saß gemeinsam mit Rolf am Esstisch, vor beiden stand jeweils eine Tasse Kaffee. „Willst du auch einen?", fragte Rolf, als wäre er der Hausherr.

„Nein, danke. Ich bin gleich wieder weg."

„Hat sie mit dir gesprochen?"

„Ja und ich glaube, du hast recht. Sie ist auf dem Weg der Besserung. Da … Da ist aber noch etwas."

Katja und Rolf sahen ihn erwartungsvoll an.

„Lena erhielt eben eine Nachricht oder einen Anruf. Dann hat sie ihr Handy umgedreht. Ich weiß nicht, kann ja sein, dass ich überreagiere … Aber … falls euch etwas auffällt oder komisch vorkommt, ruft mich bitte auf meiner neuen Nummer an."

„Was meinst du damit? Sie wird doch nicht etwa nochmal versuchen, sich umzubringen?", fragte Katja aufgebracht, worauf ihr Rolf einen Arm um die Schulter legte.

„Schon gut, Schatz, David meint es bestimmt nicht so."

David wurde übel beim Klang von Rolfs Worten. Seine Exfrau sah zwischen den beiden hin und her. „Was genau meinst du damit, David?"

„Nur, dass ihr mir bitte ein Auge auf sie werft. Ich will nicht, dass sie sich mit den falschen Leuten abgibt."

„Ich glaube, aus dem Alter ist sie raus."

„Du hättest auch nicht von ihr erwartet, dass sie versucht, sich umzubringen, oder?"

Nun herrschte Stille im Raum. Katja verzog den Mund und blickte zur Seite, während Rolf mit ruhiger Stimme meinte: „Ich glaube, du solltest gehen."

„Denkt an meine Worte. Und Rolf …" Das Lächeln, das David ihm schenkte, war tatsächlich aufrichtig. „Danke, dass du Lena das Leben gerettet hast."

Als er sich in sein Auto setzte, atmete er einmal tief durch. Wie würden Lena, Katja und Rolf wohl reagieren, wenn sie von der Sache mit den Textnachrichten auf Jens' Handy erfuhren?

62

Donnerstag, 31. Oktober 2019

Jola

„Wie fühlst du dich?"

Das waren die ersten Worte nach der Begrüßung, die Rainer aussprach, nachdem er die Trafik betreten hatte. Es war lange her, dass er hier etwas gekauft hatte. Jens' Tod hatte in den Nachrichten kursiert, Jola zog es jedoch vor, nicht zu erwähnen, dass sie ihn gekannt hatte.

„Man lebt", presste sie hervor. Das war ihre Antwort darauf. Eine Antwort, die so gar nicht der Realität entsprach. Doch Rainer hatte keinen blassen Schimmer davon, wie die Realität aussah, immerhin hatten sie sich ewig nicht gesehen. Was hätte sie also sonst darauf sagen sollen? Die Wahrheit? Dass sie es nicht wusste? Sie wusste nicht, wie sie sich fühlen sollte. Wie fühlt man sich, wenn man mit einem Mörder unter einem Dach wohnt?

In Jola herrschte eine Leere und das schon seit längerer Zeit. Sie war nicht einmal schockiert gewesen, als David ihr sein Geheimnis *verraten* hatte. Sie wusste es bereits, sie war ja nicht blöd. Seine Exfrau war anscheinend dumm gewesen, wenn sie in all den Jahren nicht die Zeichen deuten konnte, die so offensichtlich waren, dass es beinahe inszeniert wirkte.

Davids Tat war für sie beide nur schwer zu verkraften, doch sie ließ sich nicht mehr rückgängig machen. Ebenso wie Jens' Tod und Lenas Selbstmordversuch. Jola wusste, dass David seine Tochter heute besuchte, war sich aber sicher, dass sie es wieder irgendwie schaffen würde, ihn um den Finger zu wickeln. Wahrscheinlich hatte er es nicht übers Herz gebracht, Lena auf die Sache mit seinem Smartphone anzusprechen.

„Hey, Jo."

Sie wurde aus ihren Gedanken gerissen. Beinahe hätte sie vergessen, dass Rainer noch immer vor ihr stand und bedient werden wollte. Wie in Trance reichte sie ihm zwei Päckchen Chesterfield und kassierte das Geld.

„Ich meine es ernst", sagte Rainer leise, nachdem er sich vergewissert hatte, dass niemand zur Tür hereinkam. „Du hast dich verändert."

„Du dich doch auch. Wie geht es übrigens deiner Freundin?"

Rainer lachte stumm in sich hinein und meinte: „Nett, dass du dich mal nach ihr erkundigst. Wir sind nicht mehr zusammen."

„Oh, das tut mir leid."

„Nein, tut es nicht."

„Doch, Rainer. Ehrlich …"

„Vergiss es einfach, okay Jo? Dir ist es scheißegal, ob ich eine Freundin habe oder nicht", unterbrach er sie.

„Was redest du da? Ich würde mich wahnsinnig für dich freuen, wenn du eine hättest."

„Ja, klar doch. Seit du mit diesem … diesem … Scheiß-Bullen zusammen bist, sind dir deine Freunde doch alle egal!"

„Rainer, du bist mir nicht egal."

„Ach, ja? Wie oft hast du dich im letzten Jahr gemeldet?"

Gar nicht, um ehrlich zu sein. Jola stammelte: „Ähm … Ich …"

„Genau! Das ist genau die Antwort, die Leute von sich geben, denen ihre alten Freunde einen Scheiß interessieren!"

„Bist du nur gekommen, um mir das zu sagen? Wolltest du mich nur beleidigen?" Jola spürte, wie Wut in ihr hochkam. Rainer hatte so verdammt recht. Es war ihr egal. Es war ihr mittlerweile tatsächlich egal, was aus ihm oder Lennon wurde. Sie gehörte nicht mehr zu den Leuten, die fluchten und Gras rauchten und sich in sinnlose Schlägereien verwickeln ließen. Sie hatte die Drogen abgeschrieben. Sie trank kaum noch Alkohol und wohnte glücklich und zufrieden mit einem Mörder zusammen!

„Nein, Jo. Ich bin nicht gekommen, um dich zu beleidigen. Ich wollte dir nur mal die Augen öffnen. Das hat wohl nicht geklappt. Mach's gut."

Mit diesen Worten drehte er sich um und verschwand.

Die Augen öffnen? Wovon redete er da bitte? In dem Moment wurde Jola nur noch wütender. Warum wurde sie als Böse hingestellt? Es war nicht allein ihre Schuld, dass sie keinen Kontakt mehr hatten. Rainer hatte eine Freundin gehabt und es im letzten Jahr auch nicht für nötig gehalten, sich nach ihr zu erkundigen. Und nun, da er wieder Single war, konnte er ihr unter die Nase reiben, welch ein schlechter Mensch sie doch war!

Aber er irrte sich. Sie hatte nicht mit allen Leuten aus der Vergangenheit abgeschlossen. Nur mit denen, denen sie am Arsch vorbeiging und sie wusste genau, dass Rainer dazugehörte. Denn er meldete sich nur, wenn er sonst niemanden hatte. Aber es gab jemanden aus ihrer Vergangenheit, der sie noch viel mehr brauchte. Und zu diesem Menschen würde sie den Kontakt wiederaufbauen. Noch bevor sie sich auf den Heimweg machen würde, würde sie ihm einen Besuch abstatten. Und sie hatte auch schon eine Idee, wie sie ihm in Zukunft helfen konnte.

Rainer hatte ihr tatsächlich die Augen geöffnet.

63

Donnerstag, 31. Oktober 2019

David

„Du hast sie nicht darauf angesprochen?“

„Das war nicht so einfach, Jola.“

Sie waren am Diskutieren. Dass David Lena nicht auf die Smartphone-Geschichte angesprochen hatte, überraschte Jola zwar nicht, trotzdem war sie alles andere als glücklich darüber. Er war etwas gekränkt, dass das das Einzige war, was sie bezüglich Lena zu interessieren schien. „Willst du denn gar nicht wissen, wie es ihr geht? Immerhin wäre sie beinahe gestorben“, fragte er – bemüht, nicht verärgert zu klingen.

„Tut mir leid. Natürlich will ich wissen, wie es ihr geht.“

„Sie verbringt viel Zeit im Bett, aber sie wird sich erholen. Nächste Woche muss sie zu ihrem ersten psychologischen Gespräch. Sie ist noch etwas geschwächt, es erschien mir nicht als der passende Zeitpunkt, über sie herzufallen, als wäre sie eine Verbrecherin. Und wo warst du überhaupt schon wieder? Du kommst spät.“

„Ich?“ Jola sah im ersten Augenblick überrascht aus, als sie diese Frage hörte, dann zeigte sie auf die Tüten, die neben der Haustür standen. „Ich habe noch eingekauft. Hilfst du mir, die Sachen wegzuräumen?“

David nickte und gemeinsam verstauten sie die Lebensmittel.

„Hast du schon einen Anruf von der Polizei erhalten?“, wollte Jola wissen, während sie Lauch im Gemüsefach des Kühlschrankes verstaute.

„Nein, aber …“

Jola schloss den Kühlschrank und sah ihn erwartungsvoll an.

„Es hat jemand Lena kontaktiert, als ich bei ihr war.“

„Und?“

„Sie … verhielt sich ziemlich eigenartig. Hat das Handy umgedreht, ehe ich sehen konnte, wer es war. Und dann meinte sie, dass es nicht so wichtig gewesen wäre.“

„Glaubst du, dass das etwas zu bedeuten hat?“

„Keine Ahnung. Irgendetwas versucht sie zu verheimlichen. Nenn mich verrückt, aber ich glaube, dass es Hannes war.“

„Shit“, entfuhr es ihr. Da war sie ja wieder. Die alte fluchende Jola. „Hast du Katja Bescheid gesagt?“

„Ja. Sie und Rolf werden ein Auge auf sie werfen. Ich habe zu ihnen gesagt, dass ich nicht will, dass sich Lena mit den falschen Leuten abgibt.“

„Gut, das ist gut. Aber du hättest echt mit ihr reden sollen. Das wäre der richtige Zeitpunkt gewesen, glaube ich. Vielleicht hat Lena dein Smartphone aus anderen Gründen mitgenommen. Was, wenn sie gar nichts Böses im Sinn hatte?“

„Wie kann man ein Handy klauen und keine bösen Absichten haben?“

„Ihr habt doch das gleiche Modell. Vielleicht hat sie es aus Versehen eingepackt.“

Dieses Szenario wäre durchaus im Bereich des Möglichen. Trotzdem konnte David nicht glauben, dass seine eigene Tochter etwas damit zu tun hatte. „Und die Nachrichten?“

„Ich weiß auch nicht. Was, wenn sie sich heimlich mit Hannes getroffen hat, während Jens in der Arbeit war? Und dabei etwas heftig schiefgelaufen ist“, sagte Jola, wobei sie aufgeregt gestikulierte.

„Ach, komm schon! Meine Tochter soll mein Smartphone aus Versehen einpacken, sich dann mit einem ehemaligen Freund treffen und der klaut es ihr, um Jens in eine Falle zu locken?“ David schüttelte den Kopf, wobei ihm dieser

Gedanke auch schon in den Sinn gekommen war. Vorhin, als er bei Lena war. Jola wandte sich wieder den Einkäufen zu und meinte: „Ich versuche nur, alle Möglichkeiten durchzugehen. Es wäre kein Fehler gewesen, Lena nach deinem Handy zu fragen."

„Wahrscheinlich hast du recht. Aber lass uns mal was essen. Danach werde ich Katja anrufen und fragen, ob es etwas Neues gibt."

Gemeinsam bereiteten sie einen Lauch-Kartoffel-Auflauf zu und hatten sogar Spaß dabei. David war froh, eine so außergewöhnliche Frau wie Jola an seiner Seite zu haben. Erst vor kurzem hatte sie erfahren, dass er vor langer Zeit zwei Menschen getötet hatte, und nun standen sie nebeneinander in der Küche und kochten gemeinsam. Wie ein ganz normales Paar. Ihn beschlich langsam das Gefühl, dass sie in ihrer Vergangenheit ziemlich viel mitgemacht haben musste, wenn sie sich so schnell von diesem Schock erholt hatte.

Nachdem sie gegessen hatten, klingelte Davids Smartphone. Sein erster Gedanke war, dass es die Polizei sein würde, doch dem war nicht so. Er nahm das Gespräch entgegen.

„Ich glaube, du hattest recht." Das war nicht Kilians Stimme, sondern Katjas. Es konnte also nur um Lena gehen. David wurde hellhörig: „Was ist passiert?"

„Ich komme mir so schäbig vor. So etwas macht man als Mutter nicht."

„Katja, red nicht um den heißen Brei herum. Was ist los?"

„Vorhin ging Lena auf die Toilette. Ich bin in ihr Zimmer gegangen, weil ich an deine Worte denken musste. Dann hörte ich etwas vibrieren."

„Und? Spann mich nicht auf die Folter!"

„Ich habe Lenas Handy unter ihrem Kopfkissen entdeckt. Auf dem Bildschirm leuchtete eine eben eingegangene Nachricht auf. Von … Von Hannes."

„Verdammt! Ich wusste es!"

„Das sieht nicht gut aus, David. Das sieht gar nicht gut aus, wenn sich unsere Tochter wieder mit ihm trifft, kurz nachdem Jens …“

„Sie treffen sich?“, fiel David ihr ins Wort.

„Ich vermute mal. In der Nachrichtenvorschau stand: *Schlossberg? Okay.*“

Er schnaufte und rieb sich mit der freien Hand die Augen. Katja redete weiter: „Ich habe Lenas Zimmer schnell wieder verlassen, ehe sie zurück war. Vorhin ist sie mit den Worten *Ich gehe nur eine kleine Runde spazieren* aus der Wohnung gegangen. Rolf und ich haben ihr angeboten, sie zu begleiten, aber sie meinte, sie müsse wieder lernen, alleine zu sein. Was meinst du? Sollen wir ihr folgen?“

„Lass mich das machen. Ihr wartet zu Hause und ruft mich an, sobald es Neuigkeiten gibt, okay?“

„Gut. Oh Gott, David, das kann doch nicht ihr Ernst sein, dass sie sich im ungünstigsten Moment wieder mit Hannes trifft.“

„Mach dir keine Sorgen. Ich regle das.“

Mit zittrigen Fingern beendete er das Gespräch, erklärte Jola in knappen Sätzen die Lage und zog sich danach Mantel und Schuhe an. Die Frage, ob sie ihn begleiten solle, verneinte er. Im Gegenzug dazu musste er ihr versprechen, Lena auf die Sache mit seinem Smartphone anzusprechen.

Etwa zwanzig Minuten später fuhr David die Kupferschmiedgasse in Bruck an der Mur hinauf und parkte sein Auto in der Nähe des Kulturhauses. So brauchte er daraufhin nur wenige Minuten, bis er zu Fuß am Schlossberg war.

Mit schnellen Schritten erklomm er den kleinen Hügel mitten in der Brucker Innenstadt. Auf dem Gipfel standen die Reste einer Burgmauer und ein Uhrturm.

Oben angekommen, sah er sich nervös um, der Lärm der Autos war auf dieser kleinen Erhebung noch deutlich zu hören. David ging den gepflasterten Weg an der Kanonenhütte vorbei und entdeckte kurz daraufhin zwei Leute im Durchgang des Uhrturmes. Er blieb abrupt stehen und versuchte, sich so gut wie möglich zu verstecken, um nicht gesehen zu werden. Sein Herz machte einen Satz, als er erkannte, dass es sich bei den zwei Leuten tatsächlich um Lena und Hannes handelte.

David wagte sich einen Schritt nach vorne und bemerkte, dass Hannes die Stimme hob. Er klang verärgert. Wenn Menschen in Rage waren, konnte es leicht vorkommen, dass sie sich ertappt fühlten und ein Geständnis ablegten. Dieses Verhalten hatte David zumindest in seiner jahrelangen Polizeikarriere mitverfolgen können.

Mit großen Schritten ging er auf die beiden zu und sie schienen ihn erst zu bemerken, als er rief: „Ich hoffe, ich störe euch nicht!"

Lena stand mit dem Rücken zu ihm. Als sie sich umdrehte, stand ihr der Schreck ins Gesicht geschrieben. „Papa … Was … Was machst *du* denn hier?"

„Viel wichtiger ist, was *ihr* hier macht."

„Also ich hab mit dem Ganzen nichts zu tun", versuchte sich Hannes zu verteidigen und hob die Hände. Seine Wortwahl verriet, dass er wissen musste, dass es um Jens ging.

„Hannes! Was für eine Überraschung", sagte David lächelnd, als er zwei Meter vor ihnen zum Stehen kam. „Mit dir wollte ich mich sowieso noch unterhalten."

„Papa, er …"

„Jetzt rede ich, Lena. Kapiert?"

Seine Tochter fühlte sich sichtlich unwohl in ihrer Haut. Unruhig trat sie von einem Bein auf das andere.

David forderte sie auf, ihr Handy hervorzuholen. Diesem Befehl kam sie stumm nach. Er nahm es ihr ab und präsentierte es Hannes auf offener Handfläche. „Kommt dir das bekannt vor?"

Der junge Mann verzog das Gesicht und antwortete: „Das ist ein Smartphone. Was wollen Sie von uns?"

Von uns? Interessante Wortwahl, wie David fand. „Richtig, Hannes. Aber vor allem ist es Lenas Smartphone. Und wie es der Zufall will, sieht meines – das ich im Moment nicht bei mir habe – genau gleich aus."

Er gab seiner Tochter das Gerät wieder zurück und wandte sich nun an beide: „Kann es sein, dass einer von euch mein Smartphone letzten Freitag bei sich hatte?"

„Also ich nicht. Wie denn auch?", meinte Hannes und ging einen Schritt zurück. Sein Blick wanderte zu Lena, die nur den Kopf schüttelte.

„Gut", sagte David. „Ihr seid euch also sicher, dass niemand von euch mein Handy hatte?"

„Er hat nichts damit zu tun, Papa. Wirklich nicht." Lena klang flehend und ungeduldig, als sie diese Worte aussprach. Ihren Freund schien das alles zu verwirren, er entfernte sich langsam immer weiter von den beiden.

„Das wird mir hier echt zu krass. Deine ganze Familie ist verrückt!", rief er Lena zu und deutete anklagend mit dem Finger auf sie. Dann wandte er sich ab und ging zügig davon.

Mit ein paar schnellen Schritten verringerte David den Abstand zu ihm, im letzten Moment wurde er aber von Lena aufgehalten: „Halt, Papa! Bitte lass ihn gehen. Er hat nichts damit zu tun!"

Hannes war schon hinter der nächsten Kurve verschwunden, als David stehenblieb. Was hatte seine Tochter vor? Warum schützte sie diesen Kerl?

Er ging zurück zum Durchgang des Uhrturmes, in dem noch immer Lena stand. Viel wichtiger als dieser Hannes war nun ein Gespräch mit ihr.

„Ich war's", sagte sie mit zitternder Stimme.

In diesem Moment glaubte David, die Welt würde über seinem Kopf zusammenbrechen.

64

Donnerstag, 31. Oktober 2019
Jola

Sollte sie die Polizei rufen? Diese Sache machte sie noch verrückt.

Jola bezweifelte, dass David seine Tochter zur Rede stellen würde. Mit der Polizei würde das alles mit Sicherheit schneller gehen.

Nachdem sie die Küche geputzt hatte, um sich abzulenken, nahm sie im Wohnzimmer auf dem Sofa Platz.

Sollte sie nun untätig hier herumsitzen und Däumchen drehen? Lord Schlotterhose schmiegte sich an ihre Unterschenkel und hinterließ etwa tausend Katzenhaare auf ihrer dunklen Jeanshose. Lächelnd bückte sie sich und kraulte dem Kater den Kopf.

„Na, du?“ Das war die wahrscheinlich häufigste Phrase, wenn man mit einem Tier sprach, das man niedlich fand. Lord Schlotterhose war in der Tat ein süßer Kater. Nie im Leben würde er sie auf irgendeine Art und Weise verletzen, dessen war sie sich bewusst. Dass David bis heute glaubte, der Kater habe sie in der Nacht gekratzt, grenzte an Dummheit.

Was er wohl in diesem Moment machte? Jola warf einen Blick auf die Uhr. Er war vor über einer halben Stunde losgefahren, es könnte gut möglich sein, dass er sich bereits mit seiner Tochter unterhielt. Mit Sicherheit würde es das Verhältnis zwischen ihm und seiner Familie ins Verderben stürzen, wenn er sie des Diebstahles verdächtigte. Denn es konnte sich nur noch um Sekunden handeln, bis er erfuhr, dass nicht Lena Jens die Nachrichten geschickt hatte.

Sollte sie heute noch zur Polizei fahren? Jola streifte die Ärmel ihres Pullovers hoch und betrachtete ihre Verletzungen, wobei ihr Tränen in die Augen traten.

Wo war sie hier nur reingeraten?

65

Donnerstag, 31. Oktober 2019

David

Er fühlte sich wie im Rausch und wurde von einer vollständigen Leere umgeben. Man könnte es nicht einmal als Schwärze bezeichnen, es war einfach nur eine Unendlichkeit ins Nichts. Kälte breitete sich in seinem Körper aus, um ihn herum nahm er mehrere Stimmen wahr …

„He, Mann! Bist du verrückt geworden?“ Amal.

„Papa …“ Lena.

„Jens Schöffer erlag am 25. Oktober um etwa 18.30 Uhr seinen Verletzungen.“ Kilian.

„Was soll die Scheiße?! Du … Du hast …“

„Oh Gott. Papa! Sag doch was!“

„Du hast Jens an dem Abend kontaktiert, an dem er umgebracht worden ist. Du wolltest dich mit ihm treffen.“

Was passierte hier mit ihm? Warum hörte er so viele Stimmen auf einmal? Er konnte sich nicht bewegen. Die unendliche Leere schien sich mit einem Mal noch weiter auszudehnen und Lenas Stimme rückte in die Ferne.

Plötzlich durchfuhr David eine Kälte, die ihn zittern ließ, kurz darauf spürte er, wie ihn jemand berührte. Er glaubte, langsam wieder zu sich selbst zu finden. Die Leere verschwand, mit ihr auch die Kälte – trotzdem schienen eigenständige Bewegungen unmöglich zu sein. Dazu kam ein Schmerz, der sich in seinem Kopf ausbreitete.

Als er langsam die Augen öffnete, erkannte er Hannes' Gesicht. Neben ihm kniete Lena, die erleichtert ausatmete. „Gott sei Dank! Geht's dir gut?"

David gelang ein Nicken und er fragte sich, was in den letzten Minuten passiert war. Er stellte fest, dass er auf dem Boden lag – die Beine waren auf einer Sprosse eines Geländers hochgelagert. Und sie befanden sich noch immer am Schlossberg, ein paar Meter entfernt vom Uhrturm, der ihm zu verstehen gab, dass es 15.27 Uhr war. Es waren also nur wenige Minuten gewesen, die er in der absoluten Leere verbracht hatte. Eine Gänsehaut breitete sich über Davids Körper aus, da es trotz der kurzen Dauer eine beängstigende Tatsache war.

Lena redete beruhigend auf ihn ein: „Ich habe nach Hannes gerufen und ihn um Hilfe gebeten. Er hat durch das Hochlagern deinen Kreislauf stabilisiert. Als du zusammengebrochen bist, bist du mit dem Kopf aufgeschlagen. Ich glaube, wir sollten einen Krankenwagen rufen."

„Nein, mir geht es gut", sagte David und schaffte es sogar, sich selbstständig aufzusetzen. „Danke, Hannes."

Reflexartig griff er sich an den Hinterkopf und stellte erleichtert fest, dass er keine Wunde ausmachen konnte.

„Vielleicht sollten Sie sich doch ärztlich untersuchen lassen. Beim Fußballtraining ist ein Freund von mir mal so unglücklich gestürzt, dass er daraufhin ein Schädel-Hirn-Trauma erlitten hat. Das hat er im ersten Moment gar nicht bemerkt."

Dieser Hannes klang ernsthaft besorgt, aber David winkte ab und stand vorsichtig auf. „Nein, mir geht es wirklich gut. Sag mal …"

Für einen Moment musste er seine Augen schließen, da er von einem Schwindelgefühl überrascht wurde. Als es sich wieder legte, sprach David weiter: „Hannes … Bitte sei ehrlich zu mir. Du konntest Jens nicht leiden, oder?"

Hannes' Blick wechselte zwischen Lena und ihm und er meinte

schließlich: „Natürlich konnte ich ihn nicht leiden. Er hat mir Lena weggenommen."

David sah, wie seine Tochter errötete, dann wandte er sich wieder an den jungen Mann, der neben ihr stand: „Hast du ihm etwas angetan?"

„Jetzt geht das wieder los", sagte Hannes genervt und stieß einen Seufzer aus. „Ich habe ihm nichts getan und ihn auch nicht umgebracht, ich schwöre es. Ich hätte wahrscheinlich so oder so keine Chancen mehr bei Lena gehabt, also hätte es mir auch nichts genutzt."

„Hätte es nicht?"

„Nein!"

„Und warum trefft ihr euch jetzt wieder?"

Hannes schüttelte den Kopf. Jetzt ergriff Lena das Wort: „Ich hatte dieselbe Vermutung wie du. Ich musste mich einfach noch einmal mit Hannes treffen, um hundertprozentig sicher zu sein, dass er unschuldig ist. Am Abend, als Jens starb, haben wir ja miteinander geschrieben und Hannes meinte, dass er zu Hause gewesen sei. Vorhin hat er mir Fotos gezeigt, die er zum Tatzeitpunkt gemacht hat."

„Fotos? Welche Fotos?"

„Er hat eine Serie auf Netflix geschaut und Bilder von lustigen Szenen an seinen Kumpel Marco geschickt."

Hannes schüttelte noch immer den Kopf und sagte: „Ich bin ja heilfroh, dass ich von euch allen des Mordes verdächtigt werde. Das wird mir hier zu viel, ich hau ab."

Weder Lena noch David hielten ihn davon ab und die beiden sahen, wie Hannes genervt den Weg nach unten antrat. Nun waren sie alleine.

David wurde nicht schlau aus der ganzen Sache ... Er versuchte sich krampfhaft daran zu erinnern, was im letzten Moment, bevor er zusammengebrochen war, passiert war. Was hatte ihn so in Schrecken versetzt, dass er die Kontrolle über sich selbst verloren hatte? Er wusste noch, dass Hannes sich von ihnen entfernt hatte … Und dann? Verdammt, warum konnte er sich nicht daran erinnern? War er gestolpert?

Lena riss ihn aus seinen Gedanken: „Geht es dir wirklich gut? Du siehst so mitgenommen aus."

„Es ist alles in Ordnung … Sag mal …, was ist eigentlich passiert?"

„Das ging alles so schnell. Hannes ist wütend davongegangen und dann bist du zusammengebrochen. Ohne Vorwarnung."

David meinte, ein leichtes Zittern in der Stimme seiner Tochter wahrzunehmen. Noch bevor er etwas sagen konnte, schlug sie vor, gemeinsam hinunter zu gehen. Er hielt das für eine gute Idee.

Auf dem Weg nach unten versuchte er erneut, sich die letzten Augenblicke vor seinem Zusammenbruch ins Gedächtnis zu rufen, doch sein Gehirn weigerte sich, mitzumachen. Stattdessen dröhnte ihm der Kopf, sodass er an nichts anderes als den Schmerz denken konnte. Lena ging vor ihm her.

Im nächsten Augenblick ging alles ganz schnell: Sie stolperte und David sprang nach vorne, um seine stürzende Tochter aufzufangen, die beinahe mit dem Kopf auf der Steintreppe aufgeschlagen war.

„Lena! Ist alles in Ordnung? Hast du dir wehgetan?"

„Nein, es … Ich habe mir nicht wehgetan. Danke."

Im selben Moment, in dem sie diese Worte aussprach, brach sie in Tränen aus. David umarmte sie und sagte: „Du musst aufpassen, wo du hintrittst. Gott, Lena … Ich will doch nicht, dass dir etwas passiert."

„Tut mir leid. Ich bin so tollpatschig."

Sie wischte sich die Tränen mit dem Ärmel ihrer Jacke aus dem Gesicht und zusammen mit ihrem Vater ging sie die letzten paar Stufen Hand in Hand Richtung Stadt.

David fiel es schwer, sich zu konzentrieren. Seine Tochter wäre beinahe die Treppen hinuntergestürzt. Dass er so schnell reagiert hatte, überraschte ihn selbst. Dafür verstärkten sich nun seine Kopfschmerzen.

Als die beiden bei seinem Auto ankamen, bot er ihr an, sie nach Hause zu fahren, doch Lena lehnte dankend ab. „Ich glaube ehrlich gesagt nicht, dass du in deinem Zustand Autofahren solltest."

„Ach, das ist halb so schlimm. Ich bin doch nur hingefallen."

Lena sah ihn skeptisch an: „Bist du dir ganz sicher, dass dir nichts fehlt?"

„Aber klar! Komm, steig ein. Ich bringe dich nach Hause."

Seine Tochter näherte sich nur zögernd der Autotür, schließlich stieß sie einen Seufzer aus und nahm neben ihm auf dem Beifahrersitz Platz.

Kurz darauf setzte er sie vor der Wohnung ihrer Mutter ab und fragte: „Hast du wirklich Hannes verdächtigt?"

„Ja. Einerseits traue ich ihm so etwas nicht zu, aber da war so ein Gefühl … Es hat mich einfach fertiggemacht. Hannes erkundigte sich in einer Nachricht nach meinem Befinden. Ich habe ihn dann gefragt, ob wir uns treffen und eine Runde spazieren gehen, um keinen Verdacht zu erwecken."

David musste grinsen. Seine Tochter wollte also auf eigene Faust Ermittlerin spielen. Hannes hatte sich wahrscheinlich etwas anderes von diesem Treffen erhofft.

„Ich schlug vor, auf den Schlossberg zu gehen, weil wir da früher auch mal hinaufspaziert sind. Ich wollte ihm wirklich keine Hoffnungen machen, aber so schien es mir am unauffälligsten."

„Verstehe."

„Aber jetzt habe ich Gewissheit. Hannes kann es gar nicht gewesen sein. Und obwohl ich erleichtert war, als er mir die Fotos und seinen WhatsApp-Verlauf gezeigt hat, stimmt mich diese Tatsache irgendwie traurig. Ich habe zwar Angst davor, zu erfahren, wer es getan hat, aber … wie soll ich denn sonst damit abschließen?"

„Das glaube ich dir. Aber das nächste Mal, wenn du jemanden verdächtigst, solltest du besser zur Polizei gehen, anstatt dich persönlich mit demjenigen zu treffen. Das musst du mir versprechen, okay?"

Lena sah ihn einige Sekunden lang stumm an. War da Unsicherheit in ihren Augen? Oder sogar Angst? Sie klang etwas nervös, als sie schließlich sagte: „Okay. Ich … Ich sollte besser nach oben gehen. Und du gehst zum Arzt, wenn du dich nicht wohlfühlst, das musst *du mir* versprechen!"

David nickte lächelnd und verabschiedete sich von seiner Tochter. Dann machte er sich auf den Heimweg.

Diese Sache wäre geklärt. Er war hergekommen, um sich zu vergewissern, dass Hannes unschuldig war. Ihm war es merkwürdig vorgekommen, als Lena in ihrem Zimmer eine Nachricht erhalten hatte, die sie nicht in seiner Gegenwart öffnen wollte. Nun wusste er Bescheid: Sie und Hannes steckten nicht gemeinsam unter einer Decke. Das bestätigt zu bekommen, war der Grund, warum er hergefahren war.

Davids Zusammenbruch auf dem Schlossberg hing also nicht mit einer Schreckensnachricht zusammen, sondern einzig und allein mit seiner körperlichen Verfassung. Das wunderte ihn nicht, er hatte heute kaum etwas getrunken. Er fühlte sich physisch und psychisch erschöpft. Wenn er nur ein bisschen mehr auf seine Gesundheit achten würde, hätte er sicher keinen Blackout auf dem Schlossberg erlitten.

Und vielleicht würde er sich andernfalls wieder an das erinnern, was er kurz vor seinem Zusammenbruch gehört hatte.

66

Freitag, 01. November 2019

Jola

Keine Spur von ihm … Sehr gut. Unauffällig ließ sie ihre Blicke über die Versammelten schweifen.

Es war der perfekte Tag für ein Begräbnis.

Der Himmel war in ein trübes Grau gehüllt, die Wolken verdeckten jede einzelne Lücke, sogar weit entfernt am Horizont. Jola sah hinauf und musste schmunzeln. Sie stellte sich vor, wie über der Wolkendecke das strahlende Blau des Himmels bis in die Unendlichkeit mit Sonnenlicht durchflutet wurde. Dort oben war die Welt in Ordnung. Sie dachte an die Menschen, die von dort auf sie herabblickten und musste unweigerlich Tränen unterdrücken.

Das braune Laub wurde vom kalten Herbstwind umhergewirbelt, die Halloweenkürbisse auf der Straße hatten die düstere Atmosphäre bereits bei der Ankunft auf dem Friedhof verstärkt.

Tatsächlich … Es war der perfekte Tag für ein Begräbnis.

Gestern hatte Jola nicht mehr die Polizei gerufen, das hätte nur unnötigen Stress vor der heutigen Beisetzung eingebracht. Sie musste mit ihrem Geständnis also noch ein Weilchen warten.

Als David nach Hause gekommen war, hatte er ihr vom Treffen mit Lena und Hannes erzählt und dass er zusammengebrochen war – seiner Meinung nach war vermutlich sein Kreislauf daran schuld gewesen. Lena und Hannes hatten also nichts mit Jens' Tod zu tun. Das wussten sie nun beide.

Sie wurde aus ihren Gedanken gerissen, als Jens' Sarg in die Grube gelassen wurde und Lena lauthals zu weinen begann. Das arme Mädchen.

Nun konnte auch Jola die Tränen nicht mehr zurückhalten, denn sie hatte Jens wirklich gerngehabt. Er wurde zu einem Vertrauten, in der Arbeit hatte ihr Verhältnis zwei Freunden geähnelt, die sich schon ewig kennen würden. Jens war für sie wie ein kleiner Bruder gewesen, dieser Verlust gehörte in ihrem Leben zu den schlimmsten seit einundzwanzig Jahren.

Nein! Stopp! Aufhören!, befahl sie sich selbst in Gedanken. Sie durfte nicht zu viel an ihn denken, das machte den Abschied nur noch schwerer.

Zaghaft griff sie nach Davids Hand und verschränkte ihre Finger mit seinen. Die Körperwärme, die von ihm ausging, durchströmte sie und bescherte ihr eine Gänsehaut. Es war der erste Novembertag, warum hatte sie auch ihre Handschuhe zu Hause liegen gelassen?

„Du bist ja eiskalt", flüsterte David, ohne den Blick vom Sarg abzuwenden. Dann umschloss er mit seiner kräftigen warmen Hand ihre zierliche tiefgefrorene zur Gänze. Jola beschloss, darauf nichts zu sagen, sondern ihren Freund stattdessen dankend anzulächeln. Nur nicht zu viel. Auf einer Beerdigung zu lachen würde ihr mit Sicherheit verachtende Blicke und wutentbrannte Bemerkungen einbringen. Als sie David so ansah, erkannte sie, dass auch er weinte.

Stumm stand sie nun da am Grab eines guten Freundes, Hand in Hand mit dem Mann, der ihr gesamtes Leben auf den Kopf gestellt hatte.

Als diese schreckliche Zeremonie vorbei war, holte David aus seiner schwarzen Stoffhose ein Päckchen Taschentücher hervor, um seine Tränen zu entfernen. Der Wind nahm an Stärke zu und als sie beim Auto angelangt waren, stiegen sie nicht sofort ein, obwohl es kurz zuvor zu nieseln begonnen hatte. Stattdessen warteten sie auf Katja, Lena und Rolf, der schon beim Grab einen überdimensionalen Regenschirm aufgespannt hatte.

Als er mit Davids Exfrau und Tochter unter dem Schirm – unter dem locker eine siebenköpfige Familie Schutz gefunden hätte – auf sie zukam, breitete sich ein unangenehmes Schweigen aus. Lena hatte sich mittlerweile wieder etwas beruhigt, David lächelte sie aufmunternd an. Erstaunlicherweise erwiderte sie es. Was noch außergewöhnlicher war, war die Tatsache, dass seine Tochter in dem Moment auf David zukam und ihn fest umarmte. „Ich hab dich lieb und es tut mir alles so leid. Mein ganzes Verhalten …"

„Schsch. Schon gut. Ich hab dich auch lieb. Über alles", sagte David leise und schloss die Arme so fest um sein Kind, als würde er es nie wieder loslassen wollen. Jola kam sich plötzlich unglaublich fehl am Platz vor. Da stand sie nun im Nieselregen und stellte fest, dass sie das Gefühl, ein Teil von Davids Leben – von Davids Familie – zu sein, verloren hatte.

Als sich Lena von ihrem Vater löste, durchfuhr Jola ein tiefer Schmerz, als sie sah, dass sie wieder zu Katja und Rolf zurückging, anstatt auch sie zu umarmen. Sie wollte sich schon ins Auto setzen, als David den Arm um sie legte und sich an seine Exfrau wandte: „Wenn ihr Halt braucht, könnt ihr gerne noch mit zu uns kommen."

„Das ist nett gemeint, David. Aber ich glaube, den heutigen Tag sollten wir in Ruhe abschließen", meinte Rolf. David sah gekränkt aus. Er hatte schließlich nicht den neuen Freund seiner Exfrau um Erlaubnis gebeten. Jola bemerkte, dass unter Davids Haut die Kieferknochen zu mahlen begannen.

Aber Rolf schien nicht der Einzige mit dieser Meinung zu sein. „Ich glaube, Rolf hat recht. Morgen wäre es besser", sagte Katja schulterzuckend.

„Okay", meinte David mit heiserer Stimme.

Sie verabschiedeten sich und stiegen ins Auto. Jola beobachtete, dass auf Lena ein Paar zukam und sie umarmte. Die beiden Leute sahen Jens sehr ähnlich – sie vermutete, dass es sich dabei um seine Eltern handelte.

Morgen würden sie also Besuch empfangen. Für sie sollte das okay sein, auch wenn sie nicht gefragt worden war.

„Kein Mensch weiß, was in ihm schlummert und zutage kommt, wenn sein Schicksal anfängt, ihm über den Kopf zu wachsen.“

Marie von Ebner-Eschenbach (1830-1916)

67

Samstag, 02. November 2019

David

In dieser Nacht träumte er von der Beerdigung.

Aber es war nicht Jens, der den Weg ins Jenseits beschritten hatte, sondern zwei andere Menschen. David kannte sie nicht – zumindest nicht persönlich –, wusste aber, um wen es sich dabei handelte.

Zwei Särge wurden in das tiefe dunkle Loch in der Erde hinabgelassen.

Er sah sich um – er war der einzige Mensch, der zur Beisetzung gekommen war, mit Ausnahme vom Pfarrer, der eine Predigt hielt. David beschloss, den Toten Respekt zu zollen und die Zeremonie nicht zu verlassen. Den Pfarrer verstand er kaum, zu sehr musste er an den Unfall denken, der das hier verursacht hatte …

„Der Teufel soll Sie holen!“, sagte der Mann in Schwarz plötzlich mit erhobener Stimme.

David blickte verwirrt auf. Er verstand ihn auf einmal klar und deutlich. Als er nichts erwiderte, sprach sein Gegenüber weiter: „Ja, genau, Sie sind gemeint!“

„Ich?“

„Wer denn sonst? Sie sind der Schuldige! Und der Teufel holt alle zu sich, die eine Untat begangen haben!“

David fragte sich, wo Amal steckte, denn so ganz unschuldig war sein Jugendfreund nicht an diesem Unglück. Er hatte zwar nur auf dem Beifahrersitz gesessen und rumgebrüllt, nachdem es passiert war, aber zuvor hatte er ihn mit seinen Scherzen zu sehr vom Fahren abgelenkt.

„Sie werden dafür bezahlen, das garantiere ich Ihnen. Gott lässt niemanden ungestraft davonkommen."

Darauf beschloss David nichts zu sagen. Er wusste, dass er träumte, auf eine Diskussion mit einem zornigen Mann aus dem Gotteshaus würde er sich trotzdem nicht einlassen. Dazu war er zu ehrfürchtig.

Die Seile, mit denen die beiden Särge hinabgelassen wurden, machten den Eindruck, unendlich lang zu sein. In beide Seiten schienen sie bis ans Ende der Welt zu reichen. Plötzlich löste sich ein Seil von einem der Särge und noch ehe dieser ganz in der Grube verschwand, kippte er zur Seite und gab den Blick auf die Person frei, die darin lag. Die Frau rollte zur Seite und knallte gegen den anderen Sarg.

David wollte seinen Augen nicht trauen ... Das war nicht die Frau, die er umgebracht hatte.

Was hatte das zu bedeuten? Warum war Jola die Person, die lebendig im Sarg lag und nun zu weinen begann, nachdem sie sich gestoßen hatte?

„Oh mein Gott, Jola! Jola!"

Von seinen eigenen Rufen wachte er auf, im Schlafzimmer war es dunkel. Hastig tastete er die linke Bettseite ab – sie war leer. Dann hörte er das Geräusch ...

Er hatte nicht geträumt ... Jola weinte tatsächlich!

David sprang aus dem Bett und folgte ihrem Schluchzen, das er nebenan im Badezimmer vermutete. Die Tür war nicht abgeschlossen, er öffnete sie langsam und spähte ins Bad.

Jola hockte mit dem Rücken an die Badewanne gelehnt auf dem Boden und bedeckte ihr Gesicht mit den Händen. Für einen Moment hielt David angespannt die Luft an – aus Angst, etwas Falsches zu sagen.

„Hey …“, brachte er schließlich hervor. „Hast du schlecht geträumt?“

Jola verstummte, wischte sich die Tränen ab und blickte zu ihm auf: „Schön wär's.“

„Was ist dann los?“

„Ich hab's ja gewusst“, meinte seine Freundin und schüttelte den Kopf, dabei entkam ihr ein leises Lachen, was so gar nicht zu ihren geröteten Augen passte. „Du erinnerst dich nie an die Sachen, die du machst.“

„Ich verstehe nicht …“

„Wahrscheinlich kannst du dich auch nicht daran erinnern, was du getan hast, als Jens umgebracht wurde.“

Eigentlich wäre jetzt der Moment gekommen, um sauer zu werden. Diese Art von Unterhaltung führten sie nicht zum ersten Mal. Aber David beschloss, nicht die Nerven zu verlieren und ruhig zu bleiben.

Er hatte zu diesem Zeitpunkt geschlafen, das wusste sie genauso gut wie er. Deshalb würde er sie einfach reden lassen, denn er hatte keine Lust darauf, sich um – er sah auf die Uhr – 3 Uhr morgens für etwas rechtfertigen zu müssen, das er nicht getan hatte.

„Weißt du, das ist nicht das erste Mal, dass ich mich hier vor dir verstecke.“

„Du *versteckst* dich vor mir? Warum denn das?“

Wortlos hob Jola ihren linken Arm und zeigte ihm die blauen Flecken, die sich dort befanden. Auch dieses Thema wurde nicht zum ersten Mal besprochen. Nur waren es dieses Mal eben keine Kratzer.

„Die sind nicht von mir, so schnell entstehen Hämatome nicht“, sagte er zu seiner Verteidigung.

Jolas Stimme klang wütend: „Die sind auch nicht von heute Nacht, du … du …“

„Was? Willst du mir etwa unterstellen, dass ich Jens getötet habe und jetzt auch noch dich körperlich angreife?“

„Ich unterstelle dir gar nichts!“

Abfällig zeigte David mit dem Finger auf sie. „Dann ist es ja gut! Denn du weißt genau, dass ich geschlafen habe, als Jens umgebracht wurde und mit *diesen* Verletzungen habe ich nichts zu tun!“

„Du attackierst mich während du *schläfst!* Da ist es logisch, dass du nichts davon mitbekommst!“

„Und *das* soll ich dir glauben?“

„Es würde dir nicht schaden, andernfalls können wir nicht daran arbeiten. Oder soll das etwa ewig so weitergehen?“

Jola zeigte auf die Hämatome, um die Situation zu verdeutlichen.

David wollte seinen Ohren nicht trauen. Er trat einen Schritt zurück und sagte leise: „Damit wirst du nicht durchkommen.“

„Warum glaubst du mir nicht?“

„Weil ich kein Freak bin, okay? Ich bin kein Mensch, der seinen zukünftigen Schwiegersohn umbringt! Und ich füge der Frau, die ich liebe, auch keine Verletzungen zu! Das würde ich niemals machen!“

„Du hast schon mal jemanden umgebracht“, murmelte Jola.

Davids Stimme hingegen wurde immer lauter: „Das war ein Unfall! Das war nicht gewollt, Herrgott nochmal!“

„Und wenn es bei Jens auch ein Unfall war?“

Er war wie vor den Kopf gestoßen.

„So denkst du also über mich.“ David klang nun ruhig und sachlich, obwohl er zutiefst schockiert war. Er hätte wissen müssen, dass nie wieder alles so werden würde wie früher, nachdem Jola von dem Unfall erfahren hatte. Es war ein Ding der Unmöglichkeit, ihr Vertrauen zurückzugewinnen. Also sah er nur einen einzigen Weg, um in sein Leben wieder so etwas wie Normalität zu bringen: „Ich werde mich jetzt ins Wohnzimmer schlafen legen. Und im Laufe des Tages bist du aus meinem Haus verschwunden, sonst platzt mir der Kragen.“

Er ging zurück ins Schlafzimmer, um seine Bettwäsche zu holen. Als er damit am oberen Treppenabsatz zum Stehen kam, verließ auch Jola das Bad und fragte ihn aufgebracht: „Du wirfst mich einfach raus?"

„Du lässt mir leider keine andere Wahl."

„Wie bitte?! Ich habe dir angeboten, dir zu helfen! Sei froh, dass ich deinetwegen noch nicht zur Polizei gegangen bin!"

Davids Finger krallten sich in die Bettwäsche. Hatte sie etwa vor, ihn zu erpressen? Er ertappte sich selbst dabei, wie er sich vorstellte, dass sich unter seinen Fingern ihr Hals befand anstelle einer schwedischen Bettdecke mit dem Namen *Grusblad*. Dieser Gedanke jagte ihm Angst ein.

„Andere Frauen hätten ihre Männer mit Sicherheit schon angezeigt, wenn sie sie körperlich verletzt hätten."

Das Fass war am Überlaufen. David schleuderte *Grusblad* die Treppen hinunter, stürmte auf Jola zu und kam nur wenige Zentimeter vor ihr zum Stehen. Seine Stimme hallte durch das ganze Haus: „Ich habe dich *nie* geschlagen oder gekratzt oder was weiß ich!"

„Glaubst du etwa, dass ich mir das alles selbst zufüge?"

„Ich weiß es nicht! Vielleicht triffst du dich ja heimlich mit jemandem und lässt dich von ihm verdreschen, weil es dich aufgeilt! Leider kann ich dich auf diese Weise nicht befriedigen, weil ich dich nämlich niemals schlagen würde! Aber wer weiß, wahrscheinlich stehst du drauf! Hast du etwa Komplexe, weil dich dein Vater früher geschlagen hat?"

Damit war er zu weit gegangen und das wusste er. Es war ihm in der Hitze des Gefechts rausgerutscht, in Wahrheit hatte er keine Ahnung, ob ihr Vater jemals handgreiflich ihr gegenüber geworden war.

Im selben Moment, in dem er zu Boden gestoßen wurde, überkamen ihn die Schuldgefühle. Aber andererseits beschuldigte Jola ihn des Mordes … Aus seiner Sicht waren sie quitt.

„Rede nie wieder so über meine Familie, du krankes Arschloch!", schrie sie ihn an. Niemals hätte er ihr zugetraut, dass sie ihn beschimpfen, geschweige denn so mit ihm umgehen würde.

Davids Nerven waren zum Zerreißen gespannt, was ihn dazu brachte, dass er aufsprang und mit der rechten Hand ausholte. Mit der linken schnappte er Jola im Nacken. Er konnte selbst nicht fassen, was er da tat, aber er war kurz davor, zuzuschlagen, als Jola mit angsterfüllter Stimme winselte: „Bitte nicht! Wir lieben uns doch!"

Diese Reaktion ließ ihn zur Vernunft kommen. Von Liebe war zwar keine Rede mehr, aber er hätte sie um ein Haar geschlagen! Er war entsetzt. David ließ sie los und ging wie in Trance die Treppe hinunter, wo er sein Bettzeug aufhob.

Es war 8 Uhr morgens, als ihn der Geruch von Kaffee weckte. David blinzelte gegen das Sonnenlicht, das durch die beiden Wohnzimmerfenster direkt in sein Gesicht schien. Auf dem Couchtisch stand eine dampfende Tasse Kaffee, Jola kam mit einer zweiten in der Hand auf ihn zu und setzte sich neben ihn.

David blieb liegen und starrte sie mit großen Augen an. War alles nur ein Traum gewesen? Hatten die Geschehnisse der letzten Nacht nie stattgefunden? Nein, sonst würde er eng umschlungen mit Jola im Bett liegen. Warum beabsichtigte sie, gemütlich gemeinsam Kaffee zu trinken, anstatt zu verschwinden?

„Es tut mir leid", sagte sie leise und nahm einen Schluck aus ihrer Tasse. „Wir hätten das Thema anders angehen sollen."

„Was willst du noch hier?"

Über seine Direktheit schien sie verblüfft zu sein. „Ich will mit dir über alles reden."

In ihm stieg Hitze auf und er schlug die Bettdecke zur Seite. „Ich will aber nicht mit *dir* reden. Jedes Mal die gleiche Tour, das kotzt mich an. Ich kann doch nicht weiterhin mit dir zusammenleben, wenn du mir unterstellst, jemanden getötet zu haben!"

„Aber … Aber das mit den Schlägen und den Kratzern ist wahr, David."

„Wenn es wahr wäre, warum weckst du mich dann nie auf?"

„Weil das Handlungen sind, die du im Schlaf tätigst. Und ich habe gelesen, dass man Schlafwandler nicht wecken soll. Zuerst dachte ich, dass das ein einmaliger Ausrutscher war, aber dann geschah es immer wieder.“

Das glaubte sie ja wohl selbst nicht. David verschränkte die Arme vor der Brust und schüttelte den Kopf. „Ich glaube dir kein Wort.“

„Bitte, David. Lass dir helfen. Ich liebe dich über alles und will mich nicht weiter vor dir fürchten müssen.“

„Hau ab.“

„Was? Aber wo soll ich denn hin?“

„Das hättest du dir früher überlegen müssen. Pack deine Sachen und verschwinde aus meinem Leben.“

Jola kippte den gesamten Inhalt der Tasse hinunter und stellte das leere Geschirr lautstark auf den Couchtisch. Daraufhin ging sie nach oben und David atmete erleichtert aus, als er hörte, wie sie ihren Koffer, den sie unter dem Bett verstaute, hervorzog.

68

Samstag, 02. November 2019

Jola

Auf ein Neues …

Bereits zum dritten Mal saß sie dem Kommissar gegenüber. Sie war bis jetzt zwar bei jeder Aussage nervös gewesen, aber nun hatte sie vor, das erste Mal die Wahrheit zu sagen. Das zehrte an ihren Nerven und es sah so aus, als würde Plotzer ihre Angespanntheit bemerken.

Bis jetzt hatte keiner der beiden etwas gesagt, stattdessen sahen sie sich in die Augen. Keiner wich dem Blick des anderen aus.

Jola wurde immer unsicherer. Das war so nicht geplant gewesen. Sie hatte gehofft, dass Plotzer sofort das Wort ergreifen würde, um ihr den Einstieg in das Gespräch zu erleichtern, aber er blieb stumm.

Sollte sie einfach zu reden beginnen?

Jola fühlte sich schrecklich unwohl in diesem Moment. Sie glaubte, dass Plotzer ihr keinen Millimeter weit traute. Lag es an ihrer Vergangenheit? An den Schlägereien?

Sie waren alleine in seinem Büro. Er sah ihr dabei zu, wie sie langsam begann, auf ihrer Unterlippe herumzukauen. *Lass den Scheiß*, befahl sie sich in Gedanken, verschränkte daraufhin ihre Arme vor der Brust und lehnte sich zurück.

Ihre rechte Hand fuhr langsam an ihrem linken Unterarm auf und ab, dabei ließ sie den Kommissar nicht aus den Augen. So etwas Ähnliches hatte sie schon bei der letzten Befragung getan.

Plotzers Blick wanderte nun zu ihren Armen. Gut, damit lenkte sie ihn in die richtige Richtung.

„Frau Kaufmann, was führt Sie zu mir?"

Als er tatsächlich das Gespräch eröffnete, war sie erleichtert. „Ja, also … Das ist … Ich wollte eigentlich nur wissen, ob es im aktuellen Fall Neuigkeiten gibt."

„Sind Sie wirklich nur deswegen gekommen?"

„Ja?" Ihre Antwort klang wie eine Frage, das sollte er ruhig bemerken.

Der Kommissar fuhr fort: „Lassen Sie uns nochmal über den Tatabend sprechen. Ich glaube nämlich, Sie haben uns bei den letzten beiden Malen nicht alles erzählt …"

„Wie meinen Sie das?"

„Kann es vielleicht sein, dass Sie etwas vergessen haben, zu erwähnen? Oder dass Sie uns etwas verschwiegen haben?"

Jola kniff die Augen zusammen. „Was wollen Sie damit andeuten?"

„Ich kaufe Ihnen Ihre Version nicht ganz ab."

„Wollen Sie mich etwa verhaften, Officer?" Über diesen Wortwitz lachte Plotzer nicht, aber das war auch nicht ihre Absicht gewesen.

Die Sache gestaltete sich schwieriger als erwartet. Eigentlich war sie hergekommen, um eine Aussage zu machen. Stattdessen benahm sie sich wieder wie die *alte Jola.* Die Göre, die sie gewesen war, bevor sie David lieben gelernt hatte und die mehr als nur einmal in Raufereien verwickelt gewesen war.

Wieder strich sie über ihren Unterarm und Plotzer fragte: „Kann ich mal Ihren linken Unterarm sehen, bitte?" Stille.

„Warum?"

„Warum nicht?"

„Weil es da nichts zu sehen gibt."

„Dann können Sie ihn mir doch zeigen."

Das war einer der Gründe, weswegen sie gekommen war. Plotzer die Wahrheit zu offenbaren fiel ihr schwerer als vermutet. Jola wich seinem Blick aus und starrte auf den Boden.

Es dauerte ein paar Sekunden, bevor sie ihn wieder ansah und ihre Tränen wegblinzelte. „Da … Da ist nichts“, erwiderte sie und ließ ihren Unterarm los, um sich anschließend mit der Hand durch ihre kurzen dunklen Haare zu fahren. Sehr überzeugend klang das eben nicht und genau aus diesem Grund erzielte diese Aussage die gewünschte Wirkung: In Plotzers Augen glaubte sie, Mitgefühl zu erkennen.

„Hat er …“, setzte er an, wobei sie ihn mit einem Nein unterbrach. Doch der Kommissar fuhr zum Glück unbeirrt fort: „Sie müssen ihn nicht schützen.“

Jola starrte ihn an. Eine einzelne Träne bahnte sich den Weg aus ihrem Augenwinkel und rann nun über ihre Wange. Wortlos reichte Plotzer ihr ein Taschentuch.

„Wissen Sie, es ist eigentlich gar nicht so schlimm“, begann sie, während sie es annahm. „Es ist in letzter Zeit alles nur ziemlich viel geworden. Sie wissen schon …“

„Natürlich.“

„Jeder hat seine Probleme. Keine Beziehung ist perfekt, verstehen Sie?“ Das Sprechen fiel ihr plötzlich kinderleicht.

„Ich weiß schon, was Sie meinen. Trotzdem ist Ihre Aussage von großer Bedeutung. Sie würden uns sehr weiterhelfen, wenn …“

Er beendete den Satz nicht und zeigte stattdessen auf ihre Arme. Jola streifte nun langsam und mit zittrigen Bewegungen den Ärmel nach oben und entblößte ihren linken Unterarm …

Nun gab es kein Halten mehr: Sie heulte wie ein Schlosshund in das Taschentuch hinein. Sie hatte Plotzer tatsächlich die Verletzungen gezeigt.

„Er wollte das nicht. Er hat es nicht mit Absicht gemacht!“, meinte sie aufgewühlt.

„Haben Sie Angst vor ihm?“, wollte der Kommissar wissen. Sie presste ihre Lippen zusammen und nickte nur stumm.

Plotzer lehnte sich nach vorne und fragte: „Um nochmal auf den Fall zurückzukommen: Glauben Sie, dass er es war?“

Ihr Herz begann zu rasen.

„Ich, ich weiß nicht …"
„Denken Sie genau nach, bitte. Würden Sie ihm zutrauen, dass er jemanden umbringt?"
„Ehrlich gesagt … ging mir der Gedanke schon mal durch den Kopf …"
Plotzer nickte und stellte ihr die Frage, auf die sie gewartet hatte. Und dieses Mal würde sie ihm nicht wieder dieselbe Lüge auftischen.

69

Samstag, 02. November 2019

David

Die Frau, die er bis vor kurzem noch geliebt hatte, verschwand etwa zwei Stunden bevor seine Exfrau mit Lena und Rolf sein Haus betrat.

Nachdem alle auf dem Sofa Platz genommen hatten, wo unlängst noch *Grusblad* gelegen hatte, fragte Rolf: „Muss Jola arbeiten?“

Bei dieser Frage zog sich sein Herz zusammen. Es schmerzte, wenn Jola nicht da war, mittlerweile hielt man es für selbstverständlich, dass sie an seiner Seite war. Ob sie wirklich bei ihm geblieben wäre, wenn er sie nicht rausgeworfen hätte? Nach allem, was geschehen war? Nach allem, was sie über ihn erfahren hatte?

„Nein“, antwortete David knapp.

„Muss sie Erledigungen machen?“

„So in etwa, ja.“

Ihm war nicht zumute, sein Beziehungsdrama zur Schau zu stellen. Das konnte er ein anderes Mal machen.

Lord Schlotterhose wollte sich ebenfalls in die Runde integrieren und kam auf die Besucher zugelaufen. David hob ihn auf und setzte ihn auf seinem Kratzbaum ab, der auf der anderen Seite des Raumes stand. Lena begann zu niesen, was er sich hätte denken können. Sie redeten über Jens und über das, was kommen würde. Lena würde sich psychologisch behandeln lassen und wieder bei ihrer Mutter einziehen.

Das Gespräch verlief bis zu dem Zeitpunkt entspannt, in dem es an der Tür klingelte und gleichzeitig jemand ungeduldig dagegen hämmerte. Zögernd stand David auf und öffnete sie.

„Kilian, hallo. Was gibt es?"

„Hallo, David. Würdest du uns bitte reinlassen?"

In dem Moment sah er, wie zwei weitere Menschen aus dem Polizeiauto ausstiegen und auf ihn zukamen. Die eine Person war Beckmann und die andere … war sein wahrgewordener Albtraum.

„Was will sie hier?", fragte David und richtete seinen Blick auf Kilian, um Jola nicht in die Augen sehen zu müssen. Hatte sie ihn verraten? Wussten sie über den Unfall Bescheid?

„Deine Exfreundin würde uns gerne etwas zeigen."

„Dann soll sie es machen, aber in mein Haus kommt sie mir nicht!"

„Bitte, David. Sie meinte, es ginge um den Fall Schöffer."

„Da muss ich euch enttäuschen, denn in meinem Haus werdet ihr da bestimmt nicht fündig werden."

Jola und Beckmann standen nun ebenfalls vor ihm, wobei ihn nur die männliche Gestalt anblickte.

„Außerdem gibt es Neuigkeiten. Es dauert auch nicht lange", meinte Kilian geduldig.

Seufzend trat David zur Seite, um die drei Leute eintreten zu lassen, wobei er Jola verachtend hinterherblickte.

Kurz darauf befanden sich sieben Menschen und ein Kater im Wohnzimmer – so einen Auflauf hatte David noch nie zu Hause erlebt. Wie zwei Bodyguards blieben Kilian und sein Kollege vor Jola stehen. Was hatte sie ihnen erzählt? Es musste doch einen Grund für dieses Verhalten geben. David schluckte einen Kloß hinunter.

Dann begann sich der Albtraum in die Realität zu verwandeln: David steckte bis zum Haaransatz in der Scheiße, denn die Kommissare ließen nun auch Katja, Lena und Rolf die Sache mit den Textmitteilungen wissen.

Noch bevor er von seiner Familie auseinandergenommen werden konnte, wandte sich Kilian an ihn: „Dein Nachrichtenverlauf mit Jens wurde gelöscht, was mich nicht wundert. Aber die Ergebnisse der Handyortung haben bewiesen, dass du am Tatabend um etwa 18 Uhr nicht zu Hause, sondern in Bruck an der Mur warst."

„Du?", entkam es Katja, Lena und Rolf wie aus einem Mund. Im nächsten Augenblick sprang seine Tochter vom Sofa auf und wollte sich auf ihn stürzen. Christoph Beckmann bekam sie zu fassen und hielt sie fest.

David starrte alle Personen im Raum abwechselnd an. Ihm fehlten die Worte … Wie war das möglich?

„Leute, ich … ich war das nicht. Das müsst ihr mir glauben. Das ist ein Missverständnis", stammelte er.

„Unsinn! Du wolltest Jens nie in deinem Leben haben und nun hat man eindeutige Beweise gefunden! Und immer noch lügst du! Du lügst uns alle an!", Lena schleuderte die Worte in seine Richtung. Sie trafen ihn mitten ins Herz.

Er wollte gerade sagen, dass er Jens gerne in seinem Leben gehabt hätte, aber er musste sich jetzt um die Fakten kümmern. „Aber Jola hat doch ausgesagt, dass ich zu Hause war und geschlafen habe, als sie von der Arbeit …", begann David an die Kommissare gerichtet, doch Kilian ließ ihn nicht ausreden:

„Sie hat heute eine neue Aussage gemacht."

Der nächste Tritt in die Magengrube.

„Wie bitte?" Er blickte zu seiner Exfreundin, die halb hinter Beckmann stand. Zum ersten Mal seit ihrer Ankunft sah sie ihn an.

„Frau Kaufmann hat ausgesagt, dass sie länger gearbeitet hat, weil in der Trafik noch etwas zu erledigen war. Sie ist erst gegen 19 Uhr heimgekommen. Du hättest also genug Zeit gehabt, um …"

„Natürlich!", entkam es David. „Jetzt ist ja alles klar! Meine Exfreundin ist eine halbe Stunde später nach Hause gekommen, deshalb hatte ich alle Zeit der Welt, um meinen zukünftigen Schwiegersohn umzubringen!"

Seine Stimme war mit jedem Wort lauter geworden. Auf die eben erwähnte Tatsache, dass er nicht mehr mit Jola zusammen war, reagierte niemand.

„Genau so ist es", sagte Kilian kopfnickend.

„Aber wie soll ich das denn angestellt haben? Im Schlaf? Ich bitte euch! Und wo soll ich die Tatwaffe und meine Kleidung hingebracht haben?"

„Das sind Punkte, denen wir noch nachgehen müssen. Du könntest das Messer und deine Kleidung überall entsorgt oder gar vernichtet haben. Am einfachsten wäre es für uns alle, wenn du uns endlich die Wahrheit sagst." Kilians Worte trafen ihn wie ein Dutzend Ohrfeigen. Hielt es wirklich jeder für möglich, dass er zu so einer Tat fähig war? Darauf, dass David zum Tatzeitpunkt geschlafen hatte, wurde nicht eingegangen.

„Warum gibst du es nicht einfach zu?", fragte Lena aufgebracht. „Alles spricht gegen dich, du bist der Einzige hier, der ihn nicht leiden konnte! Die Nachrichten auf seinem Smartphone beweisen doch, dass du es warst!"

…, dass du es warst.

… du warst es.

… ich war's.

Bei diesen Worten legte sich plötzlich ein Schalter in Davids Kopf um. Er erinnerte sich wieder. Seine Tochter hatte ihm auf dem Brucker Schlossberg ein Geständnis gemacht … und er hatte es vergessen! Jetzt war es ihm wieder eingefallen. Er musste mit der Sprache rausrücken, bevor es zu spät war: „Die Nachrichten, die *du* ihm geschrieben hast!", entgegnete er.

Katja entkam ein Schrei und sie wollte sich ebenfalls auf David stürzen, Rolf hielt sie jedoch zurück.

„Lass mich los!", fauchte sie das Mark-Wahlberg-Double an. „Niemand redet so mit meiner Tochter!"

Lena war noch immer in den Armen von Kilians Kollegen gefangen und herrschte ihren Vater an: „Ich? Wieso soll *ich* ihm geschrieben haben? Bist du verrückt oder was?!"

„Vielleicht, weil *du* mir ein Geständnis gemacht hast!"

Stille breitete sich im Wohnzimmer aus. Lord Schlotterhose beobachtete mit wachen Augen das ihm dargebotene Szenario mit großem Sicherheitsabstand von seinem Kratzbaum aus.

David musste sich beherrschen, um nicht triumphierend zu grinsen. Wenn man ihn schon behandelte, als wäre er ein Riesen-Arschloch, würde er sich von nun an auch so benehmen. „Jetzt bist du sprachlos, was? Erinnerst du dich an den Moment, in dem du *Ich war's* gesagt hast?"

„Was war ich?", fragte Lena pampig.

„Du hast zu mir gesagt, dass Hannes nichts mit der ganzen Sache zu tun hat, als ich euch vorgestern auf dem Schlossberg überraschte habe und ..."

„Moment mal", unterbrach ihn Beckmann, der sich nun an Lena wandte: „*Der* Hannes? Hannes Wiedner?"

Beide Kommissare waren ganz Ohr, als Davids Tochter genervt antwortete: „Ja, aber das hatte nichts zu bedeuten! Und *er* hat das alles missverstanden!"David wusste, dass er damit gemeint war. Wütend ballte er seine Hände zu Fäusten und wartete gespannt auf die Ausrede, die sich seine Tochter in dem Moment ausdachte.

„Ich habe mich nur mit Hannes getroffen, weil ich sichergehen wollte, dass er unschuldig ist, das habe ich dir doch gesagt. Er hat Jens nichts getan!"

„Und du? Was hast du gemurmelt, kurz bevor ich zusammengebrochen bin?"

„Zusammengebrochen?" Kilians Stimme.

Keiner der Anwesenden reagierte auf diese Zwischenfrage.

Lena schien endlich zu begreifen: „*Das* meinst du? Dass ich zugegeben habe, dein Handy genommen zu haben?"

Ein Raunen ging durch den Raum. David kam sich vor, als wären seine Tochter und er die zwei Hauptakteure in einem dramatischen Theaterstück.

Jolas Augen weiteten sich, als sie sich an Lena wandte: „Du hast sein Handy genommen?"

„Ja, du meine Güte! Aber nur kurz!“ Dann sah Davids Tochter wieder zu ihm: „Ich war völlig perplex, als du uns vorgestern damit überrumpelt hast. Ich hatte keine Ahnung, wie du davon wissen konntest. Und nebenbei bemerkt fand ich dein Verhalten unmöglich. Jens ist tot! *Tot,* verstehst du? Und du hast nichts Besseres zu tun, als eine etwa zwanzigminütige Autofahrt auf dich zu nehmen, um mir hinterher zu spionieren und mich zu fragen, ob ich dein Handy genommen habe!“

„Natürlich hatte ich nichts Besseres zu tun! Weil eben genau von meinem Handy die Nachrichten an Jens verschickt worden sind!“

„Aber die sind doch nicht von mir!“ Lenas Stimme klang nun weinerlich. „Glaubst du etwa, ich würde meine große Liebe umbringen? Ich habe es nur kurz genommen, als wir bei euch zu Besuch waren. Jola, Jens und du wart in der Küche und als ich von der Toilette zurückkam, sah ich, dass du eine Nachricht bekommen hast.“

„Eine Nachricht? Von wem?“ David wusste nichts von einer Nachricht. Seine Tochter schien auch nicht zu beabsichtigen, die Antwort preiszugeben.

„Von mir“, sagte Katja plötzlich. Dank dieser Worte erhielt sie zahlreiche überraschte Blicke. Rolf ließ sie los und entfernte sich zwei Schritte von ihr. Sie redete weiter: „Du hast nie darauf reagiert, David.“

„Ich habe auch keine Nachricht von dir bekommen.“

Für eine Sekunde war es still, dann galt die Aufmerksamkeit wieder Lena: „Weil ich sie gelöscht habe. Ich war so nervös, tut mir leid. Rolf ist ja nett, ich mag ihn wirklich … und auch Jola. Aber als ich gesehen habe, dass Mama dir geschrieben hat, habe ich mir Hoffnungen gemacht, dass wir wieder eine Familie werden könnten. Aus Versehen habe ich dann vor lauter Hektik die Nachricht gelöscht, ehe ich sie lesen konnte.“

„Was stand in der Nachricht, Frau Ilmbrandt?“, wollte Kilian wissen. Katja war den Tränen nahe. Würde sich nun alles aufklären?

„Nur, dass wir uns mal treffen und miteinander reden sollten. Weiter nichts."

„Aus welchem Grund, Frau Ilmbrandt? Hatte diese Nachricht irgendetwas mit Jens Schöffers Tod zu tun?"

„Natürlich nicht! Es war nur ... Rolf ..." Sie blickte den Mann an, der sich vor wenigen Augenblicken von ihr gelöst hatte und sie nun enttäuscht ansah.

„... Es tut mir so leid. Ich liebe dich, das weißt du. Aber ich hatte einen Moment der Schwäche ... Davon gab es mehrere, muss ich zugeben. Ich dachte, ich würde David wieder zurückhaben wollen."

„Wie bitte?", entkam es Rolf, obwohl es so aussah, als hätte er so etwas in der Art bereits vermutet.

Davids Herz machte einen Satz. Er wusste nicht, was das zu bedeuten hatte.

Seit er Jola kennengelernt hatte, war er über seine Exfrau hinweg, aber diese Worte nun aus ihrem Mund zu hören, löste ein Gefühl der Aufregung in ihm aus. Ein Gefühl der Hoffnung. Hatte Lena bei ihrem gemeinsamen Essen im *Papa Joe's* damals mit ihrer Vermutung richtiggelegen?

„Es gab einfach nur Momente, in denen ich eifersüchtig auf Jola war. Aber über diese Phase bin ich hinweg, Rolf! Bitte glaub mir doch! Ich liebe dich! Dich und niemanden sonst!"

David presste die Lippen aufeinander.

„Die Nachricht hatte nichts mit Jens' Tod zu tun, ich schwöre es, Herr Plotzer. Wenn ich könnte, würde ich sie Ihnen ja zeigen. Aber ich bekam sofort ein schlechtes Gewissen und habe sie wieder gelöscht."

Rolf entfernte sich noch weiter von ihr und schüttelte ungläubig den Kopf.

Nun ergriff Jola das Wort: „Entschuldigung die Herren ..." Sie sah die beiden Kommissare an. „Ich wollte Ihnen doch etwas zeigen. Zur Abwechslung mal etwas, was womöglich wirklich mit Jens' Tod zu tun haben könnte."

Davids Exfreundin klang ungeduldig und ängstlich zugleich, als sie ihn aufforderte: „Zeig ihnen deine Brieftasche.“

Genervt ging er in den Flur, um den eben erwähnten Gegenstand zu holen. Was hatte sie vor? Er hatte nichts zu verbergen und so gab er sein Portemonnaie ohne zu zögern Kilian, der zuvor Gummihandschuhe übergezogen hatte.

„Öffnen Sie es“, forderte Jola den Kommissar auf. Dieser tat wie ihm geheißen.

„Schauen Sie in das zweite Münzfach. Sehen Sie den Reißverschluss?“

Kilian nickte.

„Öffnen Sie ihn.“

David beäugte Jola mit kritischem Blick. Sein Kleingeld tat er stets in das erste Münzfach, das zweite blieb meistens leer. Und den besagten Reißverschluss hatte er noch niemals geöffnet.

„Ha“, gab der Kommissar von sich, als er einen kleinen Zettel hervorzog und ihn betrachtete. David wusste nicht, was dieser Laut bedeuten sollte, aber er hatte das Gefühl, dass es nicht gut für ihn aussah.

„*Hier* haben wir die verschollene Botschaft“, meinte Kilian und zeigte den Zettel Lena. „Ist das die Handschrift Ihres verstorbenen Freundes?“

Sie betrachtete das kleine Blatt Papier einen Moment lang und brach in Tränen aus. „Ja! Ja, das ist sie! Du warst es also tatsächlich!“, schrie sie David an. Sie versuchte, sich aus Beckmanns Griff zu befreien, doch er ließ nicht locker.

„Wenn ich das angebliche Beweisstück bitte auch sehen dürfte“, sagte David in genervtem Tonfall zu Kilian. Der Kommissar hielt ihm den Zettel hin. Darauf stand geschrieben: *Liebste Lena: Du bist mein Licht. Mein Licht in einer sonst so dunklen Welt. Du bereicherst mein Leben auf jede erdenkliche Weise, ohne dich wäre es nicht mehr lebenswert. Ich hoffe, dass du diesen Ring annimmst. Er ist das Mindeste, was ich dir als Zeichen meiner Liebe schenken kann. Lena, willst du meine Frau werden?*

Er konnte es nicht fassen. „Ist das die Nachricht aus der Schatulle?“

„Wenn wir Schöffers Fingerabdrücke darauf finden, ist es kaum auszuschließen. Wie kommt sie in deine Brieftasche?“, wollte Kilian wissen.

„Keine Ahnung! Frag doch sie!“ David zeigte mit dem Finger auf Jola, die gleich darauf sagte: „Ich war das nicht!“

„Wieso hast du dann gewusst, dass die Botschaft in meiner Geldbörse ist? Gib es doch zu, dass du sie dort platziert hast!“

„Welchen Grund hätte ich dazu?“

„Das frage ich mich auch! Jetzt wäre es an der Zeit, die Wahrheit zu sagen, Jola!“

„Die Wahrheit ist, dass Jens *lebend* die Trafik verlassen hat!“

„Du bist die Einzige, die von dieser Liebesbotschaft gewusst hat!“

„Weil Jens sich mir anvertraut hat! Und du bist übrigens der Einzige, der ihn nicht leiden konnte, falls du das vergessen hast!“

„Frau Kaufmann“, unterbrach Beckmann die beiden. „Wann haben Sie die Nachricht entdeckt?“

„Ich habe mir Davids Geldbörse diese Woche kurz ausgeliehen, weil ich Kleingeld gebraucht habe. Ach ja, ich schulde dir noch 3,50 Euro. Hier.“

Sie holte den eben erwähnten Geldbetrag aus ihren Hosentaschen und hielt David die Münzen hin. Anstatt sie anzunehmen, fragte er: „Du hast meine Geldbörse genommen?“

Jola zuckte die Schultern und steckte das Geld wieder ein. Ihre Stimme wurde nun leiser und klang unsicherer als noch kurz zuvor. „Ja, ich wollte mir nur 3,50 Euro ausborgen. Für den Parkautomaten in Bruck an der Mur. Und dann sah ich, dass der Reißverschluss des hinteren Münzfaches offen war. Ich konnte sehen, dass ein Zettel darin war, auf dem ‚Liebste Lena‘ geschrieben stand. Ich vermutete, dass es sich dabei um Jens’ Botschaft handelte und habe mich so erschrocken, dass ich den

Reißverschluss schnell wieder schloss. Danach habe ich mich nicht getraut, dich darauf anzusprechen."

Jola gelang es nicht, die Tränen zurückzuhalten und sie begann bitterlich zu weinen.

„Ach, kommt schon! Das hat sie sich doch nur ausgedacht", sagte David und deutete in ihre Richtung, wobei er seinen Worten selbst kaum glauben konnte. Warum sollte Jola so etwas tun? Auf diese Frage hatte er keine Antwort. Aber wie war die Nachricht sonst in seine Geldbörse gekommen?

Kilian machte eine Handbewegung, die David nicht deuten konnte und daraufhin entblößte Jola ihren linken Arm.

„Warst das auch du?", fragte Katja David mit zitternder Stimme und sah abwechselnd zu ihm und den blauen Flecken auf Jolas Unterarm.

Nein!, hätte er am liebsten gebrüllt. Er hatte nichts von all dem, was ihm vorgeworfen wurde, getan. Aber alles sprach gegen ihn.

Was geschah hier? David wollte etwas erwidern, wollte sich verteidigen, wollte die Sache richtigstellen. Aber in dem Moment wurde ihm bewusst, dass er das nicht konnte, denn er hatte keine Erklärung dafür. Die Nachrichten an Jens kamen von *seinem* Smartphone. Er hatte *kein* Alibi für den Tatzeitpunkt. Anscheinend tat er auch im Schlaf Dinge, an die er sich am nächsten Tag nicht mehr erinnern konnte. Und das waren nur einige von vielen Indizien, die vermuten ließen – nein, die sicherstellten –, dass etwas mit ihm nicht stimmte. Dass er gefährlich war.

Er hatte immer geglaubt, dass mit Jola das Glück zu ihm gekommen war, aber so wie es aussah, war genau das Gegenteil der Fall. Hatte sie das alles eingefädelt? Nein, dazu hatte sie keinen Grund. Sie wusste zwar, dass er schon einmal wen umgebracht hatte, aber das hatte sie erst nach Jens' Tod erfahren. Und warum würde sie *ihm* dafür die Schuld in die Schuhe schieben wollen?

Steckte sie etwa hinter der Tat? Immerhin hatte sie ebenfalls kein Alibi für den Tatzeitpunkt. Aber Jens hatte vor ihr die Trafik verlassen, wie hätte sie es anstellen sollen, vor ihm am Tatort zu sein?

Es war aussichtslos. Fakt war, dass er nicht mehr wusste, was er wirklich getan hatte und was nicht. Eines konnte er jedoch mit Sicherheit sagen: Er war psychisch am Ende.

Auch seine körperliche Kraft verließ ihn in dem Augenblick, weshalb er erschöpft zu Boden sank. Der Damm war gebrochen, Tränen strömten aus seinen Augen, verzweifelt umschlang er seine Knie und wartete, bis alles vorbei war.

„David? Was ist los mit dir?“, fragte Kilian.

„Was los ist? Ich bin ein Mörder, *das* ist los!“

„Ist das ein Geständnis?“

„Nenn es, wie du willst“, krächzte David verzweifelt. Vor einundzwanzig Jahren hatte er zwei Menschenleben ausgelöscht. Und vor wenigen Tagen vermutlich ein drittes. Alles sprach gegen ihn. Er konnte sich selbst nicht mehr trauen.

„David“, hörte er Jola flüstern. Sie sah verzweifelt aus. So als hätte sie trotz ihrer ganzen Anschuldigungen, die sie ihm in letzter Zeit an den Kopf geworfen hatte, nie geglaubt, dass er zu so einer Tat fähig wäre.

Er senkte den Kopf, um nicht in die enttäuschten Gesichter der Anwesenden blicken zu müssen und streckte Plotzer seine Hände entgegen, damit dieser ihm die Handschellen anlegen konnte.

„Jemand sollte sich um das Tier kümmern“, hörte er den Kommissar sagen. Es war also schon so weit gekommen, dass man ihn ein *Tier* nannte.

Doch dann miaute Lord Schlotterhose und Katja sagte mit zitternder Stimme: „Wir bringen ihn zu Davids Schwester.“

Unsanft zog Kilian David hoch und führte ihn nach draußen. Ein eiskalter Wind peitschte ihm ins Gesicht. Lena wurde von Beckmann an Rolf übergeben, der Mühe hatte, sie festzuhalten.

Mit starrem Gesichtsausdruck nahm David auf der Rückbank des Polizeiwagens Platz. Die Beifahrertür wurde geöffnet und er hörte, was sich außerhalb dieses Käfigs abspielte. Rolf bot Jola an, sie bis nach Bruck an der Mur, wo sie ihr Auto stehengelassen hatte, mitzunehmen.

„Du Monster! Ich hasse dich! Hörst du mich? Ich hasse dich! Und dein Scheiß-Geld kannst du dir sonst wohin stecken!" Diese Worte kamen zweifelsohne von seiner Tochter.

Seine Lena. Seine liebe kleine Lena. Mit ihren funkelnden hellgrünen Augen und ihren dunklen Haaren konnte sie jeden jungen Mann um den Verstand bringen – so auch Jens.

Als er von ihnen gegangen war, hatte David sogar so etwas wie Liebe empfunden. Zuvor war er der Meinung gewesen, Jens hätte Lena nicht verdient und nachdem er tot war, konnte David sich plötzlich mit dem Gedanken anfreunden, ihn in der Familie willkommen zu heißen.

Als der junge Mann da so in dem Gestrüpp lag – entstellt und herabgewürdigt –, taten ihm auf einmal all die bissigen Kommentare leid, die er ihm gegenüber laut ausgesprochen hatte. Erst als Jens keine Bedrohung mehr war, konnte David ihn akzeptieren.

Die weinenden und kreischenden Stimmen außerhalb des Käfigs begannen sich zu überschlagen und David war sich sicher, dass ihn jeder – mit Ausnahme der beiden Kommissare – beschimpfte. Aber das war in Ordnung, denn er hatte es verdient.

Die Frage war nun, was mit ihm geschah. Wenn er behaupten würde, dass Stimmen in seinem Kopf ihn zu der Tat gezwungen hatten, käme er in eine Anstalt für geistig abnorme Rechtsbrecher. Aber das würde nicht der Wahrheit entsprechen.

Die Wahrheit war, dass er gemeingefährlich war, weil er Menschen verletzte und sogar tötete, ohne sich daran erinnern zu können. In diesem Fall würde man ihm eine psychische Störung unterstellen und das würde vermutlich einen Freispruch bedeuten.

Was war also besser? Ein Geständnis für eine Tat abzulegen, an die er sich nicht erinnern konnte? Oder als psychisch kranker Mann freigesprochen zu werden? Dass ein Freispruch nicht Freiheit bedeutete, war David klar. Mit einer psychischen Störung wäre er schuldunfähig und würde in eine geschlossene Einrichtung verfrachtet werden. In keinem der beiden Fälle würde er wieder von seiner Familie geliebt werden, so viel stand fest.

Letztendlich war es egal, was mit ihm geschah, denn er hatte schon alles verloren. Seine Familie sah nur noch das Monster in ihm.

Jola hatte er mit seinem Verhalten vertrieben … Bei Lena war jegliche Hoffnung verloren … Und bei Katja hätte er vermutlich noch eine Chance bekommen, aber mit dem heutigen Tag war das Geschichte.

Sollte er gestehen? Es sprach doch alles gegen ihn! Seine Gedanken wirbelten umher. Konnte er ihnen vertrauen? Konnte er sich selbst vertrauen? Nein, das konnte er nicht. Niemand konnte das. Es war besser, dass er hinter Gitter kam, damit er niemandem mehr etwas antun konnte – außer sich selbst.

Er würde einfach zu allem Ja und Amen sagen, … denn etwas anderes blieb ihm nicht übrig. Es gab keine Erklärung für die Beweise, die ihn belasteten – auf einmal waren sie aufgetaucht, einer nach dem anderen. Wenn man ihn fragen würde, wo er die Tatwaffe versteckt habe, würde er behaupten, er habe sie in die Mur geworfen.

Seine Gedanken trieben ihn beinahe in den Wahnsinn und er würde sich am liebsten die Ohren zuhalten, da er das Gefühl hatte, dass sie von außen in sein Gehirn strömten. Aber die Handschellen machten dies unmöglich.

Für eine kurze Zeit war er glücklich gewesen … mit Jola. Sein Leben war zu dem geworden, was er sich immer erträumt hatte.

Damit war endgültig Schluss, denn er würde demnächst des Mordes verurteilt werden. Nach dem letzten Streit mit Jola war er kurz davor gewesen, seine Freundin zu schlagen. Da hatte er zum ersten Mal in seinem Leben Angst vor sich selbst gehabt und gewusst, dass sie mit ihren Anschuldigungen irgendwo recht haben musste. Aber er hatte es sich nicht eingestehen wollen.

Er war ein Mann, der weggesperrt gehörte.

Das Leben ist kein Geschenk, aber es kann zu einem werden. Man muss nur das Richtige daraus machen.

Das waren Jolas Worte gewesen und sie hatte recht gehabt. Er hatte es verdammt nochmal versaut.

70

Der Tag, als …
Freitag, 25. Oktober 2019
Jens

Tock.

Erneut fiel die Tür ins Schloss. Jens lächelte Jola durch die Glastür an, die im Inneren der Trafik stand und seine Arbeit übernahm. Dann setzte er sich in Bewegung

Sie war für ihn so eine Art Glücksbringer, er hatte das Gefühl, dass sie maßgeblich dafür verantwortlich war, dass David ihn wenigstens akzeptierte. Er erwartete nicht einmal, dass sein hoffentlich zukünftiger Schwiegervater ihn gernhatte, das wäre zu schön, um wahr zu sein. David war skeptisch und ihr Kennenlernen hatte sich anfangs schwierig gestaltet …, bis Jola aufgetaucht war. Mit ihr schien alles plötzlich zu funktionieren. Sie hatte David irgendwie dazu gebracht, sich zu ändern.

Ein breites Grinsen umspielte seine Lippen, als er Lena schrieb, dass Jola ihn abgelöst habe und er bereits auf dem Nachhauseweg sei. Es war windstill, während er die Herzog-Ernst-Gasse Richtung Hauptplatz entlangging. Jens war wegen des bevorstehenden Antrags so nervös, dass er zu schwitzen begann, deshalb öffnete er den Reißverschluss seiner Jacke. Er war froh, dass er sich doch noch einmal umentschieden hatte, was die Art und Weise, wie er den Antrag machen wollte, anging.

In der Jackentasche vibrierte sein Smartphone, wahrscheinlich hatte Lena ihm Emojis zurückgeschickt. Er öffnete WhatsApp und wurde in seiner Vermutung bestätigt, allerdings war diese Nachricht nicht die einzige, die eingegangen war. Der Vibrationsalarm galt dieser und einer zweiten Nachricht, die soeben erst eingetroffen war. David hatte ihm eine SMS geschrieben. Zum ersten Mal überhaupt nahm er Kontakt zu ihm auf. Neugierig öffnete Jens die Nachricht.

David, 17.55 Uhr: Hallo, Jens. Wir müssen reden. Es ist dringend. Ich warte auf dich an der Uferpromenade Schiffländ.

Er wollte reden? Das kam ihm etwas merkwürdig vor. Aber vermutlich hatte David Zeit zum Nachdenken gehabt und wollte Jens nun davon überzeugen, seine Tochter nicht zu heiraten. Sicher war ihm irgendein Grund eingefallen, um dagegen zu sein. Auf so eine Unterhaltung hatte er keine Lust, aber es schien David wichtig zu sein, immerhin war er extra deshalb nach Bruck an der Mur gefahren. Warum er jedoch nicht zur Trafik gekommen war, kam ihm eigenartig vor. Jens zeigte sich deshalb zögerlich.

Jens, 17.56 Uhr: Hi. Jetzt noch? Ich bin eigentlich schon auf dem Nachhauseweg …

Ein eigenartiges Gefühl beschlich ihn, als er auf Davids Antwort wartete. Wie angewurzelt blieb er am Hauptplatz neben dem Eisernen Brunnen stehen.

Das Bauwerk aus Schmiedeeisen ragte neben Jens in die Höhe und leuchtete in der Dunkelheit aufgrund seiner Lichtinstallation. Er betrachtete den Brunnen und erschrak, als sein Smartphone erneut vibrierte.

David, 17.59 Uhr: Toll! Dann ist es ja nur ein kleiner Umweg. Also bis gleich!

Das klang nicht so, als würde sich David umstimmen lassen. Jens beschloss, ihm vorzuschlagen, bei Lena und ihm zu Hause zu reden, dann könnte er ihn gleich mitnehmen. Es war sicher mit dem Auto hergekommen.

Jens, 18.01 Uhr: Wieso ausgerechnet bei der Uferpromenade? Wir können uns auch gerne zu Hause unterhalten.

David, 18.03 Uhr: Ich habe jemanden besucht und hier geparkt. Außerdem will ich Lena die Überraschung nicht vermasseln. Beeil dich. Ist ganz schön kalt hier.

Na ja, kalt war es nun wirklich nicht, zumindest nicht für diese Jahreszeit. Aber das lag wahrscheinlich an Jens' Nervosität. Schließlich stimmte er zu, es konnte sich ja nur um ein paar Minuten handeln.

Jens, 18.04 Uhr: Okay. Bin gleich da.

Auf dem Weg dorthin kam er sich so vor, als hätte er eine Einladung zu einem Verbrechen angenommen. Wieso sollte sich David mit ihm bei der Uferpromenade treffen wollen? Einem Ort, der abends – außer im Sommer – für gewöhnlich menschenleer war? War er etwa in illegale Machenschaften verwickelt?

Jens lachte selbst über diese Gedanken. David war doch kein Verbrecher! Er steckte sein Handy wieder in die linke Jackentasche, in der rechten hielt er mit der anderen Hand die Schatulle mit dem Ring umklammert.

Beim Hotel *Landskron* angekommen, bog er links ab und sah sich um. Kein David in Sicht. Auch die Parkplätze waren leer. Vor ihm lag die Uferpromenade, nur wenige Laternen spendeten Licht. Jens zuckte die Schultern und beschloss, Richtung flussabwärts zu gehen, da sich die Promenade über mehrere hundert Meter erstreckte.

Gerade, als er David schreiben wollte, hörte er ein Rascheln und blieb stehen. Im nächsten Moment war nur noch das Rauschen der Mur zu hören.

„David?", fragte Jens, nachdem er sich umgesehen hatte. Kurz darauf nahm er ein leises Stöhnen wahr. Es klang so, als sei jemand verletzt, dann raschelte es erneut. Jens trat an das niedrige Geländer, hinter dem die Mur am Ende einer Böschung lag. Er erkannte, dass sich zwischen Bäumen und Sträuchern etwas bewegte. Nachdem er sich nach vorne gebeugt hatte, sah er, dass es sich um einen Menschen handelte. „David?"

„Ja", krächzte der Mann. Er klang so, als habe er Schmerzen.

„Was machst du denn da unten?" Jens fragte sich, wie blöd er sich angestellt haben musste, um da runter zu fallen. Anstatt eine Antwort zu geben, wedelte David mit der Hand.

Er zögerte. „Soll ich die Rettung rufen?"

Der Mann im Gestrüpp schüttelte den Kopf und bedeutete ihm erneut, zu ihm zu kommen. Jens erkannte, dass er eine Mütze trug, also war ihm vermutlich wirklich kalt, wie in der SMS erwähnt. Ihn beschlich ein schlechtes Gewissen, weil er ihn in der Kälte hatte warten lassen.

Er wollte gerade über das Geländer steigen, als Zweifel in ihm hochkamen. War das wirklich David? Oder nur ein Penner, der ihn im nächsten Moment überfallen würde? Unsicher blickte er sich um und stellte fest, dass weit und breit außer ihnen keine Menschenseele zu sehen war. Für diese Jahreszeit war das nicht unüblich.

Obwohl ihm heiß war, begann er zu zittern. Jens kaute nervös auf seiner Unterlippe herum und holte sein Smartphone hervor. Dann wählte er Davids Nummer. Kurz darauf sah er, wie neben dem Mann am Ufer ein Smartphone aufleuchtete. Sofort legte er auf und schob seine Zweifel beiseite. Natürlich war das David, wer denn sonst? Vermutlich war ihm sein Smartphone runtergefallen und er war beim Abstieg unglücklich gestürzt.

„Jens …“, krächzte David leise. Das Rauschen der Mur verschluckte seine Stimme fast gänzlich. Er hatte seinen Namen genannt … und das Smartphone hatte reagiert. Das konnte nur David sein.

Jens atmete tief durch und stieg über das Geländer, um sich im Anschluss daran durch Gestrüpp den steilen Weg zu ihm zu erkämpfen. Er wäre beinahe gestolpert und musste sich an einem Baumstamm festhalten, um nicht zu stürzen.

„So“, begann er, „hier bin ich. Komm, ich helfe dir.“

Er wischte seine Hände an seiner Jeans ab und streckte David die rechte entgegen. Er ergriff sie mit der linken, die in einem Handschuh steckte und zog sich nach oben. Mühelos. Jens wunderte sich erst über diese Tatsache, als David schon aufrecht vor ihm stand. Die Dunkelheit machte es unmöglich, seine Gesichtszüge zu erkennen, was ihm einen Schauer über den Rücken jagte.

„Alles in Ordnung?“, fragte Jens unsicher.

Sein Herz rutschte ihm in die Hose, als er das Messer in Davids rechter Hand erblickte. Von Panik ergriffen sprang er zurück und stürzte beinahe. Mit Mühe gelang es ihm, nicht das Gleichgewicht zu verlieren. Was zum Teufel passierte hier? Er trat noch einen Schritt zurück, doch David bekam ihn am Kragen seiner Jacke zu fassen. Er war so schockiert, dass ihm der Schrei im Hals steckenblieb.

Jens’ Hand schnellte nach oben, um sich zu wehren, doch David war ausgebildeter Polizist, gegen ihn hatte er keine Chance. Dass er ihn so derartig hasste und beabsichtigte, ihn zu verletzen, hätte er nicht geglaubt.

„Hör zu, David“, begann er, während er versuchte, Davids Hand von seinem Kragen loszumachen. „Können wir bitte wie Erwachsene darüber reden?“

… bevor du mich aufschlitzt, schoss es durch seine Gedanken. *Nein … Nein, dazu wäre er nicht in der Lage. Das würde er nicht machen! Oder … Oder doch? …*

Davids Griff lockerte sich nicht. Jens sah vom Messer in sein Gesicht und erkannte, dass er die Mütze bis knapp über die Augen hinuntergezogen hatte, außerdem trug er einen Schal, der bis dorthin reichte.

Was ging hier vor sich? Wollte er damit unerkannt bleiben? Wo er sich doch ein Treffen mit ihm ausgemacht hatte?

Jens befürchtete langsam, einer schrecklichen Verwechslung zum Opfer gefallen zu sein. David wartete bestimmt hinter der nächsten Ecke auf ihn und das hier war irgendein verwirrter Penner, der alles tat, um an Geld zu kommen. Aber er hatte das Smartphone von Lenas Vater! Und er wusste seinen Namen! Noch ehe Jens etwas sagen konnte, schoss die Hand mit dem Messer hervor und das Nächste, das er wahrnahm, war die scharfe Klinge, die sich in seinen Brustkorb bohrte. Bunte Punkte tanzten vor seinen Augen und er versuchte reflexartig Luft zu holen, doch es gelang ihm nicht … Nie wieder würde ihm etwas gelingen. Der Schmerz war unbeschreiblich und explodierte wie eine Bombe in seinem Körper, doch es war ein Ding der Unmöglichkeit, nach Hilfe zu rufen. Das einzige Geräusch, das seinen Mund verließ, war ein Stöhnen, das er selbst kaum noch wahrnahm. Seine Glieder begannen zu zappeln und er spürte eine warme Flüssigkeit, die aus der Stichwunde unter seinem Hals hervortrat.

Jens schloss seine Augen und wartete darauf, dass er aus diesem qualvollen Albtraum aufwachen würde – neben seiner zukünftigen Frau.

71

Samstag, 02. November 2019

Jola

Das Brummen des Motors war das einzige Geräusch, das sie im Moment wahrnahm. Sie konnte es noch immer nicht fassen: David – der Mann, den sie geliebt hatte – wurde weggesperrt. Ihr kam das alles noch so unwirklich vor, sie hatte zuvor wie gelähmt auf der Rückbank des Wagens neben Lena Platz genommen.

Katja und Rolf saßen vorne – er am Steuer, sie daneben mit Lord Schlotterhose auf dem Schoß. Dass Davids Exfrau noch Gefühle für ihn hatte, hatte Jola bereits vermutet. Ob ihre Beziehung mit Rolf dadurch einen Knacks bekommen hatte? Mit Sicherheit. Er schien über diese Tatsache schockierter zu sein als über den Mord an Jens.

Lena begann neben ihr heftig zu niesen, was sie dem Kater zu verdanken hatte, aber er brauchte jetzt ein neues Zuhause. Jola lächelte Davids Tochter vorsichtig an und erschrak, als diese plötzlich ihre Hand nahm.

„Weißt du schon, wo du wohnen kannst?“, hörte sie Rolf fragen. Jola blickte nach vorne und meinte: „Ja. Ich werde demnächst noch einige Sachen bei David abholen, den Zweitschlüssel für das Haus habe ich ja noch.“

„Wir wussten nicht, dass ihr getrennt wart. Gestern sah es noch so aus, als wäre alles in Ordnung bei euch.“

„Es ist zu kompliziert, um es in Worte zu fassen.“

Damit schien sich Rolf zufriedenzugeben.

In Bruck an der Mur angelangt, stieg Jola aus dem Wagen und wollte so schnell wie möglich zu ihrem Auto, doch sie wurde von Lena aufgehalten. Dass sie ebenfalls ausstieg und sie daraufhin umarmte, überraschte sie.

„Wie sollen wir jetzt weitermachen?", fragte sie, während sie in Jolas Schulter schluchzte. Oh, nein. Das konnte sie jetzt gar nicht gebrauchen.

„Hör zu", begann Jola und drückte Davids Tochter von sich weg, um ihr in die Augen sehen zu können. „Ich glaube, es ist das Beste, wenn wir auf Abstand gehen."

„Wieso das denn? Wir müssen jetzt zusammenhalten!"

„Lena, versteh mich nicht falsch. David hat mein Leben genauso zerstört wie deines, glaube mir. Aus diesem Grund brauche ich Abstand … von euch allen."

„Soll das etwa heißen, …"

„Ja. Und das ist meine endgültige Entscheidung. Tut mir leid."

Mit diesen Worten ließ sie Lena stehen und ging zu ihrem Auto. Es musste sein. Sie musste David – und alles, was sie an ihn erinnerte – loslassen. Nur so würde sie erlöst werden.

Nachdem sie den Motor ihres alten Polos gestartet hatte, fuhr sie nicht in ihre neue Wohnung, sondern nach Sankt Lorenzen. Dort hatte sie noch etwas zu erledigen.

72

Samstag, 02. November 2019

David

Im Rückspiegel sah er sein Haus … seine Familie … sein Leben. Sein Traum war geplatzt.

Kilian und sein Kollege saßen vorne und redeten kein Wort mit ihm. In nur wenigen Augenblicken würde er auf der Dienststelle in Bruck an der Mur eine Aussage machen müssen. An seinem ehemaligen Arbeitsplatz. Das erste Mal würde er auf der anderen Seite des Tisches sitzen.

David schloss die Augen, da er die Realität nicht mehr ertragen konnte. Für einen kurzen Moment war es dunkel, dann sah er sich selbst. Wie er in seinem besten Anzug in der Galerie stand und voller Stolz seine Bilder präsentierte. Tosender Applaus ertönte. Strahlende Gesichter. Tränen der Freude. Er bekam so viel Zuspruch wie noch nie zuvor in seinem Leben. Seine Werke waren begehrt, er hatte es geschafft! Sein Traum war wahrgeworden!

Als er die Augen wieder öffnete, war davon nichts mehr übrig.

73

Samstag, 02. November 2019

Jola

„Wie sollen wir jetzt weitermachen?", hallten Lenas Worte in ihrem Kopf nach. Darüber hatte sich Jola schon in den letzten Monaten Gedanken gemacht.

„Aller guten Dinge sind drei", pflegte ihre Mama stets zu sagen. Jola hatte ihre dritte Chance auf einen Neuanfang bekommen.

Rolf hatte ihr zum Abschied im Auto noch die Hand gegeben und alles Gute gewünscht. Katja brachte lediglich ein leises Tschüss über die Lippen, aber das störte Jola nicht. Sie war nicht auf höfliche Worte der Exfrau ihres Exfreundes angewiesen, ganz sicher nicht.

In diesem Moment vibrierte ihr Smartphone und kündigte eine eingegangene Nachricht von Jenni an. Sie erkundigte sich nach ihrem Befinden. Jola hatte nicht die Absicht, den Kontakt zu ihr aufrechtzuerhalten. Auf der einen Seite war sie ihr in den letzten Monaten eine große Hilfe gewesen, andererseits steckte auch sie zu sehr in dem David-Schlammassel mit drin.

Am Faschingsdienstag voriges Jahr hatte sie den quirligen Rotschopf kennengelernt. „Ganz schön was los heute, nicht?", war der erste Satz, den sie damals zu Jola gesagt hatte. Die beiden hatten miteinander zu quatschen begonnen und Jenni hatte ihr von ihrem kranken Exfreund erzählt. Sie fand sie nett, leider wurden die beiden dann aber von Rainer unterbrochen.

Jenni verabschiedete sich und war so schnell in der Menge verschwunden, wie sie aufgetaucht war.

Lange Zeit verging, bis sie sie das nächste Mal sah. Jola hatte schon gar nicht mehr an sie gedacht, doch eines Tages im Januar dieses Jahres kam Jenni in die Trafik.

Als sie auf sie zukam, hatten beide einen Augenblick gebraucht, um zu begreifen.

„Jenni?", fragte Jola mit weit aufgerissenen Augen. Sie war erschüttert.

Als sie sie das letzte Mal gesehen hatte, hatte sie noch so ausgelassen gewirkt – trotz der grausamen Story aus ihrer Vergangenheit. Jetzt hingegen sah sie so aus, als hätte sie eine Woche nicht geschlafen, ihre Haare waren ungepflegt und die dunklen Schatten unter ihren Augen ließen sie auch nicht gerade fröhlicher erscheinen.

„Jola?"

Sie freute sich, dass auch Jenni sie wiedererkannt hatte. Obwohl es dem Anschein nach nicht so aussah, wollte Jola sie fragen, ob es ihr gut gehe, doch Jenni ließ sie nicht zu Wort kommen: „Drei Päckchen Marlboro, bitte."

„Ich wusste gar nicht, dass du rauchst."

„Ich bis heute auch nicht", meinte Jenni und begann unsicher zu kichern. Als Jola ihr die Zigaretten gab und sie misstrauisch musterte, rückte Jenni mit der Sprache raus: „Jaja, ich weiß. Ich sehe scheiße aus."

„Was ist denn passiert?"

„Ach, nicht so wichtig. Na ja, da ich ab heute rauche, werden wir uns in Zukunft wohl öfter sehen. Also, bis dann!"

Jenni wandte sich zum Gehen, doch Jola eilte zu ihr und hielt sie fest. „He, was ist los mit dir?"

Erschrocken und mit Tränen in den Augen sah Jenni sie an: „Ist es so offensichtlich?"

„Ich sag's mal so: Du hast schon mal besser ausgesehen."

„Weißt du, in letzter Zeit … Oh, Fuck."

Die nächsten Kunden kamen bei der Tür herein. „Hör zu, Jola. Kann ich dich anrufen? Ich könnte echt jemanden zum Reden gebrauchen."

„Klar doch."

Jola gab ihr ihre Handynummer, bevor sie sich verabschiedeten. David erzählte sie am selben Tag von der erschreckenden Begegnung. Dass sie der Rothaarigen ihre Handynummer gegeben hatte, behielt sie für sich, da sie nicht wusste, wohin die Sache mit ihr führte.

In der darauffolgenden Woche besuchte sie Jenni eines Tages nach der Arbeit, da sie zuvor einen Anruf von ihr erhalten hatte. Zu David sagte sie, dass sie sich um eine Freundin kümmern müsse, was ja auch der Wahrheit entsprach. Näheres wollte er gar nicht wissen, denn er war zu beschäftigt mit seinen Bildern.

Jennis Wohnung war winzig und als sie ihrem Besuch die Tür öffnete, sah die junge Frau nicht besser aus als vor einer Woche. Die beiden setzten sich im Wohnzimmer auf das Sofa und Jenni begann zu erzählen: Mit dem Umzug nach Bruck an der Mur hatte sie im Landeskrankenhaus im Sekretariat zu arbeiten begonnen. Die Erlebnisse mit ihrem Exfreund versuchte sie, so gut es ging, zu verdrängen, was ihr ihrer Meinung nach auch ganz gut gelungen war.

„Ich habe in Graz als Empfangsdame bei einem Psychiater gearbeitet. Dass ausgerechnet *ich* in die Fänge eines Irren gekommen bin, ist schon fast peinlich."

Beide begannen gleichzeitig zu lachen. Jenni schien es gutzutun und sie sprach weiter: „Im Sekretariat im Krankenhaus haben sie mich herzlich aufgenommen. Ist ja klar, immerhin sorge ich für gute Laune." Jennis Grinsen erstarb und ihr Blick bekam wieder diese traurige Note. „Weißt du, ich wollte schon immer Schauspielerin werden. Mit den ganzen Kursen in Graz wäre das ja auch möglich gewesen ... Aber egal, jetzt bin ich hier und das ist auch gut so. Na, auf jeden Fall war ich nach außen hin immer die gutgelaunte Jenni, aber in meinem Inneren sah es oft ganz anders aus. Die Geschichte mit meinem Exfreund wollte mich nicht loslassen. Eines Tages wurden Flyer eines Psychologen im Krankenhaus ausgeteilt."

Als Jenni seinen Namen nannte, nickte Jola nur. Sie kannte den Arzt nicht, aber das, was Jenni ihr daraufhin erzählte, sollte ihrer aller Leben verändern. Zu diesem Zeitpunkt hatten sie das nur noch nicht gewusst.

Alles begann am 9. Februar dieses Jahres, als sie heimlich in Davids Atelier gegangen war. Das war der Tag gewesen, an dem sie sich das Bild, das er immer vor ihr versteckt hatte, ansehen wollte. Da es aber unter mehreren Leintüchern und noch dazu hinter einem Schrank verstaut gewesen war, wollte sie sich nicht die Mühe machen.

Die Wochen vergingen, doch das Bild hatte sie aus irgendeinem Grund nicht in Ruhe gelassen. David hatte ihr immer seine Werke gezeigt – auch diejenigen, auf die er nicht so stolz gewesen war. Wie schrecklich musste also dieses eine Bild sein, um es zu verstecken?

Eines Tages im März war sie schließlich ein weiteres Mal nach oben gegangen, nachdem David in die Galerie gefahren war. Der Raum war nun wieder etwas chaotischer, doch hinter dem Schrank hatte noch immer ein Stück des Leintuches hervorgelugt. Die Neugierde hatte letztendlich gegen die Vernunft gewonnen und Jola hatte begonnen, das Möbelstück zu verrücken. Dann griff sie nach dem Bild, das unter den Tüchern versteckt war.

Als sie sah, was darauf abgebildet war, ließ sie es vor lauter Schreck fallen. Die Erinnerungen an den schrecklichsten Tag ihres Lebens waren mit einem Mal so präsent wie schon lange nicht mehr. Alles an dem Bild war detailliert ausgearbeitet: Der karierte Mantel der Frau, dazu die dunkelblaue Hose. Der Mann war ganz in Schwarz gekleidet. Einzig die Gesichter waren verschwommen. Die beiden Körper waren mit roter Farbe beschmiert worden und in Jola kam ein Verdacht auf, der sie zum Schreien brachte. War das möglich? Oder war es nur ein x-beliebiges Motiv und hatte nichts damit zu tun?

Mit zitternden Händen verstaute sie das Gemälde daraufhin wieder hinter dem Schrank. Sollte sie David darauf ansprechen? Nein, das war bestimmt alles nur ein Missverständnis.

Einige Tage später erhielten sie Besuch von Davids Jugendfreund. Amal war sein Name und er bedachte sie mit einem erschrockenen Blick. Jola fühlte sich unwohl in seiner Nähe.

Schon, als sie sich vorgestellt hatten, hatte sie gewusst, wer ihr da gegenüberstand: Doktor Amal Thakur – der Psychologe, der Jenni wegen ihrer Angstzustände behandelt und daraufhin abgeschoben hatte.

Nachdem sich David und sein Kumpel für kurze Zeit ins Atelier zurückgezogen hatten, musste Jola wieder an das Bild denken. Würde er bei Amal eine Ausnahme machen? Würde er ihm das Gemälde zeigen?

Sie konnte ihre Neugierde nicht zurückhalten und ging die Treppe nach oben, um vor der geschlossenen Tür zu lauschen. Und das, was sie in diesen Minuten erfuhr, ließ ihr das Blut in den Adern gefrieren … *Du willst damit nichts zu tun haben? Da kommst du aber zwei Jahrzehnte zu spät darauf … Jola sitzt doch unten … Es geht also um sie … Ich verstehe nicht …*

Ihr Verdacht hatte sich soeben bestätigt. Jolas Körper bewegte sich plötzlich wie ferngesteuert und sie unterbrach die beiden, indem sie ebenfalls das Atelier betrat. Es wäre der richtige Zeitpunkt gewesen, um die Männer auf die Sache vor einundzwanzig Jahren anzusprechen, aber sie konnte es nicht.

In den folgenden Tagen und Wochen wurde sie von einem Gefühl geplagt, das sie beinahe um den Verstand brachte. Sie wusste nun, dass David vor etwa zwei Jahrzehnten etwas verbrochen hatte – eigentlich wusste sie es nicht mit Sicherheit, aber alles sprach dafür: Das Bild, die Unterhaltung mit Amal, der Zeitungsausschnitt, den er morgens ab und zu betrachtete …

Ihm war nie aufgefallen, dass Jola mitbekam, wie er sich von ihr wegdrehte und den Zettel entfaltete, in der Hoffnung, sie würde noch schlafen. Entweder bewahrte er ihn in einer seiner Jeans auf, wie sie später herausfand, oder der Zettel lag unter seinem Saustall im Nachtkästchen. Dass David sich diesen Schnipsel gelegentlich morgens ansah und dann gleich wieder versteckte, bereitete ihr Unbehagen. Welche Geheimnisse hatte dieser Mann noch vor ihr?

Als er eines Morgens auf die Toilette verschwand, ergriff sie die Chance und durchwühlte in Rekordtempo seinen Nachttisch und wurde tatsächlich fündig: Bei dem Zettel handelte es sich um einen Zeitungsausschnitt. Um *den* Zeitungsausschnitt. Jola musste einen Schrei unterdrücken, wobei sie so fest die Lippen aufeinanderpresste, dass ihr vor Schmerz Tränen in die Augen traten. Das konnte kein weiterer Zufall sein. So viele Zufälle konnte es gar nicht geben! Vor Schreck ließ sie das Zettelchen fallen, es landete mit dem Artikel nach unten auf der Matratze. Hastig hob sie es wieder auf, dabei entdeckte sie eine handgeschriebene Mail-Adresse am Rand. Jola verschwendete keinen weiteren Gedanken daran und drehte den Ausschnitt wieder um. Der Bericht war schon alt und es ging um einen Autounfall, bei dem zwei Passanten auf der Straße ums Leben gekommen waren. Der Täter hatte Fahrerflucht begangen und war nie gefasst worden. Am Rand des Artikels waren eine Menge handgemalter Striche. In dem Moment schoss ihr durch den Kopf, dass David bei Lenas und Jens' Besuch einen Schnipsel in seiner Gesäßtasche hatte verschwinden lassen. Und dieser hatte auf seinem Nachtkästchen gelegen! Vermutlich hatte es sich um diesen Artikel gehandelt. Zu Beginn ihrer Beziehung war David also unvorsichtig gewesen.

Bei dem Gespräch, das er mit Amal geführt hatte, war auch die Rede von einem Zeitungsausschnitt gewesen. Es gab keinen Zweifel, dass es sich dabei um genau den Schnipsel handelte, den sie in diesem Moment in der Hand hielt.

Jola hörte, wie David die Toilettenspülung betätigte. Sie ließ den Zettel wieder in seinem Nachtkästchen verschwinden und stellte sich schlafend. Kurz darauf kam David wieder zu ihr ins Bett und legte einen Arm um sie.

Der Arm, der imstande war, Menschenleben auszulöschen.

Der Arm des Mannes, den sie eigentlich lieben sollte …

Sie fühlte sich in der Gegenwart ihres Partners immer unwohler und die ganzen Dinge, die sie in den letzten Wochen erfahren hatte, zehrten an ihren Nerven. Sollte sie David verlassen? Diese Frage stellte sie sich mehrmals täglich.

Doch es gab nur eine Möglichkeit, um Gerechtigkeit zu erlangen: Er musste für seine Untat bestraft werden. Mit der Zeit entwickelte sie gegen ihn so einen intensiven Hass, der das Gefühl der Liebe beinahe zur Gänze verdrängte. Dass man dem Menschen, den man mehr als alles andere geliebt hatte, nun mit so einer Abneigung gegenüberstand, war für sie nur schwer zu ertragen.

Sie musste einen Plan entwickeln, um dem Ganzen ein Ende zu bereiten, sonst würde sie im Wechselbad ihrer Gefühle ertrinken. Und die erste Person, die ihr dabei helfen konnte, war Jenni.

Also besuchte sie sie an einem warmen Sommertag und entschuldigte sich auch sofort bei ihr, weil sie einige Zeit lang nicht auf ihre Nachrichten reagiert hatte. Es tat Jola wirklich leid deswegen, aber die Dinge, die sie über David erfahren hatte, hatten ihr den Boden unter den Füßen weggezogen. Da konnte sie keine Kraft für eine weitere kaputte Seele aufbringen. Das behielt sie natürlich alles für sich.

Jenni war gekränkt und wollte schon eine Szene machen, als Jola sie fest in den Arm nahm. Das ließ sie verstummen. Die beiden verharrten einen Moment lang so im Türrahmen und gingen schließlich in die Wohnung.

Die rothaarige Frau, die ihr mittlerweile sogar ans Herz gewachsen war, öffnete das Wohnzimmerfenster und zündete sich mit unsicheren Bewegungen eine Zigarette an.

„Das Zeug ist echt ekelhaft. Das ist übrigens noch immer mein drittes Päckchen“, sagte Jenni und verzog dabei angewidert das Gesicht.

Das erklärte die Tatsache, weshalb sie nie wieder in der Trafik aufgetaucht war. Damals hatte sie drei Päckchen gekauft und war bis heute damit ausgekommen.

„Darum bist du also nie mehr zu mir in die Arbeit gekommen“, stellte Jola fest, worauf ihr Gegenüber auflachte:

„Ha! Unter anderem. Aber in erster Linie war ich echt angepisst wegen dir.“

„Oh …“

„Aber Schwamm drüber! Wir Mädels müssen zusammenhalten“, meinte Jenni, während sie neben dem geöffneten Fenster stand und den Rauch hinausblies.

Jola erkundigte sich nach ihrem Befinden und da es ihr noch immer nicht besser ging als bei ihrem letzten Treffen, machte sie ihr einen Vorschlag. Da sie Jenni als rachsüchtig einschätzte, war sie auch nicht von ihrer Reaktion überrascht, denn sie nickte und meinte: „Ich bin dabei.“

Sie drückte ihre Zigarette aus und setzte sich auf das Sofa, währenddessen aktivierte Jola die Videofunktion ihres Smartphones. Wie sich herausstellte, hatten sich die Schauspielkurse ausgezahlt.

In ihrem Kopf hatte sie sich bereits einen Plan zusammengestellt. Jetzt musste er nur noch ausgeführt werden und dazu brauchte sie jemand ganz Bestimmten.

An dem Frühlingstag, an dem Amal die beiden besucht hatte, hatte sich David zuvor die Anschrift seines Kumpels notiert, weil er ihn abgeholt hätte. Aber da sein Freund eine Mitfahrgelegenheit bekommen hatte, war sie überflüssig. Die Notiz hatte er im Flur in einen Behälter gelegt, in dem die Hausschlüssel und diverse Rabattsticker von Lebensmittelgeschäften lagen. Nachdem Jola die beiden Jugendfreunde belauscht und ihren Besuch zur Tür begleitet hatte, war ihr auch der Zettel mit seiner Adresse ins Auge gesprungen.

Die Tage vergingen und sie verloren kein Wort über Amal. David wirkte sehr gekränkt und niedergeschlagen. Sein Versuch, dies zu verbergen, scheiterte kläglich. Wenn Jola ihn nach seinem Befinden fragte, meinte er nur, dass er schlecht geschlafen habe. Dass er nicht über Amal reden wollte, brachte sie auf eine Idee.

Tatsächlich erwähnte David ihn erst nach Jens' Tod wieder, weil er Hilfe von seinem ehemaligen Psychologenfreund benötigte. Zu diesem Zeitpunkt hatte Jola schon alle Hinweise zu Amals Existenz auf Davids Handy beseitigt. Alle Anrufe, Mitteilungen, Mails und Kontaktdaten waren gelöscht. Außerdem hatte sie eine falsche Wohnadresse auf ein Zettelchen geschrieben und dieses in dem Behälter im Vorzimmer platziert. Sie hatte oft geübt und sich Mühe gegeben, um Davids Handschrift so gut es ging nachzuahmen. Die Notiz mit Amals Adresse hatte sie zuvor an sich genommen.

Das ganze Prozedere war einfacher als gedacht, denn die Schlafmittel, die sie ihrem Liebsten gelegentlich in seinen Tee mischte, wirkten Wunder. Kurz vor Jens' Tod ging sie nicht mehr so sparsam mit der Dosis um und David bekam öfter einen Tee, was er als nette Geste sah. Nachdem er fast jedes Mal in einen komatösen Schlaf fiel, wachte er erst viele Stunden später mit verwirrter Miene wieder auf. Das kam ihr gerade recht.

Die Sache mit der notierten Mail-Adresse auf der Rückseite des Zeitungsausschnittes hatte ihr jedoch Bauchschmerzen bereitet, denn der Artikel war an dem Tag, an dem sie Amals Spuren verwischt hatte, nicht in Davids Nachtkästchen gewesen. Das musste bedeuten, dass er ihn woanders aufbewahrte oder bei sich hatte.

Doch schon am nächsten Morgen hatte sie mitbekommen, dass er erneut in seinem Nachttisch herumwühlte. Einige Minuten später war er nach unten gegangen. Jola hatte angespannt abgewartet, bis sie Geschirr klappern hörte. Dann richtete sie sich auf und öffnete die Schublade. Volltreffer! Er war wieder da. Aus ihrem Nachttisch kramte sie eine Nagelschere hervor und schnitt daraufhin einen Streifen ab. Trotz ihrer Aufregung schaffte sie es, einen sauberen geraden Schnitt zu machen. Und schon war die Mail-Adresse abgetrennt. Jola ahnte, wem sie gehörte.

Fürs Erste waren alle Kontaktdaten sowie Konversationen von und mit Davids Jugendfreund verschwunden. Es ging ihr hauptsächlich darum, die Hinweise auf Amals Besuch zu vernichten. Das, was sie eben getan hatte, diente nur der Vorsicht. Sie wollte ja nicht, dass David auf dumme Gedanken kam.

Eines Tages im Spätsommer hatte sie die Wohnadresse tatsächlich gebraucht und voller Aufregung bei Amal geklingelt. Zu ihrer Freude war er zu Hause. Dem großgewachsenen Mann stand der Schreck ins Gesicht geschrieben, als er sie vor seiner Wohnungstür erblickte.

„Hallo Amal“, begrüßte Jola ihn. „Ich weiß, die Sache zwischen dir und David ist vor einigen Monaten nicht gut ausgegangen. Ich möchte mich für sein Verhalten entschuldigen.“

„Jola. Das … Das ist nett von dir …“

„Wie geht es deinem Bruder?“, fiel sie ihm ins Wort. An Amals Blick konnte sie erkennen, dass er keine Ahnung hatte, wovon sie redete. „Meinem Bruder?“

„Ja. Aber ist auch egal. Sag mal, könnte ich kurz reinkommen? Ich muss dringend auf die Toilette.“

Sie nahm ein kurzes Zögern wahr, wurde dann aber doch reingebeten. „Da hinten links“, sagte Amal und deutete auf eine Tür.

Auf der Toilette betrachtete sich Jola im Spiegel, der über dem winzigen Waschbecken hing. *Tue ich wirklich das Richtige? Er wird mich für verrückt halten! Aber schließlich ist er mit schuld, verdammt! Er soll für sein Verhalten büßen!*

Sie atmete tief durch, betätigte die Klospülung und ließ sich im Waschbecken kaltes Wasser über die Hände laufen.

Nachdem sie sich abgetrocknet hatte, aktivierte sie die Sprachmemo-App auf ihrem Smartphone, um das folgende Gespräch aufzuzeichnen. Dann ließ sie das Gerät in ihrer Handtasche verschwinden.

Als sie die Toilette verließ, erschrak sie, denn unmittelbar vor der Tür hatte Amal auf sie gewartet.

„Ich begleite dich zur Wohnungstür", sagte er.

Jola war es gar nicht recht, dass er sie loswerden wollte. „Hör zu, Amal. Wir müssen reden."

Sie konnte ihm ansehen, dass er Schlimmes befürchtete. Er hatte ja keine Ahnung, wie unangenehm die nachfolgende Unterhaltung wirklich werden würde. Amal gab ein Seufzen von sich und ging voraus ins Wohnzimmer, wo er sich auf das Sofa niederließ. Jola folgte ihm.

„Ich weiß, dass es bei deinem plötzlichen Aufbruch nicht um deinen Bruder gegangen ist", begann sie. Amal wollte gerade etwas erwidern, doch sie ließ ihn nicht zu Wort kommen: „Was ist vor einundzwanzig Jahren passiert?"

Sein Blick verriet ihr, dass er genau wusste, worum es ging, doch er schwieg.

„Ihr habt das Paar einfach auf der Straße liegen gelassen!", fuhr sie mit deutlichem Zorn in der Stimme fort.

Amal schüttelte den Kopf. „Was hat David dir erzählt?"

Darauf gab sie keine Antwort, denn *sie* war diejenige, die hier die Fragen stellte: „Warum?! Warum habt ihr sie getötet und nichts unternommen?"

„Ich weiß nicht, wovon du redest."

„Dann helfe ich dir mal auf die Sprünge: Du und David habt vor einundzwanzig Jahren eine Frau und einen Mann mit dem Auto tödlich verletzt! Ich hoffe, du hast ein schlechtes Gewissen deswegen!"

„Du solltest gehen, Jola." Seine Stimme klang ruhig.

Das würde sie zu ändern versuchen. „Nein! Ich gehe nicht, solange du mir nicht die Wahrheit gesagt hast!"

„Die Wahrheit ist, dass ich noch nie jemanden umgebracht habe."

„Dann saß David also am Steuer?"

Schweigen.

„Weißt du", sagte Jola in überheblichem Tonfall, „David leidet unter diesem Ereignis. Er hat sogar noch den Zeitungsartikel über den Unfall. Und er … er hat ein Bild davon gemalt."

„Ein Bild?"

David hatte es ihm also nicht gezeigt. Oder Amal tat nur so, als wüsste er von nichts. Jola fuhr unbeirrt fort: „Vermutlich war das eine Art Selbsttherapie. Ich glaube, David kommt bis heute nicht damit klar, dass ihr zwei Menschen getötet habt."

„Jola, ich … ich …"

Amal fehlten die Worte, das war in ihren Augen schon ein Geständnis. Aber er musste es auch aussprechen. Ihn so niedergeschlagen und mit Tränen in den Augen dasitzen zu sehen, half ihr in keiner Weise.

„Was wirst du nun tun?", wollte er wissen.

„Sag mir die Wahrheit", forderte Jola ihn auf. „Leg ein Geständnis ab."

„Ich bin ein guter Mensch. Ich habe vielen Leuten geholfen."

„Weil du ein schlechtes Gewissen hattest, nehme ich an?"

„Ja, verdammt nochmal! Ja, ich hatte ein schlechtes Gewissen! Es hat mich wahnsinnig gemacht! So, jetzt weißt du es! Was wirst du jetzt machen?! Willst du zur Polizei?!"

„Wie ist es passiert?", wollte Jola wissen, ohne Amals Frage zu beantworten. „Der Unfall. Wie ist er passiert?"

„Warum fragst du das nicht David?"

„Ich will es von dir hören! Und jetzt raus mit der Sprache."

„Es … Es war ein Freitag im Dezember. Wir … Wir hatten schon etwas getrunken. Wir waren am Nachmittag in Kapfenberg auf der Geburtstagsfeier eines Freundes gewesen und gerade auf dem Heimweg. Es war noch nicht spät, aber wir wollten nicht mehr bleiben, außerdem hatte David noch ein Date an dem

Abend. Er meinte, dass er die paar Kilometer bis zu mir schon noch fahren könne …"

„Sprich weiter!"

Amal zuckte zusammen und meinte: „Das ist eine echt beschissene Aktion, die du da mit mir abziehst."

„Wenn das hier eine beschissene Aktion ist, was war dann eure Tat vor einundzwanzig Jahren? Und jetzt erzähl weiter."

„Ich saß auf dem Beifahrersitz und wir alberten rum. Plötzlich waren da diese Leute. Wir hatten sie leider zu spät bemerkt …"

„Du hast David also abgelenkt?"

„Wir hatten geredet, dabei hatte er nicht auf die Straße geschaut."

„Wo ist es passiert?", fragte Jola in forderndem Tonfall.

„In Kapfenberg, sagte ich doch …"

„In der Stadt, nehme ich an. Vielleicht in der Nähe der Mittelschule?"

„… Ja … Aber was tut das denn zur Sache?"

Jola griff in ihre Tasche, um die Aufnahmefunktion auszuschalten.

„Was machst du da?", fragte Amal aufgewühlt.

„Das geht dich nichts an."

Ihr Gegenüber ließ ihre Tasche nicht aus den Augen, während Jola mit ruhiger Stimme weiterredete: „Ich werde zur Polizei gehen, wenn du meine Bitte ablehnst."

„Ha!", entfuhr es Amal. „Du erpresst mich?"

„Willst du die Bitte hören oder nicht?"

Er atmete tief aus und nickte, dabei musterte er seine Zehen, die in verwaschenen Socken steckten. Jola musste schlucken, ehe sie den darauffolgenden Satz von sich gab: „Du … Du musst jemanden töten."

Amal fuhr so heftig herum, dass er sich den Kopf an der Wand hinter dem Sofa anschlug. „Du hast sie doch nicht alle!", entkam es ihm, während er sich mit der Hand an die Stelle griff, an der er sich eben gestoßen hatte.

„Hör mir doch mal zu, bitte."
„Nein! Raus aus meiner Wohnung, und zwar auf der Stelle!"
„Dann gehe ich direkt zur Polizei."
„Das wirst du nicht tun. Was hast du gegen mich in der Hand?"
„Zum einen habe ich dein Geständnis."
„Dann steht dein Wort gegen meines."
„Vergiss nicht das Wort meines Smartphones. Das wird vermutlich nicht zu deinen Gunsten ausfallen. Sprachmemos sind dir doch bekannt, oder?"
„Du … hast was?! Was willst du von mir? Was habe ich dir denn getan?"
Sie schleuderte ihm die Wahrheit direkt ins Gesicht. Amal blieben die Worte im Hals stecken. Er hatte es geahnt, meinte er darauf – schon, als er damals im Supermarkt an der Kasse hinter ihr gestanden hatte. Dieses Gesicht war ihm so bekannt vorgekommen, sagte er. Doch er hatte es nicht wahrhaben wollen. Er nahm sie in die Arme und entschuldigte sich. Sie ließ es geschehen.
Als er plötzlich mit der Hand in ihre Tasche griff, schubste Jola ihn weg.
„Es tut mir leid, Jola, das kannst du mir glauben. Aber bitte, gib mir das Scheiß-Smartphone", flehte er.
„Das kannst du vergessen! Ich kann dir Folgendes anbieten: Ich lösche die Aufnahme, nachdem du meinen Plan ausgeführt hast."
„Ich werde niemanden töten."
Jola ging im Raum auf und ab. Nach einem kurzen Moment des Schweigens sagte sie schließlich: „Ich habe ein Video."
„Ein Video. Aha. Wovon?"
„Sagt dir der Name Jenni Birkner etwas?"
Amal atmete hörbar aus.
„Ich deute das als ja. Also, es gibt ein Video von ihr", fuhr Jola fort.
„Was wird das?"

„Das werde ich dir gleich zeigen."

Sie holte ihr Smartphone hervor und spielte das Video ab, das sie von Jenni gemacht hatte. Dabei hielt sie das Gerät eine Armlänge von Amal entfernt. Das Video dauerte etwa zwei Minuten und zeigte eine rothaarige Frau, die am Boden zerstört und den Tränen nahe war. Sie erzählte mit brüchiger Stimme von ihrer Gesprächstherapie bei Doktor Thakur. Amal starrte entsetzt auf den Bildschirm, als sie schluchzend behauptete, er habe sie mehrmals im Intimbereich mit der Begründung, das helfe ihr bei der Genesung, angefasst. Ihre Worte waren für den ehemaligen Psychologen wie ein Schlag ins Gesicht.

„Das stimmt nicht", flüsterte er, als das Video zu Ende war.

„Tja, so hat sie es mir aber erzählt", entgegnete Jola.

„Was hat sie mit der ganzen Sache zu tun?"

„Das Einzige, was dich interessieren sollte, ist die Tatsache, dass dieses Video existiert. Und gib dir keine Mühe, mir mein Smartphone wegzunehmen, ich habe es auch woanders gespeichert. Eigentlich finde ich es ganz nett, der *meToo*-Trend sollte mal wiederbelebt werden. Also, ich habe ein Geständnis von dir und die Aussage einer ehemaligen Patientin, die von dir sexuell belästigt worden ist. Ich finde, das sind zwei gute Gründe, um der Polizei einen Besuch abzustatten."

Mit diesen Worten drehte sie sich um und ging. Im Treppenhaus konnte sie dumpfe Worte aus Amals Wohnung und sich nähernde Schritte hören. Sie begann zu laufen, doch als sie bei ihrem Auto angelangt war, spürte sie einen festen Griff um ihr Handgelenk. Jola drehte sich um und sah in Amals wütendes Gesicht. Eine alte Frau kam in dem Moment auf die beiden zu – das war ihre Chance!

„Helfen Sie mir! Der Mann hier will …"

„Halt deinen Mund", zischte er sie an und drückte noch fester zu. Sie hatten nun die volle Aufmerksamkeit der alten Dame, die sagte: „Entschuldigung, der Herr. Lassen Sie die arme Frau los."

Doch sie kam nicht näher, da ihr anscheinend bewusst war,

dass sie im Falle einer körperlichen Auseinandersetzung ganz klar den Kürzeren ziehen würde.

„Wenn du meiner Bitte nicht nachkommen wirst, schreie ich so laut um Hilfe, dass nicht nur die Alte was davon mitbekommt. Und dann steht garantiert niemand mehr auf deiner Seite“, flüsterte Jola ihm zu.

Amal ließ sie los, was dazu führte, dass sie der alten Dame lächelnd zunickte: „Wir müssen uns entschuldigen, wir haben für ein Theaterstück geprobt. Machen Sie sich keine Sorgen.“

Die Frau sah den beiden verdattert hinterher, als sie im Hauseingang verschwanden.

Wieder in der Wohnung angelangt, erzählte Jola von ihrem Vorhaben, beginnend mit der Forderung, den Kontakt zu David nicht wieder aufzunehmen. Auch Amals Besuch habe nie stattgefunden, falls David es doch eines Tages schaffen sollte, seine Adresse ausfindig zu machen. Mit jedem Satz, den sie im Anschluss von sich gab, begann er mehr und mehr zu weinen. Das interessierte sie nicht im Geringsten, schließlich hatte sie auch mehr als genug Tränen vergossen, was sie unter anderem ihm zu verdanken hatte.

„Außer uns beiden weiß keine Menschenseele darüber Bescheid und ich verspreche dir, dass das auch so bleibt“, versicherte sie ihm.

„Ich fürchte, ich kann das nicht.“

„Wieso nicht?“

„Für deine sogenannte *Bitte* und so eine Frage sollte man dich hinter Gitter bringen.“

„Nein, David sollte man hinter Gitter bringen, weil er zwei Menschen getötet hat. Findest du nicht auch?“

„Jola …“

„Versetz dich mal in meine Lage!“

Nach einer Minute des Schweigens nickte Amal und fragte: „Wie stellst du dir unsere Kommunikation vor?“

„Wir werden uns simsen. Nur nichts Auffälliges.“

„Also mit Codewörtern?"

„So in der Art. Sei ehrlich: Glaubst du, dass ich psychisch labil bin?"

Amal entkam ein Lacher, was in dieser Situation völlig daneben und doch auf den Punkt gebracht war: „Ha! Ob ich dich für psychisch labil halte? Ja! Soll diese Frage ein Scherz sein?"

„Siehst du, genau darum geht es. Ich habe meine Probleme und das weiß David genauso gut wie ich. Er würde mir glauben, wenn ich behaupten würde, dass ich eine Therapie in Erwägung zöge. Natürlich werde ich es ihm nicht sagen, aber falls er eine Nachricht entdecken sollte, wird es ihn nicht überraschen, da ich ein nervliches Wrack bin. Das ist von jetzt an deines." Sie legte ein Handy auf den Wohnzimmertisch. „Da ist eine Prepaid-Karte drin. Darauf ist nur meine Nummer eingespeichert. Du gibst dich einfach als Psychologe aus."

„Und was ist mit den Codewörtern?"

„Ich habe mir eine simple Kommunikation vorgestellt. An dem Tag, an dem du meiner Bitte nachgehen sollst, schreibe ich dir eine unauffällige Nachricht. ‚Ich möchte mich behandeln lassen' zum Beispiel. Sieh zu, dass du ab dem Zeitpunkt, an dem du die Nachricht erhältst, zu Hause bist. Im Laufe des Tages werfe ich dir Davids Handy vor dem Hauseingang in den Briefkasten und klingele. Ich werde anschließend von meinem Auto aus beobachten, ob du das Smartphone auch holst. Kontaktiere Jens noch am selben Tag und bring ihn dazu, sich so schnell wie möglich mit dir zu treffen. Dann liegt es an dir, was du aus der Sache machst."

„Und du bist dir sicher, dass du das mit dem Zeitmanagement draufhast?"

„Vertrau mir. Ich warte den perfekten Moment ab. Den Moment, in dem niemand David ein Alibi geben kann."

„Und Jens?"

„Das lass meine Sorge sein. Kümmere du dich um das Treffen. Und lass dir nicht zu lange Zeit."

„Und wenn ich es nicht kann?"

„Das steht nicht zur Debatte."

Amal zögerte, bevor er die Frage stellte, vor der er sich wahrscheinlich am meisten fürchtete: „Und … Und wenn ich es getan habe?"

„Dann bringst du mir Davids Handy zurück."

„Was? Wie denn das? Ich habe nicht einmal einen Führerschein."

„Ich werde es so arrangieren, dass ich vor Jens' Tod mit ihm in der Trafik bin. So besteht nicht die Gefahr, dass Davids Tochter Lena etwas davon mitbekommt. In einer gespeicherten Textmitteilung habe ich auf deinem Handy das Nummernschild meines roten VW Polos vermerkt. Ich werde ihn wie gewöhnlich in der Nähe der Trafik parken, dann kannst du mir Davids Smartphone auf einem der Vorderreifen platzieren. Bevor ich losfahre, kontrolliere ich beide Seiten."

„Scheiße." Amals Stimme war nun so dünn, dass sie ganz und gar nicht zum äußeren Erscheinungsbild des großen Mannes passte. „Du hast dir tatsächlich einen Plan für all das ausgedacht."

Jola reagierte nicht darauf. Was hatte er sich bitteschön vorgestellt? Dass alles nur ein Scherz war? Natürlich hatte sie einen Plan, verdammt!

„Soll …", begann Amal, „… Soll ich also Davids Handy zurückbringen, während du arbeitest? Soll das etwa heißen, dass es innerhalb der Öffnungszeiten der Trafik geschehen soll?"

„Genau."

„Aber … Aber das geht doch nicht! Wie soll ich ihn tagsüber umbringen, ohne gesehen zu werden?"

„Im Herbst wird es früher dunkel, vergiss das nicht."

„Im … Im Herbst?", stotterte Amal daher. „Also soll das Ganze erst ausgeführt werden, wenn es kälter wird?"

„Natürlich! Oder glaubst du etwa, ich verlange von dir, nächste Woche jemanden umzubringen? Du bekommst auf jeden Fall Zeit, um dir zu überlegen, wie du es am besten angehst. Den

Tatort solltest du vor deinem Vorhaben auch mehrmals abgehen, aber sieh zu, dass du es unauffällig machst."

„Verständlich."

„Apropos Tatort: Er soll nicht zu abgelegen sein, die Leiche soll ja schließlich auch gefunden werden. Bring Jens dazu, sich mit dir zu treffen. Irgendwo zwischen der Trafik und seinem Zuhause, damit er keinen großen Umweg machen muss und zustimmt."

„Und wenn etwas schiefläuft?"

„Falls du es nicht auf die Reihe kriegst und Jens die Flucht ergreifen kann, haben wir ein Problem. Sieh also zu, dass du ihn lautlos und schnell umbringst."

Sie einigten sich darauf, dass Amal während der Tat Kontaktlinsen tragen und sein Gesicht so gut es ging, verdecken würde. Jola gab ihm noch ein Foto des Opfers sowie seine Wohnadresse und als er beides nickend annahm, hatte sie zum ersten Mal das Gefühl, dass ihr Plan tatsächlich funktionieren könnte. David würde für das, was er getan hatte, bestraft werden. Dass ausgerechnet er der Mann war, in den sie sich vor über einem Jahr verliebt hatte, war für sie die größte Strafe. Aber jeder hatte sein Päckchen zu tragen und so wie es aussah, kam auch sie nicht unbeschadet davon.

Das alles lag nun Wochen, beziehungsweise Monate zurück. Die Planung, die Treffen mit Jenni und Amal …

Letzterer hatte sich tatsächlich an die Abmachung gehalten. Er hatte Jens getötet und daraufhin Davids Handy dort platziert, wo sie es ihm befohlen hatte. Zuvor hatte Jola, nachdem Lena und Jens sich von ihnen verabschiedet hatten, das Smartphone in Davids Manteltasche getan. Sie musste dafür sorgen, dass das Handy nach dem Abschied des Besuches verschollen schien. Aber David nutzte das Gerät fast ausschließlich zum Telefonieren, somit war ihm das gar nicht aufgefallen. Auf dem Weg nach Bruck an der Mur nahm sie es an sich und warf es in Amals Briefkasten, bevor sie zur Trafik fuhr.

Als Jens zuvor gebeten hatte, Lena heiraten zu dürfen, war der Moment gekommen. Sie wusste, dass es nun an der Zeit war, Amal eine Nachricht zukommen zu lassen.

Davids Reaktion bestätigte ihren Verdacht: Er war nicht damit einverstanden, dass seine Tochter diesen Kerl heiraten würde, ließ es aber niemanden außer Jola wissen. Noch am selben Tag schrieb sie Amal im Badezimmer eine Nachricht. Die letzte SMS, die sie von ihm bekam, war die mit den Worten „Wir sind fertig miteinander.“.

Wo er nach dem Mord die Tatwaffe und andere Beweisgegenstände versteckt hatte, wusste sie nicht.

Nachdem Jens kurz vor seinem Tod die Trafik verlassen hatte, sperrte sie ab und verschwand mit zusammengepressten Lippen auf die Toilette. Dort begann sie bitterlich zu weinen. Das waren echte Tränen der Trauer, im Gegensatz zu denen, die sie in gewissen Situationen David gegenüber herauspressen musste. Aber sie hatte schon so oft in ihrem Leben geweint, dass ihr das nicht schwerfiel.

Das plötzliche Klopfen ließ sie innehalten. Jola wischte sich ihre Tränen ab und ging in den Verkaufsraum. Dort stellte sie fest, dass Jens hinter der Glastür stand. Er war zurückgekommen.

Sie sperrte auf und ließ ihn eintreten.

„Ich hab mein Handy vergessen“, meinte er und stellte sich hinter den Verkaufstresen. Er öffnete eine Schublade und holte das Gerät heraus, dabei merkte Jola, dass seine Hände zitterten.

„Ist alles in Ordnung?“, fragte sie. Jens antwortete nicht. Wahrscheinlich war er mit den Gedanken ganz woanders, er hatte sie nicht einmal darauf angesprochen, dass sie die Trafik schon vor 18 Uhr abgesperrt hatte. Da kam ihr ein Gedanke: „Ist es wegen der Botschaft?“

Jens blickte auf. „Was?“

„Wenn du das nicht für eine gute Idee hältst, solltest du sie wegwerfen.“

„Ich weiß nicht … Scheiße, ich bin so nervös."

Ihr brach es beinahe das Herz, diesen jungen Mann so vor sich zu sehen. Er redete weiter: „Weißt du was? Ich werde den Antrag machen, sobald ich zu Hause bin. Und zwar so, wie ich es von Anfang an geplant habe."

„Gute Entscheidung."

„Das mit der Botschaft war zwar eine total coole Idee von dir, aber so etwas Kitschiges passt einfach nicht zu mir."

Er warf die Botschaft in den Mülleimer unter dem Tresen, der neben ihm stand. Dann lächelte er Jola zu und ging an ihr vorbei. Sie musste sich zusammenreißen, um ihn nicht beim Jackenärmel festzuhalten.

„Mach's gut", sagte sie leise.

Jens schritt aus der Tür und meinte grinsend: „Das werde ich."

Als er außer Sichtweite war, holte sie mit der Pinzette, die sie immer in ihrer Handtasche dabeihatte, den Zettel aus dem Müll. Sie wusste bereits etwas damit anzufangen.

Die Minuten vergingen, in denen Jola überlegte, ob sie Jens nachlaufen sollte, aber dann hätte sie womöglich ihren eigenen Plan zunichtegemacht. So gerne hätte sie sich noch einmal von ihm verabschiedet und ihm gesagt, was für ein toller Mensch er sei.

74

Der Tag, als …
Freitag, 25. Oktober 2019
Amal

Es war nur noch das Rauschen der Mur zu hören. Keine Stimmen, keine knarzenden Äste. Der junge Mann lag leblos vor ihm im Dreck. Amal fröstelte. Was hatte er bloß getan? Jens war doch ein unschuldiger junger Mensch gewesen! Hatte er komplett den Verstand verloren?

Plötzlich tauchte David aus dem Nichts auf. Amal erschrak. Er hatte ihn nicht kommen hören. Hatte er gesehen, was er getan hatte? Gab es nun einen Zeugen?

David entkam ein Grunzen. „Sieh nur, was du getan hast."

Amal tat sich schwer, die Gesichtszüge seines Jugendfreundes in der Dunkelheit zu sehen, er glaubte jedoch, ein Grinsen zu erkennen.

„David … Es … Es … ist nicht das, wonach es aussieht", stammelte er. Scheiße! Man hatte ihn auf frischer Tat ertappt! Da half sein Gestotter auch nichts mehr.

„Hey, ganz ruhig, Kumpel." David kam langsam einen Schritt näher. Amal fand die Situation beängstigend. Wenn es sein müsste, würde er erneut zustechen. *Tut mir leid, David.*

Mit dem, was sein Jugendfreund als Nächstes sagte, hatte er nicht gerechnet: „Ich bin froh, dass du ihn beseitigt hast. Sonst hätte ich es gemacht."

75

Samstag, 02. November 2019

Jola

Als Jola bei der Autobahnabfahrt in Sankt Lorenzen abbog, wählte sie ein ganz bestimmtes Lied auf ihrem USB-Stick aus. Nach wenigen Sekunden erklang Liam Gallaghers Stimme und brachte sie zum Weinen. Dieses Lied spielte sie für Jens. Für einen Menschen, der ihr – ohne, dass sie es wollte – wichtig geworden war.

So grausam es klang: Er war die einzige Person gewesen, die sich für ihren Plan angeboten hatte. Jola hatte dafür sorgen müssen, dass David für den Tod eines Menschen zur Verantwortung gezogen werden würde, der seiner Familie viel bedeutete. Und mit Jens lag die Wahrscheinlichkeit, dass er deshalb von Katja und Lena bis in alle Ewigkeiten gehasst werden würde, bei einhundert Prozent. Dass David den Freund seiner Tochter *nur* akzeptiert hatte, hatte sich zu einem großen Vorteil erwiesen.

Jola hatte lange Zeit mit sich selbst gekämpft. Auf der einen Seite wollte sie sich an David rächen, auf der anderen entwickelte sich zwischen Jens und ihr so etwas wie Freundschaft. Das hatte sie vermeiden wollen. Die Jobstelle hatte sie ihm zuvor schon angeboten und auch Helga war begeistert von dem jungen charmanten Kerl. Als sie sich ihren Plan ausdachte, arbeitete er bereits in der Trafik. Sie hatte sogar mal mit dem Gedanken gespielt, ihn des Diebstahles zu beschuldigen, damit Helga ihn rausschmiss und ihre Freundschaft nicht mehr an Tiefe gewänne.

Aber er machte seine Arbeit sehr gut und sie waren froh über jede helfende Hand. Außerdem konnte sie ihn so an seinem letzten Tag im Auge behalten und bewahrte somit die Kontrolle über ihren Plan.

Über Monate hinweg musste sie lernen, ihre Gefühle auszublenden. Äußerlich betrachtet war sie noch immer Davids verständnisvolle Freundin, die mit jedem klarkam. Innerlich hatte sie schon mit allem abgeschlossen.

David …

Oh, David, David, David …

Heute hätte es ihr beinahe das Herz zerrissen, als sie seinen ungläubigen Gesichtsausdruck gesehen hatte. Ihm hatten die Worte gefehlt, als Plotzer die Botschaft aus seiner Brieftasche genommen hatte. Die Botschaft, die sie nach Jens' Tod dort platziert hatte. Die Lüge mit dem Parkautomaten in der Innenstadt kostete sie große Überwindung und wieder einmal war sie innerlich hin- und hergerissen. Da stand der Mann ihrer Träume und wurde von ihr und allen anderen Anwesenden im Raum auseinandergenommen – wegen einer Tat, mit der er nichts zu tun hatte.

Aber es musste sein.

In diesem Moment hatte sie sich dabei erwischt, wie sie an ihr Kennenlernen dachte. Sie hatte zu Beginn wirklich geglaubt, dass er derjenige wäre, der sie retten würde.

Mit elf Jahren war Jolas Seele in ein Loch gefallen und hatte es bis zu Davids heutiger Verhaftung nicht vollends herausgeschafft. Genau genommen hatte er sie also gerettet! Aber leider auf die grausamste Art, die sich Jola vorstellen konnte. Er war es nämlich auch gewesen, der sie damals in das Loch gestoßen hatte … Innerlich bebte sie gerade vor Zorn, weil er derjenige gewesen war, dem sie die ganzen Schläge ihrer Eltern zu verdanken hatte.

Aber sie hatte ihn gebrochen. Und obwohl sie darunter gelitten hatte, hatte sie es wiederum genossen, einen Mörder zu quälen.

Jola hatte es geschafft, David weiszumachen, dass er ihr nie einen Freund namens Amal vorgestellt hatte. Sie schaffte es, dass er morgens oftmals völlig verwirrt aufwachte – Diazepam sei Dank! Sie schaffte es, in seiner Nähe mehr und mehr die unsichere, verängstigte Freundin zu spielen. Für so etwas hätte Jenni bestimmt einen Schauspielkurs benötigt. David war erschrocken, als er die Kratzer und blauen Flecken an Jolas Körper sah. Sie musste innerlich stets kichern. Dass sie sich die Verletzungen selbst zugefügt hatte, während er schlief, sollte er natürlich niemals erfahren. Die Schmerzen waren gar nicht so schlimm für sie gewesen, sie waren ja sozusagen alte Bekannte aus ihrer Vergangenheit. Einige Male erwischte sie sich sogar dabei, wie sie ihre Kratzer und Hämatome ansah und in Erinnerungen schwelgte.

Dann waren da noch Davids Albträume. Er hatte zwei Menschen getötet, er wäre ein Ungeheuer, wenn er da keine Schuldgefühle hätte. Nachts schlief er manchmal unruhig und wälzte sich im Bett hin und her. Wenn Jola davon aufwachte, hörte sie ihn sogar Worte murmeln. Aber so ganz schlau wurde sie nicht daraus – zumindest am Anfang nicht.

Als sie ihn vor zwei Tagen um 3 Uhr morgens auf das Verbrechen angesprochen hatte, hatte er tatsächlich zugegeben, zwei Menschen getötet zu haben. Über seine Ehrlichkeit war Jola erstaunt gewesen. Sie musste Entsetzen vorspielen, obwohl sie sein Geheimnis bereits gewusst hatte. Nicht, weil David im Schlaf redete – denn die Nuschelei, die er von sich gab, konnte kein Mensch verstehen –, sondern weil sie bereits Monate zuvor schon alles erfahren hatte.

In dieser Nacht schien der Traum ziemlich intensiv gewesen zu sein, denn David griff tatsächlich nach Jolas Arm und umklammerte ihn. Zwar nicht so fest, dass es schmerzte, aber es war eine gute Gelegenheit, um ihren Partner mit seiner Schandtat zu konfrontieren. Gut, dass sie ihren Unterarm schon zuvor malträtiert hatte.

Alles lief nach Plan. Seit Jens' Tod waren ein paar Tage vergangen und sie hatte David schon so weit, dass er an sich selbst und seinen Handlungen zweifelte.

Oh David …

Er musste sie wirklich geliebt haben wie ein Verrückter, denn egal, was sie ihm erzählte – er glaubte es. Sogar die Sache mit dem Wohnungsinserat, das sie blöderweise auf ihrem Nachttisch liegen gelassen hatte. Zum Glück hatte sie sich zuvor schon etwas einfallen lassen, um ihn nicht zu verunsichern, falls er es entdecken sollte.

Er hatte ihr wirklich abgekauft, dass die Wohnung für ihre Mutter sei! Und dass sich ihre Eltern scheiden lassen würden. Beides war gelogen, wie so vieles in ihrer Beziehung. Aber David hatte sie schon mit einer Lüge begonnen, als sie zusammen im *Aiola Upstairs* gewesen waren und er behauptet hatte, noch nie jemanden umgebracht zu haben. Damals hatte sie das noch nicht gewusst, aber im Nachhinein betrachtet hatte ihre Beziehung von Anfang an auf einem riesigen Turm aus Lügen gestanden, der letztendlich in sich zusammengefallen war.

Das Wohnungsinserat war für Jola selbst. Sie hatte ein paar ihrer Sachen schon in ihrem neuen Zuhause in Kisten gestapelt.

Ihre Eltern ließen sich nicht scheiden.

Hilde und Eduard Kaufmann waren nicht ihre Eltern.

76

Der Tag, als …
Freitag, 25. Oktober 2019
Amal

Was hatte David da gesagt? Dass er Jens umgebracht hätte? Amal fragte sich in dem Moment, ob Jolas Plan umsonst gewesen war. Hatte er sich die Hände schmutzig gemacht, obwohl es gar nicht nötig gewesen wäre?

Seine Unterlippe bebte. Er wusste nicht, was er dazu sagen sollte und starrte wie gebannt auf den toten Körper zu seinen Füßen. Steckten Jola und David unter einer Decke? Übelkeit kam in ihm hoch. Amal begann, tief ein- und auszuatmen, doch es half nichts. Er musste würgen.

Panisch sog er die Luft ein, als er aufwachte. Dunkelheit umhüllte ihn. Amal stemmte sich hoch und stellte erleichtert fest, dass er in einem Bett lag. Er war daheim, in seinem Schlafzimmer! Die blinkende Anzeige des Weckers verriet ihm, dass es kurz vor Mitternacht war.

Der Würgereiz meldete sich erneut und prompt bahnte sich Magensäure ihren Weg nach draußen. Ein Schwall landete auf der Matratze. Er ekelte sich vor sich selbst – und das nicht nur wegen des Erbrochenen.

Was hatte dieser abscheuliche Traum von eben zu bedeuten? Würde man ihm auf die Schliche kommen?

Amal hasste sich. Er wollte den Menschen immer nur Gutes. Niemals wäre ihm in den Sinn gekommen, jemanden zu verletzen.

Doch er hatte einen Mann getötet – vor nur wenigen Stunden. Hatte er Spuren hinterlassen? Nein, er war doch vorsichtig gewesen, hatte sogar Handschuhe getragen! Alles deutete auf David hin, es durfte einfach nicht schieflaufen!

„Ich bin ein gottverdammtes Scheusal", sagte er sich und begann zu heulen. Dieses Miststück hatte alles versaut! Tränen mischten sich in das Erbrochene. Seine grauenhafte Tat würde ihn bis in alle Ewigkeit verfolgen. Niemals würde er vergessen, wie es sich angefühlt hatte, als sich das Messer in den Brustkorb des armen Mannes gebohrt hatte. Das darauffolgende Gurgeln war für Amal kaum zu ertragen gewesen.

Als Jens zusammengesunken war, hatte er nach Davids Smartphone gegriffen, das auf dem Boden gelegen hatte. Dieses hatte er zuvor hier platziert, weil es so aussehen sollte, als wäre es ihm über das Geländer gefallen und er im Anschluss daran gestolpert. Jens war anscheinend misstrauisch geworden und hatte David angerufen. Das Smartphone neben ihm hatte zu leuchten begonnen, was den jungen Mann dazu veranlasst hatte, dem Tod in die Arme zu laufen.

Als der Körper nicht mehr gezuckt hatte, war Amal froh gewesen, da der Arme nicht mehr hatte leiden müssen. Er hatte ihn bei den Füßen gepackt und flussaufwärts gezogen. In Hotelnähe würde man ihn sicher schneller finden. Dann hatte er in Gedanken ein kurzes Gebet für Jens gesprochen und war davongelaufen.

Damals, nachdem Jola von ihrem Plan erzählt hatte und wieder gegangen war, war er kurz davor, selbst zur Polizei zu gehen. Er wollte sie wegen Anstiftung zum Mord anzeigen. Doch das hätte nichts gebracht, man hätte ihm nicht geglaubt. Im Gegensatz zu Jola war er nicht so schlau … so hinterhältig gewesen, um das Gesagte aufzuzeichnen. Er hatte nichts gegen sie in der Hand. Sie hingegen hatte alles auf ihrem Smartphone in Form von Audio- und Videodateien gespeichert, was ihm das Leben zur Hölle machen könnte.

Mit dem Prepaid-Handy, das sie ihm besorgt hatte, hatte er ihr am Tag nach ihrem Besuch nur ein Wort geschrieben: *Nein.* Er konnte das nicht. Niemals würde er einen Menschen umbringen. Schon gar nicht einen Unschuldigen! Am selben Tag hatte sie ihm erneut einen Besuch abgestattet. Sie habe damit gerechnet, meinte sie. Er ließ sie eintreten, eine Szene im Treppenhaus mit Zeugen konnte er nicht gebrauchen.

„Wie oft denkst du an den Unfall?", fragte Jola, nachdem sie ins Wohnzimmer gegangen waren. Amal steckte sein Smartphone ein und sah sie fragend an. „Weiß nicht. Oft."

„Warum?"

„Was meinst du?"

Lachend schüttelte sie den Kopf, diese Psychotante. Dann streckte sie ihre Hand aus. „Gib mir bitte mal dein Smartphone."

Hatte sie ihn durchschaut?

„Nein", sagte Amal klar und deutlich.

„Na gut. Spielen wir dein Spiel, Herr Psychologe."

Was hatte sie vor?

„Um die Frage zu wiederholen", fuhr sie fort. „Warum denkst du an den Unfall?"

„Weil er passiert ist." Diesen Teil der Unterhaltung würde er rausschneiden müssen. Zwar kannte er sich mit Sprachmemos nicht so gut aus, aber es würde schon irgendwie klappen.

Jolas Augen wurden groß. „Genau!" Dabei klatschte sie langsam in ihre Hände. „Er ist passiert! Und wer ist schuld? David!"

„Hör auf mit dem Psycho-Scheiß."

„Das ist kein Scheiß! Das ist das verdammte Leben, du Mörder!"

„Ich bin kein Mörder."

„David hat zwei Menschen umgebracht, während du daneben gesessen bist! Du bist also mit schuld! Und wer hat dir das eingebrockt?"

Zorn kam in Amal hoch. Das schien Jola zu bemerken, denn sie nickte und meinte ruhig: „Lass es zu. Sei wütend. Auf David. Wenn er nicht gewesen wäre, …"

„Halt deine Klappe!"

Er war am Boden zerstört. Wegen David. Seine Freundin beherrschte Psychospielchen, das musste man ihr lassen. Sie hielt kurz inne und flüsterte dann: „Ich vertraue dir, Amal. Du wirst das Richtige tun. David muss bestraft werden, findest du nicht auch? Nach allem, was er dir angetan hat? Nach allem, was er mir angetan hat? Eines sage ich dir … Er wird noch sehr viel mehr Menschen verletzen. Wir müssen ihn aufhalten, bevor er noch mehr Leben zerstört."

Amal schniefte und sah Jola an. Am liebsten hätte er sie angeschrien, doch seine Stimme blieb erstaunlich ruhig: „Mach's doch selber."

„Ich habe mir bis auf harmlose Schlägereien nie etwas zuschulden kommen lassen. Außer einem kleinen Unfall. Und selbst da habe ich bei der Polizei ausgesagt. Sogar bei David. Und er? Er darf Menschen umbringen und kommt damit davon? In welcher Welt wird so etwas geduldet? In meiner mit Sicherheit nicht."

„Jola, ich …"

„Du bist der Einzige, der dafür sorgen kann, dass David bestraft wird. Denk daran. Wenn du nicht für Gerechtigkeit sorgst, werde ich es machen. Ich habe dein Geständnis und Jennis Video. Entweder werdet ihr beide bestraft oder nur David. Du hast die Wahl."

Ihm entkam ein Seufzer. Jola drehte sich um und verschwand ohne ein weiteres Wort aus der Wohnung. Er holte sein Smartphone hervor und stoppte die Aufnahme. Das hatte wohl nicht geklappt. Sie musste gemerkt haben, dass er ihr eine Falle stellen wollte. Wieder war sie die Siegerin. Sie hatte ihn dazu gebracht, wütend auf David zu sein. Die Freundschaft zu ihm war vor einundzwanzig Jahren zerstört worden. Es konnte ihm also egal sein, wie es ihm ging. Jola hatte recht: Er musste bestraft werden.

An diesem Tag war Amal zum ersten Mal zum Tatort gegangen und hatte sich Gedanken über sein Vorhaben gemacht.

„Verzeih mir, Jens. Bitte“, winselte Amal in dem Moment und krallte seine Finger in das feuchte Laken.

Er musste abhauen. Dieser Gedanke kam ihm nicht zum ersten Mal. Er würde irgendwo einen Neuanfang starten. Niemand würde ihn mit dem Opfer in Verbindung bringen, es würde also nicht einmal auffallen. Eigentlich hatte er schon vor der Tat verschwinden wollen und sich somit davor drücken, aber das Risiko, dass Jola mit Jennis Video zur Polizei ging, war einfach zu groß. Er hatte seine Patientin niemals angerührt, aber damit wäre er vermutlich nicht durchgekommen, da sich Jola diesbezüglich sicher etwas ausgedacht hatte. Noch dazu hatte sie sein Geständnis hinsichtlich des Autounfalls aufgenommen. Man hätte ihn gefunden – egal, wo und wie er untergetaucht wäre. Außerdem hatte er ein Sozialleben! Freunde, Familie. Sich verstecken und eine neue Identität anzunehmen, käme nicht infrage.

Doch Bruck an der Mur war für ihn gestorben. Jedes Mal, wenn er vor die Tür gehen würde, sähe er den Weg vor sich, den er an diesem Abend eingeschlagen hatte. Einfach nur weg aus dieser Stadt, raus aus dem Psychochaos, das Jola ihm eingebrockt hatte.

Tut mir leid, David.

77

Samstag, 02. November 2019
Jola

Liam Gallagher gab gerade sein Bestes in *Once*, als eine weitere Nachricht von Jenni eintraf. Sie würde ihr nicht zurückschreiben. Auch von dieser Person musste sie sich distanzieren, denn Jenni erinnerte sie zu sehr an ihre gemeinsame Zeit mit David. So sehr sie sie auch mochte. Die Freundschaft konnte nicht weiter bestehen, obwohl sie dieser Frau überaus dankbar war. Dankbar für ihre Unterstützung, dankbar für dieses Video.

Das Video, in dem Jenni behauptete, mehrmals von ihrem Psychologen Doktor Thakur sexuell belästigt worden zu sein. Das war natürlich erfunden, aber es war das perfekte Druckmittel für Amal gewesen. Am Montag hatte Jola einen Umschlag mit 10.000 Euro in Jennis Briefkasten geworfen. Ohne Absender, ohne jegliche Worte. Mit Jenni war ausgemacht, dass Jola das Geld von Amal beschaffen würde, damit das Video nicht an die Öffentlichkeit gelange, wobei sie ihr zuvor sagte, dass es mit der Übergabe etwas länger dauern könne. Es war so eine Art Schmerzensgeld, weil Amal sie in ihrer dunkelsten Phase des Lebens im Stich gelassen hatte. Auf die Frage, woher Jola ihren ehemaligen Psychologen kenne, meinte sie nur: „Ach, weißt du … Ich habe noch ein Hühnchen mit ihm zu rupfen. Nebenbei kann ich ihm ein schlechtes Gewissen einreden, weil er dich hat hängen lassen.“

Aber das Geld war nicht von ihm, sondern von David. Er hatte einen Teil von dem, was ihm von seinem Lottogewinn übriggeblieben war, im Schlafzimmer versteckt. Jola konnte nur hoffen, dass er nicht regelmäßig nachzählte. Aber da er seit Jens' Tod immer mehr an seinem Verstand zweifelte, würde er vermutlich sich selbst die Schuld für das Verschwinden eines Bruchteils seines Geldes geben.

Bei Jenni hatte sie niemals ein Wort über David und ihren Plan verloren. Für sie war die ganze Sache mit dem Video nur eine Racheaktion gegen ihren ehemaligen Psychologen. Zu Amal hatte Jola gesagt, dass Jenni eine Entschädigung für ihre verletzte Seele bekommen würde. Dass diese im fünfstelligen Bereich war und ursprünglich von David stammte, behielt sie für sich. Und da Jenni ihrem ehemaligen Psychologen mit dem Video so etwas wie eine Kriegserklärung gemacht hatte, würde sie wohl kaum wieder Kontakt zu ihm aufnehmen.

Unter anderen Umständen hätte sich Jola womöglich sogar mit Amal angefreundet. Er wäre ihr sympathisch, wenn er nicht in der ganzen Sache mit drinstecken würde. Vor einundzwanzig Jahren war er einfach nur zur falschen Zeit am falschen Ort gewesen. In einem Auto, auf dem Beifahrersitz. Er hatte mitangesehen, wie David Jolas Eltern umgebracht hatte. Sie waren niemals von dem Sprechtag in der Schule zurückgekommen. Ihre Mutter hatte an diesem Abend ihren karierten Mantel getragen, der Jola immer so gefallen hatte und ihr Vater war ganz in Schwarz gekleidet gewesen.

Nach dem Tod ihrer Eltern wurde Jola bewusst, dass sie alleine war. Und zwar wirklich alleine. Ihr Taufpate war zu dem Zeitpunkt bereits verstorben – was er seinem übermäßigen Alkoholkonsum zu verdanken hatte – und ihre übrigen Verwandten wohnten auf anderen Kontinenten. Zumindest die paar, die es noch gab. Und diese konnte man nicht mit einer Vormundschaft belasten, da es auch für Jola eine zu große Umstellung gewesen wäre. Andernfalls würde sie heute wahrscheinlich gemeinsam mit ihren Tanten und Onkeln Kinder in Ilonga unterrichten und dabei helfen, weitere Schulen in Afrika zu bauen. Also kam damals nur eine Pflegefamilie infrage.

Zu Beginn wirkten Hilde und Eduard Kaufmann noch recht freundlich. Dass diese zwei fremden Leute in Zukunft ihre Eltern ersetzen sollten, nahm sie mit ihren elf Jahren gar nicht wahr. Sie blendete den Großteil der Geschehnisse um sich herum aus. Vielmehr beschäftigte sie sich mit dem Warum.

Warum mussten ihre Eltern sterben?

Warum war ihr Pate so dämlich gewesen und hatte sich in den Tod gesoffen?

Warum waren ihre Tanten und Onkel so weit weg?

Warum musste sie zu diesen fremden Leuten?

Das alles waren Fragen, die sie Tag und Nacht beschäftigten. Und niemand konnte sie ihr beantworten. Jola war enttäuscht von den Erwachsenen. Es war zum Kotzen. Aber sie hatte eingesehen, dass sie sich mit der Gesamtsituation abfinden musste. Und dazu gehörten auch die Schläge ihrer Pflegeeltern.

Sie taten es aus Spaß, so war es Jola zumindest vorgekommen. Das erste Mal, dass sie körperlich von ihrem Vater verletzt wurde, geschah in der dritten Nacht, die sie bei ihren Pflegeeltern verbrachte. Sie konnte nicht schlafen und wurde von Albträumen geplagt, deshalb war sie ins Wohnzimmer zu Hilde und Eduard getapst. Es fühlte sich falsch an, zu fremden Leuten zu gehen, wenn man nicht schlafen konnte.

„Hilde? Eduard?“, nuschelte sie, als sie neben dem Sofa stehenblieb.

„Wie – sagten wir – solltest du uns nennen?“, fragte Hilde barsch, ohne den Blick von ihren Zehennägeln abzuwenden, die sie lackierte.

„Mama und Papa.“

„Richtig. Was bedrückt dich denn?“

„Ich kann nicht schlafen.“

„Weil du es nicht richtig versuchst. Denk doch an was Schönes!"

„Ich kann wirklich nicht schlafen."

Ihre neue Mutter stieß einen Seufzer aus und nickte Eduard zu.

„Ich bringe dich wieder ins Bett", meinte er und stand auf, um sie daraufhin an der Hand zu nehmen. Jola wurde wütend. Sie war elf Jahre alt – nicht drei! Mittlerweile war sie alt genug, um zu wissen, ob sie schlafen konnte oder nicht! Dazu brauchte sie kein fremder Mann händchenhaltend zu Bett bringen.

„Nein, ich will nicht ins Bett! Ich will meine Mama und meinen Papa zurück!", rief sie und riss sich von ihm los. Im nächsten Augenblick traf sie die Hand, die sie eben noch gehalten hatte, im Gesicht. Jola hielt sich erschrocken die Wange, während ihr Tränen über ihre vor Schmerzen brennende Haut flossen.

„Gut so", meinte Mutter erfreut und klopfte ihrem Mann als Belohnung auf den Hintern. Dann galt ihre Aufmerksamkeit wieder der Pediküre.

„Wir sind ab jetzt Mama und Papa, verstanden?", zischte Vater sie an.

„Genau, du kleiner Scheißer. Und jetzt ab ins Bett! Oder muss ich aufstehen?" Mutters Frage klang wie eine Drohung und Jola rannte in ihr Zimmer zurück. Wenn das Mama und Papa wüssten!

Auch in der neuen Schule musste sie sich mit der ungewöhnlichen Situation abfinden. Sie wollte nicht das Mädchen sein, das keine Eltern mehr hatte. Deshalb stimmte Jola dem Vorschlag von Hilde und Eduard, ihren Nachnamen anzunehmen, zu. Somit war sie nicht mehr Jola Weinberg, deren Eltern überfahren worden waren, sondern Jola Kaufmann … mit zwei noch lebenden Elternteilen. Es war besser, als ständig an die schmerzende Vergangenheit erinnert zu werden. Mit den Lehrern wurde natürlich vorab die Situation besprochen, somit war Jola keinen neugierigen Fragen oder gar Hänseleien der neuen Mitschüler ausgeliefert. Und sie schaffte es, sich mit ihrer Identität – und den Schlägen – abzufinden.

Sie musste zugeben, dass sie nicht die schlimmste Jugend hatte, die man sich vorstellen konnte, aber bei Hilde und Eduard hatte sie nie das Gefühl, als wären sie ihre Familie. Ab und zu gaben sie sich sogar Mühe und waren ganz nett, aber wenn Jola etwas tat, was ihnen nicht gefiel – zack! –, wurde ihr mit einem Grinsen eine runtergehauen. Meistens waren es Ohrfeigen, die kurzzeitig eine Rötung auf ihrer Haut hinterließen. Doch als Vater begann, sie am Hintern zu schlagen als sie achtzehn war, reichte es ihr. Sie zog mit ihren sieben Sachen zu ihrem Kumpel Lennon und blieb dort so lange, bis sie eine eigene Wohnung fand. Ihre Eltern hatten nichts dagegen einzuwenden, immerhin war sie volljährig. Lennon war damals ein guter Freund, bei dem sie sich oft die Augen ausheulte. Er war ein geduldiger Zuhörer und sagte Dinge wie: „Wenn ich die in die Finger kriege!“

Dass sie nicht ihre leiblichen Eltern waren, verheimlichte sie ihm – so wie jedem anderen Menschen, bis auf Amal. Es dauerte nicht lange, bis sie eine Wohnung gefunden hatte. Lennon und ein anderer guter Freund – Rainer – halfen ihr beim Einrichten und Möbelaufbauen. Für Jola wurde ihre erste eigene Wohnung ein Ort, wo sie sich oft und gerne zurückzog. Sie begann in einer Trafik in Bruck an der Mur zu arbeiten, die restliche Zeit verbarrikadierte sie sich zu Hause und wollte einfach nur alleine sein. Der Kontakt zu Lennon und Rainer brach fast vollständig ab.

Die Jahre vergingen und als sie eines Freitagabends auf dem Heimweg von der Arbeit war, traf sie zufällig auf die beiden Männer, die ihr in ihrem Leben schon so oft zur Seite gestanden hatten.

Sie wurde übertrieben höflich begrüßt und nahm einen süßlichen Duft war. Schließlich ließ sie sich dazu überreden, mit ihnen einen trinken zu gehen. Und so fing alles an … Alkohol und Cannabis gehörten von nun an zu ihrem Leben – genauso wie Lennon und Rainer. Die drei verabredeten sich ausschließlich, um sich zu betrinken und zu rauchen. Dass Jola nie etwas beisteuern musste, gefiel ihr. Sie änderte nicht nur ihren Lebensstil, sondern auch ihr Aussehen: Die langen dunkelbraunen Haare wichen einer Kurzhaarfrisur, ihre 0815-Turnschuhe tauschte sie gegen Doc Martens ein und karierte Hosen, sowie Nieten auf ihren Kunstlederjacken waren ihre neue Garderobe, wenn sie ausging.

Mit der Zeit fühlte sie sich in Lennons Gegenwart immer wohler und verliebte sich eines Nachts in einer schmuddeligen Bar in ihn. In ihn, in den Alkohol, in das Gras … Dass diese Leidenschaft nicht ewig halten würde, war ihr damals schon bewusst, aber er war da, als sie ihn gebraucht hatte, so banal das klang. Lennon, ein dürrer Kerl mit langen Haaren, der an einer Sehschwäche litt und eine Vorliebe für Punkmusik, Eskapaden und Partys hatte. Ihre Pflegeeltern hatte sie nie mit ihm bekannt gemacht, da sie kaum mehr Kontakt zu ihnen hatte. Dass sie sie mit David besucht hatte, hatte Jola große Überwindung gekostet.

Im Hier und Jetzt parkte sie ihren roten Volkswagen vor dem Haus und sah nach oben. Das musste Lennons Wohnzimmerfenster sein. Wie es ihm wohl ging?

Als Jola in ihrem Auto saß und wartete, dachte sie über die letzten beiden Jahre nach. Es war so viel geschehen. Sie hatte geglaubt, mit David eine gemeinsame Zukunft zu haben, denn er hatte ihr gutgetan. Er hatte ihr gezeigt, wie schön das Leben ohne Alkohol und Drogen sein konnte. Er hatte ihr gezeigt, was Liebe war. Er hatte ihr gezeigt, was Zusammenhalt und Vertrauen bedeutete. Er hatte sie in seiner Familie willkommen geheißen.

Zu seiner Familie gehörte schlussendlich auch Jens, den sie leider mochte. Sie mochte ihn, als schon alles zu spät war. Zu diesem Zeitpunkt stand ihr Vorhaben schon fest und sie wollte sich nicht mehr davon abbringen lassen. Es gab keinen besseren Plan als diesen. David hatte etwas gegen Jens und somit war der junge unschuldige Mann die perfekte Wahl. Die perfekte Wahl, die dafür sorgte, dass David von Katja und Lena gehasst wurde – und zwar für immer. Wenn er eines Tages wieder auf freiem Fuß wäre, hätte er nichts. Keine Freunde, keine Familie … Es wäre niemand da, der ihm beistehen würde.

Plötzlich wurde Jola von ihren Gefühlen übermannt. Sie hatte tatsächlich das Leben des Mannes zerstört, den sie so sehr geliebt hatte. Wenn er ihr nicht vor einundzwanzig Jahren ihre Eltern genommen hätte, wäre er perfekt gewesen! Doch jetzt war es zu spät. Es war an der Zeit, über David hinwegzukommen.

Als jemand auf ihr Auto zuging, wischte sie die Tränen weg und atmete tief aus, um sich zu beruhigen. Sie lächelte den Mann an, der die Beifahrertür mit zitternden Bewegungen öffnete und langsam neben ihr Platz nahm.

„Hi, Jo", sagte er, nachdem er die Autotür mit einem lauten Knall zugeschlagen hatte.

„Hallo. Alles klar?"

Er nickte und sah aufgeregt aus.

Sie startete den Wagen und wusste, dass sie das Richtige tat.

Hier und jetzt, in diesem alten VW Polo begann ihr neues Leben. Alles, was ihr nicht guttat, wurde von nun an aus ihrem Leben verbannt.

Sie hatte eine neue Chance bekommen und diese würde sie nicht vermasseln. Wie hatte ihre Mama immer gesagt? *Aller guten Dinge sind drei.*

Mit diesem Spruch hatte sie Jola viel mitgegeben und wie sich herausstellte, traf er auch perfekt auf ihr Leben zu.

Ihre erste Chance auf ein neues Leben hatte sie mit ihrer Pflegefamilie bekommen. Dort hatte sie Schlimmes durchstehen müssen. Schon mit elf Jahren hatte sie gewusst, dass das noch nicht alles gewesen war, was man sich vom Leben erwarten konnte.

Als sie ausgezogen und Jahre später mit Lennon zusammengekommen war, war sie kurzzeitig glücklich gewesen. Dennoch hatte Jola ständig das Gefühl verspürt, dass ihr etwas im Leben fehlte. Es war kein zweiter Neuanfang gewesen.

Dieser hatte sich bei ihrem Kennenlernen mit David ereignet. Das Schicksal hatte die Wege der beiden so oft gekreuzt, bis sie sich schließlich gefunden hatten. Sie hatte gehofft, mit ihm nun endlich ihren Seelenfrieden finden zu können. Doch als die

Wahrheit ans Licht gekommen war, wurde alles anders. Jola bekam ihre dritte Chance auf einen Neuanfang, indem sich der Mörder ihrer Eltern zu erkennen gegeben hatte. Dass dieser ausgerechnet David war, konnte nur Schicksal sein. Jola glaubte nicht an Zufälle, sie war der Meinung, dass alles vorherbestimmt sei. Sie bekam die Chance, den Schmerz, der in ihrer Seele brannte, zu verarbeiten. Nun wusste sie, wer für den Kummer in ihrem Leben verantwortlich war. Und sie wollte seit einundzwanzig Jahren nur eines: Dass der Mörder ihrer Eltern in der Hölle schmorte.

Dieses Ziel hatte sie erreicht, David würde seine Strafe bekommen und sie konnte endlich mit dieser Geschichte abschließen und ein neuer – ein besserer – Mensch werden.

Dazu gehörten auch von nun an ihre Treffen mit Gabriel, der jetzt im Moment neben ihr im Auto saß. Nach Rainers Besuch in der Trafik hatte sie sich dazu entschlossen, Lennons Nachbarn zu helfen. Sie war ihm so viel schuldig. Heute besuchten sie zum ersten Mal die tiergestützte Therapie in Form von heilpädagogischem Reiten. Seine Mutter hatte sich zu ihrer Überraschung ebenso dazu bereiterklärt, ihren Sohn gelegentlich dorthin zu begleiten. Jolas Besuch am Donnerstag hatte also Wirkung gezeigt. Auch die Möglichkeit auf einen Platz im betreuten Wohnheim hatte sie Gabriels Mutter vorgeschlagen, daraufhin hatte sie Jola sogar in den Arm genommen und sich bei ihr bedankt.

Nein, sie war kein schlechter Mensch. David hatte seine Strafe verdient und sie verhalf einem anderen Menschen zu einem schöneren Leben.

Jola hatte ihre dritte Chance auf einen Neuanfang ergriffen – und sie würde das Beste daraus machen. Dafür war sie selbst verantwortlich, denn das Leben an sich war kein Geschenk, aber es konnte zu einem werden. Man musste nur das Richtige daraus machen.

Denn schließlich waren aller guten Dinge drei.

Ein herzliches Danke an

meine Lektorin Sabine Dammann, die einige unschöne „Falten“ im Manuskript geglättet hat. Die Austriazismen, die ich ihr zugemutet habe, sind teilweise erhalten geblieben. Der Großteil wurde jedoch „eingedeutscht“, wie man so schön sagt. Danke auch für die tollen Vorschläge rund ums Marketing;

Renee Rott, der als Coverdesigner sehr flexibel gewesen ist und meine Wünsche detailgenau umgesetzt hat. Mit dem Endergebnis bin ich mehr als zufrieden;

Evelyn Zimmermann, die den Buchsatz gestaltet hat;

meine Autorenkollegin Nicole Schumacher, die mir bei meinen Fragen bezüglich Trisomie 21 zur Seite gestanden hat. Nach unserem Gespräch fühlte ich mich gleich sicherer, was die Darstellung von Gabriel angeht;

Yvonne F. von der Polizeiinspektion Kapfenberg und die Kollegen der Dienststelle in Bruck an der Mur, die mit mir sehr offen über ihre Arbeit gesprochen haben. Mehr als einmal kreuzte ich mit Stift und Block „bewaffnet“ auf, um zahlreiche Fragen zu stellen. Und alle wurden beantwortet. Die „dichterischen Freiheiten“, die ich mir für die Geschichte genommen habe, gehen aber einzig und allein auf meine Kappe;

den Obmann des Brucker Künstlerbundes Hermann Pitow, der mir Einblicke in die Arbeit von Künstlern und Galeristen gewährt hat. Davids Arbeit hat sich dadurch verändert – im positiven Sinne;

alle Leser, die mich seit meinem Debüt „Negatio“ unterstützen. Gäbe es sie nicht, wäre das Autorendasein nur halb so schön.

Leseprobe

Julia Fürbaß

Negatio

Thriller

-Kim- ……….

Der erste Eindruck ist oft der richtige.

-Sebastian- 28.04.2016, Donnerstag

Lauter, lauter… immer lauter wird das dumpfe Pochen in seinem Kopf, das ihn neuerdings verfolgt. Passiert es gerade wirklich? Er hat es schon einmal gesehen… gehört… gespürt…?

Was hat das zu bedeuten? Zwei leblose Körper… vertraute Gesichter… er muss Kim retten! Kommt es ihm nur so vor, oder lächelt sie verräterisch, ehe sich ihr Gesicht zu einer angsterfüllten Fratze verzieht? Und warum muss er ausgerechnet jetzt an ein Lied von *Boney M.* denken?

Sie zeigt ihre makellosen Zähne, als sie den Mund erneut zu einem Grinsen öffnet. Dazwischen kommen Maden hervor, die ihn aufzufressen drohen…

Erschrocken fährt Sebastian in seinem Bett hoch. Ein Blick auf den Wecker - es ist 3.20 Uhr morgens.

Er hat geträumt - oder ist es wirklich passiert? Mit feuchten Händen fährt er sich durch seine dunklen zerzausten Haare. *Gott sei Dank, es war nur ein Traum!*

Er zieht sich einen Bademantel über und schlurft im Halbdunkeln ins Nebenzimmer zu seiner kleinen Schwester Kim. Die Straßenlaterne, die immer ein wenig flackert, und wo irgendwie nie etwas dagegen unternommen wird, scheint von draußen herein auf ihren Hinterkopf. Es sieht friedlich aus, wie sie da so in dem Bett liegt.

An das flackernde Licht der Straßenlaterne hat sich Sebastian schon gewöhnt. Manchmal, wenn er die Vorhänge zurechtzieht, erhascht Kim einen Blick nach draußen und betrachtet daraufhin für kurze Zeit das Blumenbeet mit den von Sebastian selbsteingesetzten Lilien auf dem Rasen, der hinter dem Wohnhaus liegt.

In diesen kurzen Momenten lässt er seine Schwester gewähren.

Er muss nur aufpassen, dass sie von niemandem entdeckt wird…

>*Zwei Tage zuvor…*<

-Carmen- 26.04.2016, Dienstag

Es ist 23.02 Uhr: Sie streicht ihre naturroten Haare aus der Stirn, die ihr der kühle Wind ins Gesicht geweht hat. Irgendwie bereut sie diese Typveränderung, die sie sich eingebildet hat, jetzt, wo sie endlich über Steve hinweg ist… *Arschloch-Steve.* Natürlich muss jede Frau nach einer Trennung eine optische Veränderung vornehmen, keine Frage, und was eignet sich dafür besser als eine neue Frisur? Was ihre Freunde und Kollegen als „keck" bezeichnen, findet sie einfach nur unpraktisch, ihre langen Haare konnte sie problemlos zu einem Pferdeschwanz hochbinden, während sie jetzt die Strähnen ihres „kecken" Bobs andauernd aus ihrem Gesicht fernzuhalten versucht. Kurz hat sie sogar überlegt, ob sie kleine Spängchen zur Hilfe nehmen soll, aber dann ist sie draufgekommen, dass sie ja keine zwölf mehr ist. Der *Nette-Mädchen-Look* ist nicht so ihr Fall. Also pusten und wischen.

Als sie und ihre Kollegen am Tatort ankommen, schreckt sie bereits vor der Haustür zusammen. Auf der Türklingel steht der Nachname eines Kollegen, der heute keinen Dienst hat.

Der Anruf kam von einer Nachbarin, einer gewissen Helga Moser, sechsundsiebzig Jahre alt und sichtlich erschüttert.

Sie hätte einen Hilfeschrei gehört, worauf sie sofort die Polizei verständigte und zu Hause ängstlich wartete.

„Das gab's noch nie! Auf der ganzen Welt herrscht Chaos, überall werden Menschen getötet! Aber hier? Ich wohne schon mein ganzes Leben lang hier, aber dass jemand lauthals um Hilfe schreit… Ich weiß nicht, was ich davon halten soll. Oh, bitte sagen Sie mir, dass niemand verletzt wurde?"

Im selben Moment kommt der Gerichtsmediziner kopfschüttelnd aus dem Haus und das gesamte Grundstück wird abgesperrt.

„Tut mir leid“, hört Carmen sich selbst sagen, als Frau Moser im gleichen Augenblick zu weinen beginnt. Ihr Kollege Tobias Ortner, der eher das Aussehen eines Baywatch-Darstellers und nicht das eines Polizisten hat, ist so freundlich und kümmert sich um die alte Dame, während sie und ihr Kollege Bernd Plank sich einen Weg zwischen den Leuten der Spurensicherung bahnen.

Die zwei Leichen im Erdgeschoss des Einfamilienhauses sind hässliche, blutüberströmte Schandflecke, die irgendwie fehl am Platz zu sein scheinen. Aber weder sie noch ihre Kollegen kennen die beiden, vielleicht sind es also gar keine Verwandten von Sebastian? Obwohl sich Carmen eingestehen muss, keinen seiner Verwandten beim Namen zu kennen, beziehungsweise jemals gesehen zu haben.

„Was kannst du uns über sie sagen?“, fragt sie den Gerichtsmediziner Jörg Pomanski nun, als sie zusammen die Küche betreten.

Auf dem Boden liegt eine Frau mittleren Alters, die ein geblümtes Kleid trägt, was Carmen zunächst etwas seltsam findet, angesichts der Temperaturen, aber im Nachhinein empfindet sie es als unwesentlich. Sie halten einen sicheren Abstand zu der Leiche, um nicht in die Blutlache zu treten, die sich um das Blümchenkleid ausgebreitet hat. Pomanski sieht nachdenklich aus, als er sich mit seinen in Gummihandschuhe gehüllten Fingern durch den dunklen Vollbart fährt, Carmen trägt ebenso Handschuhe, wie sie sie doch hasst. Dann antwortet er mit seiner zum Aussehen passenden üblichen tiefen Stimme: „Bei ihr handelt es sich um Monika Rietz, neunundvierzig Jahre alt. Ihre Daten haben wir von ihrem Personalausweis, ihre Tasche steht im Flur.“

Monika Rietz… Der Name ist Carmen nicht bekannt, aber wie soll er auch? Sebastian hat, zumindest in ihrer Gegenwart, niemals von seinen Verwandten gesprochen.

Pomanski fährt fort: „Die mögliche Tatwaffe hat die Spurensicherung schon eingepackt. Ist übrigens ziemlich sicher dieselbe, mit der ihr Mann umgebracht worden ist. Ein

Sägemesser, von der gleichen Serie wie die restlichen in der Küche, also kam der Täter oder die Täterin womöglich unbewaffnet."

„Vermutest du eher Totschlag als Mord?"

„Es könnte durchaus sein. Monika Rietz wurde - wie ja unschwer zu erkennen ist - die Kehle durchgeschnitten, was mit ziemlich großer Sicherheit auch die Todesursache war. Ich bezweifle, dass sie vorher schon tot war, denn es scheinen keine anderen Verletzungen vorhanden zu sein. Das erfahren wir dann bei der Autopsie, morgen weiß ich mehr."

„Gibt es Anzeichen eines Kampfes?"

„Bei ihr nicht." Mit diesen Worten dreht sich Pomanski um und schreitet in den Flur. Carmen wirft noch einmal einen Blick auf die tote Frau. Wäre da nicht dieser grässliche Schnitt durch ihren Hals und die Unmengen an Blut, könnte man meinen, sie würde einfach nur daliegen und entspannen.

Vielleicht wurde sie vom Angreifer überrascht?

Sie hört Pomanski im Flur husten und gesellt sich zu ihm. Ein paar Meter vor ihnen befindet sich die zweite Leiche, direkt neben dem Treppenaufgang im hinteren Teil des Raumes. Auch kein schöner Anblick.

„Hierbei handelt es sich um Manfred Rietz, dreiundfünfzig Jahre, Ehemann der toten Frau in der Küche. Auch seinen Ausweis haben wir hier im Flur in seiner Geldbörse gefunden. Wie gesagt, mit größter Wahrscheinlichkeit ist hier die Tatwaffe ebenfalls das Sägemesser."

Carmens Blick wandert zum Rumpf des Mannes. In seiner Brust ist ein klaffendes Loch zu sehen, es sieht nach einer inneren Verblutung aus.

„Auch hier ist die Stichverletzung vermutlich die Todesursache. Allerdings werde ich das noch nicht bestätigen, wenn du dich da auf mich berufst."

„Bald erfahren wir also mehr?"

Carmen schreckt bei der plötzlichen Unterbrechung kurz hoch, denn sie hat ganz vergessen, dass Bernd neben ihr steht.

Pomanski nickt und fährt fort: „So wie es aussieht, wurde keine der beiden Leichen nach ihrem Tod verrückt, man hat sie also einfach so liegen lassen. Es dürfte alles recht schnell gegangen sein, sie sind noch nicht lange tot. Der Rigor Mortis ist noch nicht voll ausgeprägt."

Noch keine Totenstarre also. Für Carmen ist es bei solchen Fällen immer wieder schwer zu glauben, dass die Opfer ein paar Stunden zuvor noch quicklebendig waren. Ohne die Wunden, ohne das ganze Blut... In ihrem Kopf spielt sich dann oft eine Zombieparade ab, weil sie die Opfer ja - wie in diesem Fall - nur mit ihren Verletzungen zu Gesicht bekommt. Die Vorstellung, dass Monika Rietz mit nach hinten hängendem Kopf in der Küche hantiert, während ihr Mann die Treppe herunterkommt und dabei ein Messer im Brustkorb stecken hat, lässt sich nicht vermeiden. Sie wird aus ihren Gruselgedanken gerissen, als Pomanski nach einer kurzen Redepause wieder das Wort ergreift: „Was bei dem Mann aber gefunden wurde, waren Stofffasern unter den Fingernägeln, womöglich hat er sich gewehrt. Auch diese werden demnächst untersucht. Wenn ihr keine Fragen mehr habt, würden wir die beiden dann einpacken und abtransportieren."

Einpacken... als wären es irgendwelche Gegenstände, aber in diesem Job muss man wohl so sein. Ein harter Kerl, dieser Pomanski, aber anders wäre seine Arbeit fraglos kaum zu bewältigen.

Carmen und Bernd gehen nach oben und stoßen im Badezimmer auf zwei Leute der Spurensicherung.

Die Begrüßung erfolgt durch ein Kopfnicken, Carmen und Bernd bekommen schon die Antwort zu hören, ehe jemand von ihnen eine Frage stellen kann: „So, Leute, das Schlachthausfeeling hört hier noch nicht auf." Einer der beiden Männer zeigt auf die blutverschmierte Badewanne und erklärt das Offensichtliche: „Sieht so aus, als wäre jemand am Rand der Wanne abgerutscht. Wir lassen das Blut mit dem der vorhandenen Leichen vergleichen.

Ein paar Haare haben wir auch gefunden. Lang und blond, seht ihr? He, passt bloß auf, dass ihr mir nicht in die Pfützen steigt."

Carmen und Bernd treten reflexartig zur gleichen Zeit auf das andere Bein, wobei sie sich leicht anrempeln. Carmen entschuldigt sich leise, aber das scheint ihren Kollegen nicht zu kümmern. „Hast du eine Ahnung, was da abgegangen sein könnte?", fragt er sie stattdessen, worauf sie ihre erste Vermutung ausspricht: „Nun ja, dass sich das Ehepaar nicht gegenseitig umgebracht haben kann, liegt ja wohl auf der Hand. Ich kann mir durchaus vorstellen, dass dem Täter oder der Täterin diese blonden Haare gehören, aber hier liegen gleich mehrere... Das ist beinahe zu auffällig, um es ungeschickt zu nennen."

„Vielleicht war es der erste Mord... verzeih, Doppelmord des Täters und in der Hektik hat derjenige einfach zu wenig aufgepasst, wo er Spuren hinterlässt."

„Das bezweifle ich. Das Töten an sich ist schon grauenhaft, aber beim ersten Mal glaube ich nicht, dass man so etwas Widerliches veranstaltet. Anfänger ziehen eher die sichere Version vor: Das Erschießen. Das war kein Anfänger." Im nächsten Moment ist sie sich plötzlich nicht mehr so sicher, als Bernd sie anlächelt und sagt: „Du weißt aber schon, dass wir es hier mit der Bestie Mensch zu tun haben?"

Carmen schluckt einen Kloß hinunter und wendet sich ab, indem sie einen Blick in die Badewanne wirft. Wie gerne würde sie jetzt ein Bad nehmen, aber garantiert nicht *so* eines. „Da ist ja Wasser drin", stellt sie fest, als sie über den blutverschmierten Rand schaut.

Die beiden von der Spusi nicken im Takt, lassen sich aber nicht von ihrer Arbeit abbringen. Natürlich haben sie es schon vorhin gesehen.

Carmen fährt fort: „Die Leichen sehen aber nicht so aus, als hätten sie post mortem gebadet."

„Weil es der blonde Killer war", hört sie Bernds Stimme hinter sich, die sich langsam entfernt. Sie folgt ihm den Flur entlang, bedacht darauf, nicht in die nassen Schuhabdrücke zu treten, die vom Badezimmer herausführen. Ihr Blick streift die Wände, die sehr geschmackvoll behangen sind. Alles so neumodische Bilder, die eigentlich nur aus Holz und Metall bestehen, die etwas darstellen, das… nun ja, darin sieht bestimmt jeder Mensch etwas anderes. Was ihr auffällt, ist, dass sie bisher noch keine privaten Fotos von Familie oder Freunden entdeckt hat, die die Wände zieren. „Das ist jetzt nämlich *in*“, sagt Bernd, der ihre Gedanken zu lesen scheint und auf ein Bild zeigt, das nur aus einem Rohr und Treibholz besteht. „Es gibt wirklich Leute, die dafür zahlen.“

Sie sehen sich im oberen Stock um, finden vorerst aber nichts Außergewöhnliches. Gewöhnliches Schlafzimmer, gewöhnliches Arbeitszimmer, gewöhnliche Toilette und ein kleines Zimmer, das jugendlich eingerichtet ist, aber nur so spärlich, dass es vermutlich nicht mehr bewohnt wird oder als Gästezimmer dient. Der Kleiderschrank ist leer, aber auf einem kleinen Schreibtisch entdeckt Carmen ein Foto in einem Rahmen. Endlich! Es ist sehr verstaubt, aber die Personen darauf sind ihre zwei Opfer, zweifellos. Zwischen den beiden steht eine blonde, junge Frau. „Die Tochter?“, fragt sie und spürt plötzlich Bernds Atem in ihrem Nacken, als er hinter sie tritt, wobei sie komischerweise ein Kribbeln in der Bauchgegend wahrnimmt.

„Sieht so aus. Vielleicht auch unser Täter.“

„Was? Die da? Quatsch!“

„Wieso? Kennst du sie?“

„Nein, aber… sieh sie dir doch an!“

„Das habe ich bereits.“ Carmen verstummt für einen Moment und stellt schließlich die Frage, die sie seit dem Betreten des Hauses nicht loslässt, ihr Blick noch immer auf das Foto gerichtet: „Meinst du, sind das Bastis…“

„Schon möglich“, hört sie ihren Kollegen sagen, der hinter ihr herumkramt. „Aber Wedel hat alle Unterlagen von ihm in seinem Büro. Also spätestens morgen wissen wir Bescheid, ohne uns dafür den Arsch aufreißen zu müssen.“

Carmen beschließt, die gleiche Ruhe zu bewahren wie Bernd und dreht sich zu ihm um. Er hält einen kleinen schwarzen Rucksack in der Hand und sieht sie mit einem unbeholfenen Blick an. „Viel drin ist da nicht."

FSC
www.fsc.org
MIX
Papier aus verantwortungsvollen Quellen
Paper from responsible sources
FSC® C141904

Druck:
Customized Business Services GmbH
im Auftrag der
KNV Zeitfracht GmbH
Ein Unternehmen der Zeitfracht - Gruppe
Ferdinand-Jühlke-Str. 7
99095 Erfurt